'중심'의
회복을
위하여

신화와 상징으로 현대소설 읽기

민혜숙閔惠淑, Min Hyesook 연세대학교 불어불문학과와 동 대학원 석·박사로 대원여고와 외고에서 불어교사를 역임했다. 광주로 이주 후 전남대학교 국어국문학과에서 다시 박사를 취득했다. 1994년 『문학사상』 중편소설에 당선되어 소설가로 활동하여 『서울대 시지푸스』, 『황강 가는 길』, 『사막의 강』, 『목욕하는 남자』 등의 소설집을 펴냈다. 『조와』, 『문학으로 여는 종교』, 『한국문학 속에 내재된 서사의 불안』 등의 저서와 『종교 생활의 원초적 형태』를 비롯한 여러 권의 역서가 있다. 전남대학교와 광주대학교에서 학생들을 가르쳤으며 현재 호남신학대학교 조교수로 일하고 있다.

'중심'의 회복을 위하여 신화와 상징으로 현대소설 읽기

초판 1쇄 발행 2014년 4월 10일 **초판 2쇄 발행** 2014년 12월 5일

지은이 민혜숙 **펴낸이** 박성모 **펴낸곳** 소명출판 **출판등록** 제13-522호

주소 서울시 서초구 서초동 1621-18 란빌딩 1층

전화 02-585-7840 **팩스** 02-585-7848 **전자우편** somyong@korea.com **홈페이지** www.somyong.co.kr

값 20,000원   ⓒ 민혜숙, 2014

ISBN 978-89-5626-983-2 03810

잘못된 책은 바꾸어드립니다.
이 책은 저작권법의 보호를 받는 저작물이므로 무단전재와 복제를 금하며,
이 책의 전부 또는 일부를 이용하려면 반드시 사전에 소명출판의 동의를 받아야 합니다.

이 저서는 2011년도 정부(교육부)의 재원으로 한국연구재단의 지원을 받아 연구되었음(NRF-2011-35C-A00451).

이 도서의 국립중앙도서관 출판시도서목록(CIP)은 서지정보유통지원시스템 홈페이지(http://seoji.nl.go.kr)와 국가자료 공동목록시스템(http://www.nl.go.kr/kolisnet)에서 이용하실 수 있습니다.(CIP제어번호 : CIP2014010423)

ON THE WAY
TO THE AXIS MUNDI,
THE SACRED CENTER
OF THE WOLRD
READING COMTEMPORARY NOVELS
THROUGH MYTH AND SYMBOL

'중심'의
회복을
위하여

신화와 상징으로
현대소설 읽기

민혜숙

소명출판

'중심'의 회복을 위하여

지금 우리가 사는 시대는 예전에 비해 더 풍요로워진 만큼 행복하지는 않은 것 같다. 그렇다면 그 풍요로움이 물질적인 것에 국한되었기 때문인지 자문해 본다. 그런데 과연 물질적으로 더 풍요로워졌을까? 모든 사람이 더 많은 것을 가지게 되었을까? 현대인이 느끼는 불행은 정말 상대적 박탈감에서 기인하는 것인가? 혹시 절대적 빈곤을 상대적 빈곤 탓으로 돌리면서 나보다 더 나은 사람과 비교하지 말라고 종용하는 것은 아닌가? 체제에 순응하며 가진 것에 만족하라는 긍정 심리학 혹은 행복의 심리학을 강요받고 있는 것은 아닌가? 등의 의구심이 들 때가 종종 있다.

분명 이전 사람들에 비해 우리는 더 많은 것을 가지고 있다. 자동차, 휴대폰, 더 편안한 집, 가전제품들, 계절에 구애받지 않는 다양한 먹을거리, 수많은 의복과 패션용품들. 그러나 그것을 가지기 위해 기진할 정도로 노력해야 하고, 그 소유한 것을 유지하기 위해 다시 허덕여야 한다. 우리의 몸을 먹여 살리기 위해 우리는 몸을 혹사하면서 죽이고 있지 않은가. 남이 가진 만큼 소유하고 누리기 위해서는 부부가 함께 뛰어야 한다. 상당한 부를 물려받은 경우가 아니라면 둘이서 경제활동을 해야 겨우 자녀를 남들만큼 양육할 여유가 생긴다. 어린 아기들은 잠에 취한 채로 업혀가서 아이 돌보미에게 맡겨지고 어린이집에서는 아침 일찍 엄마와 떨어진 아기들이 어머니의 퇴근 시간을 눈이 빠지게 기다리고 있다.

아이들도 기저귀를 떼자마자 영어 유치원으로 피아노 학원으로 경제력이 뒷받침되는 한 여러 학원을 전전하며 피곤한 삶을 시작한다. 그런 형편이 안 되는 아이들은 사각지대에 방치된 채 상처투성이의 유년을 보내야 한다. 그렇게 시작된 경쟁은 초·중등학교를 거치면서 심화되고 대학에 진학하면서 일차적으로 계층의 윤곽이 드러나게 된다. 어쩌다 열심히 노력해서 이름 있는 대학에 들어간다 해도 원어민처럼 영어를 말하는 아이들에게 주눅이 들고 아르바이트와 원룸과 고시촌을 전전하면서 학점 경쟁에서 밀리게 된다. 초인적 노력으로 경쟁에서 살아남아 요행히 알아주는 기업에 입사한다 해도 젊은 생명을 다 바쳐야 간신히 살아남는다. 그리고 결혼하고 아이를 기르고 노후대책을 염려하다 보면 피곤한 인생은 마지막 종착역으로 들어가게 된다. 그러나 이마저도 시대의 흐름에 따라갈 능력의 소유자들에게 한정된 일이다.

이 순환의 고리를 감히 누가 깨뜨릴 수 있을까. 몸에 병이 들거나 불의의 사고라도 당해서 잠시 궤도에서 이탈하는 순간 재기할 수 없는 낙오자가 된다는 것을 누구나 알고 있다. 그래서 그 누구도 행복하지 않다. 우리는 브레이크 없이 질주하는 무한경쟁의 궤도에서 내려올 수도 없고 쉴 수도 없다. 미쳐 돌아가는 세상에 잠시 숨 고르기를 하기 위해 각 종교에서는 힐링과 치유라는 말을 앞세우고 있다. 또한 우리 사회는 언제부턴가 인문학의 부흥을 외치고 있다. 그러나 도처에서 행해지는 인문학 강의는 피상적이고 질주본능을 자극하기 위한 더 교묘한 차원의 달래기용으로밖에 보이지 않는다. 인문학이 경제적 이익에 이용되고 사람의 마음을 사로잡는 상술의 도구로 전락하고 있는 느낌이다.

어쨌든 우리 시대 사람들의 마음이 편하지 않은 것은 사실이다. 그것은 초월성이 상실되고 거룩한 것, 중심에 대한 자각이 결핍된 결과라는 진단도 있다. 신화를 버리고 고도의 합리성을 표방하며 이성과 지성으로 무장한 현대인은 오히려 소통의 부재를 호소하며 삭막한 현실에 숨이 막힌다. 이러한 때에 예술, 범위를 좁혀서 소설은 무엇을 말해야 하는지 혹은 무엇을 말하고 있는지 귀를 기울여 본다. 시대의 징후를 앞서 포착하고 그 아픔을 표현한 작가들이 말하고 있는 바를 살펴보고자 한다. 중심을 상실한 시대, 비신화의 시대에 우리는 무엇을 그리워하는가. 잃어버린 낙원인가 존재의 중심인가. 과연 상실한 낙원의 노스탤지어가 현대에도 남아 있을 수 있는가.

합리성에 사로잡힌 현대인을 구출할 수 있는 방법을 신화에서 찾고자 했던 엘리아데는 비합리적이고 신화적인 것을 이성적이고 합리적 사고로 받아들이는 것을 종교라고 본다. 또한 우리가 상실한 것으로 보이는 중심이나 원형은 사라진 것이 아니라 현대의 속된 것 안에 변용되거나 은폐되어 있다고 하였다. 과연 예술이나 현

대의 신화 혹은 이야기 안에서 고대인이 상실한 중심, 다른 세계로
가는 입구를 발견할 수 있는지, 현대인이 상실한 낙원, 신화, 중심,
생명의 흔적, 그 기호와 상징을 소설에서 찾을 수 있는지 시도해보
았다. 그 일환으로 그동안 학술지에 발표했던 논문들을 몇 가지 주
제에 따라 분류해 보았다.

우선 「엘리아데의 신화적 상상력의 문학적 가치」를 통해 엘리아
데의 중심, 원형, 낙원의 기호를 고찰해 보았다. 그리고 「신화적 공
간, ‘무진’의 정신분석」에서 김승옥의 소설 「무진기행」을 분석해 보
았다. 「신화적 상징을 통한 윤대녕 소설읽기」에서 윤대녕의 여러
소설에 나타난 신화적 상징을 고찰해보기로 한다. 다음으로 의미
를 확정짓지 않고 다양한 해석의 가능성을 열어두는 「김경욱의 ‘고
양이의 사생활’ 해체적으로 읽기」로 해체론적 독서를 시도해 보았
다. 「산책자 구보의 욕망분석, 경멸과 선망의 이중주」에서는 박태
원의 「소설과 구보씨의 일일」을 정신분석적 독법으로 해석해 보았
다. 「영화 ‘실미도’의 대중성 연구」와 시인이자 소설가인 김승희의
소설을 분석한 「인조눈물―상처받은 존재」에서는 정치권력에 희
생당한 개인의 무력함, 이름 없는 소시민들의 존재를 주목해 보았
다. 그리고 마르셀 프루스트의 『잃어버린 시간을 찾아서』에서 꽃
의 기호를 분석한 「‘콩브레’의 꽃의 상징」, 이효석의 소설에서 식물
기호를 찾아본 「이효석 소설의 식물묘사」를 통해 한 작가의 일관
적인 묘사 성향과 꽃의 상징적 의미를 살펴보았다.

그리고 박민규의 「아침의 문」을 분석한 「전망 부재의 벽을 넘는
소통의 몸짓」에서는 만연하고 있는 자살 현상에 대해, 자살하고자

하는 자가 진정으로 원하는 것은 죽음이 아니라 비루하지 않은 삶과 생명임을 밝혀 보았다. 대화하지 않는 주인공이 터트린 야!, 뭐!라는 외마디 외침은 자신의 말이 효용이 없음을 인식하고 있는 밑바닥 인생들이 긴급 상황에 부딪혔을 때 터트린 절규였다. 그들은 솔직하게 말하지 않는다. 말을 들어줄 사람도 말을 건넬 사람도 없이 죽어가고 있다. 우리는 그들이 보내는 구조신호에 귀를 기울일 필요가 있다는 것이다. 그들은 말하지 않고 담배에 의지하거나 술이나 마약 등에 자신의 존재를 의지하고 있다. 김형경의 「담배피우는 여자」는 담배를 존재의 의지처로 삼고 있는 단자적인 개인의 모습을 보여주고 있다. 우리 시대에 필요한 것은 가면을 벗고 솔직하게 자신과 이웃을 대면하는 일이다. 공선옥 소설의 주인공들이 체면에 아랑곳없이 자신의 감정과 본능을 숨기지 않을 때 강인한 생명력을 가지는 것처럼 우리는 '중심'을 회복하고, '중심'과 대면함으로써 원시적 생명력을 회복해야 할 것이다.

차례

제1부
'중심'으로 가는 여정

1장

엘리아데의 신화적 상상력의 문학적 가치

오늘날 세속화된 사회의 문화 안에서 초월에 대한 의식이 희미해지고 거룩한 것에 대한 지각이 사라져가고 있다. 현대 문화에서 초월성이 상실되었음을 하이데거는 개탄한 바 있거니와 '신의 부재'는 단순히 신이 떠나 버렸다는 사실 이외에도 신의 부재조차도 부재로 느낄 수 없는 정신적 결핍상태를 의미하기도 한다. 초월적 존재는 일상적 언어로 묘사될 수 없고 포착되지도 않으며 예술가의 직관이나 예술적 상징 혹은 은유를 통해서 표현되는 경우가 있다. 하나의 이미지 속에서 표면에 드러난 그 이미지의 의미를 넘어서는 다른 실재를 표현하는 인간의 수단을 상징이라고 할 때, 그러한 상징은 대상을 가리킬 뿐 아니라 그것을 현존하게 하며 사람들로 하여금 그 대상에 참여하게 한다. 융에 의하면, 상징이란 "짐작할 수밖에 없는 무의식의 내용을 표현해 낼 수 있는 가장 좋은 표현수단"이다. 그렇다면 상징은 무의식을 의식과 연결하는 중요한 기능을 담당하게 될 것이다. 또한 두 개의 실재 사이를 이어주고 그 둘을 궁극적으로 통합시키는 기능을 수행하는 것이 상징의 기능 중 하나라면,[1] 상징은 정신적 내용들을 하나의 이미지를 통하여 실재하게 하며 일상 속에 거룩한 것의 의미를 드러내고 인간이 사회와 우주와 깊은 의미를 맺으면서 존재한다는 사실을 일깨워 줄 것이다.

그러나 현대적인 의미의 세속화가 진행되기 이전, 신성함과 세속의 구분 없이 살던 과거에는 거룩함이 삶의 곳곳에 스며있었다. 그러한 과거에 종교의 초월성을 의식하는 데 중요한 역할을 담당했던 미학적 표현들이 상징과 신화가 소멸되어버린 듯한 이 세속 문화에서 어느 정도의 영향력이 있을지 의문스럽다. 하지만 이미 오래전에 예술이 종교의 주권에서 해방되었다 하더라도 예술은 여전히 초월적 지평을 열 수 있으리라는 기대는 여전히 살아있다.

즉 원시시대에 만들어졌다고 생각되는 '신화'에 대한 연구가 현대의 위기상황을 극복할 수 있는 하나의 모티브가 될 수 있는가라는 문제가 제기된다. 이러한 문제에 대해 희망을 가지고 신화를 연구한 학자로 엘리아데, 카시러, 리쾨르, 뒤프레, 휘브너 등을 들 수 있다. 신의 존재에 관해 이야기한 것을 신화라고 규정할 때 신화가 신의 존재를 빌려서 말하고자 하는 바는 인간에게는 매우 중요한 진실이다. 고대인들에게 신화는 실재였고 성스러운 시간에 접근할

---

1   김성민, 「현대 사회의 정신적인 문제와 신화 그리고 상징」, 『분석 심리학과 기독교』, 학지사, 2012 참고.

수 있는 의식이었으며 의미의 원천이고 힘과 존재의 근원이었다. 이들은 신화를 통해 거룩한 시간에 접촉하고, 그 거룩한 시간을 실재로 받아들임으로써 세속적 조건, 즉 역사적 상황을 초월하고 결과적으로 '역사의 공포' 즉 존재론적 불안에서 자신을 보호할 수 있었다.

이와 같이 인간과 신 그리고 자연과 원초적 동일성을 느끼고 살았던 원시인들의 생활태도와 신화를 분리시키고 살아가는 현대인들 사이에는 분명한 차이가 있다. 그러나 아무리 현대인이라 할지라도 어떤 인간의 삶도 의식적이고 합리적인 활동으로만 환원될 수는 없다. 현대인 역시 여전히 꿈을 꾸고 사랑에 빠지거나 음악을 듣기도 하며 영화를 감상하거나 책을 읽음으로써 역사적이고 자연적인 세계에 살고 있을 뿐 아니라 실존적이고 은밀한 자기만의 세계와 상상적 우주에서 살기 때문이다.[2] 따라서 신화를 통한 신화적 사유방식의 재인식이 현대의 합리화의 폐해를 줄여나갈 수 있으리라는 기대가 작용하게 된다.

신화는 단순히 먼 옛날이야기가 아니다. 신화는 세계, 동식물, 인간의 기원뿐 아니라 인간의 오늘날 상황의 유래가 되는 모든 원초적 사건을 말하고 있다. 엘리아데는 신화란 실재를 다루는 것이며 '신성한 이야기'로서 '진정한 역사'로 간주되는 것이라고 한다. 이러한 관점에서 신화는 거짓된 이야기인 '우화', '창작', '허구'와 구별된다. 물론 오늘날에는 '허구'나 '환상' 혹은 '신성한 전통', '원시적 계

---

2   미르치아 엘리아데, 박규태 역, 『종교의 의미 – 물음과 답변』, 서광사, 1991b, 11면.

시'라는 여러 가지 의미로 사용되기도 한다. 그러므로 신화를 안다는 것은 사물의 기원의 비밀을 배운다는 의미로 확장된다.

엘리아데는 합리성에 사로잡혀 있는 현대인들을 구해낼 수 있는 방법을 신화에서 찾고자 한다. 신화에서 방법을 찾는다는 것은 다시 말해서 신화적 상상력을 오늘날 문학에 적용하는 일이 될 것이다. 그것을 위한 선행연구로 엘리아데의 신화적 상상력에 대해 고찰할 필요가 있다. 즉 고대의 신화와 상징들이 어떤 의미를 가지고 있었는지, 또 그것들이 오늘날 어떻게 표현될 수 있는가를 살펴보고자 하는 것이다. 또한 그 신화적 상징들은 오늘날 어떠한 형태의 문화적 기호들로 구현되며 어떠한 의미 지평을 열어주는지, 더 나아가서 현대인에게 어떻게 초월적인 것과 대면하도록 만드는지 살펴보고자 한다. 이 글에서는 최근 한국문학 속에서 보이는 현대성의 표지들을 신화적 상상력 상실의 문제와 접목시켜 다루고자 한다. 그러므로 '영원에의 추구', '신성의 지상적 복원에의 의지', '초월의지', '영성의 내밀한 감각과 그것의 추구', '사랑의 구현', '불가시적 세계에 대한 견자로서의 지향성' 등의 신화적 상상력의 문학적 수용은 상당히 중요한 가치를 가질 것이다.

1. 상징적 사고와 거룩한 기호

우리들은 시간과 공간 안에서 살고 있지만 모든 사람이 시간과 공간을 동일한 의미로 받아들이고 있는 것은 아니다. 시대와 상황에 따라 시간과 공간의 인식은 다르기 마련이다. 하지만 이러한 시간과 공간에 대한 패러다임은 인간의 삶에 대한 태도에 영향을 미친다. 전통 사회의 인간은 위로 열려져 있는 공간, 즉 초월적 세계와의 접촉이 가능한 공간에서 살 수 있었다. 반면에 자연과학을 신봉하는 현대인은 초월적 세계와 접촉할 공간과 차단된 채 물질적인 풍요 속에서 살고 있음에도 불구하고 안정된 자아상실이라는 비극에 빠져들고 있다. 결국 인간을 불안하게 하는 것은 존재이유의 결핍과 그에 따른 존재감 상실이다. 삶의 의미 상실은 결과적으로 아무것도 하고 싶은 것이 없는 꿈의 상실, 의욕 상실을 초래한다. 그러므로 아무것도 하고 싶은 것이 없다고 하면서도 그렇게 사는 것을 스스로가 용납할 수 없는 이중성, 그 긴장에서 불안이 생겨난다. 그럼에도 불구하고 출구를 찾지 못하는 데서 허무의식과 불안이 배가되는데 때로 무의미한 일상에서 탈출을 꿈꾸지만 그것은 꿈일 뿐 우리를 묶고 있는 현실 때문에 자유롭지 못하다.

특히 1990년대 한국 단편소설들에서 나타나는 90년대의 독특한 상황은 결핍과 존재감 상실, 출구 부재, 전망 부재, 공동체 문법이 와해된 상황에서 의지처 상실 등과 같은 불안으로 표출된다. 개인의 힘으로는 어쩔 수 없는 정치적 위압이라든가 국내외적 경제사정이 불안의 요인으로 묘사되었고 돌연한 사고나 질병으로 내일이 보장되지 않은 상태에서 운명의 힘에 휘둘리는 무력한 개인이 그려져 있다. 교통통신의 발달과 그에 힘입은 자본주의의 세계화에 따라 경쟁은 더욱 치열해지고, 경쟁에서 살아남는 것이 얼마나 고단한 일인가를 개인들은 피부로 느끼게 되었다. 도시화, 산업화, 이혼의 증가로 대표되는 가족의 해체현상은 한 개인이 편안하게 몸과 마음을 의지할 수 있는 공간과 인간관계를 파괴하였으며 거칠어진 삶의 존재 조건 아래서 그 누구도 단절, 아픔, 외로움 등과 같은 삶의 그늘로부터 자유로울 수 없게 되었다.

이러한 상황에서 엘리아데의 신화적 상상력을 복원하여 잃어버린 상징적 사고와 신화의 기능을 되찾을 수 있다면 자연과 우주로부터의 단절감과 인간 사이의 소외감을 극복할 가능성을 찾을 수 있을 것이다. 엘리아데는 화가 샤갈의 작품을 이해하는 과정에서 현대인의 불안의 원인을 찾고 있다. 즉 그토록 자주 불안에 휩싸일 수밖에 없는 인간 존재에 대해 엘리아데는 그 원인을 여러 가치들의 해체에서 발견한다. 그러나 다른 작가들과는 달리 샤갈은 거룩함을 불신하지 않았고 자연의 신비와 성스러움을 재발견하였다. 그러므로 샤갈의 작품은 자연과 낙원의 이미지와 상징으로 가득차게 되는데, 바로 이러한 인간과 동물 사이의 친교는 낙원의 징후로 읽힌다. 엘리아데는 샤갈을 "세계와 인간의 삶에 남아 있는 성스러움을 재발견한 몇 안 되는 현대 예술가들 중 하나"라고 평하고 있다.[3] 이전에는 신의 영역에 있다고 여겨지던 것들을 인간이 정복해 가는 과정에서 인간은 초월적 존재, 거룩한 존재를 부정하게 되었고 결과적으로 신화와 상징의 의미를 탐구하지 않게 되었다. 그러나 신화와 종교적 상징이 드러내고자 하는 것은 우리 내면에 있는 전체적인 것이며 강력한 원형적인 것이다. 신화와 상징이 이 요소를 담지하지 못할 경우에 이 요소가 지닌 강력한 에너지는 프로이드가 지적한 바와 같이 분출구를 찾지 못해 우리의 내면에서 수많은 문제를 일으키게 된다. 현대 사회에 만연해 있는 무의미감, 권태, 무력감, 우울증 등이나 감정의 폭발적인 발작, 정신분열 등은 본래 그것들을 통합시켜주었던 종교적 상징과 신화의 소멸로 생겨난 것이라고 한다.[4]

세속적이고 역사적인 시간에 살고 있는 현대인은 전통 사회의 사람들과는 달리 주기적으로 성스러운 시간으로 들어가는 길을 찾지 못하고 있다. 스피드 시대의 속도에 함몰되어 흘러가 버리지 않고 기원의 시간으로 다시 들어가는 길, 속된 시간의 지속에 참여하지 않고 무한히 회복 가능한 영원한 현재로 구성된 시간으로 들어가는 길을 잃어버린 것이다. 그러나 '총체적 인간'은 결코 완전히 탈성화 脫聖化되지는 않을 것이라는 전망하에, 비종교적 현상이 지배적인 상황 속에서도 거룩함에 대한 새롭고 원초적인 재발견의 가능성은 살아있다. 거룩함은 완전히 사라져버린 것이 아니라 '쉽게 지각할 수 없게' 되었을 뿐이기 때문이다. 즉 세속적인 것임에 틀림없는 형태와 의미 안에 거룩함이 위장되어 감추어져 있다는 것이다.

---

3   미르치아 엘리아데, 박규태 역, 「샤갈과의 대화」, 『상징, 신성, 예술』, 서광사, 1991a.
4   김성민, 앞의 글.

거룩함은 종교 언어로 표현되지 않으며, 의식적으로 비종교화됨으로써 겉으로 드러나지 않는다. 신화적 이미지들은 세속화되거나 격이 떨어지고 숨겨진 채로 발견될 것이기 때문에 그것을 인식하기 어렵다. 그럼에도 불구하고 인간은 꿈이나 백일몽, 혹은 영화관람 같은 취미 활동, 자연에 대한 사랑과 같은 특정한 태도, 향수와 같은 충동적 욕구 등을 통해서 여전히 거룩함에 참여하고 있다. 예를 들면 신년 축제와 같은 어떤 '새로운 시작'을 나타내는 축제의 신화적 의미를 인간이 새로운 역사로 들어갈 수 있는 장으로 이해할 수 있을 것이다. 실낙원에 대한 신화 역시 아직도 낙원의 섬, 정토의 이미지 등에 잔존해 있는데[5] 이러한 예로는 이청준의 「이어도」와 같은 작품을 들 수 있다. 이와 같이 내재된 성聖은 성현을 통해 드러나기도 하지만 동시에 속俗 안에 숨겨져 있기도 하다.

이러한 상황 속에서 엘리아데는 상징적 사고에 대해 이야기한다. 상징적 사고는 인간 존재와 공존하면서 언어와 추론적 이성에 선행한다는 것이다. 따라서 상징은 다른 인식 수단으로는 전혀 포착할 수 없는 어떤 심오한 양상들을 밝혀준다. 그러므로 상징은 성聖과 속俗을 매개하는 역할을 한다. 즉 상징은 직접적인 경험에 의해 밝히기 어려운 실재의 양식이나 구조를 나타내며, 불분명한 의미를 동시에 표현하는 다의성을 지닌다. 따라서 상징은 구체성이 적을수록 그 상징적 의미가 더 풍성해진다. 다른 상징들과 마찬가지로 신화적 상징들도 다의적인데, 참된 상징은 추론적 개념처럼 일대

---

5   김병욱 외, 『문학과 신화』, 예림기획, 1998, 328~332면.

일의 의미로 규정될 수 있는 것이 아니다. 엘리아데가 『종교형태론』에서 정의한 상징의 성격을 다음과 같이 요약할 수 있다.

　상징은 인간의 직접적 체험으로 밝혀지지 않는 실재의 양태나 세계의 구조를 드러낸다. 이와 같이 실재하는 세계의 구조를 지시하기 때문에 상징은 진정한 의미에서 종교적이다. 또한 상징은 그 본질상 다가성多價性을 지니므로 이질적인 여러 현상을 하나의 전체와 연결시키는 기능, 즉 통합의 기능을 한다. 이러한 통합성은 개체로 단절된 인간들에게 하나의 연합의식을 불러일으켜서 소외에서 벗어나게 할 수 있을 것이다. 상징은 또한 달리 표현할 수 없는 절대적 실재의 구조를 표현할 수 있으며, 그 자체로도 존재론적 가치를 지니고 있다.

　엘리아데는 상징이 일종의 누미노제적 향기를 지니고 있다고 한다. 상징이 신성한 것을 계시하는 역할을 한다는 것이다. 이와 같이 상징은 비록 매개적인 방식이기는 하지만 거룩함에 참여하게 해준다. 따라서 상징의 우주적 맥락이 드러나면서 인간은 창조의 신비에 대면하게 되는 것이다. 심층심리학자인 융과는 달리 엘리아데는 상징을 무의식에다 한정시키기를 거부하며 이미지나 상징에는 심리학적 요소뿐 아니라 초의식적 요소도 있다고 주장함으로써 상징의 의미를 확장시킨다. 따라서 엘리아데가 말하는 이러한 상징적 사고와 거룩한 기호들이 무엇이며, 그것들이 어떠한 의미를 지니고 있는지 고찰하는 것은 문학 연구에 있어 중요한 가치를 지니게 된다.

2. 문학에 나타나는 낙원의 회귀 기호

현대의 끊임없는 비신성화 현상은 정신생활의 내용을 변질시켰지만 그 상상력의 모태는 파괴하지 못했다. 그 상상력의 모태란 바로 낙원에 대한 노스탤지어라고 할 수 있는데, 상상력이라고 불리는 이 절대적이고 본질적인 부분을 원시의 신화에 의해 재생시키고자 한다. 또한 현대인의 정신적 갱신의 출발점을 제시하는 이 상상력을 발견하기 위해 현대인의 가장 평범한 생활 속에 숨어 있는 신학과 신화를 재발견해야 할 것이다. 즉 문학을 통해 세속화되고 현대화된 신화적 상상력은 어떤 모습으로 그려지는지 찾아보고 그 의미를 생각해 볼 필요가 있다. 프로이트가 주장해온 것처럼 예술가는 무언중에 혹은 자신도 모르는 사이에 세계 및 자기 심리의 심층을 관통하고 있다. 그러므로 예술가는 수천 년 전에 사라져버린 고대의 종교성을 재발견하고 재현하기도 한다. 예를 들어 부랑쿠시가 돌에 대해 신석기인들이 품었음 직한 열망이나 두려움, 외경심 등을 재현한다면 그때 그 돌은 거룩함이 나타나는 성현이며 성과 궁극적인 것, 환원불가능한 실재를 동시에 드러내는 도구가 된다.[6]

현대 예술의 두드러진 특성으로 전통적 형식의 파괴와 무정형이나 물질의 기본 양태에 대한 선호들 역시 종교적으로 해석될 수 있는데, 물질의 성현화, 즉 물체 자체를 통해 드러난 거룩함의 발견은

---

6   미르치아 엘리아데, 앞의 책, 1991a, 157면.

이른바 '우주적 종교'의 특징이기도 하다. 그러므로 현대 문학작품들에 있어 서사성의 해체라든가, 무정부적 글쓰기, 다의성과 양가성, 환상적 이미지가 두드러지는 현상을 해석하는데 형식의 세계를 허물어뜨리고자 하는 의식적 혹은 무의식적 의지의 반영이 아닌가 하는 시각을 가질 수 있다. 이 점에 대해 엘리아데는 형식의 세계는 시간이 흐르면서 진부해지고 공허하게 된다고 한다. 이렇게 진부해진 세계를 근원적 양태, 궁극적으로 제일 질료로 환원시키고자 하는 것을 예술가의 의지로 본다. 원초적 양태에 대한 관심은 죽을 수밖에 없는 존재 양식이 부과하는 중압감에서 자유롭고자 하는 갈망, 그럼으로써 서광으로 빛나는 세계에 침잠하고자 하는 향수를 보여준다는 것이다.[7] 그러므로 엘리아데가 말하는 성현 hierophany이 현대인의 삶 속에서는 어떤 형상으로 나타나는지 살펴볼 필요가 있다. 신화적 사건은 기념하는 것이 아니고 반복하는 것이다. 또한 사람들은 신화적 사건을 통해 신화의 주인공과 동시대에, 즉 연대기적 시간이 아니라 원초의 시간, 그 사건이 처음 생겼던 시간에 태어나는 것을 경험한다. 인간은 신화적 원형을 반복함으로써 세속적인 시간을 폐지하고 주술, 종교적인 시간으로 진입하여 '영원한 현재'를 구성한다. 이러한 무시간적 시간이란 시초의 때, 역사 밖에 있는 시간의 여명, '낙원'의 시간을 말한다.

그러므로 거룩함이 묻혀 있는 장으로서의 무의식에 대한 개념과 더불어 현대인의 평범한 생활 속에 숨어있는 신화를 찾기 위한 장

---

7   위의 책, 158면.

으로서 문학작품들이 연구의 영역으로 제시될 필요가 있다. 한 개인으로서 작가는 자기가 살고 있는 시공의 여러 심급들과 교섭하고 대화하면서 인간과 세상의 처지를 이해하고 성찰하게 되는데, 그것을 통해 작가의 현실이 구성된다. 동시에 이 현실은 작가라고 하는 개인적 차원에 국한되지 않고 개인을 넘어서는 일반적 생산양식이나 생활양식, 그리고 문화 생산양식, 일반적 이데올로기와 심미적 이데올로기 등등 여타의 심급과 중층적으로 관여된다. 때문에 우리는 작품을 통해 그 시대의 문화와 사상을 엿볼 수 있다. 작가 역시 한 사회의 구성원이며 작가에 의해 포착된 상징이나 기호는 그 시대의 공유물이고 또한 그 시대를 드러내는 기표이기도 하다. 그러므로 문학작품 중에서도 문화적 요소를 가장 많이 담지하고 있는 것으로 여겨지는 소설을 통해 현대인들의 생활양식이나 문화 그리고 사상들을 살펴볼 수 있다.

예술가는 무언중에 혹은 자신이 의식하지 못하는 사이에 세계 및 자기 심리의 심층을 관통한다. 현대의 예술은 전통적 가치를 해체하고 파괴하려는 실험적 시도들로 가득 차 있다고 해도 과언이 아니다. 그러나 그 다양한 내용과 표현 양식의 근저에는 대략적으로 가족 해체, 소외, 단절, 경쟁, 모호성, 불륜, 전망 부재 등의 여러 징후를 접할 수 있는데 그것을 아우르는 하나의 상위 개념, 혹은 상호 영향을 주는 개념을 불안이라고 할 수 있다. 현대적이고 도회적인 삶의 근저에 자리 잡은 불안 의식이 인간을 두렵게 하고, 그 두려움은 다시 역으로 불안을 배가시킨다. 그러나 이러한 불안은 거룩함을 불신하며 거부하고, 낙원을 상실한 개인의 불안이다. 불안을 표출하는 여러 기호를 통해 잃어버린 낙원의 노스탤지어를 살펴보는 것은 의미 있는 일이다. 오로지 영원한 현재에 속하며 삶 자체가 곧 기쁨이자 은총의 상태인 낙원에 대한 꿈은 일상적 세계, 혹은 역사적 정황에서 벗어나 초월적이고 거룩한 세계로 들어가게 해준다.

이와 같이 꿈꾸고자 하는 인간의 욕구는 상상력을 전제로 하는 '이야기', 즉 '신화'에 대한 욕구를 의미한다. 신화는 일련의 연속적인 서사적, 혹은 극적 에피소드에 대한 상상적 그림으로 구성되어 있기 때문이다. 예를 들면 황석영의 「삼포가는 길」에서 소외되고 뿌리 뽑힌 민중으로 대표되는 노영달, 백화, 정씨 세 사람은 고향을 찾아간다. 젖과 꿀이 흐르는 가나안에 비견될 만한, "모든 것이 넉넉하고 풍족한" 고향 땅은 개발의 소용돌이 속에서 신음하고 있다. 그들에게 있어 고향은 뿌리 뽑힌 자의 영혼을 쉬게 하고 어머니의 자장가처럼 마음을 달래주는 위안처이고 낙원을 상기시키는 꿈이었는데 그들에게는 막상 돌아갈 땅이 없다. 이범선의 「오발탄」에서 치매 상태의 어머니는 '가자'를 연발함으로써 전쟁으로 인해 두고 온 고향으로의 회귀를 촉구한다. 고향으로 가기만 하면 그들 가족이 당하는 모든 어려움이 일시에 해소될 것으로 기대하고 있다. 김승옥의 「무진기행」 역시 가상의 공간, 안개가 끼는 무진이라는 신화적 공간을 설정한다. 주인공은 자신에게조차 드러내기 민망한 과거를 떠올리고 수치스러운 기억이 있는 곳, 도시 생활에 지쳤을 때 잠시 들렀다 가는 원형적 공간으로 무진을 설정해 놓고 있다. 그러므로 무진은 주인공에게 원초적 체험이 이루어지고 꿈과 전망이 뒤섞이는 신화적 공간이 된다.

"인생이 극도로 불투명하게 느껴지고 살아온 이유와 살아갈 이유에 대해 아무런 확신을 가질 수 없을 때" 오랫동안 갈망해오던 본래의 '나'를 만나는 장소를 말무리반도로 상정하고 자아를 찾아 여행을 떠나는 이야기가 박상우의 「말무리반도」이다. 윤대녕의 「은어낚시통신」에서는 "지금 사람에 거역하다 파면된 것들, 상처받아 불구가 된 것들, 혹은 사살된 욕망들"에 의해 더 이상 상처받지 않도록 먼저 해체를 시도하는 모음들의 문장이 은어로 상징된다. 그러나 욕망은 사살되지 않고 의식의 와해된 틈이나 어떤 대리물을 통해 다시 회귀한다. 그리하여 결국 상처받은 존재들은 '원래 있어야만 하는 장소로 돌아가고자 하는 여행'을 시작하게 된다. 윤대녕의 「피아노와 백합의 사막」 역시 비슷한 맥락에서 읽을 수 있다. 은어처럼 시원으로 거슬러 가는 것 대신에 존재의 시원을 만나러 사막으로 가는 것이 다를 뿐이다. 양귀자의 「천마총 가는 길」, 민혜숙의 「황강 가는 길」 역시 욕망이 정화되는 장소로의 회귀를 통해 초월적 세계로 나아간다.

오늘날 서구의 학자들이 천년왕국운동과 유토피아에 대해 관심을 기울이는 사실은 상당히 중요한 의미를 시사한다. 그것은 세계의 기원에 대한 관심, 즉 서구인들 사이에 그들의 원초적 역사, 절대적 시원을 발견하고 거기로 되돌아가고자 하는 열망이 증대되고 있음을 뜻한다. 자신의 시원으로 복귀하려는, 그래서 원초적 상황을 회복하고자 하는 열망은 다시 시작하려는 열망, 즉 아메리카 여러 국가 조상들이 대서양을 횡단하여 찾고자 했던 지상 낙원에 대한 향수를 내포하기도 한다. 이러한 성향은 아메리카 작가들의 '아담 향수'라든가 잃어버린 낙원을 찾는 구아라니 족을 통해 '악이 없는 땅'으로 표현됨으로써 황금시대의 낙원적 징후를 드러낸다.[8]

문학적 수단을 통한 상상적 세계의 창조는 신화적 과정에 비견될 만하며 따라서 모든 문학작품은 제각기 고유한 세계를 창조한다. 오늘날같이 탈성화된 시대에서 '성聖'은 주로 상상적 세계에 현존하면서 활동하기 때문에 낙원과 초월 그리고 완전한 자유를 꿈꾸는 현대인의 갈망과 향수는 예술 작품을 통해서 드러나게 될 것이다.

3. 현대 속의 '중심' – 순수 영역의 회복

원시사회에서는 제단이라든가 신성한 나무 등과 같은 공동체를 아우르는 중심이 존재하였다. 이 중심은 '천지간의 끈'으로 여겨지기도 하고 천상계, 지상계, 지하계의 접합점을 이루기도 한다. 이 중심의 최정상에서 순례자는 세계와의 단절을 실현하면서, 세속 공간을 초월하는 '순수 영역'으로 들어가는데 이것을 '중심의 의례'라고 한다. 이러한 중심의 개념이 현대에 있어서 무엇으로 대체되며

---

8   미르치아 엘리아데, 「6장 : 낙원과 유토피아」, 앞의 책, 1991b 참조.

이 중심의 영역이 현대인에게 구원의 이미지를 줄 수 있는지 알아보기로 한다. 그리고 천상계와 지상계, 지하계를 아우르는 중심의 상징으로 무엇이 사용되었는지, 그 상징의 은유는 무엇인지, 또한 그 상징이 쓰이던 당시의 의미는 무엇이며 그것을 현대에 재현할 때 어떤 의미로 사용될 수 있을지 살펴보는 것은 의미 있는 일이다.

인간이 사회생활에서 어느 정도 성공을 거두었다 할지라도 실의와 좌절, 실존적 공허에서 헤어나지 못하는 것은 삶의 주관적 의미를 발견하지 못했기 때문이라는 심리요법 치료자 빅터 프랭클의 말이다.[9] 그것이 사회적 가치를 인정받는 것이든 그렇지 않든, 한 인간에게 위안이 되고 의지처가 되는 어떤 일을 찾는 것이 중요한데, 그러한 존재의 의지처는 종교적 신앙일 수도 있고 돈 혹은 사람이나 술과 마약일 수도 있다. 그것이 한 개인에게는 자신의 존재를 기대는 의지처가 되는 것이다. 순수한 영역, 즉 중심을 상실한 시대를 사는 현대인은 김형경의 「담배피우는 여자」의 주인공처럼 "바람직하고 창조적인 것이었으면 좋았겠지만" 무언가 위안이 될 만한 혹은 단절감을 이어줄 만한 것으로 담배를 선택한다. "담배를 피울 때만 온전하게 나라는 존재로 살아있다는 것을 믿을 수 있고" 홀로 잠깨어 밤의 터널을 건널 때에는 잠깐 빛났다 스러지는 담뱃불이라도 있어주어야 한다는 것이다. 이와 같이 존재의 의지처가 될 때 담배는 신성성을 부여받게 된다.

다음으로 세속적 시간과 신성한 시간에 대해 살펴보기로 한다.

---

9   빅터 프랭클, 김충선 역, 『삶의 의미를 찾아서』, 청솔, 1984, 83면.

주기적인 역사적 시간을 폐기하고 과거를 소멸시키고 시간을 재생시키려는 인간의 노력들은 문학을 통해서도 자주 나타났다. 엘리아데에 따르면 인간은 신화와 상징을 통해서 역사적 시간으로부터 벗어나서 지속에 의해서 구성되지 않는 측정 불가능한 역설적 순간인 대시간 속에 자신을 투입시킨다. 신화는 역사적 상황을 망각시키고 그 상황을 초월하게 할 수 있다는 것이다. 우리 자신이라고 생각하는 것 혹은 우리가 소유하고 있다고 착각하는 것으로부터 우리를 초월시키고자 한다. 즉 일상적 세계 혹은 역사적 정황에서 벗어나 전혀 다른 초월적이고 거룩한 세계로 들어가게 해주고 존재에 하나의 단절을 가져다줌으로써 그에게 정신의 세계를 펼쳐 보여준다고 한다. 이러한 관점은 소유를 통해 정체성을 확립하고자 하는 현대인을 그 역사적 상황에서 벗어나게 해주는 장치가 될 것이며, 초월적인 상상력을 작동시키는 동인이 될 것이다. 엘리아데가 일차적으로 조사해 놓은 여러 가지 인도의 신화와 다른 종교의 신화들을 통해 세속적 시간에서 벗어나 신성한 시간에 들어가는 양상과 그 의미에 대해 살펴보는 것 역시 신성한 공간에 대한 이해 못지않게 문학적 상상력을 풍성하게 하는 데 기여할 것이다.

엘리아데는 신화가 살아있는 사회의 인간은 암호로 표현된 신비스럽긴 하지만 '열려져 있는 세계'에 살고 있다고 본다. 세계는 인간에게 말하고 있는데, 인간이 그 언어를 이해하기 위해서 신화를 알고 상징을 해석하는 것이 필요하다. 세계는 불분명한 대상이 아니라 명확하고 의미 있는 살아있는 우주로 다가오며 이러한 세계에 살고 있는 인간에게는 자기의 존재양식이 열려있다. 따라서 엘리아데를 통하여 살펴본 상징과 그 의미들이 현대를 살고 있는 우리의 삶에 어떤 영향을 미칠 것인지, 그것이 현대의 문화 속에 어떻게 구현되고 있는지 또한 우리의 삶을 어떻게 변화시킬 수 있을지 그 가능성과 한계를 살펴보는 것은 의미 있는 일이다.

이와 같은 주제의식을 가지고 엘리아데가 말하는 상징적 사고와 현대에 나타나는 거룩한 기호의 개념이 무엇이며 그것이 현대에는 어떠한 의미로 환원될 수 있는지 문학작품을 통해 알아보는 것은 신화적 상상력이 문학적으로 어떻게 구현되는지를 가늠할 수 있는 좋은 방법이 될 것이다. 또한 낙원의 노스탤지어는 어떤 것인가 그리고 그것이 현대를 사는 우리들에게 어떤 의미를 가지는가 고찰함으로써 현대인의 단절과 소외감을 극복하기 위한 단초를 찾는 것도 의미 있는 일이다. 그리고 현대 속의 '중심'-순수의 영역은 무엇인가, 또한 세속적 시간과 신성한 시간의 현현 양상은 어떠한지, 특히 신성한 시간과 공간의 회복이 소외되고 단절된 현대인에게 어떠한 의미를 가지는지 검토하는 것은 신화적 상상력의 문학적 가치를 드러내는 좋은 연구의 장이 될 것이다.

이상으로 엘리아데의 거룩한 상징에 대한 사고와 신화적 상상력이 문학에 적용될 때 가지는 가치에 대해 논해 보았다. 문학의 장에서조차 상징과 신화적 사고가 소멸되어 버린 요즈음 신화적 사고와 상징의 의미를 다시 검토해보고 문학작품을 통해 복원하는 작업은 의지처를 잃고 존재감을 상실한 현대인들에게 중요한 의미로 다가올 것이다.

참고문헌

정진홍, 『종교문화의 인식과 해석』, 서울대 출판부, 1996.

뒤프레, L. K., 권수경 역, 『종교에서의 상징과 신화』, 서광사, 1996.
라이트, 엘리자베트, 권택영 역, 『정신분석비평』, 문예출판사, 1989.
엘리아데, 미르치아, 정진홍 역, 『우주와 역사』, 현대사상사, 1976.
_____, 이동하 역, 『성과 속-종교의 본질』, 학민사, 1983.
_____, 이은봉 역, 『신화와 현실』, 성균관대 출판부, 1985.
_____, 정위교 역, 『요가』, 고려원, 1989.
_____, 박규태 역, 『종교의 의미-물음과 답변』, 서광사, 1990.
_____, 박규태 역, 『상징, 신성, 예술』, 서광사, 1991.
_____, 이은봉 역, 『종교형태론』, 한길사, 1996.
_____, 이재실 역, 『이미지와 상징』, 까치, 1998.
융, 칼 구스타브, 설영환 역, 『무의식 분석』, 선영사, 1988.

Bellemin-Noël, Jean, *Psychanalyse et Littérature*, P.U.F., 1978.
_____, *Vers L'inconscient du Texte*, P.U.F., 1979.
_____, *Biographies du Désir*, P.U.F., 1988.
Bergez, Daniel, et al., *Introduction aux Méthodes Critiques Pour l'analyse Littéraire*, Bordas, 1990.
Chasseguet-Smirgel, Janine, *Pour une Psychanalyse de l'art et de la Créativité*, Payot, 1971.
Eliade, Mircea, trans. Trask, W., *Cosmos and History : The Myth of the Eternal Return*, Princeton University Press, 1954.
_____, trans. Sheed, R., *Patterns in Comparative Religion*, Sheed and Ward, 1958a.
_____, trans. Trask, W., *Rites and Symbols of Initiation : Birth and Rebirth*, Harvill Press, 1958b.
_____, trans. Trask, W., *Yoga, Immortality and Freedom*, Routledge & Kegan Paul, 1958c.
_____, trans. Trask, W., *The Sacred and the Profane : The Nature of Religion*, Harcourt Brace Jovanovich, 1959.
_____, trans. Mairet, P., *Myths, Dreams and Mysteries : the Encounter between*

Contemporary Faiths and Archaic Realities, Harvill Press, 1960.

_____, trans. Mairet, P. , *Images and Symbols : Studies in Religious Symbolism*, Harvill Press, 1961.

_____, trans. Trask, W. , *Myth and Reality*, Harper and Row, 1963.

_____, *The Quest : History and Meaning in Religion*, University of Chicago, 1969.

Freud, Sigmund, *Essais de Psychanalyse*, Payot, 1981.

Girard, Réne, *Mensonage Romantique et Vérité Romanesque*, Grasset, 1961.

Kofman, Sarah, *L'enfance de l'art*, Paris, 1985(P.U.F. , 1967).

Miguet-Ollagnier, Marie, *La Mythologie de Marcel Proust*, Annales Littéraires de l'Université de Besançon, 1982.

Zima, Peter V. , *Le désir du Mythe*, Nizet, 1973.

2장

신화적 공간 '무진'의 정신분석

김승옥의 「무진기행」을 중심으로

1. 들어가는 글

문학이 어떤 특정의 시·공간을 전제로 한 이야기라고 한다면 공간의 중심이 되는 장소는 소설에서 중요한 역할을 하게 된다. 그러한 맥락에서 볼 때, 귀향 소설류의 대다수는 떠나온 장소에 대한 애착과 그곳으로 돌아가고자 하는 열망을 담고 있다고 할 수 있다. 예를 들어 황석영의 「삼포 가는 길」에서 소외되고 뿌리 뽑힌 민중으로 대표되는 노영달, 백화, 정씨 세 사람이 찾아가는 고향, 세상살이에 지친 서민들이 마지막으로 찾아가는 곳인 삼포는 이상적인 유토피아적 공간, 모든 것이 풍요하고 넉넉한 낙원을 상징한다. 이범선의 「오발탄」에서 치매 상태의 어머니는 '가자!'를 연발함으로써 전쟁으로 인해 두고 온 고향으로의 회귀를 촉구한다. 즉 고향으로 가기만 하면 그들 가족이 당하는 모든 어려움들이 일시에 해소될 수 있을 것으로 기대한다. "인생이 극도로 불투명하게 느껴지고 살아온 이유와 살아갈 이유에 대해 아무런 확신을 가질 수 없을 때", 오랫동안 갈망해오던 본래의 '나'를 만나는 장소를 말무리 반도로 상정하고 자아를 찾는 여행을 떠나는 이야기가 박상우의 「말무리반도」이다. 말무리 반도는 자신이 진정 원하던 화가로서의 삶을 살고자 하는 주인공의 변화를 위한 공간이며 진정한 자아를 대면하는 공간이다. 윤대녕의 「은어낚시통신」 역시 같은 맥락에서 이해되는바, 자신의 시원으로 복귀하려는 시도로 여겨진다. 이와 같이 원초적 상황을 회복하고자 하는 열망은 다시 시작하려는 열망, 지상 낙원에 대한 향수를 내포하기도 한다.

그러나 어떤 장소에 대한 애착이 고향 혹은 어린 시절 기억의 고착이라는 등식을 넘어서서 신화적인 공간으로 자리매김하는 경우도 있다. 김승옥의 「무진기행」이 그러한 경우이다. 지도상에 실제로 존재하지 않는 공간인 '무진'은 신비하고 신화적인 장소로 주인공 윤희중의 존재중심이 된다. 엘리아데에 따르면, 원시사회에서는 제단이라든가 신성한 나무처럼 공동체를 아우르는 중심이 존재하는데, 이 중심은 '천지간의 끈'으로 여겨지기도 하고 천상계, 지상계, 지하계의 접합점을 이루기도 한다. 이 중심의 최정상에서 순례자는 세계와의 단절을 실현하는, 세속 공간을 초월하는 '순수 영역'으로 들어갈 수 있다고 한다. 전통 사회의 인간은 위로 열려져 있는 공간, 즉 초월적 세계와의 접촉이 가능한 공간에서 살 수 있었고 근대인은 지상적 '중심'을 가지고 있었다. 서구의 작은 마을이나 도시

마다 그 중심 광장에 교회나 성당이 있고 동양에는 마을 어귀에 느티나무나 공동 우물이 한 마을 공동체의 중심을 이루고 있었다.

이와 같이 인간과 신 그리고 자연, 그리고 마을 공동체와 동일성을 느끼고 살았던 사람들의 생활태도와 신화를 분리시키고 살아가는 현대인들 사이에는 분명한 차이가 존재한다. 하지만 현대인이라 할지라도 존재를 기댈 수 있는 중심에 대한 환상을 버린 것은 아니다. 어떤 인간의 삶도 의식적이고 합리적인 활동만으로 환원될 수는 없기 때문이다. 현대의 끊임없는 비신성화 현상이 정신생활의 많은 부분을 변질시켰다 해도 그 상상력의 모태까지는 파괴할 수 없는데, 그 상상력의 모태란 바로 낙원에 대한 노스탤지어라고 할 수 있다. 프로이트에 따르면, 예술가는 무언중에 혹은 자신도 모르는 사이에 세계 및 자기 심리의 심층을 관통하고 있다고 한다. 그러므로 예술가의 무의식을 연구 대상으로 삼는 학자도 있다. 예술가는 무의식적으로 수천 년 전에 사라져버린 고대의 종교성을 재발견하고 재현시키기도 한다. 낙원이라는 신화적 공간에 대한 꿈은 음악이나 미술 혹은 소설이나 시와 분리할 수 없다. 그러한 맥락에서 이 글에서는 김승옥의 단편 「무진기행」에서 '무진'이라는 공간의 분석을 통해서, 무진이 의미하는 바를 살펴보고자 한다.

2. 무의식의 공간, '무진霧津'

　　김승옥의 「무진기행」은 안개에 싸인 가상의 공간, 도시 생활에
지쳤을 때 잠시 들렀다 가는 원형적인 공간으로서 무진을 설정해
놓고 있다. 그러나 무진은 단순하게 모든 것이 충족되는 낙원의 이
미지뿐 아니라 원초적 체험이 이루어지고 모든 꿈과 전망이 뒤섞
이는 신비한 장소이다. 무진은 유년의 기억이 지배하고 있는 고향
이며, 주인공에게 새로운 변화를 꾀하거나 새로운 출발을 모색하
기 위한 장소이면서도 동시에 외면하고 싶은 어두운 과거의 그림
자가 숨어있는 곳이다. 즉 모든 것이 혼재되어 있으며, 새로운 시작
의 전기를 이루는 부활의 공간이자 무의식을 표상하는 공간이다.
그러므로 '무진'이라는 상징을 고찰함으로써 일상과 분리되는 특별
한 공간으로서의 무진, 그때 그 시간illud tempus이 체험되는 비역사적
이고 비시간적인 시간을 경험하는 공간으로서의 무진의 의미를 밝
혀보고자 한다.
　　「무진기행」은 주인공이 서울을 떠나 고향 무진으로 귀향했다가,
다시 무진을 떠나 서울로 돌아온다는 여로형식을 취하고 있다. 이
소설은 '무진 10㎞'라는 이정비를 보는 것으로부터 시작하여 '당신
은 무진읍을 떠나고 있습니다. 안녕히 가십시오'라는 하얀 팻말을
보는 것으로 끝나고 있다. 무진을 알리는 이정비와 무진을 떠난다
는 하얀 팻말 사이에 이야기가 들어있으므로 이야기가 진행되는
공간이 무진임은 분명하다. 시골 출신으로 "빽 좋고 돈이 많은 제약

회사 사장의 과부 딸"과 결혼하여 급속히 출세하게 된 윤희중은 바야흐로 "해방 후 무진 중학 출신 중에선" 제일 출세한 인물이다. 이 인물이 무진을 찾아 내려오게 된 것은 제약회사의 이사회에서 그를 전무로 승진시킬 계획을 이행하는 동안 잠시 고향에 다녀오라는 아내와 장인의 권유에 의해서다.

> 버스가 산모퉁이를 돌아갈 때 나는 '무진 Mujin 10km'라는 이정비里程碑를 보았다. 그것은 **옛날과 똑같은 모습으로 길가의 잡초 속에서 튀어나와** 있었다.(시작부분, 강조는 인용자)[1]

> 덜컹거리며 달리는 버스 속에 앉아서 나는, 어디쯤에선가, 길가에 세워진 **하얀 팻말**을 보았다. 거기에는 **선명한 검은 글씨**로 "당신은 무진을 떠나고 있습니다. 안녕히 가십시오"라고 씌어 있었다. 나는 심한 부끄러움을 느꼈다.(끝부분, 강조는 인용자)(194면)

이정비가 옛날과 똑같은 모습으로 길가의 잡초 속에서 튀어나와 있다는 표현에 주목할 필요가 있다. 옛날과 똑같다는 것은 무진에서의 시간이 일상적, 역사적 차원의 시간이 아닌 신화적 시간, 비시간적임을 암시한다. 또한 이것은 주인공의 의식 속에서 무진이 특별히 의미 있는 장소임을 의미한다. 이 이정비는 일상적 공간과 대

---

1   김승옥, 『무진기행』, 문학동네, 2004, 158면. 이하 해당 작품을 인용할 때는 인용문 말미에 인용 면수만을 밝힌다.

립되는 신화적이고 무의식적인 공간인 무진으로 진입하는 경계석이며 융의 설명에 따르면 성소의 문지방에 해당된다.[2] 그 이정비는 잡초 속에 묻혀 있다가 주인공에게 튀어나오게 된다. 그것은 주인공의 의식 속에 무진이라는 공간이 어떤 트라우마를 자극했음을 의미한다. 또한 무진에서 떠나올 때 길가에 세워진 하얀 팻말이 다시 한 번 등장하면서 선명한 검은 글씨로 주인공이 '무진과 결별하고 있음을' 알린다. 즉 무진이라는 신화적 공간에서 일상적인 공간인 서울, 즉 책임이 지배하는 사회적 공간으로 이동하고 있음과 무진이 의미하는 모든 것들과 결별한다는 의미에서 경계석의 의미를 지닌다. 주요 장소는 입구와 출구를 가지고 있는데, 이 소설의 시작과 끝에는 무진이라는 이정표가 자리하고 있다.

1) 모호한 일탈의 공간

무진의 성격은 모호하다. 안개가 명산물일 뿐, 물도 아니고 땅도 아닌 곳이다. "제대로 된 바다가 있는 것도 아니고 그렇다고 평야가 있는 것도 아닌 바다도 아니고 농촌도 아닌 곳, 안개 외에는 그렇다

---

2 성소temenos는 원래적인 의미에서 신의 임재가 느껴질 수 있는 거룩한 장소를 지칭한다. 그러나 융은 그 단어를 심리학적으로 적용하여 '의식에 의해 접근불가능하며 자아의 방어에 의해 잘 보호되어 있는 영역'이라고 한다. 성소의 동의어로 '밀봉된 그릇'이라는 용어를 쓰기도 하는데, 이 밀폐된 그릇 안에서 대극적인 것들이 변화한다는 연금술의 용어이다. 심리학적인 성소는 자궁 혹은 감옥으로 경험될 수도 있다. 앤드루 새뮤얼 외, 민혜숙 역, 『융분석비평사전』, 동문선, 2000, 242면.

할 명산물 하나도 없이 그럼에도 불구하고 오륙만이나 되는 인구가 그럭저럭 살아가는 곳"으로 정의되어 있다. 안개는 "손으로 잡을 수 없으면서도 뚜렷이 존재하고, 사람들을 둘러싸고" 있다. 무의식 역시 안개처럼 존재하고 있지만 그 실체를 뚜렷이 밝힐 수 없는 불분명한 것이다. 안개는 무진의 특성을 표상하는 표지로 여겨지며 안개의 상징은 대지와 하늘을 연결해 주는 중재자의 역할로 해석될 수 있다. 그리고 무진을 향하고 있는 버스 안에서 수면제를 품고 있는 듯한 바람의 입자들은 주인공을 반수면 상태로 끌어넣는다. 반수면 상태 역시 백일몽과 비슷하게 무의식을 환기해준다. 신화를 인간의 무의식이 방어적으로 투사된 것으로 보는 견해에 따르면 신화는 인간의 무의식의 복합체이며, 집단 무의식의 한 원형이기도 하다.[3] 「무진기행」의 경우는 주인공이 의식적으로 숙고하는 내용이 아니라 사물들이 환기하는 기억들을 통해서, 즉 사물의 시니피앙을 통해 그 상징적 의미를 추론해야 할 것이다.

프로이드S. Freud에게 있어서 주체란 명료한 의식인 자아와 충동으로 이루어진 무의식 그리고 금기들이 내재화된 초자아라는 세 가지로 이루어진 단위이다. 서술적descriptif 의미에서, 무의식은 의식의 장에 나타나지 않은 내용의 총체를 말하며 그 점에 있어서는 전의식과 무의식은 명확한 구별이 없다. 전의식이란 의식의 실제적인 장에 나타나지는 않지만 명백하고 투명한 코기토cogito에는 다가갈 수 있는 것이다. 위상학적topologique 의미에서 무의식은 억압에

---

3 김병욱 외, 『문학과 신화』, 예림기획, 1998, 52~53면.

의해 전의식이나 의식에 도달하지 못한 억압된 내용들로 구성되어 있다. 정신분석의 초기에는 이드_Ça_를 무의식에, 자아_Moi_, 초자아 _Surmoi_를 전의식이나 의식에 대응시키는 경향이 있었다. 그러나 자아와 초자아는 의식적이기도 하고 무의식적이기도 하며, 특히 초자아는 우리가 알지 못하는 동안에 우리의 이상적 자아가 무의식 속에 형성되어서 자아를 검열한다 하여 무의식과 관련이 있는 것으로 여겨진다.

라플랑쉬_J. Laplanche_에 따르면, 위상학적 관점에서 무의식은 의식과 전의식에 대립되며, 서술적 관점에서는 의식이 전의식과 무의식에 대립된다.[4] 정신분석에서 무의식은 의식에 도달하지 못한 내용들로 구성되며, 전의식은 의식에 개방될 수 있으며 실현되지 않은 기억이나 지식 혹은 여론들로 구성된다고 한다. 이러한 내용들이 이전에는 무의식 혹은 잠재의식으로 분류되어 있었다. 그러므로 전의식은 의식과도 대립되고 무의식과도 대립되기 때문에 의식적 인식으로 불린다. 때문에 우리가 무의식을 엿볼 수 있는 것은 전의식을 통해 나타나는 표지들을 추론하는 방법을 통해서이다. 전의식은 느낌이 결코 인식되지 않는 언어표현의 장으로 인식되며, 무의식은 사물 표현_représentation de chose_의 장으로 인식된다. 그리고 전의식 혹은 의식이 어떤 의미를 파악할 수 있는 기의記意, Sé를 표현한다면, 무의식은 의미 파악과는 별도의 기표記標, Sa로 표현되는데, 무의식은 직관의 관점에서 보면 비시간적인 것으로 인식된다. 주

---

4 Jean Laplanche, *L'inconscient et le Ça*, P.U.F., 1981, p.271.

체가 어떤 기억을 하고 있는 한 그것은 무의식적이 아니다. 무의식의 내용은 의식에 떠오르지 않기 때문이다. 그러므로 무의식에 대한 연구는 엄밀한 의미에서 불가능하다. 그러나 소극적 방법으로 꿈, 오류, 실수 등과 같은 무의식적 형성을 통해, 혹은 드러난 텍스트의 빈곳에 쓰인 무의식을 나타난 것과 관련지어 연구해 볼 수는 있을 것이다. 「무진기행」의 경우는 주인공이 의식적으로 숙고하는 내용이 아니라 사물들이 환기하는 기억들을 통해서 즉 사물의 시니피앙의 상징적 의미를 통해 무의식을 추론해야 할 것이다.

라캉J. Lacan은 인간의 언어활동이 없다면 무의식이 존재할 수 없다고 하면서, 그 무의식이 솟아 나오는 방식이 언어학의 기본 법칙에 따르고 있다고 하였다. 그러나 하나의 기의에 하나의 기표가 대응되는 일대일의 단순관계가 아니고 하나의 기의는 여러 개의 기표들의 전체 구조에서 겨우 드러날 정도이다.[5] 그러므로 라캉이 말한 다원적 결정(혹은 잉여 결정)이라는 용어를 이러한 맥락에서 이해하면 될 것이다. 때로 무의식의 상징 언어는 너무 하찮아서 그냥 지나치는 경우가 많은데 분석가는 이러한 기표들의 그물망 속에서 무의식의 내용을 찾아내야 한다. 프로이트는 일차적으로 서술적 관점에서 무의식, 전의식, 의식으로 구분하다가 후에 역동적 관점에서는 이드, 자아, 초자아로 구분한다. 역동적 관점에 따르면, 이드는 무의식에 대응되고 초자아 역시 상당부분 무의식적이며 자아도 부분적으로 무의식으로 착색되어 있다. 즉 무의식의 분포가 커

---

5   Jacques Lacan, *Ecrits* I, Seuil, 1966, pp. 249~289.

지는 셈이다. 초자아는 우리의 자아를 검열하고 감시하는데 무진에서는 초자아의 검열이 약화되는 모습을 볼 수 있다. 따라서 무진에서 주인공의 생활은 서울에서와는 달리 느슨하고 일탈적인 모습을 보인다.

> 그런 생각을 하자 나는 쓴웃음이 나왔다. 동시에 무진이 가까웠다는 것이 더욱 실감되었다. 무진에 오기만 하면 내가 하는 생각이란 항상 그렇게 엉뚱한 공상들이었고 뒤죽박죽이었던 것이다. 다른 어느 곳에서도 하지 않았던 엉뚱한 생각을, 나는, 무진에서는 아무런 부끄럼 없이, 거침없이 해내곤 했었던 것이다. 아니 무진에서는 내가 무엇을 생각하고 어쩌고 하는 게 아니라 어떤 생각들이 나의 밖에서 제멋대로 이루어진 뒤 나의 머릿속으로 밀고 들어오는 듯했었다. (161면)

무진에서는 다른 곳에서는 하지 않았던 엉뚱한 공상을 하게 되며 생각도 뒤죽박죽이다. 부끄러움이나 주저함이 없이 제멋대로 생각들이 이루어진다는 것이다. 나 즉 '자아'가 주도권을 잡는 게 아니라 제멋대로 이루어진 생각들이 자아를 흔들고 머릿속으로 밀고 들어오는데, 이것은 의식보다 충동이 더 강한 것으로 해석된다. 의식적이고 질서정연한 사회적 삶에서 원초적이고 개인적인 삶으로 이동하고 싶을 때, 짜인 틀에서 여유 있는 한적을 꿈꿀 때, 주인공은 무진을 떠올리게 된다. 서울과 대비되는 무진은 주인공에게 꿈의 공간, 여유 공간, 유토피아적 장소, 즉 신화적으로 착색된 장소이기도 하다. 이-푸 투안에 따르면 신화적 공간은 경험적으로 알려진 것을 둘러싸고 있는, 불완전한 지식으로 된 모호한 공간이다.[6] 서울에서의 삶이 고달플 때마다 주인공은 이러한 공간인 무진을 생각하고 그리워한다. 그렇다고 해서 그것은 일반적으로 고향이 주는 위안감이나 아늑함과는 거리가 멀다. "무진에 가면 새로운 용기라든가 새로운 계획이 술술 나오기 때문은 아니다"(162면)라고 주인공은 분명히 밝히고 있기 때문이다. 그럼에도 불구하고 무진에 갈 때는 "서울의 실패로부터의 도피이거나 무언가 새 출발이 필요할 때"(162면)임은 분명하다. 그러므로 무진은 주체가 소멸되는 공간인 동시에 재생의 공간, 부활의 공간이기도 하다.

서울의 어느 거리에서고, 나의 청각이 문득 외부로 향하면 무자비하게 쏟아져 들어오는 소음에 비틀거릴 때거나, 밤늦게 신당동新堂洞 집 앞의 포장된 골목을 자동차로 올라갈 때, 나는 물이 가득한 강물이 흐르고 잔디로 덮인 방죽이 시오리 밖의 바닷가까지 뻗어 나가 있고 작은 숲이 있고 다리가 많고 골목이 많고 흙담이 많고, 높은 포플라가 에워싼 운동장을 가진 학교들이 있고 바닷가에서 주워 온 까만 자갈이 깔린 뜰을 가진 사무소들이 있고 대로 만든 와상臥床이 밤거리에 나앉아 있는 시골을 생각했고 그것은 무진이었다. 문득 한적이 그리울 때도 나는 무진을 생각했었다. 그러나 그럴 때의 무진은 내가 관념 속에서 그리고 있는 어느 아늑한 장소일 뿐이지 거기엔 사람들이 살고 있지 않았다.(162~163면)

6 　이-푸 투안, 구동회·심승희 역, 『공간과 장소』, 대윤, 1995, 142면.

2) 가치 전도의 공간

검열이 약화되어 본능적인 충동이 표상되기 쉬운 장소인 무진에서는 일상적 가치의 전도가 일어난다. 책임뿐인 서울에 비해 '책임도 무책임도 없는' 미분화된 무진은 무도덕적인 이드(무의식)의 특성을 담지하고 있는 공간이며, 여러 가치를 표상하는 서울과 대립되는 상징적 공간이다.

> 그러자 나는 이 모든 것이 장난처럼 생각되었다. 학교에 다닌다는 것, 학생을 가르친다는 것, 사무실에 출근했다가 퇴근한다는 것, 이 모든 것이 실없는 장난이라는 생각이 든 것이다. 사람들이 거기에 매달려서 낑낑댄다는 것이 우습게 생각되었다.(167면)

이러한 '무진'을 떠날 때 주인공이 보았던 이정표는 흰 바탕에 검은 글씨가 쓰여 있다. 이것이 상징하는 것은 죽음이다. 주인공이 무진의 의미들로부터 떠나는 것은 일종의 죽음이자, 장례의 의식이다. 따라서 무진의 의미를 외면하는 주인공은 신화를 잃어버린 현대인을 상징하며, 따라서 그는 심한 부끄러움을 느낄 수밖에 없다. 그렇다면 주인공이 무진에 대해 가지고 있는 트라우마(trauma, 외상)의 내용이 무엇인지 주인공에게 과거를 촉발시키는 사물이나 인물의 징후를 통해 살펴보기로 한다.

3. 무진의 트라우마

무진은 역구내에서 얼핏 본 미친 여자에 의해 상기되며, 그 여자로 인해 촉발된 일기의 한 구절에 의해 묻어두고 싶던 무진의 상처가 서서히 되살아난다. 현재로 되살려진 과거의 시간, 일상을 초월하고 일상과 구별되는 시간은 거룩한 시간이다. 신화적 사건은 기념하는 것이 아니고 반복하는 것이다. 또한 사람들은 신화적 사건을 통해 신화의 주인공과 동시대에, 즉 연대기적 시간이 아니라 원초의 시간, 그 사건이 처음 생겼던 시간에 태어나는 것을 경험한다. 인간은 신화적 원형을 반복함으로써 세속적 시간을 폐지하고 주술, 종교적인 시간으로 진입하여 '영원한 현재'를 구성한다. 이러한 무시간적 시간이란, 시초의 때, 즉 역사 밖에 있는 시간의 여명, '낙원'의 시간을 말한다. 자신의 시원으로 복귀하려는, 그래서 원초적 상황을 회복하고자 하는 열망은 다시 시작하려는 열망, 지상 낙원에 대한 향수를 내포하기도 한다.[7] 무진의 상처는 성악가를 꿈꾸었지만 속물들 앞에서 유행가 〈목포의 눈물〉을 부르고 있는 하인숙이라는 주인공의 분신을 통해 드러나며 화투짝을 통해 선명하게 부각되기도 한다. 그러므로 과거를 현재화하는 무진의 상징기호들을 통해, 주인공은 과거의 시간이 현재화되고, 그 현재화된 시간 속에

7 　미르치아 엘리아데, 박규태 역, 「6장: 낙원과 유토피아」, 『종교의 의미-물음과 답변』, 서광사, 1991 참조.

서 일상적 시간에서 벗어나 초월적 시간을 경험하게 된다.

주인공에게 무진은 유토피아적인 공간이자 외상적 상처이다. 그렇기 때문에 무진은 명료한 의식으로 다가오지 않는다. 주인공이 실제로 무진에 들어설 때 그의 눈에 보이는 것은 주인공을 교란시키는 끓는 듯한 햇볕과 그 햇볕 속에서 개들이 교미를 하고 있는 장면이다.[8] 즉 그 장면은 주인공의 어두운 기억이 무진의 강렬한 햇볕 속에서 하나씩 드러날 것이며, 그 기억은 개들의 교미처럼 수치스럽고 부끄러운 것들임을 암시해준다. 그러면 무진의 외상을 드러내는 징후들을 통해 주인공이 무진에 대해 가지고 있는 트라우마를 살펴보기로 한다.

1) 미친 여자

무진에 대한 어두운 기억은 광주역에서 본 미친 여자로부터 촉발되어 되살아난다. 어둡던 세월이 일단 지나가 버린 후에 주인공은 거의 항상 무진을 잊고 있었다고 고백한다. 정확히 말하면 무진은 기억하고 싶지 않은 청년 시절과 연결되어 있는 것이다.

---

8 버스는 무진 읍내로 들어서고 있었다. 기와 지붕들도 양철 지붕들도 초가지붕들도 유월 하순의 강렬한 햇볕을 받고 모두 은빛으로 번쩍이고 있었다. (…중략…) 햇볕만이 눈부시게 그 광장 위에서 끓고 있었고 그 눈부신 햇볕 속에서, 정적 속에서 개 두 마리가 혀를 빼물고 교미를 하고 있었다.(165~166면)

그런데 오늘 이른 아침, 광주에서 기차를 내려서 역구내驛構內를 빠져 나올 때 내가 본 미친 여자가 그 어두운 기억들을 홱 잡아 끌어당겨서 내 앞에 던져 주었다. (…중략…) 그 여자의 비명이, 옛날 내가 무진의 골방 속에서 쓴 일기의 한 구절을 문득 생각나게 한 것이었다. (163~164면)

무진의 상처란 다른 청년들이 국가를 위해 목숨을 걸고 전쟁터로 나갈 때 징집을 피해 비겁하게 골방에 숨어있던 일이다. 주인공의 자아와 초자아는 다른 청년들처럼 전쟁터에 나갈 것을 요구하지만 그는 홀어머니를 핑계 삼아 골방에 숨어있게 된다. 그러나 골방에 숨어있는 사건의 죄책감은 홀어머니에게 그 책임을 전가해도 소멸되지 않는다. 주인공은 아들을 살리고자 하는 홀어머니의 시도에 어쩔 수 없이 동의했을 것이지만 이 일로 인한 죄책감은 깊다. 전쟁터에 나간 마을 청년들의 전사통지서가 날아올 때마다 한편으로는 죄책감과 다른 한편으로는 안도감이라는 이중감정에 시달리게 된다. 각 개인 속에 정신과정을 일관성 있게 조직화하는 존재가 있는데, 이것을 그 사람의 '자아'라고 한다. 바로 그 자아에 의식이 부착된다고 할 때,[9] 주인공의 의식은 이중감정 속에서 일관성을 잃고 불안정하게 된다. 정신의학자 설리번은 사람들에게는 저마다 자기가 긍정하는 이상적 자아와 그다지 이끌리지 않을 수도 있는 다른 자아들이 있는데, 그 자아들 중에는 자신에게 너무나 혐오감을 주기 때문에 강인한 사람이 아니면 견딜 수 없는 것들이 있다고

---

9 지그문트 프로이트, 박찬부 역, 『쾌락원칙을 넘어서』, 열린책들, 1997, 100면.

한다.[10] 주인공은 그 당시의 일기에 자신이 미친다면 그와 같은 이유일 것이라고 써놓고 있다. 당시 주인공의 상태는 미칠 것 같은, 거의 광증에 가까운 상태였을 것이다. 때문에 미친 여자를 보는 순간 미칠 것 같았던 자신의 과거가 떠오르게 된다.

이 경우 정신분석적 관점에서 볼 때, 자아는 우울증의 성격을 띠게 되는데 그것은 초자아의 분노의 대상이 동일시를 통하여 자아 속으로 들어오기 때문이다. 자아는 자신의 죄를 인정하고 처벌을 감수하고자 한다. 죄의식이 무의식적으로 남아있더라도 책임이 있는 곳은 자아이기 때문이다.[11] 그래서 주인공은 자신을 자책하는 수단으로 편도선이 부을 정도로 독한 담배꽁초를 피웠으며 노름판에 몰두하기도 했다. 이러한 과거의 기억은 자신과 동일시되는 술집 여자의 자살 시체를 봄으로써 끝이 나게 된다.

2) 수음

무진은 다른 작가들이 말하는 고향처럼 유토피아적이지 않다. 무진은 주인공에게 있어서 감추고 싶은, 골방 속에 박혀있던 어둡던 청년 시절의 부끄러운 기억을 떠올려준다.

---

10 에드워드 홀, 최효선 역, 『침묵의 언어』, 한길사, 2000, 96면.
11 위의 책, 146~147면.

오히려 무진에서의 나는 항상 처박혀 있는 상태였었다. 더러운 옷차림과 누우런 얼굴로 나는 항상 골방 안에서 뒹굴었다. 내가 깨어 있을 때는 수없이 많은 시간의 대열이 멍하니 서 있는 나를 비웃으며 흘러가고 있었고, 내가 잠들어 있을 때는, 긴긴 악몽들이 거꾸러져 있는 나에게 혹독한 채찍질을 하였었다. 나의 무진에 대한 연상의 대부분은, 나를 돌봐주고 있는 노인들에 대하여 신경질을 부리던 것과 골방 안에서의 공상과 불면을 쫓아 보려고 행하던 수음手淫과 곧잘 편도선을 붓게 하던 독한 담배꽁초와 우편배달부를 기다리던 초조함 따위거나 그것들에 관련된 어떤 행위들이었다. 물론 그것들만 연상되었던 것은 아니다. (⋯중략⋯) 무진이라고 하면 그것에의 연상은 아무래도 어둡던 나의 청년靑年이었다. (162면)

무진의 청년 시절이 주인공에게 어두운 과거가 된 것은 홀어머니를 핑계로 삼은 비겁한 삶에 대한 죄책감이다. 다른 청년들이 전쟁터로 몰려갈 때 주인공은 골방 속에 숨어서 수음을 한다. 골방보다는 전선을 택하고 싶다고 주장하면서도 어머니를 핑계로 한 자신의 비겁을 알고 있었기 때문이다. 때문에 그 무렵에 쓴 일기장들은 스스로를 모멸하고 오욕汚辱을 웃으며 견디는 내용들이었다. 이러한 일기를 쓰던 때를, 이른 아침 역구내에서 본 미친 여자가 주인공 앞으로 확 끌어당겨 주었던 것이다. 무진이 가까웠다는 것을 주인공은 그 미친 여자를 통하여 느끼고, 먼지를 둘러쓰고 잡초 속에서 튀어나와 있는 이정비를 통하여 실감한다.

수음이라는 것은 욕망의 대상이 외부로 향하지 않고 자신에게 집중되는 자기애와 일맥상통한다. 일종의 나르시시즘으로도 볼 수 있는데 일반적으로 욕망의 에너지는 일차적으로 어머니라는 대상에 집중되다가 거세 위협을 느끼면 다른 대상으로 전이된다. 그 과정에서 자기 자신에게 욕망이 고착되는 경우 나르시시즘이 형성된다. 사실상 나르시시즘은 그 외관 뒤에 항상 보이지 않는 대상의 그림자를 감추고 있다.[12] 즉 충족되지 못한 대상에의 욕망은 살아있는데, 거세 위협으로 인해 대상 리비도는 자신을 향하는 나르시스적 리비도로 변환되는 것이다. 그런데 나르시스적 구조에는 이전에 대상과 자아가 완전하게 합일된 낙원의 상태, 즉 절대적인 일차적 나르시시즘의 단계에 대한 향수가 존재한다. 그것이 바로 잃어버린 낙원이라고 할 수 있다. 그러나 이제 어머니는 주인공의 자아에 억압을 가하는 타자로 주인공에게 분리의 감정을 불러일으킨다. 주인공은 어머니와의 불화로 인해 대상 리비도를 자신에게 집중시킨다. 수음은 외부적 욕망의 대상이 부재하는 가운데 행해지는 것으로, 이 경우 주인공을 골방 속에 넣어둔 어머니에 대한 반발작용으로 이해될 수도 있다. 골방에 갇혀 리비도를 발산할 길이 없는 청년은 공상과 불면에서 벗어나려는 탈출구로 수음을 택하고 있다.

---

12   André Green, *Narcissisme de Vie, Narcissisme de Mort,* Minuit, 1983 참조

3) 어머니의 산소

주인공에게 어머니는 자신의 생명의 보호자인 동시에 비겁한 행위의 공모자이다. 그것은 하인숙의 친정 배경이 허술하다는 이유로 그녀와 결혼하지 않으려는 세무서장인 친구 조를 비난하기보다는 자신과 같은 공모자로 여기는 것과 같은 맥락이다.

> 그 날 아침엔 이슬비가 내리고 있었다. 식전에 나는 우산을 받쳐들고 읍 근처의 산에 있는 어머니의 산소로 갔다. 나는 바지를 무릎 위까지 걷어 올리고 비를 맞으며 묘를 향하여 엎드려 절했다. 비가 나를 굉장한 효자로 만들어 주었다. 나는 한 손으로 묘위의 긴 풀을 뜯었다. 풀을 뜯으면서 나는, 나를 전무님으로 만들기 위하여 전무 선출에 관계된 사람들을 찾아다니며 그 호걸웃음을 웃고 있을 장인 영감을 상상했다. 그러자 나는 묘 속으로 엄마의 품을 파고드는 아이처럼 기어 들어가고 싶었다. (181~182면)

비를 맞으며 성묘를 한 행위는 주인공을 대단한 효자로 만들어 주었다. 그 말 속에는 어머니의 지시에 따라 골방에 숨어있었던 것도 효도의 행위가 될 수 있을 뿐 아니라, 처가를 잘 만나 출세하게 된 것도 효도라는 의미가 암시되어 있다. 지금은 어머니가 아닌 아내와 장인의 보호를 받으며 출세하도록 되어 있는 자신에 대해 생각하자 왠지 모를 비겁을 느끼고 묘 속으로 들어가고 싶은 죽음충동을 느끼게 된다. 이것은 일종의 퇴행이자 주인공의 자아와 초자아가 화해하지 못하는 것을, 주인공에게 어머니는 긍정적이고 부정적인 양극으로 분열되어 있음을 상징적으로 보여준다. 또한 묘혹은 골방은 원초적 장소인 자궁의 회귀를 의미하며 그 시원의 시간으로의 거슬러 가고자 하는 시도로 이해된다.

4) 목포의 눈물

주인공이 세무서장이 된 친구 조의 집을 방문했을 때 거기에는 '속물들'이 모여 있었고, 거기에서 음악교사인 하인숙을 만나게 된다. 성악을 전공했고 졸업 연주회 때 〈나비 부인〉 중에서 〈어떤 개인 날〉을 불렀다는 그 여자에게 노래 한 곡을 불러달라고 속물들은 청한다.

여선생은 거의 무표정한 얼굴로 입을 조금만 달싹거리며 노래를 부르기 시작했다. 세무서 직원들이 손가락으로 술상을 두드리기 시작했다. 여선생은 〈목포의 눈물〉을 부르고 있었다. 〈어떤 개인 날〉과 〈목포의 눈물〉 사이에는 얼만큼의 유사성이 있을까? 무엇이 저 아리아들로써 길들여진 성대에서 유행가를 나오게 하고 있을까? 그 여자가 부르는 〈목포의 눈물〉에는 작부酌婦들이 부르는 그것에서 들을 수 있는 것과 같은 꺾임이 없었고, 대체로 유행가를 살려 주는 목소리의 갈라짐이 없었으며 흔히 유행가가 내용으로 하는 청승맞음이 없었다. 그 여자의 〈목포의 눈물〉은 이미 유행가가 아니었다. 그렇다고 〈나비 부인〉 중의 아리아는 더욱 아니었다. 그것은 이전에는 없었던 어떤 새로운 양식의 노래였다. 그 양식은 유행가가 내용으로 하는 청승맞음과는 다른, 좀더 무자비한 청승맞음을 포함하고 있었고 〈어떤 개인 날〉의 그 절규보다도 훨씬 높은 옥타브의 절규를 포함하고 있었으며, 그 양식에는 머리를 풀어 헤친 광녀狂女의 냉소가 스며있었고 무엇보다도 시체가 썩어 가는 듯한 무진의 그 냄새가 스며있었다. (173~174면)

말끝마다 '내가 대학 다닐 때'라는 말을 하는 여선생이 대학을 다녀보지도 못한 사내들 앞에서 유행가를 부르고 있다. 이것 역시 자아와 초자아(자아 이상)의 불일치를 보여주는 장면이다. 아리아를 부르며 대학에 다닐 때 하 선생은 지금 무진에서의 삶과는 다른 삶을 꿈꾸고 있었을 것이다. 적어도 지금의 삶을 그녀가 원하는 것은 아님이 분명하다. 왜냐하면 그녀는 무진에서의 삶에서 벗어나기 위해 주인공에게 서울로 데려다 달라고 간청하기 때문이다. 여선생이 〈목포의 눈물〉을 부르는 장면은 주인공이 자신을 노름판에 팽개친 것처럼 자포자기의 삶을 표상한다. 그러기에 그 노래는 무자비한 청승을 포함하고 있으며, 미친 여자의 냉소와 시체가 썩어가는 듯한 무진의 냄새가 배어있다. 그러므로 역 광장에서 보았던 미친 여자가 하인숙 선생의 유행가 속에서 다시 떠올려지고 나중에 보게 될 술집 여자의 자살시체의 이미지와 연결된다. 이러한 세 가지 장면의 이미지는 무진에서의 미칠 듯한 삶, 미칠 듯한 어둡던 청년 시절에 대한 기억을 떠올리게 해준다.

5) 화투

주인공은 세무서장인 친구 조의 집에서 화투를 발견하게 된다. 화투 역시 주인공에게 과거의 아픈 기억을 일깨워주는 촉매제의 역할을 한다. 화투는 주인공으로 하여금 정오가 가까운 시각에 잠자리에서 일어나서 "그 날의 허황한 운수를 점쳐보던 그 시절을" 되살려준다.

> 방바닥에는 비단 방석이 놓여 있고 그 위에는 화투짝이 흩어져 있었다. 무진霧津이다. 곧 입술을 태울 듯이 타들어 가는 담배 꽁초를 입에 물고 눈으로 들어오는 그 담배 연기 때문에 눈물을 찔끔거리며 눈을 가늘게 뜨고, 이미 정오가 가까운 시각에야 잠자리에서 일어나서 그 날의 허황한 운수를 점쳐 보던 그 화투짝이었다. 또는 자신을 팽개치듯이 끼어들던 언젠가의 노름판, 그 노름판에서 나의 뜨거워져 가는 머리와 떨리는 손가락만을 제외하곤 내 몸을 전연 느끼시 못하게 만들던 그 화투짝이었다. "화투가 있군, 화투가." 나는 한 장을 집어서 딱 소리가 나게 내려치고 다시 그것을 집어서 내려치고 또 집어서 내려치고 하며 중얼거렸다.(171~172면)

뜨거워져 가는 머리와 떨리던 손가락을 제외하곤 전연 자신을 느끼지 못하게 만들던, 즉 자아의식을 마비시키던 화투 역시 자포자기의 상징으로 보인다. 자신이 되고 싶은 자아이상과 현재의 자아와의 차이가 너무 커지면 불협화음이 생기고 자아는 초자아에 의해 죄의식을 가지게 된다.

6) 술집 여자의 자살

주인공은 죽은 술집 여자의 시체를 보며 그것을 자신의 일부로 여긴다. 술집 여자 역시 독하게 세상을 살았지만 어쩔 수 없는 벽을 느끼고 스스로를 죽임으로써 세상을 하직하고 만다.

"자살 시쳅니다." 순경은 흥미없는 말투로 말했다. "누군데요?" "읍내에 있는 술집 여잡니다. 초여름이 되면 반드시 몇 명씩 죽지요." "네에." "저 계집애는 아주 독살스러운 년이어서 안 죽을 줄 알았더니, 저것도 별수 없는 사람이었던 모양입니다." (…중략…) 나는 그 여자를 향하여 이상스레 정욕이 끓어오름을 느꼈다. 나는 급히 그 자리를 떠났다. (…중략…) 나는 문득, 내가 간밤에 잠을 이루지 못하고 뒤척거리고 있었던 게 이 여자의 임종을 지켜 주기 위해서가 아니었을까 하는 생각이 들었다. 통금 해제의 사이렌이 불고 이 여자는 약을 먹고 그제야 나는 슬며시 잠이 들었던 것만 같다. 갑자기 나는 이 여자가 나의 일부처럼 느껴졌다. 아프긴 하지만 아끼지 않으면 안 될 내 몸의 일부처럼 느껴졌다. (182~183면)

우울증에서 죽음의 공포는 오직 하나의 설명만을 허용하는데, 자아가 초자아에게서 사랑받지 못하고 미움과 박해를 받고 있다고 느껴서 자신을 포기해 버린다는 것이다.[13] 술집 여자 역시 초자아에게서 사랑받지 못하기 때문에 자신을 포기하고 자살해버리고 만

---

13 지그문트 프로이트, 앞의 책, 156면.

다. 자신을 포기한 그 여자의 시체를 보며 주인공은 이상스러운 정
욕을 느끼며 그 여자와 자신을 동일시하는데, 그 여자의 시체에 "항
상 자신을 상실하지 않을 수 없었던" 자신의 과거를 투영한다. 이제
주인공은 술집 여자의 자살 시체 속에서 자신의 죽음을 본다. 비로
소 그는 무진을 떠날 수 있다. 술집 여자의 시체는 주인공의 상징적
인 죽음이다. 갈등하던 자아를 매장하고 그는 이제 서울에서 가면적
인 삶을 충실히 시작할 것이고 회사의 전무라는 새로운 질서에 편입
되고자 무진과 결별한다. 그러나 그는 심한 부끄러움을 느낀다.

4. 현실로 가는 통로, 전보

아내와 장인이 그가 전무가 되도록 일을 추진하는 동안 그는 무
진에서 쉬면서 시간을 보내고 있다. 그 시간이란 책임뿐인 서울과
는 달리 책임도 무책임도 없는 무진에서의 휴식이다. 이 휴식기간
동안 주인공은 하인숙과 폐결핵에 걸렸을 때 요양하던 바닷가의
집을 찾아가고 그 방에서 하인숙과 정사를 가졌으며 그녀를 서울
로 데리고 가기로 약속한다.

그 여자는 서울에 가고 싶다고 했다. 그 말을 그 여자는 안타까운 음성
으로 얘기했다. 나는 문득 그 여자를 껴안고 싶은 충동에 사로잡혔다. 그

리고 …… 아니, 내 심장에 남을 수 있는 것은 그것뿐이었다. 그러나 그것
도 일단 무진을 떠나기만 하면 내 심장 위에서 지워져 버리리라.(180면)

주인공에게 하인숙은 서울로 가고 싶지 않다고 말한다.[14] 단지
자기 자신이 싫어지는 것을 경험한 적이 있느냐고 묻는다. 그 여자
역시 위에서 지적했듯이 자신과의 불화로 고통받고 있는 유형의
인간이며 그 점에서 주인공과 상통하는 부분이 있다. 주인공은 하
인숙을 사랑한다고 말하고 싶어 하기도 하고 그녀를 서울로 데려
가려고도 한다. 그러나 그것은 어디까지나 무진이라는 공간, 무책
임한 공간에서 그의 무의식이 마음껏 펼쳐 보이는 객기 혹은 여행
자에게 주어지는 자유에 불과하다. 그러나 아내로부터 상경하라고
하는 전보를 받는 순간 그의 자유는 끝이 나고, 그는 무진을 떠나
서울이라는 공간으로 돌아가야 한다. 그는 무진을 떠나면 대 제약
회사의 전무로서의 역할을 감당할 것이고 전무에 어울리는 페르소
나[15]를 가지고 살아갈 것이다. 전무의 페르소나를 가지기 위해서
그는 무진의 것들과는 작별해야 한다. 반대로 하인숙은 무진을 떠

14　"선생님, 저 서울에 가고 싶지 않아요." 나는 여자의 손을 달라고 하여 잡았다. 나는
　　그 손을 힘을 주어 쥐면서 말했다. "우리 서로 거짓말은 하지 말기로 해." "거짓말이
　　아니에요." 여자는 방긋 웃으면서 말했다. "그렇지만 내 힘이 더 세니까 별 수 없이
　　내게 끌려서 서울까지 가게 될 걸." 내가 말했다.(191~192면)
15　페르소나, 외적 인격 : 이 용어는 고대 배우들이 쓰던 가면이라는 라틴어에서 유래
　　되었는데, 인간이 세상에 대하여 꾸미는 얼굴을 의미한다. 우리는 일생동안 가면을
　　쓰게 될 것이고 어떤 시기에는 몇 개의 가면이 결합될 수도 있다. 때로 페르소나는
　　'사회적 원형'으로 언급되는데, 그것은 공동체 안에서 살기에 적합하게 되는 모든
　　타협들을 포함한다. 앤드루 새뮤얼 외, 앞의 책, 177~178면.

나기를 원했지만 서울을 포기하고 다시 무진에 머물기로 한다. 전보의 부름에 따르기 전에, 즉 무진과 작별하기 전에 윤희중은 무진이 주는 모든 것을 마지막으로 긍정하기로 한다.

> 아내의 전보가 무진에 와서 내가 한 모든 행동과 사고思考를 내게 점점 명료하게 드러내 보여주었다. 모든 것이 선입관 때문이었다. 결국 아내의 전보는 그렇게 얘기하고 있었다. 나는 아니라고 고개를 저었다. 모든 것이, 흔히 여행자에게 주어지는 그 자유 때문이라고 아내의 전보는 말하고 있었다. 나는 아니라고 고개를 저었다. 모든 것이 세월에 의하여 내 마음속에서 잊혀질 수 있다고 전보는 말하고 있었다. 그러나 상처가 남는다고, 나는 고개를 저었다. 오랫동안 우리는 다투었다. 그래서 전보와 나는 타협안을 만들었다. 한 번만, 마지막으로 한 번만 이 무진을, 안개를, 외롭게 미쳐 가는 것을, 유행가를, 술집 여자의 자살을, 배반을, 무책임을 긍정하기로 하자. 마지막으로 한 번만이다. 꼭 한 번만, 그리고 나는 내게 주어진 한정된 책임 속에서만 살기로 약속한다. 전보여, 새끼손가락을 내밀어라. 나는 거기에 내 새끼손가락을 걸어서 약속한다. 우리는 약속했다. (193면)

그는 마지막으로 무진에서의 무책임의 자유를 누리고 이제 서울이라는 현실의 공간으로 돌아가 '한정된 책임' 속에서만 살기로 전보와 약속한다. 전보는 그를 무진이라는 무의식의 공간에서 서울이라는 의식의 공간으로 이동시키는 검열자의 역할을 한다. 그러나 이러한 결심에는 저항이 따르게 마련이다. 그는 무진의 모든 것과 완전히 결별하지 못하고 하인숙을 서울로 데려가겠다는 약속의 편지를 쓴다.

그러나 나는 돌아서서 전보의 눈을 피하여 편지를 썼다. "갑자기 떠나게 되었습니다. 찾아가서 말로써 오늘 제가 먼저 가는 것을 알리고 싶었습니다만 대화란 항상 의외의 방향으로 나가 버리기를 좋아하기 때문에 이렇게 글로써 알리는 것입니다. 간단히 쓰겠습니다. 사랑하고 있습니다. 왜냐하면 당신은 제 자신이기 때문에 적어도 제가 어렴풋이나마 사랑하고 있는 옛날의 저의 모습이기 때문입니다. 저는 옛날의 저를 오늘의 저로 끌어다 놓기 위하여 갖은 노력을 다하였듯이 당신을 햇볕 속으로 끌어 놓기 위하여 있는 힘을 다할 작정입니다. 저를 믿어 주십시오. 그리고 서울에서 준비가 되는대로 소식 드리면 당신은 무진을 떠나서 제게 와 주십시오. 우리는 아마 행복할 수 있을 것입니다." 쓰고 나서 나는 그 편지를 읽어 봤다. 그리고 찢어 버렸다.(193~194면)

하인숙은 주인공의 분신이다. 그는 자신의 과거를 햇볕 속으로 끌어다 놓기 위하여 힘썼지만 현실원칙에 따라 체념한다. 과거를 햇볕 속으로 끌어다 놓는다는 것은 무의식의 지하실에서 의식의 빛으로 전환하는 것을 의미한다. 결국 무진의 과거, 상처 들을 그대로 묻어둔 채 서울 생활을 하라는 전보의 명령에 굴복하여 그 마지막 의지를 포기한다. 그래서 편지를 찢어버린다. 그리고 주인공은 어디쯤에선가 길가에 세워진 하얀 팻말을 보게 된다. 거기에는 선명한 검은 글씨로 "당신은 무진읍을 떠나고 있습니다. 안녕히 가십

시오"라고 쓰여 있다. 즉 하얀 팻말에 쓰인 검은 글씨는 무진과는
완전한 결별, 장례 의식의 상징이다. 그는 외롭게 미쳐가는 것, 배
반, 무책임 등으로부터 영원히 작별하기로 한다. 이제 무진이라는
무의식적인 억압으로부터 도피하고자 하는 것이다. 무질서하지만
양심이 살아있는, 그래서 주인공을 괴롭히던 무진을 벗어나 질서
의 세계로, 권력의 공간으로, 책임이 지배하는 곳으로 진입하고자
결심한다. 이것은 무진에 대한 극복이 아니라 단절이다. 그리하여
그는 심한 부끄러움을 느끼게 된다.

5. 나가는 글

김승옥의 「무진기행」에서 무진은 다분히 신화적이고 무의식적인
공간이다. 그것은 무진이 작가가 만들어낸 환상적 공간이기 때문만
은 아니다. 무진은 이름 그대로 안개에 싸여 모호한 공간이며 주인
공의 청년 시절의 어둡던 기억의 저장고이자 태생의 근원지이다. 무
진은 현실의 장소와는 다른, 가치가 역전되고 일탈적이며 모호하고
미분화된 무의식적 욕망들이 드러나는 장소이다. 홀어머니의 뜻을
따른다는 명목하에 더 큰 명목, 즉 아버지인 국가의 부름인 징집을
회피하고 숨어 지내면서 친구들이 전쟁에서 의로운 죽음을 죽어갈
때 골방에서 비겁한 수음을 즐긴 과거가 되살아나는 장소이다.

서울이라는 현실공간에서 주인공은 제약회사 사장의 딸인 과부를 아내로 맞아 출세하게 된다. 아내와 장인은 그를 전무로 만드는 일을 계획하면서 무진행을 권한다. 그렇게 해서 그는 현실공간인 서울을 떠나 신화적 공간인 무진에 오게 된 것이다. 이 소설의 시·공간은 주인공이 무진으로 돌아오는 것과 무진을 떠나는 것으로 이루어져 있다. 무진에 머무는 동안 그는 역광장의 미친 여자, 수음, 유행가를 부르는 성악가 선생, 화투, 자살한 술집 여자의 시체 등을 통해 과거를 떠올리게 된다. 현실의 억압이 약화된 신화적 공간인 무진에서는 무의식 속에 억압되어 있던 욕망과 상처 들이 표면으로 떠오른다. 그것들은 주인공의 양심을 흔들면서 과거를 촉발시켜 현재화한다. 과거를 현재화하는 것이 바로 신화적 시간 체험이다. 그러나 그 모든 기억과 상처들은 그를 현실로 호출하는 아내의 전보로 인해 다시 무의식 속으로 억압된다.

이 모든 것들을 무진이라는 공간에 묻어두고 무진을 떠남으로써 주인공은 현실로 복귀한다. 과거의 기억, 과거의 상처를 햇볕 속으로 데리고 가려던 계획, 자신과 동일시되는 하인숙을 서울로 데려가려던 바람은 다시 좌절되고 이번에는 무진과 영원히 결별하게 된다. 따라서 무진의 기억은 햇볕 속에서 드러나지 못하고 다시 가라앉게 된다. 그것은 신화를 잃어버리고 신화 없이 살아가는 현대인의 모습을 반영하는 것으로 이해할 수 있다. 현실 공간으로 안주하려고 하는 주인공이 이제 더 이상 양심의 소리를 들을 수 없고 그래서 부끄러움을 느낄 수밖에 없는 것처럼, 신화를 잃어버린 현대인도 더 이상 내면의 소리를 들을 수 없을 것이다.

참고문헌

김병욱 외, 『문학과 신화』, 예림기획, 1998.
김승옥, 『무진기행』, 문학동네, 2004.
정진홍, 『M. 엘리아데. 종교와 신화』, 살림, 2003.
정진홍, 『종교문화의 인식과 해석』, 서울대 출판부, 1996.

뒤랑, 질베르, 유평근 역, 『신화비평과 신화분석』, 살림, 1998.
뒤르켐, 에밀, 노치준·민혜숙 역, 『종교생활의 원초적 형태』, 민영사, 1993.
뒤프레, L. K., 권수경 역, 『종교에서의 상징과 신화』, 서광사, 1996.
새뮤얼, 앤드루 외, 민혜숙 역, 『융분석비평사전』, 동문선, 2000.
엘리아데, 미르치아, 정진홍 역, 『우주와 역사』, 현대사상사, 1976.
_____, 이은봉 역, 『신화와 현실』, 성균관대 출판부, 1985.
_____, 박규태 역, 『상징, 신성, 예술』, 서광사, 1991.
_____, 이은봉 역, 『종교형태론』, 한길사, 1996.
_____, 이재실 역, 『이미지와 상징』, 까치, 1998.
이-푸 투안, 구동회·심승희 역, 『공간과 장소』, 대윤, 1995.
프로이트, 지그문트, 김정일 역, 『성욕에 관한 세편의 에세이』, 열린책들, 1996a.
_____, 정장진 역, 『창조적인 작가와 몽상』, 열린책들, 1996b.
_____, 황보석 역, 『억압, 증후 그리고 불안』, 열린책들, 1997a.
_____, 정장진 역, 『예술과 정신분석』, 열린책들, 1997b.
_____, 이한우 역, 『일상생활의 정신병리학』, 열린책들, 1997c.
_____, 박찬부 역, 『쾌락원칙을 넘어서』, 열린책들, 1997d.
홀, 에드워드, 최효선 역, 『침묵의 언어』, 한길사, 2000.

Eliade, Mircea, *Aspect du Mythe*, Gallimard, 1963.
Fraisse, Paul, *The Psychology of Time*, Haper & Rows, 1975.
Freud, Sigmund, *Cinq Leçons sur la Psychanalyse*, Payot, 1966.
_____, *Essais de Psychanalyse*, Payot, 1981.
Green, André, *Narcissisme de Vie, Narcissisme de Mort*, Minuit, 1983.

Lacan, Jacques, *Ecrits* I, Seuil, 1966.

Laplanche, Jean, *L'inconscient et le Ça*, P.U.F., 1981.

3장

신화적 상징을 통한 윤대녕 소설 읽기

1. 들어가는 글

오늘날 세속적 문화 안에서 사는 현대인들은 초월에 대한 의식이 희미할 뿐 아니라 거룩한 것에 대한 지각도 상실하고 있다. 하이데거는 우리 문화에서 초월성이 상실되었음을 개탄한 바 있거니와, '신의 부재'란 단순히 신이 떠나버렸다는 사실 이외에도 우리가 신의 부재조차도 부재로 느낄 수 없는 정신적 결핍상태에 처해 있다는 것을 의미하기도 한다. 고대인들에게 신화는 실재였고 성스러운 시간에 접근할 수 있는 의식이었으며 의미의 원천이고 힘과 존재의 근원이었다. 그들은 신화를 통해 거룩한 시간에 접촉하고, 그 거룩한 시간을 실재로 받아들임으로써 세속적 조건, 즉 역사적 상황을 초월하고 결과적으로 '역사의 공포' 즉 존재론적 불안으로부터 벗어날 수 있었다.

그렇다면 현대에는 초월적 존재는 사라져 버렸다는 말인가? 그렇지 않다. 세속사회에서 초월성은 가려져 있을 뿐 여전히 살아 숨쉬고 있다. 다만 성스러운 것, 초월자에게로 가는 길을 찾지 못하고 있을 뿐이다. 초월적 존재는 일상적 언어로 묘사될 수 없고, 포착되지도 않으며, 예술가의 직관이나 예술의 상징 혹은 은유를 통해서 표현된다. 하나의 이미지 속에서 겉으로 드러난, 그 이미지의 의미를 넘어서는 다른 실재를 표현하는 수단을 상징이라고 한다면 일상적 언어로 표현될 수 없는 그것은 상징에 의해 드러날 수밖에 없다.

융에 의하면 "상징이란 짐작 가능한 무의식의 내용을 표현해 낼 수 있는 가장 좋은 표현수단"이다. 그렇다면 상징은 무의식을 의식과 연결하는 중요한 기능을 담당하게 될 것이다. 또한 두 개의 실재 사이를 이어주고 궁극적으로 그 둘을 통합하는 것을 상징의 기능이라고 할 수 있다.[1] 그러한 상징은 정신적 내용들을 하나의 이미지를 통하여 실재하게 하며, 일상 속에 스며있는 거룩한 것의 의미를 드러내고, 인간이 사회와 우주와 깊은 의미를 맺으면서 존재한다는 사실을 일깨워 줄 것이다. 그렇다면 우리는 현대 작가 누구에서 이러한 상징을 통한 초월세계의 부름을 들을 수 있을 것인지 의문을 가지게 된다. 필자가 보기에는 윤대녕의 소설에서 그 어떤 초월적 실재에 대한 상징, 그리고 초월적 존재에 대한 부름의 음성,

---

1 김성민, 「현대 사회의 정신적인 문제와 신화 그리고 상징」, 『분석 심리학과 기독교』, 학지사, 2012 참고.

잃어버린 신화를 들을 수 있다고 생각한다.

　신화는 단순히 먼 옛날이야기가 아니다. 신화는 세계, 동식물, 인간의 기원뿐 아니라 인간의 오늘날 상황의 유래가 되는 모든 원초적 사건을 말하고 있는 것이다. 엘리아데는 신화란 실재를 다루는 것이며 '신성한 이야기'로서 '진정한 역사'로 여겨진다고 한다. 이러한 관점에서 신화는 거짓된 이야기인 '우화', '창작', '허구'와 구별된다. 물론 오늘날에는 '허구'나 '환상' 혹은 '신성한 전통'이나 '원시적 계시'라는 여러 가지 의미로 사용되고 있기는 하다. 그러므로 신화를 안다는 것은 사물의 기원의 비밀을 배운다는 의미로 확장된다.

　엘리아데는 합리성에 사로잡혀 있는 현대인들을 구출해낼 수 있는 방법을 신화에서 찾고자 한다. 신화에서 방법을 찾는다는 것은 다시 말해서 신화적 상상력을 오늘날 문학에 적용하는 일이 될 것이다. 이 글에서는 윤대녕의 소설을 검토할 것인데 그것을 위한 선행연구로 엘리아데의 신화적 상상력에 대해 고찰할 필요가 있다. 즉 고대의 신화와 상징들이 어떤 의미를 가지고 있었는지 또 그것들이 오늘날 어떻게 표현될 수 있는지, 또한 그 신화적 상징들은 오늘날 어떠한 형태의 문화적 기호들로 구현되며 어떠한 의미 지평을 열어주는지, 더 나아가서 현대인에게 어떤 궁극을 대면하게 만드는지가 초점이 될 것이다.

　그러나 신성함과 세속을 구분하지 않고 살던 과거에 초월성을 의식하는 데 중요한 역할을 담당했던 미학적 표현들이 상징과 신화가 소멸되어버린 듯한 이 세속 문화에서 어느 정도의 역할을 발휘할 수 있는지 의문이 간다. 즉 원시 시대에 만들어졌다고 생각되는 '신화'에 대한 연구가 현대의 위기 상황을 극복할 수 있는 하나의 모티브가 될 수 있는가 하는 문제가 제기된다는 것이다. 이러한 문제에 대해 희망을 가지고 신화를 연구한 학자로 엘리아데, 카시러, 리쾨르, 뒤프레 등을 들 수 있다.

당연한 말이지만 인간과 신 그리고 자연과 원초적인 동일성을 느끼고 살았던 원시인들의 생활태도와 신화를 분리하고 살아가는 현대인들의 생활태도 사이에는 분명한 차이가 존재한다. 그러나 현대인이라 할지라도 어떤 인간의 삶도 의식적이고 합리적인 활동으로만 환원될 수는 없는 것이다. 현대인 역시 여전히 꿈을 꾸고 사랑에 빠지거나 음악을 듣기도 하며 영화를 감상하거나 책을 읽음으로써 역사적이고 자연적인 세계에 살고 있을 뿐 아니라 실존적이고 은밀한 자기만의 세계와 상상적 우주에서 살고 있기 때문이다.[2] 아마도 허구의 산물인 소설에는 그러한 흔적이 드러날 것으로 여겨지는데, 이 글에서는 현대에 살아있는 신화의 흔적을 윤대녕의 소설을 통해서 탐색해보고자 한다.

---

2 미르치아 엘리아데, 박규태 역, 『종교의 의미 ― 물음과 답변』, 서광사, 1991b, 11면.

2. 윤대녕 소설의 신화적 상징

1) 상징적 사고와 기호

엘리아데는 신화가 살아 있는 사회의 인간은 신비스럽긴 하지만 "열려져 있는 세계"에 살고 있다고 본다. 세계는 인간에게 무엇인가 말하고 있는데, 인간이 그 언어를 이해하기 위해서는 신화를 알고 상징을 해석하는 것이 필요하다. 상징이 해석될 때 비로소 세계는 불분명한 대상이 아니라 명확하고 의미 있는, 즉 살아있는 우주로 다가온다는 것이다.

우리들은 같은 시간과 공간 안에서 살고 있지만 시간과 공간을 동일한 이해로 받아들이고 있는 것은 아니다. 시대와 상황에 따라 시간과 공간에 대한 인식은 달라지기 마련이다. 하지만 이러한 시간과 공간에 대한 패러다임은 인간의 삶에 대한 태도에 영향을 미친다. 전통 사회의 인간은 위로 열려져 있는 공간, 즉 초월적인 세계와의 접촉이 가능한 공간에서 살 수 있었던 반면, 초월적 세계와 접촉할 공간을 잃어버린 현대인은 물질적 풍요 속에서 살고 있음에도 불구하고 자아상실이라는 비극에 빠져들고 있다. 그럼에도 불구하고 출구를 찾지 못하는 데서 허무 의식과 불안이 기인한다. 때로 무의미한 일상에서의 탈출을 꿈꾸지만 그것은 꿈일 뿐 우리를 묶고 있는 현실 때문에 자유롭지 못하다.

도시화, 산업화 현상의 결과로 초래된 가족의 해체 현상은 한 개인이 편안하게 몸과 마음을 의지할 수 있는 공간과 인간관계를 파괴하였고 거칠어진 삶의 존재 조건 아래서 그 누구도 단절, 아픔, 외로움 등과 같은 삶의 그늘로부터 자유로울 수 없게 되었다.[3] 이러한 상황에서 엘리아데의 신화적 상상력을 복원하여 잃어버린 상징적 사고와 신화의 기능을 되찾을 수 있다면 자연과 우주로부터의 단절감과 인간 사이의 소외감을 극복할 수 있는 단초를 찾을 수 있을 지도 모른다는 기대를 가지게 된다. 그러한 맥락에서 엘리아데와 윤대녕을 연결하는 것은 의미 있는 일이다. 윤대녕의 소설을 읽으면서 엘리아데를 떠올리게 될 때, 윤대녕 소설의 한 구절에서 그 둘을 연결 지을 수 있는 단서를 발견하게 된다.

고대인들은 시간을 순환적 성격을 지닌 것이라고 믿었다. 세계는 결국 파멸되고 그 후에 재창조된 새로운 주기가 시작된다고 하는 신화가 어느 시대의 문명에서도 보인다. 이런 신화에 의하면 세계는 몇 번이나 반복되도록 정해진 시간을 되풀이 하는 것이다. 이 주기가 참으로 복잡할 때가 있다. (…중략…) 철학자 피타고라스의 후계자들 중에는 영원 회귀설을 믿는 사람들이 있었다. 살아있는 인간은 미래의 주기에 다시 태어나도록 운명지어져 있고 동일한 사건이 몇 번이나 일어나는 것으로 생각하고 있었다. (…중략…) 물론 누구나 이런 생각을 받아들인 것은 아니다. 그러나 영원 회귀설을 거부한 아리스토텔레스조차도 역사가 주기적으로 반복되는 것, 또는 어떤 의미에서는 시간이 순환적인 것으로 믿었다.[4]

---

3   민혜숙, 『한국문학 속에 내재된 서사의 불안』, 예림기획, 2003 참조.

위의 구절은 주인공이 『시간의 화살』이라는 책을 번역하는 중에 루마니아 태생의 종교학자를 언급하면서 나오는 대목이다. 루마니아 태생의 종교학자, 게다가 번역을 의뢰한 사람은 E라는 이니셜로 대표되는데 이 두 가지 단서를 종합해 볼 때 윤대녕이 엘리아데를 인용하고 있다는 혐의에서 자유로울 수 없다. 윤대녕 자신도 이 세속세계에서 탈주할 수 있는 여러 가지 길 중, 신화학자 엘리아데가 제시한 통로를 이용하고 있는 것이다. 예술을 통해 신화를 이해하고자 한 엘리아데는 화가 샤갈의 작품을 이해하는 과정에서 현대인의 불안의 원인을 찾고 있다. 즉 그토록 자주 불안에 휩싸일 수밖에 없는 인간 존재에 대해 엘리아데는 그 원인을 여러 가치들의 해체에서 발견한다. 그러나 다른 작가들과는 달리 샤갈은 거룩함을 불신하지 않았고 자연의 신비와 성스러움을 재발견하였다. 그러므로 샤갈의 작품은 자연과 낙원의 이미지와 상징으로 가득 차게 되는데, 바로 이러한 인산과 농물 세계 사이의 친교는 낙원의 징후로 읽힌다. 엘리아데는 샤갈을 '세계와 인간의 삶에 남아 있는 성스러움을 재발견한 몇 안 되는 현대 예술가들 중 하나'라고 평하고 있다.

이전에는 신의 영역에 있다고 여겨지던 것들을 인간이 정복해가는 과정에서 인간은 초월적 존재, 거룩한 존재를 부정하게 되었고, 결과적으로 신화와 상징의 의미를 탐구하지 않게 되었다. 그러나 신화나 종교적 상징이 드러내고자 하는 것은 우리 내면에 있는 전체적이며 강력한 원형적인 것이다. 신화와 상징이 이 요소를

4　윤대녕, 『옛날 영화를 보러갔다』, 중앙일보사, 1995, 96~97면.

담지하지 못할 경우에 이 요소가 지닌 강력한 에너지는 마치 프로이트가 지적한 바와 같이 분출구를 찾지 못해 우리의 내면에서 수많은 문제를 일으키게 된다. 현대 사회에 만연되어 있는 무의미감, 권태, 무력감, 우울증 등이나 감정의 폭발적 발작, 정신분열 등은 본래 그것들을 통합시켜 주었던 상징과 신화의 소멸로 인해 생겨난 것이라고 한다.[5]

세속적이고 역사적인 시간에 살고 있는 현대인은 전통사회의 사람들과는 달리 주기적으로 성스러운 시간으로 들어가는 길을 찾지 못하고 있다. 기원의 시간으로 다시 들어가는 길, 즉 속된 시간의 지속에 참여하지 않고 무한히 회복 가능한 영원한 현재로 구성된 시간에 들어가는 길을 상실한 것이다. 그러나 거룩함은 완전히 사라져 버린 것이 아니라 단지 '쉽게 지각할 수 없게' 된 것이다. 즉 세속적인 것임에 틀림없는 형태와 목적 및 의미 안에 위장되어 감추어져 있다는 것이다.

현대 예술의 두드러진 특성으로 전통적 형식의 파괴와 무정형이나 물질의 기본 양태에 대한 선호 역시 종교적으로 해석될 수 있는데, 물질의 성현화, 즉 물체 자체를 통해 드러난 거룩함의 발견은 이른바 '우주적 종교'의 특성이기도 하다. 이 점에 대해 엘리아데는 형식의 세계는 시간이 흐르면서 진부해지고 공허하게 된다고 한다. 이렇게 진부해진 세계를 근원적 양태, 궁극적으로 제일 질료로 환원하고자 하는 시도를 예술가의 의지로 본다. 원초적 양태에 대

---

5 김성민, 앞의 글.

한 관심은 죽을 수밖에 없는 존재 양식이 부과하는 중압감에서 자유롭고자 하는 갈망, 그럼으로써 서광으로 빛나는 세계에 침잠하고자 하는 향수를 보여준다는 것이다.[6] 그러므로 엘리아데가 말하는 성현 hierophany이 현대인의 삶 속에서 어떤 형상으로 나타나는가? 우리는 성스러운 것을 어떻게 접촉할 수 있는가? 하는 물음이 제기된다.

거룩함은 종교언어로 표현되지 않고, 겉으로 드러나지 않는다. 신화적 표지들은 세속화되었거나 격이 떨어지고 숨겨진 채로 발견될 것이기 때문에 그것을 인식하기 어렵다. 그럼에도 불구하고 인간은 꿈이나 백일몽 혹은 영화 관람과 같은 취미나 자연에 대한 사랑과 같은 특정한 태도, 향수와 같은 충동적 욕구를 통해서 여전히 거룩함에 참여하고 있다. 예를 들면 신년 축제와 같은 어떤 '새로운 시작'을 나타내는 축제의 신화적 의미를 인간이 새로운 역사로 들어갈 수 있는 장으로 이해할 수 있을 것이다. 실낙원에 대한 신화는 낙원의 섬, 정도의 이미지 등에 잔존해 있는데[7] 이와 같이 내재된 성(聖)은 성현을 통해 드러나기도 하지만 동시에 속(俗) 안에 숨겨져 있기도 하다.

이러한 상황 속에서 엘리아데는 상징적 사고에 대해 이야기하고 있다. 상징적 사고는 인간 존재와 공존하면서 언어와 추론적 이성에 선행한다는 것이다. 따라서 상징은 다른 인식 수단으로는 전혀 포착할 수 없는 어떤 심오한 양상들을 밝혀준다. 즉 상징은 성(聖)과 속(俗)을 매개해준다. 즉 직접적인 경험에 의해 밝히기 어려운 실재

---

6   미르치아 엘리아데, 박규태 역, 『상징, 신성, 예술』, 서광사, 1991a, 158면.
7   김병욱 외, 『문학과 신화』, 예림기획, 1998, 328~332면.

의 양식이나 구조를 나타내며, 불분명한 의미를 동시에 표현하는 다의성을 지닌다. 따라서 상징은 구체성이 적을수록 그 상징적 의미가 더 풍성해진다. 다른 상징들과 마찬가지로 종교적 상징들도 다의적인데, 참된 상징은 추론적 개념처럼 일대일의 의미로 규정될 수 있는 것이 아니다. 엘리아데는 『종교형태론』에서 상징의 성격을 다음과 같이 정의한다.

상징은 인간의 직접적 체험으로 밝혀지지 않는 실재의 양태나 세계의 구조를 드러낸다. 이와 같이 실재하는 것, 세계의 구조를 지시하기 때문에 상징은 진정한 의미에서 종교적이다. 상징은 그 본질상 다가성多價性을 지니므로 이질적인 여러 현상을 하나의 전체와 연결하는 기능, 즉 통합의 기능을 한다. 이러한 통합성은 개체로 단절된 인간들에게 하나의 연합의식을 불러일으켜서 소외에서 벗어나게 할 수 있을 것이다. 상징은 또한 달리 표현할 수 없는 절대적 실재의 구조를 표현할 수 있으며, 그 자체로도 존재론적 가치를 지니고 있다. 엘리아데는 상징이 일종의 누미노제의 향기를 지니고 있다고 한다. 신성한 것을 계시하는 역할을 한다는 것이다.

이와 같이 상징은 비록 매개적인 방식이기는 하지만 거룩함에 참여하게 해 준다. 따라서 상징의 우주적 맥락이 드러나면서 인간은 창조의 신비 앞에 대면하게 되는 것이다. 심층심리학자인 융과는 달리 엘리아데는 상징을 무의식에 한정시키기를 거부하며 이미지나 상징에는 심리학적 요소뿐 아니라 초의식적 요소도 있다고 주장함으로써 상징의 의미를 확장시킨다. 엘리아데가 말하는 이러한 상징적 사고와 거룩한 기호들은 윤대녕에게서는 벌레구멍, 여관으로 들어오는 소, 말발굽 소리, 은어, 불꽃나무, 되새떼 소리 등의 기호를 통해 구현된다. 그것들은 시원으로 회귀하려는 몸짓일 뿐 아니라 현실이라는 공간으로 끊임없이 틈입하는 초월세계의 부름이다.

2) 거룩한 것과의 접촉 - 시원으로의 회귀

엘리아데가 말하는 상징적 사고와 현대에 나타나는 거룩한 기호의 개념이 무엇이며 그것이 현대에는 어떠한 의미로 환원될 수 있는지 연구하는 것은 신화적 상상력이 문학적으로 어떻게 구현되는지를 가늠할 수 있는 좋은 방법이 될 것이다. 또한 낙원의 노스탤지어는 어떤 것인가, 그리고 그것이 현대를 사는 우리들에게 어떤 의미를 가지는가를 고찰함으로써 현대 속의 '중심'-순수의 영역은 무엇인지, 또한 세속적 시간과 신성한 시간의 현현 양상은 어떠한지, 특히 신성한 시간과 공간의 회복이 소외되고 단절된 현대인에게 어떠한 의미를 가지는지를 검토하는 것은 신화적 상상력의 문학적 가치를 드러내는 연구의 장이 될 것이다.

현대의 끊임없는 비신성화 현상은 정신생활의 내용을 변질시켰지만 그 상상력의 모태까지 파괴하지는 못했다. 그 상상력의 모태란 바로 낙원에 대한 노스탤지어라고 할 수 있는데, 윤대녕은 상상력이라고 불리는 이 절대적이고 본질적인 부분을 원시의 신화에 의해 재생시키고자 한다. 그런데 윤대녕의 소설에서 존재의 시원을 찾는 주인공들은 자발적이라기보다 어떤 불가항력적인 힘에 이끌리고 있다는 점이 특이하다. 초월적 세계를 의지적으로 찾아가는 것이 아니라 초월적 세계가 일상을 뚫고 들어와 틈입하는 것이다.

> "글쎄, 뭐랄까. 요즘 나는 자주 이런 꿈에 시달려. 잠결에 누가 뚜벅뚜벅 다가와 나를 툭툭 치며 잠을 깨우는 거야. 나를 어디로 데려갈 것처럼 말이지. 하지만 눈을 뜨는 게 두려워. 그렇게 깨고 나면 내가 여기가 아닌 전혀 다른 곳에 가 있을 것 같아서 말이지"
> "거기가 어딘데요?"
> "실은 나도 잘 모르고 있어."[8]

윤대녕은 여기가 아닌 전혀 다른 곳에 대해 "여기에 있는 거기" 또는 "거기에 있는 여기" 그리고 "시간의 무덤"이라든가 "과거를 회복한 공간"이라고 말하고 있다. 시간이 소거된 곳은 시원으로의 회귀를 뜻하며 기억을 되찾고 정체성을 회복하는 장소이기도 하다. 거기가 어디인지는 잘 모르지만 그곳은 "모든 것을 포함한 하나의 장소"로 수렴된다고 한다. 말발굽 소리를 듣고 어디론가 떠나야겠다고 생각하는 주인공에게 아내는 다음과 같이 묻는다.

> "그럼 어딜 가려구요?"
> "그래, 어디로든 가려고 해."

---

8   윤대녕, 「말발굽 소리를 듣는다」, 『은어낚시통신』, 문학동네, 1994, 113면.

"거기가 어딘데요?"

"몰라. 그냥 곧장 가보는 거지 ……."

"그럼 굳이 어디 갈 곳이 있는 것도 아니잖아요." 아내의 목소리는 마침내 쇠북처럼 떨리고 있었다.

"아니'갈 곳이 있지. 그게 어딘지는 몰라. 하지만 가야만 하는 거지."

모든 것이 포함된 하나의 장소 …… 라고 말하려다 나는 입을 다물어 버렸다.[9]

프로이트가 주장해온 것처럼 예술가는 무언중에 혹은 자신도 모르는 사이에 세계 및 자기 심리의 심층을 관통하고 있다. 그러므로 예술가는 초월적 세계의 부름을 듣기도 하고, 수천 년 전에 사라져버린 고대의 종교성을 재발견하고 재현시키기도 한다.[10] 이처럼 윤대녕의 소설은 일관되게 어떤 한 지점을 가리키고 있다. 그곳은 현실과 환상, 현재와 시원이 만나는 순간이며 소설 속의 인물들은 그 지점을 향해 나아간다.[11]

하필이면 나는 검은 양복을 입고 서 있다가 우연찮게도 죽음을 뒤집어쓰고 있는 여자를 보게 되었단 말이다 그래도 타인임을 빌미로 애써

---

9   위의 글, 136면.
10 예를 들어 브랑쿠시가 돌에 대해 신석기인들이 품었음 직한 열망이나 두려움, 외경심 등을 재현한다면 그때 그 돌은 거룩함이 나타나는 성현이며 성과 궁극적인 것 환원 불가능한 실재를 등시에 드러내는 도구가 된다. 미르치아 엘리아데, 앞의 책, 1991a, 157면.
11 남진우, 「존재의 시원으로의 회귀」, 윤대녕, 『은어낚시통신』, 문학동네, 2004, 287면.

외면하고 지나칠 수도 있었겠지. 한데 그녀가 눈에 보이지 않는, 생에 대한 저 한 가닥 미련의 줄을 길게 늘어뜨리고 있었다면? 뭐 문상을 가던 길이 아니었냐고? 그래, 죽음 앞에 납작 엎드리러 가다 나는 산生 죽음과 서로 어깨가 부딪친 거야.[12]

살아있는 죽음을 보는 주인공 역시 죽음의 문턱에서 되돌아 온 경험이 있다. 그는 그때 흰색으로 상징되는 죽음을 조우했고 때문에 죽음을 볼 수 있는 감각을 가지게 되었던 것이다. 윤대녕의 소설에 등장하는 **근본적으로 우리하고는 다른 사람들에게는 아주 먼 데서 온 바람의 냄새**가 묻어있다. 생래적으로 다른 사람들, **어딘가 모르게 합성된 음성**으로 이야기하고 왠지 세계와 격리되어 있다는 느낌을 가지는 인간들이 종종 등장한다. 이런 사람들은 초월성의 세계를 흘끗이나마 보고 접촉하면서 무시간적 시간을 체험한다.

이러한 무시간적 시간이란, 시초의 때, 즉 역사 밖에 있는 시간의 여명, '낙원'의 시간을 말한다. 이러한 거룩한 지점, 즉 지성소의 이미지는 윤대녕의 소설에서 불꽃나무로 재현된다. 마치 불붙는 떨기나무를 통해 신과 만났던 모세처럼 그는 불꽃나무가 서 있는 지점으로 거슬러 가고자 한다.

그리고 어느 새벽녘에, 먼빛으로 강줄기가 보이는 산문山門 끝에 와서 그는 한 그루의 거대한 불꽃나무를 보았다. 그것은 좋이 몇 백 년은 묵

---

12 윤대녕, 「천지간」, 『1996 이상문학상 수상작품집』, 문학사상사, 1996, 28면.

었을 법한 고목이었다. 나무의 밑동에서부터 비늘처럼 생긴 붉은 잎이 잔가지 끝에 달라붙어 확 확 불을 질러놓고 있었다. 강으로부터 젖빛 안개가 들판을 질러 우우 진군해오고 있었다. 안개 속에서 붉게 타오르고 있는 그 휘황한 불꽃나무를 보는 순간, 그는 탈골이 된 듯 말 잔등 위에 널브러졌다.[13]

이와 같이 거룩한 곳은 안개에 쌓여 드러나기를 거부하지만 '가끔, 아주 우연한 순간에' 누군가에 의해서 성현된다. "……물 속 같은 잠에서 나는 깨어났다. 아니, 그것은 깨어난 것이 아니라 누군가에 의해서 깨워진 것처럼 느껴졌다. 누군가에 의해서? 그래, 내 안에서 그동안 나이를 먹고 자라온 누군가, 혹은 무언가에 의해서!"[14] 성스러운 것이 계시될 때, 윤대녕의 인물들은 상상적으로 생각하기 시작한다. 그렇지 않으면 자기도 모르는 장소로 빠져들 것 같기 때문이다.[15]

그때던가. 창문 가까이에서 예의 그 뿔피리 소리가 들려왔다. 나는 자리에서 일어나 비틀비틀 창문으로 다가갔다 뿔피리 소리는 점점 크게 들려왔다. 그리고 그 소리에 섞여 웬 짐승들의 발자국 소리가 들려오는 듯싶었는데, 갑자기 멀미가 느껴지며 나는 방 한가운데서 기우뚱

---

13 윤대녕, 「말발굽 소리를 듣는다」, 129면.
14 위의 글, 134~135면.
15 난 가끔 내 몸의 질량을 잃어간다고 생각될 때가 있어. 그럴 때 상상력으로 사고하지 않으면 순식간에 나도 모르는 장소로 쑥 빠져드는 거야.
   윤대녕, 앞의 책, 1995, 197면.

하고 흔들렀다. 간신히 벽을 짚고 버티고 서서 나는 창문 밖에서 내리고 있는 새벽의 푸른 안개를 쳐다보며, 비로소 이토록 오래 나를 사로잡고 있던 것의 정체가 무엇이었던가를 곰곰이 생각하고 있었다.[16]

윤대녕의 「은어낚시통신」에서는 '지금 사람에 거역하다 파면된 것들, 상처 받아 불구가 된 것들, 혹은 사살된 욕망들'에 의해 더 이상 상처받지 않도록 저 해체를 시도하는 모임들의 문장이 은어로 상징된다. 그러나 욕망은 사살되지 않고 의식의 와해된 틈이나 어떤 대리물을 통해 다시 회귀한다. 그리하여 결국 상처받은 존재들은 '원래 있어야만 하는 장소로 돌아가고자 하는 여행'을 시작하게 된다. 윤대녕의 「피아노와 백합의 사막」도 비슷한 맥락에서 읽힐 수 있는데, 은어처럼 시원으로 거슬러 가기 위해 울진 왕피천으로 가는 것 대신에 존재의 시원을 만나러 사막으로 간다.

"어려서부터 좁고 시끄러운 곳에서만 살았어요. 가령 시장통 같은 데 말이죠. 그래서 줄곧 광활한 곳을 동경해 왔죠. 세상이 열리고부터 줄곧 침묵하고 있는 장소 말입니다. 그런 데서 피아노 소리를 듣고 싶다는 생각을 가끔 했었죠."

(…중략…)

"그런 침묵하는 장소가 어딘데요?"

"가다 보면 어딘가에서 나타나겠죠."

---

16   윤대녕, 「소는 여관으로 들어온다 가끔」, 앞의 책, 1994, 194~195면.

뒤미처 그녀가 사막, 하고 되받았다. 그러고 나서 한동안 서로가 말 없는 가운데 술잔이 두어 번 왔다 갔다 했다.[17]

오늘날 서구의 학자들이 천년왕국운동과 유토피아에 대해 관심을 기울이는 것은 상당히 중요한 의미를 시사한다. 그것은 세계의 기원에 대한 관심, 즉 서구인들 사이에 그들의 원초적 역사, 절대적 시원을 발견하고 거기로 되돌아가고자 하는 열망이 증대되고 있음을 말한다. 자신의 시원으로 복귀하려는, 그래서 원초적 상황을 회복하고자 하는 열망은 다시 시작하려는 열망, 즉 아메리카 여러 국가 조상들이 대서양을 횡단하여 찾고자 했던 지상 낙원에 대한 향수를 내포하기도 한다. 이러한 성향은 아메리카 작가들의 '아담 향수'라든가 잃어버린 낙원을 찾는 구아라니 족을 통해 '악이 없는 땅'으로 표현됨으로써 황금시대의 낙원적 징후를 드러내고 있다.[18] 윤대녕에게 있어서 황금시대의 낙원을 찾아가는 통로는 소나 은어 혹은 말, 그리고 사막으로 표상된다.

"어렵군. 소가 달동물이란 소리는 전에 들은 적이 있지. 그러니까 소뿔은 기운 달을 닮아서 부활과 생성을 의미한다는 가지. 뭐 이집트에선 사람이 죽으면 소의 형상을 본떠 관을 짠다지?"

---

17 윤대녕, 「피아노와 백합의 사막」, 『1995 이상문학상 수상작품집』, 문학사상사, 1995, 245면.
18 미르치아 엘리아데, 「6장 : 낙원과 유토피아」, 앞의 책, 1991b 참조.

80
1부 ‖ '중심'으로 가는 여정

"원래 소의 한자 표기는 고기어魚 자였대요. 소우牛 자와 서로 바뀌었
다는 얘기죠 고기어 자 밑에 있는 네 개의 점은 바로 소의 네 다리를 뜻
한다는 거예요"

"그럼 뭐 소가 물속에서 살던 짐승이었나?"[19]

은어의 상징이 「그를 만나는 깊은 봄날 저녁」에 이르면 새우로
변신하기도 한다.[20] 또한 상징들은 바다나 강, 소양호와 같은 탄생
을 상징하는 물의 이미지와 결합되기도 한다. 그러한 상징과 이미
지들은 끊임없이 시원을 향해 회귀하라는 부름인 것이다.

3) 회복되는 시간 – '중심' 찾기

원시사회에서는 제단이라든가 신성한 나무 등과 같은 공동체를
아우르는 중심이 존재했다. 이 중심은 '천지간의 끈'으로 여겨지기
도 하고 천상계, 지상계, 지하계의 접합점을 이루기도 한다. 이 중
심의 최정상에서 순례자는 세계와의 단절을 실현하는, 세속 공간

---

19 윤대녕, 「소는 여관으로 들어온다 가끔」, 177~178면.
20 새우란 참 이상한 동물이죠. 우리가 느껴볼 수도 없는 먼 시원에서부터 존재해오는
    생물이 아닙니까. 절족동물의 갑각류, 그중에서도 십각목에 속하는 동물, 진화하지
    도 퇴화하지도 않고 이때껏 생존을 거듭해오는 생물은 아마 새우 말고는 없을 듯합
    니다. 그 얇은 각질 속에 그토록 질긴 생명력을 감추고 있다는 사실이 그저 놀라울
    뿐입니다.
    윤대녕, 「그를 만나는 깊은 봄날 저녁」, 앞의 책, 1994, 240면.

을 초월하는 '순수 영역'으로 들어가는데 이것을 중심의 의례라고 한다. 이러한 중심의 개념이 현대에 있어서 무엇으로 대체되며 이 중심의 영역이 현대인에게 구원의 이미지를 줄 수 있는지 알아보는 것은 중요한 문제이다. 그리고 천상계와 지상계, 지하계를 아우르는 중심의 상징으로 무엇이 사용되었는지, 그 상징의 은유는 무엇인지, 또한 그 상징이 쓰이던 당시의 의미는 무엇이며 그것을 현대에 재현할 때 어떤 의미로 사용될 수 있을지 살펴보는 것은 큰 의미를 지닌다.

「천지간」에서 주인공 남자는 문상을 가는 길에 죽음을 뒤집어쓰고 있는 여자를 만나, 문상을 가지 않고 그 여자를 따라서 완도, 정도리의 구계등까지 동행하게 된다. 정도리에서 그는 몇 시간 만에 서른두 해를 몽땅 다시 산 것 같은 기분을 느낀다. 즉 잃어버린 시간을 회복하는 체험을 하게 되는 것이다. 마찬가지로 「불귀」에서 주인공은 어느 날 홀연히 사라진 동생 여진을 찾아다니는 과정에서 여진은 **"깃이 달린 애"**였다고, 그래서 "누구도 눈치 챌 수 없는 순간에 어쩌면 자신도 설명할 수 없는 경로를 통해 사라지게 되는 것은 아닌가"고 자문한다. 그녀는 "몸만 커다란 아기 어른, 아니면 우리와는 아주 다른 곳에서 살 다 온 이방인"이었는지도 모른다. 이제 그녀는 그녀가 원래 속해있던 곳으로 돌아갔기에 다시는 돌아올 수 없다. 그리고 그 다른 세계와의 접촉을 촉구하면서 내면에 잠자고 있던 그 무엇가가 허울을 벗고 일어서고 있다.

다음날 저녁, 나는 기차에 몸을 싣고 대전으로 향하고 있었다. 서울에서 불과 두 시간 걸리는 그 길의 거리는 여느 때와는 달리 궁극처럼 멀게만 느껴졌다. 뭇사람들의 틈바구니에 끼어 서서 나는, 그 동안 가시적인 것만을 믿고 살아온 내가 불현듯 두려워지는 것을 느끼고 있었다. 말로 설명할 수 없는 것, 나아가 애써 말로 설명해야 하는 것조차도 나는 피하며 살아온 터였다. 불가시적인 것과의 대면은 곧 나에게 있어서는 함정을 뜻하는 것이었다.

그러나 보라, 드디어 잠자고 있던 그 무언가가 지금 허울을 벗고 일어나 나를 음습한 길로 내몰고 있지를 않느냐.[21]

초월적 세계와 접촉할 때 인간은 가로질러가는 느낌, 혹은 무엇인가 앞질러 간다는 느낌을 받는다.

가끔씩 의식을 앞지르는 선험적인 느낌이 존재한다는 것을 나는 경험을 통해 믿고 있는 편이다. 아마 그날도 그 같은 느낌을 받았을 것이다. (…중략…) 순간 온몸에서 힘이 달아나면서 나는 어두운 구석에 놓인 소파로 간신히 걸어가 쓰러지듯 주저앉았다. (…중략…)

그때에도 나는, 내 곁으로 세찬 물살을 가르며 수많은 은어떼들이 어디론가로 거슬러가고 있다는 환각에 빠져 있었다. 또한 누군가는 나를 앞질러가고 있다는 생각마저 들었다.[22]

---

21 윤대녕, 「불귀」, 앞의 책, 1994, 85~86면.
22 윤대녕, 「은어」, 위의 책, 25면.

다음으로 세속적 시간과 신성한 시간에 대해 살펴보기로 한다. 주기적이고 역사적인 시간을 폐기하고 과거를 소멸시키고 시간을 재생시키려는 인간의 노력들은 문학을 통해서도 자주 나타났다. 많은 전설과 동화는 '옛날에 먼 옛날에'라는 말로 시작된다. 그 '오래전'은 황금시대를 의미하는데, 이 황금시대는 세속적 시간 경험으로부터 완전히 분리되어 신비 속에 감추어진다. 세속적 시간이 짧고 관찰할 수 있는 자연의 주기와 일치한다면 신화적 세계의 창조자와 영웅 들은 이와 같은 인간의 시간경험의 정상적 순환을 초월한다. 그들은 초시간적인 과거에 살고 있는 것이다. 그러나 현대에 오면서 시간은 반복적이고 순환적인 성격을 점차 잃어버리고 점점 더 방향을 가지는 것이 되었다.[23]

엘리아데는 신화와 상징을 통해서 인간을 역사적인 시간으로부터 끌어내어 지속에 의해서 구성되지 않은 측정 불가능한 역설적 순간인 대시간 속에 인간을 투입시키고자 한다. 신화는 역사적 상황을 망각시키고 그 상황을 초월하게 할 수 있다는 것이다. 우리 자신이라고 생각하는 것 혹은 우리가 소유하고 있다고 착각하는 것으로부터 우리를 초월시키고자 한다. 즉 일상적 세계 혹은 역사적 정황에서 벗어나 전혀 다른 초월적이고 거룩한 세계로 들어가게 해주고 존재에 하나의 단절을 가져다줌으로써 그에게 정신의 세계 즉 성스럽고 참된 자유의 세계를 펼쳐 보여준다고 한다. 윤대녕은 그러한 시간을 **허수의 시간**이라고 명명하고 있다.

---

23 이-푸 투안, 구동회 · 심승희 역, 『공간과 장소』, 대윤, 1995, 198~200면.

여진, 그 애는 돌아오지 않는 게 아니라, 돌아올 수 없는 것인지도 모르는 일이었다. 근 한 달 동안의 떠돎에서 내가 얻은 결론은 그러했다. 그렇다, 나는 남들이 십 년이라고 느낄 수도 있는 한 달을, 단 하루라고 느끼면서 허수의 시간 속을 다녀왔다. 그런데 도대체 어느 세계가 우리가 허우적거리고 있는 이 소란스러운 세계인가. 여진이 가 있는 곳인가, 아니면 내가 돌아온 이곳인가. 하지만 어느 쪽이든 우리가 원해서 마음대로 넘나들 수 없는 것만은 분명했다. 마치 '너와 나'의 관계가 그러하듯이.[24]

윤대녕은 또한 절대시간과 상대시간을 논한다. 재미있는 영화를 볼 때 흐르는 시간의 감각과 지루한 책을 읽을 때 느끼는 시간의 흐름은 물론 다르다. 놀이에 빠져 있는 인간은 절대 시간에 대한 감각을 잃게 되며 상대적인 시간이 그의 의식 안에 작용하게 된다. 즉 "빛의 속도와 의식의 속도가 동일한 지점을 향해 육박해 갈 때", "문득 엉뚱한 장소를 밟고 있다고 생각"할 수도 있는 것이다.[25]

이러한 관점은 소유를 통해 정체성을 확립하고자 하는 현대인을 그 역사적 상황으로부터 벗어나게 해주는 장치가 될 것이며, 초월적인 상상력을 작동시키는 동인이 될 것이다. 엘리아데가 일차적으로 조사해 놓은 여러 가지 인도의 신화와 다른 종교의 신화들을 통해 세속적 시간에서 벗어나 신성한 시간에 들어가는 양상은 윤대녕의 소설 이해에 중요한 역할을 한다.

---

24   윤대녕, 「불귀」, 109면.
25   윤대녕, 앞의 책, 1995, 197면.

나는 상여를 따라가듯 무연히 여자의 뒤를 좇고 있었다. 그러는 사이에 문득 시간이 지나고 있다는 느낌마저 사라져 버리고 어쩌다 뒤를 돌아볼 때마다 깨닫게 되는 것은 내가 지금 어디서 와서 어디로 가고 있는지 모르겠다는 사실뿐이었다. (…중략…)

여자가 왜 차를 타지 않고 그 먼 길을 걸어왔는지 모른다. 어쨌거나 무려 한 시간 반을 걸어 정도리에 도착했을 때는 서서히 눈도 그치고 있었다. 나는 몇 시간 만에 서른 두해를 몽땅 다시 산 기분이었다.[26]

주인공은 하필이면 상여를 따라가듯 어떤 힘에 끌려서 여자를 따라간다. 하지만 어디로 가는지, 왜 가는지도 분명치 않다. 완도에서도 정도리 구계등까지 가는 길에 눈이 내린다. 흰색은 주인공이 죽음과 조우할 때 만났던 죽음의 색이다. 즉 주인공이 죽음을 따라 도착한 곳은 광활한 바다였다. 수평선은 하늘과 땅의 경계를 짓고 있으며, '천지간' 즉 하늘과 땅이 맞닿는 곳으로 우주로 향해 무한히 열린 공간이기도 하다. 그 바다라는 공간에서 동백을 만나지 못해 바다에 몸을 던져 목숨을 끊은 소리꾼의 이야기와 음양의 상징인 남녀의 결합으로 새롭게 시작하는 주인공 남녀의 모습이 혼재되어 나타난다. 그 장소는 모든 것을 품고 있는, 즉 생명이 소멸되기도 하고 잉태되기도 하는 카오스의 공간이며 신성한 장소이기도 하다. 그래서 몇 시간 만에 서른두 해를 몽땅 다시 산 기분이 들었던 것이다. 이와 같이 신성한 시간과 공간에서 인간은 거듭나게 된다.

---

26 윤대녕, 앞의 글, 1996, 31면.

즉 부활의 신화가 되살아나는 것이다. 이러한 공간에서 시간은 소거되고 공간은 회복된다. 그곳은 영원회귀의 장소이고 다시 시작하는 부활의 공간인 것이다.

> 술을 마시면서 그녀는 비감한 표정으로 말했다.
> 귀소하고 싶어요. 목숨을 걸고!
> 영원회귀? 좋지, 거기서 우리는 죽고 우리의 아들딸들이 되어 다시 시작하는 거야!
> 그리고 나서 우리는 쉼없이 술잔을 들었다 놨다 하며 또 은어 얘기를 했다. 우리는 끊임없이 시간의 쓰레기를 게워내면서 어디론가 떠내려가고 있는 것이다. 그래, 우리는 모든 걸 뒤에 두고 있는 모양이다. 그리고 우리는 어느덧 거슬러 오르고 있다. 우리의 경과가 시작된 곳으로, 부활하기 위해, 지금 수만의 은어떼들이 나와 함께 강물을 거슬러 오르고 있다. 그래, 우리는 다시 무언가가 되고 싶다.[27]

불가역적 시간을 되돌릴 수 있는 곳, 잃어버린 시간을 되찾을 수 있는 곳은 바로 낙원이며 유토피아이다. 거기에서 유한한 인간은 유한성을 초월하여 무한한 시간으로 편입되며 시간이 회복되는 것이다. 존재는 낯선 곳으로부터 원래 있던 장소로 돌아오고 존재의 외곽에 머물렀던 자아가 중심으로 복귀하면서 시간은 복구되고 따라서 정체성도 회복된다.

---

27 윤대녕, 「은어」, 22면.

나는 원래 내가 있던 장소로 돌아온 거예요.

스케치북 안에서 다시 그녀의 삭막한 목소리가 울려나왔다. 그 목소리의 집요한 힘에 눌려 나는 괴롭다는 느낌에 시달리고 있었다.

(…중략…) 이제 당신도 돌아오기 시작하는 거예요. 당신은 지금까지 너무 먼 곳에 가 있었던 거예요. 그러다간 돌아오는 길을 영영 잊어버리게 될 지도 몰라요.

정말 나는 지금까지 내가 있어야 할 장소가 아닌, 주 낯선 곳에서 존재하고 있었다는 생각이 차츰 들기 시작했다. 이를테면 삶의 사막에서 존재의 외곽에서.

지금부터, 돌아가고 싶다고 나는 간신히 그녀에게 말했다.[28]

3. 나가는 글

이상으로 엘리아데의 거룩한 상징에 대한 사고와 신화적 상상력이 윤대녕의 소설에서 나타나는 모습을 고찰해 보았다. 문학의 장에서조차 상징과 신화적 사고가 소멸되어 버린 요즈음 신화적 사고와 상징의 의미를 다시 검토해보고 문학작품을 통해 복원하는 작업은 중요한 의미를 가진다.

---

28 윤대녕, 「은어낚시통신」, 앞의 책, 1994, 79면.

윤대녕의 소설에서는 끊임없이 초월세계가 틈입해 온다. 그리고 그 부름에 귀를 기울이는 인물들이 등장한다. 그들은 때로는 어떤 충동에 끌려 말을 타고 떠나기도 하고 소를 타고 물속으로 들어가기도 한다. 벌레구멍을 통해 다른 세계로 빠져나가기도 하며 사막에서 시원의 소리를 듣기도 한다. 은어를 따라 시원으로 거슬러 가려고 애쓰며 시원의 소리에 응답한다. 윤대녕의 소설에서는 엘리아데가 말한 속된 것들 사이에서 성현되는 초월성의 세계, 즉 거룩함이 여러 가지 상징을 통해 구현되어 있다. 그러한 시원으로의 회귀를 통해 시간을 회복하고 정체성을 되찾는 이야기들이 신화적 특성을 보여준다.

신화적 사건은 기념하는 것이 아니고 반복하는 것이다. 또한 사람들은 신화적 사건을 통해 신화의 주인공과 동시대에, 즉 연대기적 시간이 아니라 원초의 시간, 그 사건이 처음 생겼던 시간에 태어나는 것을 경험한다. 인간은 신화적 원형을 반복함으로써 세속적 시간을 폐지하고 주술, 종교적인 시간으로 진입하여 '영원한 현재'를 구성한다.

문학을 통한 상상적 세계의 창조는 신화적 과정에 비견될 만하며 따라서 모든 문학작품은 제각기 고유한 세계를 창조한다. 오늘날 같이 탈성화된 시대에 '성聖'은 주로 상상적 세계에 현존하면서 활동하기 때문에 낙원과 초월 그리고 완전한 자유를 꿈꾸는 현대인의 갈망과 향수는 윤대녕의 소설과 같은 예술작품을 통해서 드러나게 될 것이다.

참고문헌

윤대녕, 「천지간」, 『1996 이상문학상 수상작품집』, 문학사상사, 1996.

김병욱 외, 『문학과 신화』, 예림기획, 1998.
민혜숙, 『한국문학 속에 내재된 시사의 불안』, 예림기획, 2003.
신응철, 『해석학과 문예비평』, 예림기획, 2001.
윤대녕, 『은어낚시통신』, 문학동네, 1994.
_____, 『옛날 영화를 보러갔다』, 중앙일보사, 1995.
_____, 『빛의 걸음걸이』, 현대문학, 1998.
정진홍, 『종교문화의 인식과 해석』, 서울대 출판부, 1996.

뒤르켐, 에밀, 노치준・민혜숙 역, 『종교생활의 원초적 형태』, 민영사, 1993.
뒤프레, L. K, 권수경 역, 『종교에서의 상징과 신화』, 서광사, 1996.
엘리아데, 미르치아, 정진홍 역, 『우주와 역사』, 현대사상사, 1976.
_____, 이동하 역, 『성과 속―종교의 본질』, 학민사, 1983.
_____, 이은봉 역, 『신화와 현실』, 성균관대 출판부, 1985.
_____, 박규태 역, 『상징, 신성, 예술』, 서광사, 1991.
_____, 이은봉 역, 『종교형태론』, 한길사, 1996.
_____, 이재실 역, 『이미지와 상징』, 까치, 1998.
이―푸 투안, 구동회・심승희 역, 『공간과 장소』, 대윤, 1995.

Eliade, Mircea, trans. Trask, W., *Cosmos and History : The Myth of the Eternal Return*, Princeton University Press, 1954.
_____, trans. Mairet, P., *Myths, Dreams and Mysteries : the Encounter between Contemporary Faiths and Archaic Realities*, Harvill Press, 1960.
Fraisse, Paul, *The psychology of Time*, Haper & Rows, 1975.
Freud, Sigmund, *Cinq Leçons sur la Psychanalyse*, Payot, 1966.
_____, *Essais de Psychanalyse*, Payot, 1981.
Kofman, Sarah, *L'enfance de l'art*, Editions Galilée, 1985.
Zima, Peter V., *Le desir du Mythe*, Nizet, 1973.

제2부

내면을 향하는 분석적 읽기

산책자 구보의 욕망분석,
경멸과 선망의 이중주

1. 들어가는 글

　박태원의 「소설가 구보씨의 일일」은 구보가 정오경에 집을 나가 오전 두 시에 귀가하는 30개의 서사절로 구성된 소설이다. 소설이 진행되는 시간은 하루이고, 소설의 공간은 구보의 집 다옥정에서 걸어서 종로로, 거기서 전차를 타고 동대문, 훈련원, 약초정, 본정통을 거쳐 낙랑카페로 그리고 남대문을 거쳐 경성역에 들렀다가 다시 낙랑카페로, 그다음에 태평통을 거쳐 다시 종로로 갔다가 제비다방을 경유해서 다옥정으로 돌아오는 원점회귀형 소설구조를 이룬다. 그러나 떠날 때의 구보와 도착했을 때의 구보는 동일하지 않으므로 나선형의 발전 가능성을 시사한다. 그러므로 행복 찾기의 여정이라고 할 수 있는 구보의 경성시내 산책은 그의 욕망을 탐색하고 구체화하는 과정으로 볼 수 있다.

욕망은 쉽게 드러나지 않고 계속 부정되면서 산책길에서 만난 여러 대상들에게 단편적으로 투사되고 있다. 그러나 구보의 눈길에 닿은 여러 대상들의 기표 아래서 욕망의 기의를 해독해 낼 수 있을 것이다. 억압되고 위장된 낯선 기표들의 기의를 파악할 때, 언술 체계의 분열을 일으키는 무의식의 욕망의 원형을 탐구할 수 있으며, 그것은 심층텍스트를 통해 재구성하는 방법이다.[1] 억압된 욕망은 여러 가지 기표로 대체되어 반복되고 있기 때문이다. 스스로 인정하기를 기피하거나 자신에게조차 가장되거나 억압되어 있는 욕망, 어머니의 입으로 대신 발화되는 욕망, 친구의 생활이나 백화점에서 마주친 젊은 부부의 모습에 투사되는 욕망, 그리고 구보의 무의식이나 전의식에서 의식화하는 욕망의 발전양상을 따라 소설가 구보의 욕망을 분석해 보기로 한다.

구보가 서울 거리를 산책하면서 가장 많이 생각한 것은 여자, 돈, 벗, 소설로 요약될 수 있다. 여자는 가정을 이루기 위한 필수적 존재이며 여자를 얻기 위해서는 돈이 필요하다. 그러나 돈을 버는 데 소설을 쓰는 일은 별로 도움이 되지 않을 뿐 아니라 오히려 예술 창조의 열정은 돈 버는 일에 방해가 될 수 있다. 좋은 소설을 쓰고 싶은 구보는 예술가가 여자나 돈을 욕망하는 것은 저급한 일이라는 이분법적 통념을 지니고 있다. 그러나 그가 경멸하고 싶은 돈이 없으면 소설도 쓸 수 없다는 아이러니를 받아들일 수밖에 없는 현실

---

1 문홍술, 『한국 모더니즘 소설』, 청동거울, 2003, 42면.

이다. 이와 같이 이상과 현실의 괴리 가운데서 갈등하는 구보는 머리가 아프고 여러 가지 질병의 증상을 경험하게 된다.

라플랑쉬는 충동에너지에 대한 억압을 지적 호기심과 성적 호기심과 연관하여 세 가지 유형으로 압축한다. 성적 억압이 너무 강해 지적 호기심을 손상시켜 신경증을 유발하는 경우, 지적 탐구가 성적 활동을 대치하는 경우, 부분적으로 억압을 빠져나간 리비도가 지적 호기심으로 승화되는 경우이다. 이러한 경우 지적활동은 성적 대상을 회피하는 경향이 있다.[2] 구보의 경우에는 이러한 억압과 승화의 과정이 단계적으로 일어난다고 볼 수 있다.

그는 경성의 거리를 산책하면서 어머니를 통해 표현된 욕망을 점검하고, 자신의 솔직하지 못한 욕망을 수긍하고 받아들인다. 그는 사랑의 욕망으로 표현될 수 있는 여자와 돈에 대한 욕망과 예술 창조의 욕망을 변증법적으로 수용하여 생활의 욕망, 혹은 생명, 불멸의 욕망으로 승화시키고 있다. 결과적으로 쾌락원칙에서 현실원칙으로 선회하는 작업을 산책으로 볼 수 있다. 그는 예술 창조의 욕망을 포기하지 않으면서 물질주의가 지배하는 황금광 시대에 영합하지 않고 고독한 관찰자로 속물에 대적하는 지식인의 입장에서 글쓰기를 욕망한다.

그동안 박태원의 「소설가 구보씨의 일일」에 대해서는 많은 논문이 발표되었다. 그 성향은 주로 의식의 흐름이나 연상기억과 같은 새로운 소설 기법에 관한 것, 모더니즘의 문제, 서울이라는 공간의

---

2   Jean Laplanche, *L'inconscient et le Ça*, P.U.F., 1981, p.303.

의미에 대한 문제의식이 주류를 이루고 있다. 이 글에서는 산책자 구보의 정신분석을 통하여 예술가인 구보가 억압한 사랑의 욕망을 밝혀보고, 예술 창조의 욕망과 대립되는 사랑의 욕망이 더 높은 차원의 욕망으로 합일되면서 화해되는 과정을 살펴보기로 한다.

2. 병약한 소설가와 지연되는 예술 창조의 욕망

우선 집을 나서는 구보의 복장을 살펴보면 그는 구두를 신었고 단장과 공책을 들고 있다. 구두와 단장은 모던 보이의 상징으로, 공책은 구보가 새로운 사물을 관찰하거나 떠오르는 영감을 적어둘 수 있는 도구로서 소설가의 정체성을 표현하는 기표로 볼 수 있다. 소설 속의 구보는 26세의 직업도 아내도 갖지 않은 젊은이로 "늙은 어머니에겐 온갖 종류의, 근심, 걱정거리"다. 「조선통계시보」에 따르면,[3] 1935년 당시 19세 이하의 결혼 비율은 남자가 44%, 여자가 81%로, 여자의 결혼비율은 중국과 일본의 침략으로 인해 1930년 당시 60%보다 상승하는 현상을 보여준다. 법정 결혼연령이 남자 17세, 여자 15세인데, 그 이전에 결혼하는 비율이 남자 11.6%, 여자 8.8%에 이르고 있으므로 그 기준으로 살펴보면 구보의 결혼은 대

---

3 「30년대 한국사회 평균수명 남 36, 여 38세」, 『동아일보』, 1992.11.19.

단히 늦어진 것이다. 당시 남자의 평균수명이 36세라고 하면 구보의 나이 26세는 상당히 많다고 보아야 한다.

그러므로 구보는 평론가들이 말하는 대로 '조로의 젊은이'가 아니라 사실 노화에 들어서고 있는 것이다. 게다가 그는 이미 자신이 병들었다고 상상하고 있으며 실제로 그의 몸은 여러 가지 질병의 증상을 보이고 있다. 따라서 그는 건강한 남자에게 주눅이 드는 식민지의 조로한 젊은이에 불과하다. 구보가 산책길에 나서자마자 자전거를 타고 가던 젊은이가 길을 비키지 않는다고 모멸스러운 표정을 짓는데, 구보는 요란스러운 종소리를 듣지 못한 자신의 귀 기능을 의심한다. 그러나 왼쪽 귀는 귀지 외에 다른 이상이 없다. 그는 불결한 귀지에 무한한 굴욕을 느끼며 귀 안을 소제한다.[4] 귀지보다 중이염이 더 나을 것 같다고 생각한다. 차라리 병이 들었다면 핑계라도 삼아볼 수 있는데 귀지만 제거하면 그의 귀는 극히 정상이다. 그러나 구보는 자신이 다행하게도 중이질환을 가진 것으로 생각한다. 그것도 만성습성의 중이가답아(카타르)에 틀림없다고 단정하고 있다. 따라서 오른쪽 귀의 청력을 의심할 수밖에 없는데, 그는 건강한 오른쪽 귀마저도 전기보청기의 힘을 빌려야 한다고 생각한다.

---

4 구보는, 자기의 왼편 귀 기능에 스스로 의혹을 갖는다. 병원의 젊은 조수는 결코 익숙하지 못한 솜씨로 그의 귓속을 살피고 그리고 대담하게도 그 안이 몹시 불결한 까닭 외에 아무 이상이 없다고 선언하였었다. 한 덩어리의 '귀지'를 갖기보다는 차라리 사주간 치료를 요하는 중이염을 앓고 싶다, 생각하는 구보는, 그의 선언에 무한한 굴욕을 느끼며, 그래도 매일 신경질하게 귀 안을 소제하였다.(95면)

구보는 청력뿐 아니라 시력에도 자신이 없다. 그의 앞을 가로지르는 남자와 마주칠 것 같은 착각을 느끼고 이와 같이 대낮에도 자신을 가질 수 없는 시력을 저주한다. 24도의 근시에 맞춘 안경은 근시를 도와주었으나 무수한 맹점을 제거하지는 못한다. 게다가 두통도 있으며 변비, 요의빈수, 피로, 권태, 두통, 두중, 두압의 승상도 있다. 그리고 경성역 대합실에서 부종이 있는 사람을 지나치며 자신의 만성 위확장을 기억해 내기도 한다. 식욕이 왕성하고 잠을 잘 자고 있지만 결국 자신은 신경쇠약이라고 판정을 내리고, 그 모든 원인은 춘향전, 즉 밤새워 읽었던 이야기책들, 소설책들 때문이라고 한다.

이와 같은 구보의 건강상태는 소설과 불가분의 관계를 가지는데, 소년 시절부터 읽었던 소설책들 때문에 시력이 손상되었고 소설가가 된 현재 보고 듣는 감각기관이 부실하거나 불건강한 상태에 있다. 집안에서 금한 책을 읽은 구보는 그 대신에 시력을 손상당했다. 금지된 것을 범하여 눈을 뽑힌 오이디푸스 콤플렉스의 재현으로 볼 수 있을 것이다. 게다가 구보는 좋은 소설을 써야 하는데 건강이 장애가 되고 있음을 열거한다. 그러나 더 솔직하게 말해서 소설을 쓰지 못하는 자신의 처지를 변명하기 위해서는 건강이 나빠야 한다. 건강이 나쁘다는 것은 결혼을 하지 못한 데 대한 핑계도 될 수 있고, 늦게 일어나는 습관에 대한 구실도 되기 때문이다.

그러나, 그러한 생각과 함께 구보는 격렬한 두통을 느끼며, 이제 한 걸음도 더 옮길 수 없을 것 같은 피로를 전신에 깨닫는다. 구보는 얼마

동안을 망연히 그곳, 한길위에 서 있었다. (…중략…) 구보는 다시 걷기로 한다. 여름 한낮의 뙤약볕이 맨머릿바람이 그에게 현기증을 주었다. 그는 그곳에 더 그렇게 서 있을 수 없다. 신경쇠약. 그러나 물론, 쇠약한 것은 그의 신경뿐이 아니다. 이 머리를 가져, 이 몸을 가져, 대체 얼마만한 일을 나는 하겠단 말인고 ─. 때마침 옆을 지나는 장년의, 그 정력가형 육체와 탄력있는 걸음걸이에 구보는, 일종의 위압조차 느끼며, 문득, 아홉 살 때에 집안 어른의 눈을 기어 『춘향전』을 읽었던 것을 뉘우친다. (…중략…) 십 칠년 전의 그것들이 뒤에 온, 그리고 또 올, 온갖 것의 근원이었을지도 모른다. 자기 전에 읽던 이야기책들, 밤을 새워 읽던 소설책들. 구보의 건강은 그의 소년 시대에 결정적으로 손상되었던 것임에 틀림없다 …….[5]

구보는 자신의 정체성을 소설가, 즉 글을 쓰는 사람으로 정해두고 있는데, 월급쟁이보다 못한 글쟁이의 현실에서 글 쓰는 일을 계속하는 것에 대한 무의미와 무기력을 느끼고 있다. 그러나 월급쟁이가 의미하는 돈, 금전을 멸시하며 자신이 하고 있는 지적 작업에 대한 자부심을 가지려 노력한다. 이와 같이 예술 창조의 욕망은 억압된 욕망이 아니라 구보 스스로 의식하고 있는 욕망이다. 몇몇 일본 작가와 스탕달, 레마르크, 제임스 조이스의 이름이나 작품이 언

---

5 박태원, 천정환 편, 『소설가 구보씨의 일일』, 문학과지성사, 2005, 111~112면. 이 글에서는 이 책에 소설을 기본 텍스트로 하며 이하 이 작품을 인용할 때는 인용문 말미에 인용 면수만을 밝힌다.

급되고 있는 정황으로 보아 구보는 세계적인 작품을 쓰고 싶다는 욕망을 지니고 있다. 그러나 이미 3년 동안이나 글을 쓰지 못한 구보는 신경쇠약과 피로를 느낀다. 이 피로는 구보 자신과 세계 사이에서 오는 부조화이며 그 부조화를 증명하는 것이 육체의 질병이다. 격렬한 두통과 피로는 구보의 중단된 글쓰기와 연관이 있다. 창작의 기초가 되는 '모데르노로지오'를 게을리 할 때, 책을 읽고 사색한 지 오래되었다는 것을 느낄 때, 구보에게 두통과 피로가 찾아온다. 그러나 글을 쓸 수 없는 것은 외적 조건에 의해서가 아니라 내적 이유 때문인데, 조로한 젊은이로 표현되는 구보의 '소진' 때문이다. 그것은 문학에 대한 자존심이나 삶의 열정, 자신감의 소진으로 볼 수 있다.[6]

따라서 온갖 지식이 필요한 소설가로서 구보는 모데르노로지오를 게을리 한 자신을 책하며 창작을 위해 서소문 방면을 답사하기로 한다. 즉 자신이 시내를 배회하는 것은 무목적인 행위가 아니라 창작을 위한 것이라고 합리화하고 있다. 그런데 창작이 가져다 줄 수 있는 것은 과연 행복인가? 라는 의문과 현실적 질문은 그를 떠나지 않는다. 지연되는 창조의 욕망과 작품에 착수하고자 하는 조급함의 이율배반 사이에서 흔들리면서 구보는 경성의 거리로 나선다.

---

6 민족문화연구소 편, 『춘향이 살던 집에서, 구보씨가 걷던 길까지』, 창비, 2005, 190~
195면.

3. 두려움과 부러움, 여인과 아내

현실적으로 구보가 결혼하지 못한 이유는 학력의 문제가 아니라 직업이 없기 때문이다. 늙은 어머니는 아들이 결혼하지 못하는 것이 성가시다. "기름과 분 냄새 없는 아들의 방이 늙은 어머니에게는 애달팠다." 아들이 결혼하지 못하는 것은 월급쟁이가 될 직장을 구하지 못해서인데, 동경유학까지 한 아들이 일자리를 구하지 못하는 현실이 믿어지지 않는다. "보통학교, 고등학교만 나오고도 회사에서 관청에서 일들만 잘 하고 있는 것을 알고 있는 어머니는, 동경에서 공부한 내 아들이 구해도 일자리가 없다는 것이 도무지 믿어지지가 않았다."(93면) 아들에게 결혼을 강요해 보지만 아들의 대답은 "돈 한 푼 없이 어떻게 계집을 먹여 살립니까?"로 귀결된다.

구보는 글을 쓰는 것을 직업으로 삼고 있지만 그것은 돈벌이가 되지 않는다. 따라서 "글을 쓰는 것보다 월급쟁이가 몇 곱절 더 낫다"는 어머니의 생각은 아들의 고백이기도 하다. 그러나 "지금 세상에 월급 자리 얻기가 얼마나 힘든가"라고 아들은 대꾸한다. 문제는 "지금 세상"이라는 말이다. 구보가 말하는 "지금 세상"은 이 소설이 쓰인 1934년이다. 당시 월급쟁이가 되는 길은 학교의 교사, 은행가, 신문사 기자 등 극히 제한적이었다. 그래서 한때 시인이었지만 사회부 기자가 된 벗을 보며 애달파한다. 구보의 의식은 황금을 따라가는 그들을 업신여기고 싶은 마음이나 또 다른 의식은 그것이 부럽기도 하다. 경멸과 부러움이 교차하면서 구보는 과연 진정한 행복이란 무엇인가? 라는 화두에 사로잡혀 길거리를 배회한다.

구보에게 여자와 아내는 층위를 달리한다. 여인은 두려움의 대상이며 늘 돈과 연관되어 있다. 황금에 자신이 없는 구보의 소심증은 대문을 나서는 찰나에도 작동한다. 그는 일찍 들어오라는 어머니의 말에 '네'라고 답하지 못한 데 대한 뉘우침이 들었다. 숭문을 나서면서 대답을 하려고 했으나 마침 밖에 세 명의 여학생이 웃고 지나가는 광경을 마주하고 입을 다문다. 또한 처녀들이 시야에서 사라지자 "일 있는 듯싶게 꾸미는 걸음걸이"를 멈춘다.(94면) "약간 자신 있는 듯싶은 걸음걸이로 전차 선로를 두 번 횡단해 화신상회 앞으로" 간다.(97면) 이와 같이 구보는 관찰자이면서도 타인의 시선에서 자유롭지 않다.

반면 여자가 아닌 아내는 두려움이 아니라 부러움의 대상이다. 구보가 화신백화점 승강기 앞에서 만난 젊은 부부는 행복해 보였다. 승강기가 있는 백화점에서 오찬을 즐길 정도의 재력과 아이와 함께 한 단란한 가정을 보고 구보는 어떤 태도를 취할까 망설인다. 즉 그가 경멸하려 했던 사랑의 욕망과 예술 창조의 욕망이 갈등하는 것이다.

구보는, 그들을 업신여겨볼까 하다가, 문득 생각을 고쳐, 그들을 축복해주려 하였다. 사실, 사오 년 이상을 같이 살아왔으면서도, 오히려 새로운 기쁨을 가져 이렇게 거리로 나온 젊은 부부는 구보에게 좀 다른 의미로서의 부러움을 느끼게 하였는지도 모른다. 그들은 분명히 가정을 가졌고, 그리고 그들은 그곳에서 당연히 그들의 행복을 찾게다. (…중략…) 구보는 다시 밖으로 나오며, 자기는 어디 가 행복을 찾을까 생각한다. 발 가는 대로, 그는 어느 틈엔가 안전지대에 가 서서, 자기의 두 손을 내려다보았다. 한 손의 단장과 또 한 손의 공책과 — 물론 구보는 거기에서 행복을 찾을 수는 없다.(97면)

행복을 찾고 싶은 구보가 거리에서 발견한 것은 구보가 경멸해온 부르주아적 속물의 행복이다. 그렇다 하더라도 단장과 공책, 즉 소설가의 일에서 행복을 찾을 수 없다고 고백한다. 이 소설에서 '고독'이라는 단어가 15회, '행복'이라는 단어가 35회 반복된 것으로 미루어, 거리에 나선 구보는 고독한 삶을 사랑한다고 스스로를 설득하려 하지만 행복을 찾고 싶은 것이다. 구보가 타진하고 있는 행복의 조건은 가족(집), 결혼(아내), 시간, 일, 금전이라는 다섯 가지 조건과 밀접하게 연관되어 있다.[7] 그러나 이러한 조건으로부터 배제된 구보는 고독한 존재이며 고독을 사랑한다고 하면서도 고독을 두려워하는 이중적 모습을 보인다.

장충단으로. 청량리로. 혹은 성북동으로 ……. 그러나 요사이 구보는 교외를 즐기지 않는다. 그곳에는, 하여튼 자연이 있었고, 한 적이 있었다. 그리고 고독조차 그곳에는, 준비되어 있었다. 요사이, 구보는 고독을 두려워한다.

일찍이 그는 고독을 사랑한 일이 있었다. 그러나 고독을 사랑한다는 것은 그의 심경의 바른 표현이 못 될 게다. 그는 결코 고독을 사랑하지

---

7   이재선, 『현대소설의 서사주제학』, 문학과지성사, 2007, 127면.

않았는지도 모른다. 아니 도리어 그는 그것을 그지없이 무서워하였는 지도 모른다. 그러나 그는 고독과 힘을 겨루어, 결코 그것을 이겨내지 못하였다. 그런 때, 구보는 차라리 고독에게 몸을 떠맡겨버리고, 그리고, 스스로 자기는 고독을 사랑하고 있는 것이라고 꾸며왔었는지도 모를 일이다. (98~99면)

부르주아적인 속물적 행복을 경멸하고 고독을 사랑하는 구보의 삶의 기준이 동요하고 있다. 그가 부정했던 것들 가정, 여인, 황금 등이 현실적 힘으로 다가오고 그 힘은 그의 내면으로 파고들어 그를 괴롭히고 있다. 도시를 배회하는 구보는 산책과 더불어 과거의 기억을 재생해 내는데, 이러한 회상이나 기억의 대상은 모두 여성과 관련되어 있다. 구보의 행복이 부인할 수 없을 정도로 여성과 연관되어 있음을 보여주는 표지이다. 구보가 회상하는 여성은 크게 셋으로 분류된다. 첫째, 전차에서 만난, 선을 보았던 여인, 그다음으로 첫사랑이자 짝사랑을 했던 친구의 누이로 아이의 딱지에 표를 해 줄 만큼 총명하고 영악한 여자, 마지막으로 비오는 날 일본 히비야 공원에서 헤어진 가엾은 여자이다.

재력가와 결혼하여 아이를 기르고 있는 친구의 누이에 대한 정념은 이미 사라졌고, 전차에서 만난, 선을 보았던 여성에 대해서는, 여자와 시선이 마주칠까 겁이 나서 옆얼굴을 곁눈질하면서 알은 체를 할까 말까 망설인다. 그 사이 여자가 자리에서 일어나 양산을 가지고 전차에서 내려 다른 전차로 갈아타 버렸을 때 구보는 갑자기 뉘우친다.

행복은, 그가 그렇게도 구해 마지않던 행복은, 그 여자와 함께 영구히 가버렸는지도 모른다. 여자는 자기에게 던져줄 행복을 가슴에 품고서, 구보가 마음의 문을 열어 가까이 와주기를 갈망하였는지도 모른다. (…중략…) 자기가, 그를, 그동안 대수롭지 않게 여겨왔던 것같이 생각하는 것은, 구보가 제 감정을 속인 것에 지나지 않을 지도 모른다. (103면)

솔직하지 못한 자신의 처사에 대해 생각하면서 전차가 약초정 근처를 지나갈 때 맞은 편에는 두 무릎 사이에 양산을 놓은 젊은 여자가 앉아있었다. 그것은 비처녀를 상징하는 것이라면서 선을 보았던 여자가 양산을 어디에 두었던가를 회상한다. 프로이트 식으로 말한다면 양산이 남성의 성기를 상징하고 두 무릎 사이에 양산을 놓는 행위는 성행위를 의미하기 때문에 비처녀성을 드러낸다고 해석할 수 있을 것이다. 동시에 자신은 여자를 행복하게 해 줄 수 있나? 혹은 여자는 능히 자신을 행복하게 해 줄 것인가? 라고 자문해 본다. 구보는 자신이 여자를 불행하게 만들 것 같은 부정적인 예감을 지니고 있다. 본인 스스로 여자가 상징하는 사랑의 욕망을 억압하고 경멸하고 있기 때문이다.

그 여자로 인해 연상되는 여자 가운데 구보가 가장 연연하는 것은 동경유학 시절에 만난 동창생의 약혼녀와의 이루어질 수 없는 사랑이었다. 영구히 잊고 싶었던 일이 기억 속에서 떠올라온 것이다. 억압된 기억은 필연적으로 충족되지 못한 욕망과 결부되어 있다. 잊힌 기억은 사라져 버린 것이 아니라 틈만 나면 회귀할 가능성이 있다. 잊고자 하는 의식적 노력과 무의식 속에 잠재된 저항 사이의 갈등에서 기억의 내용은 가장이나 변형된 기표로 나타날 수 있다.[8] 구보는 의리를 내세우면서 이면으로는 솔직한 감정을 숨겼던 자신의 비겁함을 고백한다. 그 여자의 사랑을 차지하는 행복을 느끼지 못한 것은 사랑과 정열이 부족한 탓이었다고 깨닫고 자신의 약한 기질 때문이라고 진단하고 있다.

그는 여인, 즉 아내에 대해 욕망한다. 그러나 이항 대립적 사고에 사로잡혀 여인과 예술을 양립 불가능한 것으로 여겼던 구보에게 여인을 욕망하는 것은 속된 욕망이기에 억압할 수밖에 없다. 그러나 과연 글 쓰는 것이 현실적 행복을 가져다 줄 수 있는가에 회의가 들면서 그는 여인의 사랑을 획득하고 가정을 이루고 싶은 속물적이고 현실적인 욕망을 인정하기 시작한다. 그러나 라캉 식으로 말하자면 욕망은 환유이기 때문에 대상을 획득하는 순간 그것은 저만큼 물러난다. 대상은 욕망을 완전히 충족시킬 수 없으므로 인간은 대상을 향해 가고 또 간다. 죽음만이 욕망을 충족시키는 유일한 대상이다. 또한 욕망은 기표이므로 완벽한 기의를 갖지 못하고 끝없이 의미를 지연시키는 텅 빈 연쇄고리이다.[9] 구보는 자신의 욕망이 정체가 무엇인가 찾아 헤매지만 억압된 욕망은 기표를 바꾸면서 지연된다.

8   Sigmund Freud, *Cinq leçons sur la psychalayse*, Payot, 1966, pp.26~28.
9   자크 라캉, 권택영 편역, 『욕망이론』, 문예출판사, 1999, 23면.

4. 지식인과 속물, 노트와 금시계

구보는 남자이고 시간이 많고 교양이 있는 지식인으로 상업적, 관료적, 산업적인 일에 관여하지 않고 있다. 그는 주체로 손색이 없지만 피식민지인으로서 타자의 시선을 지닌다. 일제를 상징하는 부청의 위세 당당함과 대한문의 빈약함에 아파하고 조선호텔이나 조선은행과 너무나 빈약한 옛 궁궐에 우울해 한다. 그럼에도 불구하고 자신을 세속적인 다른 사람들보다 우월하다고 생각하면서 물질주의적 세상에 속하지 않은 고립된 관찰자이다. 그렇지만 그는 물질적 행복을 경멸하면서도 부러워하는 이중적 모습을 보이고 있다.

여기서 등장하는 기표는 공책과 금시계이다. 금시계와 공책의 환유적 대립은 부르주아 근대성과 문화적 혹은 미적 근대성으로 이항 대립쌍을 이룬다. 전자가 자본주의가 휩쓰는 경제적·사회적 변화의 소산이며 물질적 가치를 우상화하고 있다면 후자는 예술적 근대의 관념과 결합된 자아의식의 가치를 제시한다.[10] 지적 지향성인 구보가 경성역에서 마주친 중학교 동창인 전당포집 둘째 아들은 물질 지향적 인물로 묘사된다. 전자가 지적·정신적 가치와 이상에 끌리면서도 사회적 조건에서는 무능한 우울한 지식인이라면 후자는 물질적 가치를 추구하는 속물적인 열등한 인간이다. 후자를 대표하는 열등생 친구는 황금광 시대에 걸맞게 금광 브로커이

---

10   이재선, 앞의 책, 142면.

다. 또한 구보를 '구포'라고 발음하는 용감하고 또 무지한 사내, 생명보험회사의 외판원도 역시 이 계열에 속한다.

> 황금광 시대. 저도 모를 사이에 구보의 입술은 무거운 한숨이 새어나왔다. 황금을 찾아, 황금을 찾아, 그것도 역시 숨김없는 인생의, 분명히, 일면이다. 그것은 적어도, 한 손에 단장과 또 한 손에 공책을 들고, 목적 없이 거리로 나온 자기보다는 좀더 진실한 인생이었을 지도 모른다. (⋯중략⋯) 황금광 시대, 그들 중에는 평론가와 시인, 이러한 문인들조차 끼어 있었다. (116~117면)

월급쟁이가 되기 위해 신문기자가 된 벗조차 안쓰럽게 여기는 구보가 황금을 찾아가는 사람들 역시 진실한 인생이라고 여기는 것은 중요한 관점의 변화이다. 금광 브로커가 외설적인 색깔의 칼피스를 권하자 구보는 황급히 홍차나 커피를 주문한다. 교양 없는 이야기와 외설스러운 음료의 색깔, 그리고 월미도로 놀러간다는 한 쌍의 커플을 바라보며 외설스러운 색깔의 칼피스가 아니라 아이스크림을 시킬 정도로 총명한 여자가 그 남자를 따라가는 것은 돈 때문이라고 단정한다. 쉽사리 황금에서 행복을 찾는 그 여자는 예쁘지만 기품이 없다고 생각한다. 그러나 이러한 작위적 생각 역시 솔직하지 못한 것이다. 남의 결점을 찾으려는 구두닦이를 흘겨 보며 구보는 불유쾌한 느낌을 주는 모든 것을 저주하고 싶다고 한다. 그러나 저주하고 싶은 것은 정작 구두닦이가 아니라 위선자와 같은 자기 자신이다.

그러나 그 여자가 그자에게 쉽사리 미소를 보여주었다고 새삼스러이 여자의 값어치를 깎을 필요는 없었다. 남자는 여자의 육체를 즐기고, 여자는 남자의 황금을 소비하고, 그리고 두 사람은 충분히 행복할 수 있을 게다. 행복이란 지극히 주관적인 것이다 ……. (120면)

마치 그들의 관계를 돈과 성이 교환되는 매춘의 테마로 치부하고 싶은 심리 이면에는, 얼마를 가져야 행복을 가질 수 있는지를 헤아리고 있는 또 다른 구보가 존재하는 것이다. 18금 팔뚝 시계를 탐하던 소녀는 시계 값 4원 80전, 보이루 치마 값 3원 60전, 즉 8원 40전이 있으면 완전히 행복해질 수 있다. 그러나 자신은 대체, 얼마를 가져야 행복할 수 있는지 헤아려 보는 것이다.(107면) 그리고 그러한 생각을 비웃으려 하지 않고, 오히려 애달프고 사랑스럽다고 인식하기에 이른다. 이분법의 경계가 많이 완화되었다는 증거이기도 하다.

구보는 차를 마시며, 약간의 금전이 가져다줄 수 있는 온갖 행복을 손꼽아 보았다. 자기도, 혹은 팔 원 사십전을 가지면. 우선, 조그만 한 개의, 혹은 몇 개의 행복을 가질 수 있을 게다. 구보는, 그러한 제 자신을 비웃으려 들이 않았다. 오직, 고만한 돈으로, 한때, 만족할 수 있는 그 마음은 애달프고 또 사랑스럽지 않은가.(108면)

구보가 경성을 산책하면서 만난, 일을 가지지 못한 젊은이들은 이미 인생에 피로감을 가진 조로한 인생들이었다. 이 소설에서 지식인 계급에 속하는 젊은이들은 피로해 보이고 활기가 없는 반면, 황금광 대열에 뛰어든 남자들은 활기가 넘치는 대조를 보이고 있다. 그럼에도 불구하고 우울하고 피로한 젊은이들은 탄력 있는 발소리와 호화로운 웃음소리의 주인공들을 경멸하고 있다.

> 다방의 오후 두 시, 일을 가지지 못한 사람들이 그곳 등의자에 앉아, 차를 마시고, 담배를 태우고, 이야기를 하고, 또 레코드를 들었다. 그들은 거의 다 젊은이들이었고, 그리고 그 젊은이들은 그 젊음에도 불구하고, 이미 자기네들은 인생에 피로한 것 같이 느꼈다. 그들의 눈은 그 광선이 부족하고 또 불균등한 속에서 쉴 새 없이 제각각이 우울과 고달픔을 하소연한다. 때로 탄력 있는 발소리가 이 안을 찾아들고, 그리고 호화로운 웃음소리가 이 안에 들리는 일이 있었다. 그러나 그것들은 이곳에 어울리지 않았고, 그리고 무엇보다도 다방에 깃들인 무리들은 그런 것을 업신여겼다.(107면)

지식인들은 다방에서 차를 마시고 음악을 듣고 이야기를 나누는 문화를 향유하는 것을 자신들만의 특권처럼 여기면서 호화로운 웃음소리와 탄력 있는 발걸음을 가진 이들을 배제시키고자 하는 이분법적 태도를 보인다. 즉 건강하고 돈 있는 자들은 속물이고 병약한 지식인들만이 진정한 문화향유자라는 고정관념 뒤에는 속물들이 가진 건강과 황금을 부러워하는 마음이 숨겨져 있다. 이 구절 바로 뒤에서 구보는 "대체 나는 얼마가 있으면 행복할 수 있을까?"를 질문하면서 구라파 풍경을 담은 화가의 포스터를 바라보며 "양행

비"가 있으면 행복할 것 같다고 한다.

또한 구보의 병약한 신체성은 행복하지 못한 젊은이의 비애와 건강치 못한 사회의 징후이다. 또한 구보의 난청, 난시, 두통, 신경쇠약 등은 작가의 예술 창조와 고통이나 질병의 관련성을 시사해준다. 그런데 중요한 것은 작가의 병리화 현상이 병인성 사회와 관련되어 있으며, 사회적 병리가 신체적 병증으로 전치되어 있다는 것이다. 건강치 않은 사회는 피로 · 권태 · 우울 · 고달픔 · 괴로움 · 쓰라림의 원천이 된다. 구보는 경성 곳곳을 배회하면서 당대 사회의 행복보다는 불행과 불건강성을 지각하고 확인하는 것이다.[11] 질병은 늘 사회가 타락했다거나 부당하다는 사실을 생생하게 고발해주는 은유로 사용되어 왔다.[12] 소년 시절 책 때문에 손상된 구보의 건강, 변비, 요의빈수, 피로, 권태, 두통, 두중, 두압의 증상들은 보잘 것 없고, 살풍경하고 어수선한 태평통의 거리와 더불어 구보의 마음을 어둡게 한다. 이와 같이 질병은 '신체기관의 반란' 혹은 정신상태를 극화하는 언어로, 신체를 통해 말을 한다. 따라서 질병은 "내부에서 진행되고 있는 어떤 일의 재현방식, 이드가 극화하는 드라마"로 여겨지기도 한다.[13]

호화로운 웃음소리의 주인공들은 황금을 좇는 자들이고 일제의 정책에 영합하는 자들이며 쾌락과 탐욕을 생의 목표로 삼는 속물

---

11 임병권, 「1930년대 모더니즘 소설에 나타난 은유로서의 질병의 근대적 의미」, 『문학이론과 비평』 제17집, 2002.

12 수전 손택, 이재원 역, 『은유로서의 질병』, 이후, 2002, 106면.

13 위의 책, 69면.

들이다. 반면, 아픈 지식인인 작가는 지배문화가 병들어 있는 1930년대 당대적 특성을 구현해준다. 자신을 사회적 문화적 고통의 희생자로 상상함으로써 일상의 삶과 거리를 두고자 한다. 그러나 황금이 지배하는 근대사회에서 그 속물성에 맞서 온 교양 있는 예술가인 구보는 이제 더 이상 당당하지 못하다. 자신의 사유와 존재가 옳다고 믿으면서도 현실 속에서 자신의 신념을 관철시킬 수 없을 때 그는 불유쾌해지고 "온갖 종류의 사물을 저주하고 싶다"고 고백한다. 뿐만 아니라 음주 불감증, 기주증, 갈주증, 황주증 등을 열거하면서, 모든 사람을 정신병자로 치부하고 싶은 충동을 느낀다.

> 갑자기 구보는 온갖 사람을 모두 정신병자라 관찰하고 싶은 강렬한 충동을 느꼈다. 실로 다수의 정신병 환자가 그 안에 있었다. 의상분일증, 언어도착증, 과대망상증, 추외언어증, 여자음란증, 지리멸렬증, 질투망상증, 남자음란증, 병적기행중, 영적허언기편증, 병적부덕증, 병적낭비증,
>
> (…중략…)
>
> 그러다가, 문득 구보는 그러한 것에 흥미를 느끼려는 자기가, 오직 그런 것에 흥미를 갖는다는 것만으로도 이미 한 것의 환자의 틀림없다, 깨닫고, 그리고 유쾌하게 웃었다.(151면)

이분법의 경계가 모호해지고 구보의 삶의 기준이 동요하면서 그는 신경쇠약을 겪게 된다. 당시 고인이 된 최서해를 연상하면서 그도 역시 신경쇠약이었음에 틀림없다고 단정한다. 고인에게서 받은

「홍염」을 읽지 않았던 자신을 책하며 독서를 게을리 한 지가 이미 3년이라고 한다. 가난 가운데서 최후를 마친 최서해가 상징하는 삶의 방식을 고집할 자신이 구보에게는 없다. 이어서 마주친 영락한 벗의 뒷모습을 보며 구보는 울 것 같은 감정을 억제하지 못한다.(114면)

5. 갈등하는 욕망의 변증법적 합일, 작품과 자녀.

산책을 하는 동안, 구보는 자신에게 최대의 욕망이 무엇일까, 숙고한다. 그리고 자신이 원하는 세 개의 욕망을 그려본다. 그 세 개의 욕망이란 애인(여자, 계집), 아내, 17~18세의 소녀이다. 이들 중 하나만 이루어져도 행복할 수 있고 셋이 다 이루어진다 해도 안위 받을 수 없을지도 모른다고 한다. 그러면서 '나의 원하는 바를 윌륨도 모르네'라는 춘부의 일행시 한절을 인용한다. 모르는 것이 아니라 인정하기 두려운, 억압된 욕망을 마주하고 싶지 않은 구보는, 윌륨은커녕, 구보 자신도 알지 못하고 있을지도 모른다고 고백한다.(148면)

그러나 구보의 마음이 진정으로 머무는 곳은 동경 히비야 공원에서 헤어진 여자이다. 기억하지 않으려 해도 뚫고 나오는 그 여자에 대한 회한은 황토마루 네거리에서 괴로운 숨을 토하며 쏟아져 나온다.

아아, 그가 보고 싶다. 그의 소식이 알고 싶다. 낮에 거리에 나와 일곱 시간. 그것은 오직 한 개의 진정이었을지 모른다. 아아, 그가 보고 싶다. 그의 소식이 알고 싶다 ······.(137~138면)

광화문통을 쓸쓸히 걸어가면서 자신이 혹은 위선자가 아니었을까, 구보는 생각한다. "이제까지 한 나의 말은 모두 거짓이었다고, 나는 결코 이 사랑을 단념할 수 없노라고, 이 사랑을 위하여는 모든 장애와 싸워가자고 말하며 동경거리에서 무한한 감격에 울었어야만" 했다고. 격렬한 감정을, 진정한 욕구를 힘써 억제할 수 있었다는 데서 자랑을 가지려 했던 솔직하지 못한 자신의 왜곡된 태도를 뉘우친다.

그 왜곡된 감정이 구보의 진정한 마음의 부르짖음을 틀어막고야 말았다. 그것은 옳지 않았다. 구보는 대체 무슨 권리를 가져 여자의, 그리고 자기 자신의 감정을 농락하였나, 진정으로 여자를 사랑하였으면서도 자기는 결코 여자를 행복하게 해주지는 못할 게라고, 그 부전감不全感이 모든 사람을, 더욱이 가엾은 애인을 참말 불행하게 만들어버린 것이 아니었던가. 그 길 위에 깔린 무수한 조약돌을, 힘껏, 차, 해뜨리고, 구보는, 아아, 내가 그릇하였다. 그릇하였다. (···중략···) 이제 그와 다시 만날 때, 나는 이미 약하지 않다. 나는 그 과오를 거듭 범하지 않는다. 우리는 영구히 다시 떠나지 않는다 ·······. (···중략···) 이 넓고, 또 휑한 광화문 거리 위에서 한 개의 사내 마음이 이렇게도 외롭고 또 가엾을 수 있었나.(139면)

구보가 회한하는 것은 자신의 감정에 솔직하지 못하였다는 것이며 자신의 감정에 솔직하기 위해서 그는 이제 약한 사람이 되지 않겠다는 다짐이다. 그는 산책의 끝머리에서 억압했던 그 여인과의 쓰라린 이별을 기억해 내고, 자신의 과오를 인정하면서 강하게 살 것을 다짐한다. 그는 자신 안에 숨겨져 있던 욕망을 정직하게 직시할 수 있게 된 것이다. 여인을 바라고 성적 욕망을 숨기지 않는 것, 그것은 자연스러운 본능이며 지식인, 예술가와 양립 불가능한 욕망은 아니었다. 마음속의 아픔을 자각한 후에도 아픔은 여전이 남았고 발에 차이는 조약돌처럼 회상의 파편은 무수했다. 음울하고도 고혹적인 밤거리에서 그는 "부란된" 성욕을 느끼지만 구보는 그것을 자연스럽게 인정하는 단계에 이른다.

그 결과 전보로 상징되는 사건, 떨림을 기대한다. 무신경하고 무기력한 감정이 되살아나면서 엽서를 통해서도 감격을 가질 수 있을 것이라고 한다. 그에게 필요한 것은 젊음의 기력과 정열, 온갖 종류의 자극이었다.(149면) 게다가 구보는 그리움까지 가지려고 하는 것이다. 이러한 행동의 변화는 사실 이분법적 사고방식으로 무시해왔던 이항 대립 쌍의 다른 항을 온전히 수용함으로써 가능해진 것이다.

> 그 사상은 역시 성욕의, 어느 형태로서의, 한 발현에 틀림없었다. 그러나 물론 결코 부자연하지 않은 생리적 현상을 무턱대고 업신여길 의사는 구보에게는 없었다.(143면)

밤거리를 헤매는 노는계집들의 위태한 걸음걸이, 무지한 카페 여급들의 공허한 명랑함은 소복을 입은 채 카페 여급모집 광고를 보고 있는 40대 여인과 대비된다. 그러나 여급이라는 말에 혐오와 절망을 보이면서 떠나간 아낙네와 카페 여급 들은 더 이상 이분법 적으로 구분되지 않는다. 선과 악이라는 윤리적 잣대가 아니라 누가 좀 더 불행할까, 누가 좀 더 삶의 괴로움을 맛보는 것인가, 하는 생각으로 한숨짓는 정도이다. 열여섯이나 열일곱쯤 되어 보이는 조그만 계집아이는 이 두 항의 여인들이 변증법적으로 통합된 상징으로 볼 수 있다. 따라서 구보가 그 소녀에게 애달픔과 사랑과, 그것들을 한꺼번에 느낄 수 있었던 것은 결코 취한 탓만은 아니었을지도 모른다.(156면) 즉 옳고 그름, 혹은 속물적이고 정숙하다는 판단 기준이 아니라 애달픔과 사랑으로 어린 카페 여급을 바라볼 수 있다. 앞서 말했던 구보의 세 번째 욕망, 즉 열다섯이나 열여섯 된 소녀의 아버지가 되고 싶다는 아버지의 사랑으로 승화되는 것 이다.

승화란 성적 충동이 비성적인 목표로 향하는 것, 즉 사회적으로 가치가 인정된 대상으로 향하는 것을 의미한다. 사회적으로 인정 되는 가치가 무엇인가에 대한 논란은 제쳐두기로 하고, 예술은 성 적욕망을 비성적이고 사회적으로 가치 있는 대상에 고정시켜주는 역할을 한다. 즉 욕망은 예술 작품 속에서 억압의 경계를 좌절시키 거나 억압과 타협함으로써 억압으로부터 벗어날 통로를 제공해 준 다.[14] 승화에 관하여 여러 사람들의 견해가 있지만, 프로이트는 승화를 나르시시즘의 측면에서 욕망하는 대상에 대한 리비도를 중성

화하거나 탈성화하려는 시도로 이해한다.[15] 구보의 경우, 글쓰기의
욕망이 사랑의 욕망을 억압하거나 욕구충당을 해제시키는 역할을
했지만 성공적이지 못했기 때문에 사랑의 욕망은 계속 억압을 뚫
고 솟아나온다. 욕망이 만족되지 못한 채 승화된 목표로 수정된다
해도 그 욕망의 대상은 쉽게 바뀌지 않는 성향이 있다고 한다.

전차에서 만난 선본 여자는 구보가 망설이는 사이 시야에서 사
라졌고 구보가 구하던 행복은 그 여자와 영구히 가버린 것 같다. 구
보는 여자가 지닌 온갖 아름다움과 장점을 하나하나 헤아려보며 자
기에게 행복을 가져다 줄 여자가 있을까 생각해본다. 그러다가 여
자와의 행복이 불가능하다는 생각에 소심해진 구보는 여자 대신
벗을 대체물로 삼는다. 오후 두 시 다방에 있는 젊은이들의 우울한
모습을 묘사하고 자기의 최대의 욕망은 대체 무엇일까 자문하다가
자로와 공융의 구절을 상기하면서 좋은 벗들과 더불어 즐거움을
찾고자 한다.

"사랑을 찾으려 하지 않고 좋은 벗의 우정에 마음을 의탁하려 한
것은 오래된 일"이라고 하면서 여자의 대체물로 벗이 택해졌다고
해도 구보의 뇌리에서 떠나지 않는 것은 실상 헤어진 여자였다. 여
자는 아내로 대체되고 다시 소녀로 바뀌면서 자식을 가진 아버지
의 마음으로 변화된다. 아버지가 되고 싶은 것은 결혼하고 싶은 욕
망을 간접적으로 시사해준다. 이러한 욕망은 '눈깔 아저씨'라고 부

---

14 Jean Laplanche, *Problématiques 3 : la Sublimation,* P.U.F., 1983.
15 Sigmund Freud, *Essais de psychanalyse*, Payot, 1981, p.242.

르며 구보를 따르는 어느 벗의 조카들에게 전이되어 아이들에게 수박을 사줌으로써 부재한 아버지의 공백을 채우는 행위와 연결된다. 그리고 "구보는 아이들을 사랑하며 아이들의 사랑을 받기를 좋아한다"(141면)는 고백으로 이어진다.

서로 갈등하던 사랑의 욕망과 예술 창조의 욕망은 '벗'이라는 중립항을 통하여 아내, 자녀가 상징하는 생활로 수렴된다. 이와 같이 안정된 가정 안에서 구보는 창작에 전념할 수 있을 것이다. 아버지가 되고 싶다는 소망은 작품창조의 욕망처럼 자신의 분신을 남기고자 하는 불멸의 욕망과 연결된다. 생물학적으로 성충동은 외부의 영향에 저항하면서 생명을 보호하고 지속하고자 하는 삶의 충동으로 화한다. 이 중에서 생식세포는 유기체 속에서 스스로를 증식해 나가는 욕구, 즉 자식이라는 분신을 만들어 냄으로써 불멸하고자 한다. 마찬가지로 예술가에게 자식이나 다름없는 창조물은 예술가뿐 아니라 독자에게도 시간성에 침식되지 않는, 현실에서 벗어난 존재를 꿈꾸게 하고 불멸의 상징인 분신을 만들어 준다.[16] 작품을 창조하고 자녀를 생산하면서 인간은 신의 대리자로서 스스로 아버지가 되며 자신의 분신들을 통해 불멸하게 된다. 이와 같이 사랑의 욕망과 창조의 욕망은 서로 합일되어 자녀와 작품이라는 불멸의 욕망으로 합일된다. 구보를 갈등하게 했던 두 가지 욕망은 더 높은 단계의 욕망으로 화해되고 이제 구보는 가정을 가지고 창작할 수 있게 될 것이다.

---

16 Sarah Kofman, *L'enfance de l'art,* Editions Galilée, 1985, pp. 182~184.

6. 나가는 글

결혼하지 못한 26세의 노총각 구보는 하루 동안 경성시내를 산책하면서 자신의 욕망과 행복에 대해 생각하고 타인들의 행복을 관찰한다. 아들로서의 구보는 어머니의 소원을 만족시키고 싶지만 소설가로서의 구보는 속물적인 것을 기피하며 작품 창조의 욕망만이 가치 있는 것이라고 생각한다. 그러나 소설을 읽는 일이나 쓰는 일을 게을리 한 지도 3년이나 되었다.

일반인들이 추구하는 속물적 사랑의 욕망과 지식인 예술가가 마땅하게 추구해야 하는 창조의 욕망이 대립하고 갈등하면서 구보는 여러 가지 질병의 징후들을 보인다. 그러나 거리에서 마주치는 여러 장면들을 통해 구보는 자신의 솔직한 욕망을 점검하고 과거에 헤어졌던 여자에 대한 회한에 사로잡힌다. 좀 더 솔직하지 못하고 자연스러운 감정에 충실하지 못했던 과거의 자신을 반성하고 앞으로는 약하게 살지 않겠다고 다짐하며 귀가한다.

사실 구보가 경성 시내를 돌아다니는 동안 어머니의 시선이 구보와 동행했다고 볼 수 있다. 구보는 산책하면서 만난 여러 가지 장면들을 자신의 대리자로서의 어머니의 시선으로 해석하고 있으며 자신의 욕망을 어머니의 욕망으로 전가시키고 있다. 그러한 가장과 위선에도 불구하고 두 가지 욕망은 합일되어 어머니의 뜻을 따라 결혼도 하고, 벗의 권유대로 좋은 소설을 쓰기로 한다.

오전 두 시. 위안받지 못하는 슬픔과 고달픔은 그대로 있지만 그는 집을 나갈 때의 구보가 아니다. 갈등하던 두 욕망이 자녀와 작품으로 상징되는 불멸의 욕망으로 통합되고 합일되면서 그는 새로운 구보로 탄생하는 것이다.

참고문헌

박진영, 「가장된 명랑함의 세계—박태원의 소설가 구보씨의 일일」, 『한국문학평론』, 국학자료원, 2002 봄.

임병권, 「1930년대 모더니즘 소설에 나타난 은유로서의 질병의 근대적 의미」, 『문학이론과 비평』 제17집, 2002.

조명기, 「머뭇거림과 욕망의 위장—지식의 이중성 : 「소설가 구보씨의 일일」론」, 『문창어문논집』 제39집, 문창어문학회, 2002.12.

최혜실, 「「소설가 구보씨의 일일」에 나타나는 산책자flaneur 연구」, 『관악어문연구』 제30집, 1988.12.

구보학회, 『박태원과 모더니즘』, 깊은샘, 2006.

문흥술, 『한국 모더니즘 소설』, 청동거울, 2003.

민족문화연구소 편, 『춘향이 살던 집에서, 구보씨가 걷던 길까지』, 창비, 2005.

박태원, 천정환 편, 『소설가 구보씨의 일일』, 문학과지성사, 2005.

신명직, 『모던 뽀이, 경성을 거닐다』, 현실문화연구, 2003.

이재선, 『현대소설의 서사주제학』, 문학과지성사, 2007.

전우용, 『서울은 깊다』, 돌베개, 2008.

조이담·박태원, 『구보씨와 더불어 경성을 가다』, 바람구두, 2005.

최종렬, 『타자들—근대 서구 주체성 개념에 대한 정신분석적 탐구』, 백의, 1999.

라캉, 자크, 권택영 편, 『욕망이론』, 문예출판사, 1999.

랜드맨, 파트릭, 민혜숙 역, 『프로이트 읽기』, 동문선, 2005.

벨맹—노엘, 장, 최애영·심재중 역, 『문학 텍스트의 정신분석』, 동문선, 2001.

보위, 멜컴, 이종인 역, 『라캉』, 시공사, 1999.

손탁, 수잔, 이재원 역, 『은유로서의 질병』, 이후, 2002.

타이슨, 로이스, 윤동구 역, 『비평이론의 모든 것』, 앨피, 2012.

Freud, Sigmund, *Cinq Leçons sur la Psychalayse,* Payot, 1966.

――――――――, *Essais de Psychanalyse,* Payot, 1981.

Kofman, Sarah, *L'enfance de l'art,* Editions Galilée, 1985.

Laplanche, Jean, *L'inconscient et le Ça*, P.U.F., 1981.

_____, *Problématiques 3, la Sublimation*, P.U.F., 1983.

「30년대 한국사회 평균수명 남 36, 여 38세」, 『동아일보』, 1992.11.19 .

• 2장 •

김경욱의 「고양이의 사생활」 해체적 읽기

1. 확정된 주제는 없다

종래의 해석 이론에서는 텍스트의 외부에 저자의 의도를 설정하거나 텍스트 자체가 저자의 의도를 충실하게 표현한 것으로 간주하여 텍스트를 해석하고자 시도했다. 그리하여 텍스트를 읽는 행위는 텍스트가 작가의 의도와 얼마나 일치하는가에 대한 해답, 즉 텍스트를 통해 작가의 의도를 발견해내는 것이었다. 후기 구조주의자들의 말을 빌리면 명확한 의미, 즉 '중심'을 찾으려는 이러한 시도는 구조주의자들의 오류라고 한다. 구조주의의 핵심에는 인간의 모든 사회적 문화적 실제의 저변에 깔린 약호, 규칙, 체계를 찾아내려는 '과학적' 야심이 있다. 그리고 개인적 발화인 파롤^{parole}을 구조주의 분석의 진정한 대상인 랑그^{langue}에 종속시킴으로써 실제 텍스트의 특수성을 무시한다고 한다. 구조주의자들은 작가의 언어가 현실을 반영하는 것이 아니라 언어의 구조가 현실을 산출한다고 주장한다.

롤랑 바르트Roland Barthes는 『작품에서 텍스트로』에서 작품과 텍스트의 개념에 대해 다루고 있다. 구조주의적 관점에서 '작품'이 단일하고 안정된 의미를 드러내는 기호체계라면 이런 고정된 의미로 환원될 수 없는 무한한 시니피앙들의 짜임이 곧 텍스트이다. 작품이 정신 / 물질과 같은 이분법적 구조위에서 총체적이고 단일한 의미의 발견과 재구성에 근거한다면 그것은 결정적이고 고정적이며 목적론적인 특성을 가질 수밖에 없다. 이러한 선조적인 로고스 중심주의에 입각한 작품이라는 개념으로는 의미를 이루고 있는 다양한 층과 이탈을 포착할 수 없다. 그리하여 바르트는 줄리아 크리스테바Julia Kristeva 작업의 도움을 받아 텍스트라는 개념을 도입하게 된다. 텍스트란 그것을 이루고 있는 기표의 다각적이고도 물리적, 감각적인 성격에 의해 무한한 의미 생산이 가능한 열린 공간이다. 이것이 바르트의 『S / Z』가 목표로 하는 의미작용의 생성 과정인 발생 텍스트이다.[1] 작품은 소비의 대상이지만 텍스트는 작품을 소비에서 구해내어 유희, 작업, 생산, 실천으로 수용하게 한다. 이와 같은 구별은 테리 이글턴의 표현을 빌리자면 "구조주의에서 후기 구조주의로의 움직임은 부분적으로 작품에서 텍스트로의 움직임"이라는 주장과 일맥상통한다.

---

1   롤랑 바르트, 김희영 역, 『텍스트의 즐거움』, 동문선, 1997, 8-9면.

소쉬르는 기표와 기의의 관계가 자의적이라고 하면서 언어는 오직 '차이'에 의해 다른 기의들과 관계를 맺는다고 한다. 그럼에도 불구하고 소쉬르는 기표 / 기의의 관계가 하나의 통합된 전체를 형성하고 어떤 의미의 정체성을 보존하고 있다고 전제했다. 그러나 후기 구조주의의 대부분의 에너지는 기표와 기의 사이의 관계가 언제나 갈등과 간섭으로 얼룩져 있다는 것, 의미화 과정이 본질적으로 불안정하다는 것을 밝히는 데 집중된다. 이러한 후기 구조주의의 사유를 발전시킨 해체론에서는 의미를 확정하려고 하지 않는다. 의미는 계속해서 기표와 기의 사이에서 불안정하게 유보될 뿐이다.

여기에서 일반적으로 데리다Jacques Derrida로 대표되는 해체론에 대해 생겨난 몇 가지 오해에 대해 알아볼 필요가 있다. 데리다 자신은 해체가 '방법론', '기술', 일종의 '비판' 등이 아니라고 주장했다. 즉 그는 '해체'를 방법론 및 기술에 의해 정의 가능한 개념으로 축소시키려는 노력을 강하게 거부하고 있는 것이다. 데리다는 다만 "의미 는 고유하고 자기 동일적인 개념으로 파악될 수 있다는 가정을 반드시 해체시켜야 한다"고 주장할 뿐이다.[2] 해체론을 방법론으로 파악하는 것은 해체적 읽기의 자세하고 구체적인 행위를 포기하고 그 행위에 대한 일반론적 사상, 즉 그 행동이 국지적으로 수행되는 각양각색의 차이점을 일괄적으로 포섭하는 사상으로 파악하려는 행위라는 것이다. 해체론은 예술을 무한한 다양성과 결코 끝나지

---

2   크리스토퍼 노리스, 이종인 역, 『데리다』, 시공사, 2000, 26~27면.

않는 기표들의 공동유희로 간주함으로써 다양한 메시지를 읽어내는 것이다. 즉 본질론적이거나 존재론적인 어떠한 정의도 다양성을 억제할 수 없다는 입장을 전제로 한다.[3] 해체는 기존의 주요한 대립관계를 뒤집는 일에만 만족해서는 안 되고 그렇게 해서 하위에 있던 것이 상위에 굳건히 자리 잡도록 봉사하는 것도 아니다. 해체론은 모든 쓰기를 몇 가지 '로고스 중심적' 혹은 자기신비화적 주제로 환원한 다음에 그것을 파헤치는 틀에 박힌 설명적인 이론이 아니다. 또한 해체론은 '대리 보충적' 근거자료를 필요로 하는 사례사를 구축하는 데 전기적 자료를 사용하는 것을 반대하지 않는다. 그러나 이러한 자료의 원용도 철저하게 해체하는 방식으로 사용되고 있다.

해체는 하나의 과정이고 읽기의 행위이며 개념이나 방법으로 환원될 수 없는 것이다. 데리다가 제안하고 있는 것은 무원칙적이고 무정부적인 읽기나 방종이 아니라 위대한 텍스트들을 절대적으로 승인된 근원도 목적지도 없이 유포되는 다양한 메시지로 읽어야 한다는 것이다.[4] 해체론은 사변적이며 말, 현존, 기원과 동일시되는 진리에 문자를 복종시키는 로고스 중심적 사고방식의 족쇄를 느슨하게 풀어놓는 것이다. 그리하여 계산된 텍스트적 '놀이'의 요소와 보조를 같이 하는데, 이러한 놀이의 목적은 읽기에 관한 고정관념을 분해하고 분산시키는 것이다.[5] 이것은 엄정한 읽기의 절차

---

3   페터 지마, 김혜진 역, 『데리다와 예일학파』, 문학동네, 2001, 51면.
4   크리스토퍼 노리스, 앞의 책, 2000, 283면.

를 무시해버리는 끝없이 '자유로운 놀이'로서의 상호텍스트성inter-textuality이 아니라 교환과 대체의 논리로서의 상호텍스트성이다. 이 것은 단 하나의 텍스트 혹은 여러 덩어리의 쓰기의 한계를 뛰어넘은 사슬 속에 들어있는, '치료약적인 은유'들을 서로 연결하는 것이다. 비유적 은유란 반드시 자기 해체적 요소를 포함하고 있으며, '치료약적인 은유'란 전통적 은유를 전략적으로 역전시킴으로써 언어가 지니는 설득력이나 의미작용을 중지시키는 것을 의미한다.

2. 고양이라는 이름붙이기

1970년대에 태어난 소위 신세대 작가군에 속하는 김경욱의 「고양이의 사생활」을 읽고 나더라도 명확한 의미가 떠오르지 않을 것이다. 이 소설은 고양이라는 채팅 아이디를 가진 "어린 애인", "스무살도 채 되지 않았을 계집 아이", "육체적 조숙함이 오히려 불완전한 느낌을 자아내는, 그런 나이"의 여자 아이의 방을 찾아가는 이야기이다. 하지만 이 소설을 읽고 난 후에 논리 정연한 줄거리나 의미를 파악하기가 쉽지 않다. 그래서 의미를 밝히고 구조를 세우는 데 집착하지 않는 후기 구조주의의 방식을 도입하여 이 소설을 독해

---

5   위의 책, 350면.

하고자 한다. 데리다의 말에 따르면, 의미란 문장을 독해하고 나서도 곧바로 해독되지 않고 늘 유보되며 지체되는 과정에서 생기는 '어떤 것'이다. 그러므로 텍스트 독해가 완결되었을지라도 언어과정 자체는 끝나지 않고 더 많은 의미들을 남긴다. 그러므로 책읽기는 늘 자기가 알아차리지 못한 것, 즉 그가 사용하는 언어 도식들을 지배하는 것과 지배하지 못한 것 사이에 존재하는 일정한 관계를 겨냥해야 한다. 이 관계는 어두움과 빛, 약함과 강함의 일정한 양적 분배가 아니라 비판적 책읽기가 생산해야 하는 의미의 형식 구조이다.[6]

해체적 읽기는 "텍스트 그 자체를 이해할 수 없기 때문에 텍스트를 이해하기 위해 결을 거슬러 읽는 것" 또는 "거꾸로 읽는 것"을 가리킨다. 이것은 "텍스트의 의식적인 차원보다는 무의식적인 차원, 즉 명백한 텍스트성이 교묘하게 감추고 있거나 미처 인식하지 못하고 있는 것들을 하나하나 밝혀내고, 억압된 무의식을 찾아내는 것"이다. 이러한 의미에서 해체적 읽기는 정신분석적 읽기와 무관하지 않다.

언제부턴가 아내는 애완견을 기르기 시작했다. 털이 유난히 무성한 슈나우저였다. 나에게는 개 알레르기가 있나 보다. 그 녀석이 주위를 맴돌면 나는 어김없이 재채기를 하고야 만다. 그냥 재채기가 아니라 당장 숨이 넘어갈 듯 요란한 재채기를 해댄다. 그럴 때면 아내는 이렇게

---

6   자크 데리다, 김성도 역, 『그라마톨로지』, 민음사, 1996, 313면.

말한다. "촌스럽기는. 내 참! 이래서 출신은 속일 수 없다니까." 아내가
집을 비울 때면 나는 그 녀석을 베란다에 꽁꽁 묶어둔다. 재채기를 막
는 길은 그 방법밖에 없다. "당신도 뭔가를 길러봐. 그러면 마음이 한결
너그러워질 테니." 어김없이 숨이 넘어가도록 재채기를 해대는 나를
바라보며 어느 날 아내가 핀잔하듯 말했다. 꼭 아내의 충고 때문이라고
는 할 수 없지만 지난봄부터 나도 뭔가를 기르기 시작했다. 이 세상에
서 온전히 나만을 위해 존재하는 그 무엇인가를.[7]

우선 고양이라는 기표에 주목할 필요가 있다. 화자인 주인공의
아내는 털이 무성한 애완견 슈나우저를 기른다. 그러나 화자는 개
알레르기가 있는지 요란한 재채기를 하게 된다. 아내가 부재할 때
개를 베란다에 꽁꽁 묶어두는 화자를 보고 아내는 촌스럽다고 비
난하면서 무엇인가를 길러보면 마음이 너그러워질 것이라고 충고
한다. 그래서 화자는 지난봄부터 "이 세상에서 온전히 그만을 위해
존재하는 무엇인가"를 기르기 시작 했다. 그 무엇의 기표는 고양이
이다. 아내가 기르는 개와 화자가 기르는 고양이처럼 고양이는 개
와 대립되는 기표이다. 그러나 그 고양이는 이미 고양이가 아니
다.[8] 데리다는 이름 부르기naming, 좀 더 구체적으로 고유명사에 대

---

7 김경욱, 「고양이의 사생활」, 『누가 커트 코베인을 죽였는가』, 문학과지성사, 2003, 9면.
   이하 이 책에서 해당 작품을 인용할 때는 인용문 말미에 인용 면수만을 밝힌다.
8 화자는 실제로 고양이라는 채팅 아이디를 가진 아이를 고양이라고 부르고 있다.
   "불가피한 경우가 아니라면 나는 앞으로 그 아이를 고양이라고 부를 것이다. 그것
   은 그 아이의 채팅 아이디였다. 이름이 뭐냐고 묻지는 않았다. 어차피 이름 같은 것
   은 내게 별 의미가 없었다. 만일 이름이 뭐냐고 물었다면 나는 그 자리에서 꼰대로

해 관심을 가졌다. 즉 이름을 언급하는 것(그냥 부르기, 인용)과 이름을 사용하는 진정한 행위를 어떻게 구분하는가 하는 문제에 천착했다. 이러한 문제의 틀이 데리다로 하여금 해체적으로 읽는 기회를 만들어주었다고 한다.[9]

고양이라는 기표는 반복된다. 데리다는 "반복 가능성은 자신을 동일화하고 반복하는 것에 기생하여 그것을 변화시키고 불순하게 만든다. 반복 가능성은 우리가 말하려고 의도한 바와 다른 어떤 것을 말하게 한다"고 말한 바 있다. 단어나 글이 상이한 콘텍스트에서 수용된다면 그 상이한 상황을 통해 글의 의미는 연기되는데 이러한 의미의 연기는 차연 효과를 불러일으킨다. 이질적인 의사소통적 상황에서 기호를 반복하게 되면 결과적으로 의미는 부조화적으로 배열되며 그러한 의미배열은 단어나 의미의 동일성을 흔들 수 있는 것이다. 그러므로 반복은 변화가능성을 내포하게 된다.[10] 그러므로 고양이라는 단어는 여러 가지 의미로 산종될 수 있다.

아내가 개를 기르고 화자가 고양이를 기르는 행위에 화자가 결

낙인찍혔을 것이다. 그것은 나로서도 픽 곤란한 일이 아닐 수 없다. 뭔가를 제대로 길러보기로 마음먹은 이상 나는 고양이와 잘 지내야만 한다. 운이 좋다면 고양이에게서 위안을 얻을지도 모르는 일이다. 그것은 전적으로 내가 어떻게 하느냐에 달렸다."(14면)

9 이것은 Fido / 'Fido'(개 이름)의 문제이다. 내가 내 개의 이름을 부르는 것인지 아니면 그런 이름을 가진 개의 이름을 언급하는 것인지 어떻게 아는가 하는 문제이다. 바꾸어 말 하면 내가 개의 이름을 사용하는지, 아니면 언급하는지 구별하는 문제이다. (…중략…) 그 측정하기 어려운 교묘함, 그 기발하고도 필수적인 섬세함이 더할 나위 없이 매력적이다.

자크 데리다, 『우편엽서』, 108면(크리스토퍼 노리스, 앞의 책, 2000, 291면에서 재인용).

10 페터 지마, 앞의 책, 78~85면.

혼을 했음에도 불구하고 "가족은 없는 거나 마찬가지"라고 술회하는 장면이 오버랩된다. 그들은 개나 고양이로 대변되는 애완동물을 가족과 대치시키고 있다. 그래서인지 김경욱의 대부분의 소설에서 부부는 불임을 호소하거나 아예 아이가 등장하지 않는다. 황량한 내면 풍경을 아이가 없는 모습으로 드러내고 있는 것이다. 여기에서 아내의 애완견은 화자에 대한 아내의 사랑을 차단하는 존재이다. 화자는 그 애완견에게 적대감을 느끼게 되고 그 적대감은 재채기라는 행위로 표현된다. 그러한 화자의 적대감을 아내는 "촌스러움"과 "마음이 너그럽지 못한 것"으로 치부한다. 애완견에 대한 적대감은 아내의 부재 시에 애완견을 "베란다에 꽁꽁 묶어두는" 행위로(베란다에 내놓거나 매어두는 정도를 넘어서) 발현된다. 아내의 사랑에 대해 질투하는 것은 촌스러운 짓이며 아내가 "나만을 위해 존재하기를 바라는 것" 역시 마음이 넓지 못한 처사이다. 그래서 화자는 고양이를 기르기 시작한다. 고양이가 그 채팅 아이디를 가진 여자아이를 지칭하는 것 외에도 고양이라는 기표에는 여자, 동물, 질투 등의 여러 가지 기의가 대응된다.

김경욱의 소설에서는 채팅 아이디가 많이 사용된다. '아비', '베티', '레옹', '아저씨', '고양이', '토니', '사이다' 등 본명보다는 아이디가 더 익숙하기 때문에 채팅 아이디로 호명한다는 사실은 그것이 인터넷의 풍물을 반영하고 있다는 것 이상을 암시한다. 인터넷의 채팅 아이디는 그 고유성을 인정받는다 하더라도 그 고유성은 가짜이거나 은폐되어 있으며 적어도 임시적이고 유동적이다. 그래서 그 아이디는 자신의 신원을 감추고(혹은 버리고) 있다. 작가는 그것을

"완벽한 익명성"이라고, 또한 그것이 '에덴의 동쪽'이라는 대화방을 지탱하는 하나의 기둥이라면 다른 하나의 기둥은 야릇한 긴장감이라고 한다.[11] 그러므로 그것은 쉽게 다른 누구로 대치할 수도 있고 그 이름을 자유로 바꿀 수도 있다. 이것은 시니피앙과 시니피에가 결렬되었다는 것을 의미한다.

라캉은 기표와 기의가 일대일로 대응하는 것이 아니라 하나의 기의에 여러 개의 기표가 나타날 수 있다고 한다. 반대로 하나의 기표가 여러 개의 기의로 분열되는 경우도 있다. 기표와 기의 사이에 있는 가름대는 단절의 의미가 강하여 그 둘 사이의 불일치성을 강조하는 것으로 여겨진다. 어쨌든 하나의 문장 속에는 기의가 정직하게 그대로 표출되지 않는다. 특히 무의식의 기표는 기의에서 떠나 헤매고 있는데, 이것을 라캉은 떠다니는 기표le signifiant flottant라고 한다. 기표는 기의와 분리되어 주체가 의식하지 못하는 사이에 작용한다는 것이다. 라캉은 기표와 기의를 S / s로 표현함으로써 기의가 의미의 저항선 아래로 끊임없이 미끄러지는 것을 나타낸다. 의미의 연쇄, 기의의 미끄러짐은 기표의 절대적 우위를 암시한다. 마찬가지로 고유명사에서 고유성과 그 소유자의 정체성을 지운다는 것은 현대인의 개성 상실을 의미하지만, 이름과 실체가 유리될 수 있다는 것, 그 관계가 서로 미끄러지고 결렬될 수 있다는 것은 우리의 존재를 취약성을 드러내는 장치이다.[12]

---

11 김경욱, 『베티를 만나러 가다』, 문학동네, 1999, 19면.
12 김병익, 「존재의 허구, 그 불길한 틈」, 김경욱, 앞의 책, 2003, 338~339면.

3. 연기되는 욕망 – 부재하는 방

'아저씨'라는 채팅 아이디를 가진 화자는 소녀티를 미처 못 벗은 '고양이'와의 환락을 기대하며 교외 도시에 있다는 고양이의 방을 찾아 나선다.

> 놀이공원 입구에서 오른쪽으로 두 블록 지나 등기소 앞 사거리에서 좌회전 한 다음 외환은행 건물을 끼고 우회전해서 200미터쯤 직진하다 보면 세븐일레븐이 나오는데 세븐일레븐 왼쪽 골목길을 100미터쯤 가면 정육점이 나온다. 정육점 앞에서 해가 저무는 쪽으로 몸을 돌려 시선을 30도 각도로 올려다보면 얼기설기 엮인 전깃줄 너머로 번개표 형광등 옥외 광고판이 보인다. 그 광고판을 똑바로 쳐다보며 걷다가 '번'자의 받침이 찌그러져 있다는 사실을 육안으로 확인할 수 있게 되는 순간 걸음을 멈춰 왼편을 바라보면 이 세상이 시작되기 전부터 그곳에 뿌리를 내리고 있을법한 고욤나무 한그루가 보일 것이다. 그 고욤나무 아래에 서 있으면 눈 깜짝 할 새에 달려 나가겠다고 그 아이가 했다. 정확히 말하자면 내게 그런 취지의 메시지를 보내온 것이다.(9~10면)

위의 글은 이 소설의 이야기를 풀어가는 시발점이자 단서가 된다. 휴대 전화로 일방적인 메시지를 보내놓고 고양이는 어딘가에서 그를 기다릴 것이다. 고양이가 사는 집을 찾아 그녀의 육체를 안을 수 있다는 가능성을 기대하며 화자의 흥분이 고조된다. 그는 지난봄에 채팅을 통해 고양이를 알게 되었고 "아저씨 나랑 같이 죽을 수 있어?"라는 문장 때문에 그녀를 만나게 된다. 처음 만났을 때 고양이는 입술을 허락했고 그다음 만났을 때는 가슴까지 허락했다. 고양이로부터 자신이 사는 곳으로 찾아오라는 메시지를 수신하고 고양이의 방을 상상하자 화자는 약간의 정욕을 느낀다. 그럼에도 불구하고 정욕이라고 말하는 어투는 마치 식욕과도 같이 무심하다. 약간의 정욕을 느끼는 행위는 어쩌면 불감증 혹은 무관심으로부터 무엇을 느끼기 시작했다는 것이고 비로소 관심을 집중할, 프로이트 식으로 말한다면 정情을 충당할 대상을 찾았다는 이야기가된다.

반면에 이것은 아내와의 불감증적 관계를 역으로 시사하는 장면이다. 이 장면의 배후에는 돈을 버는 아내와 돈을 벌지 못하는 남편의 자본주의적 종속관계가 설정되어 있다. 아내는 회사에서 잦은 회식으로 귀가가 늦어지고, 때문에 "이 세상에 온전히 그만을 위해 존재하는 무엇"이 될 수는 없다. "지금 살고 있는 아파트는 아내의 명의로 되어있다. 처가에서 아내에게 사준 것이다. 집과 그 집의 공간을 채우고 있는 것 모두 아내의 것이다. 내 것이라고는 고양이와 노닥거리기 위해 파워 스위치를 켜는 랩탑 컴퓨터가 전부"이다.

고양이를 향한 욕망, 다시 말해 "온전히 그만을 위해 존재하는 무엇"에 대한 욕망은 충족될 수 없다. 라캉 식으로 말하자면 욕망은 영원히 채워지지 않으며 욕망의 대상은 끊임없이 달아난다. 욕망은 기표이다. 그것은 완벽한 기의를 갖지 못하고 끝없이 의미를 지연시키는 텅 빈 연쇄고리이다. 이 소설에서 고양이라는 기표는 완벽한 기의를 가지지 못하고 그 의미를 규정할 수 없다. 그러므로 화자가 도달하고자 하는 고양이의 방은 결코 도달할 수 없는 장소이며, 그의 길 찾기를 끝없이 지연시키는 욕망의 대상일 뿐이다.

대상이 실재라고 믿고 다가서는 과정이 상상계요, 그 대상을 얻는 순간이 상징계이며, 여전히 욕망이 남아 그다음 대상을 찾아 나서는 것이 실재계라고 할 때, 이때 실재라고 믿었던 대상은 대타자이고 허구화된 대상이 소타자이다. 그래서 '$\$\lozenge a$'라는 공식이 성립된다. '$\$$'는 주체이고 'a'는 주체로 하여금 끊임없이 욕망을 불러일으키는 허구적 대상 즉 '고양이'이다. '$\lozenge$'은 대상이 결코 욕망을 충족시키지 못한다는 결핍을 나타낸다. 즉 실재계에 나타나는 틈새요, 구멍이다.

이 틈새 곧 고양이를 향한 욕망의 결핍은 허구적 대상인 고양이를 향해 질주하게 한다. 그러나 화자를 위해 존재하는 고양이의 방은 어디에도 없다. 실제로 고양이라는 허구적 대상은 소설의 말미에 보면 가상공간의 존재에 불과하다. 따라서 고양이의 방 찾기는 지연되며 유보될 수밖에 없다. 고양이의 메시지를 약도화해서 고양이를 찾아 나서면서 독자들의 호기심도 고조된다. 그러나 목적지에 도달하기가 쉽지 않다. 우선 화자는 서울에서 자동차로 한 시간이 채 걸리지 않는 도시의 남루한 놀이공원에서 두 블록을 지나 등기소를 찾는 데 성공한다. 그러나 등기소 앞 사거리에서 좌회전하는 데부터 길을 잘못 접어든다. 좌회전을 해야 하는데 반대방향으로 갔던 것이다. 한참을 달려서 유턴지점을 발견하고 사거리를 찾아보지만 사거리에서 길을 잘못 들었던 것이 아니라 애초에 사

거리는 없었다. 도로의 표지판이 터무니없이 자란 플라타너스 잎에 가려 있던 오거리가 있을 뿐이다. 등기소 앞 사거리에서 이미 어둠이 찾아 와서 해가 지는 방향을 가늠할 수 없게 된다.

그가 찾아가야 할 이정표는 놀이공원, 등기소, 외환은행, 세븐일레븐, 정육점, 번개표, 그리고 고욤나무이다. 그러나 최종 목적지인 고욤나무가 어떻게 생겼는지 화자는 알지 못한다.

> 나는 최종 목적지인 고욤나무에 밑줄을 그었다. 유감스럽게도 고욤나무가 어떻게 생겨먹었는지 나는 알지 못한다. 한 번도 그것을 본 적이 없으므로, 나는 고욤나무라는, 알지 못하는 대상의 이름을 나지막하게 발음해 보았다. 고욤나무. 내 귀에 그것은 마치 이 세상에 존재하지 않는, 그러나 존재하지 않는다고 단정할 수만은 없는 어떤 것을 소환하는 음험한 주문처럼 들렸다.(12면)

그가 이정표로 삼은 놀이공원, 등기소, 외환은행, 세븐일레븐, 정육점, 번개표, 고욤나무라는 기표에 주목할 필요가 있다. 그중에서 고욤나무는 나중에 따로 문제 삼기로 하고 위에서 열거하고 있는 요소들은 서로 아무런 관계가 없는 듯하다. 그 기표들은 도처에 널려 있음으로 해서 어떤 특정한 의미를 가지지 못한다. 그럼에도 불구하고 등기소와 외환은행은 자본의 흐름을 보여주는 기의와 연합되며 아내의 명의로 된 아파트를 연상시킨다. 놀이공원과 편의점 그리고 세븐일레븐은 소비의 패턴과 일회적 삶의 방식을, 정육점은 살로 대변되는 욕망의 흔적을, 그리고 번개는 현대인들의 숨 가쁜 일상을 보여주는 기의로 작동한다. 그러한 기표들을 따라서 가야 하는 최종목적지인 고욤나무는 실제로 존재하는지 확신할 수 없다. 이 물음은 현대인에게 최종 목적지가 존재하는가라는 질문으로 환원될 수 있다.

롤랑 바르트는 부르주아 이데올로기를 증오하는데, 부르주아 이데올로기는 기표를 기의의 온건한 동반자로 간주할 것을 고집하여, 결국 위압적 방식으로 모든 담론을 억압하여 하나의 의미로 만든다는 것이다.[13] 아방가르드 작가들은 언어의 무의식이 표면 위로 떠오르는 것을 허용한다. 그들은 기표들이 마음 내키는 대로 의미를 창출하게 하여 기의의 검열과 하나의 의미에 대한 기의의 억압적 고집을 약화시키는 것을 허용한다. 바르트가 기표가 기의에 일대일로 대응한다는 과학적 열망을 포기한다는 점에서 바르트는 후기 구조주의자에 근접한다. 위에서 제기한 놀이공원, 등기소, 외환은행, 세븐일레븐, 정육점, 번개표 등의 기표는 표면 위로 떠오른 무의식적 기표로 볼 수 있다. 이 기표들은 기의에 대응하지 않고 미끄러진다. 기표가 기의의 손아귀를 벗어나 질주하고 미끄러질 때, 독자들은 그 기표의 협곡을 자유롭게 따라가면서 즐긴다. 이러한 즐김을 바르트는 주이상스jouissance, 열락이라고 표현하는데[14] 텍스트의 총체적인 기

---

13 라만 셀던 외, 정정호 외역, 『현대문학이론 개관』, 한신문화사, 1998, 191면.
14 주이상스jouissance, 희열는 플레지르plaisir, 즐거움와 대비되는 개념으로 '즐김' 혹은 '쾌락'이라고 번역되어 있다. 텍스트를 읽는 것은 여러 가지 형태로 경험될 수 있는 글쓰기의 즐거움을 위해서이다. 또한 글 읽는 행위가 육감적인 것은 이 행위가 순수하게 욕망의 움직임이고, 주체와 주체 사이의 은밀하며 관능적이고 목적성 없는 접촉이기 때문이다. 벵상 주브, 하태환 역, 『롤랑 바르트』, 민음사, 1994, 182면.

뿜은 단일한 투명한 의미를 초월하는 모든 것을 가리킨다.

단일한 구조를 찾아내려고 했던 구조주의적 독서가 독자로 하여
금 단지 고정된 의미의 소비자가 되는 것을 허용했다면, 후기 구조
주의자들의 독서 방식은 하나의 텍스트가 지니고 있는 무한히 많
은 목소리들을 활성화시킨다. 독자는 다른 견해들을 채택하기 때
문에 텍스트의 의미는 내재적 통일성이 없는 수많은 파편들 속에
서 생산된다. 독자는 고양이의 방을 찾기 위해 "어디로 이어지는지
짐작조차 할 수 없는 갈림길이 느닷없이 튀어나오는가 하면 한동
안 방향을 틀 수 없을 정도로 교차로가 나타나지 않기도 해서 어디
가 어디인지 분간할 수 없을 정도"로 복잡한 길을 따라 가게 되는
것이다.

그 도시는 초행 운전자에게는 악몽과 같은 곳이었다. 일단 길 자체가
제멋대로였다. 어디로 이어지는지 짐작조차 할 수 없는 갈림길이 느닷
없이 튀어나오는가 하면 한동안 방향을 틀 수 없을 정도로 교차로가 나
타나지 않기도 했다. 건물들은 모두 비슷비슷한 모양인 데다 색깔마저
도 잿빛 일색이어서 어디가 어디인지 분간할 수 없을 정도였다. 마치
그 도시의 모든 건물들은 늙으며 닮아가는 부부처럼, 그렇게 엇비슷한
분위기를 풍기며 영락하고 있는 듯했다. 게다가 대부분의 도로 표지판
이 터무니없이 웃자란 플라타너스 잎에 가려 있었다.(18면)

제멋대로 된 길, 예측 불가능한 갈림길, 게다가 건물들은 모양이
비슷해서 구분할 수 없다. "터무니없이 웃자란 플라타너스 잎" 때

문에 정작 길을 가리키는 도로 표지판이 가려져 있는 아이러니한 상황에 직면하게 된다. 하지만 외환은행 건물을 찾은 이후로 약도대로 순조롭게 길 찾기가 진행된다. 세븐일레븐 왼쪽 골목을 올라가서 똑같은 모양의 다세대 주택을 지나 동네 정육점 간판치고는 부자연스러운 느낌을 자아내는 지나치게 큰 간판을 지나 '번개표'라고 쓰인 옥외 광고판을 찾아내는 데 성공한다. 그러다가 "웬만한 나무 둥치 굵기의 뿌리와 하늘을 덮을 듯 허공으로 쭉쭉 뻗은 가지가 오히려 비현실적인 느낌을 주는 감나무처럼 보이는 고욤나무를" 찾아낸다.

> 이 세상이 존재하기 전부터 그곳에 뿌리를 내리고 있을 법한 고욤나무 아래에서 방범등 불빛을 향해 고개를 내민 채 나는 언제 나올지 모를, 나올지 안 나올지 확실치 않은 고양이를 기다리고 있었고 골목 어디선가 밥 짓는 냄새가 풍겨왔다. 도마 소리도 들려왔다. 갓난아이가 칭얼거리는 소리도 들렸다. 일진이 좋다면 고양이가 지어주는 저녁을 얻어먹을 수도 있다고 나는 생각했다. 그리하여 나는 고양이의 방을 머릿속에 다시 한 번 그려보았다. 이 세상에 온전히 나만을 위해 존재하는 고양이의 체취가 고스란히 배어 있을 그 방을.(30면)

나무 밑에서 즐거운 상상을 하며 고양이를 기다리고 있는 도중에 갑자기 방문이 열리고 아내가 돌아온다. 그는 당황하여 실행하던 프로그램을 종료시킨다. "Cat's privacy, copyright 1999~2004 Macrosoft Inc(MNC). All rights reserved."(30면) 게임의 마지막 단계를 돌파할 수 있는 결정적 순간, 아내가 들이닥치는 바람에 그는 맥이 풀렸다고 너스레를 떤다. 따라서 고양이의 방에 도달하리라는 그의 욕망은 다시 한 번 유보된다. 아내는 저녁은? 우리 해피는? 이라는 간단한 질문과 함께 베란다에 묶여 있는 개를 보고 "무엇인가를 길러보라고" 다시 한 번 항변한다. 그때 문자 메시지가 휴대 전화에 도착한다.

> 놀이공원 입구에서 오른쪽으로 두 블록 지나 등기소 앞 사거리에서 좌회전 한 다음 외환은행 건물을 끼고 우회전해서 200미터쯤 직진하다 보면 세븐일레븐이 나오는데 세븐일레븐 왼쪽 골목길을 100미터쯤 가면 정육점이 나오고 정육점 앞에서 …….(31면)

이 소설은 다시 원점으로 돌아가 끝을 맺는 순환형 구조를 보인다. 주인공 화자는 고양이의 방을 찾기 위해 다시 접속할 것이고 그 부재하는 방은 화자의 욕망을 유보시키며 유지시킬 것이다. '자신만을 위해 존재하는 무엇'을 찾기 위한 화자의 여정을 다시 시작될 것이고 그것은 아내에게서 받아 누리지 못하는 가족, 가정이라는 기의와 연합된다. 고양이의 방을 기다리는 곳에서 화자는 밥 짓는 냄새를 맡고, 도마 소리, 그리고 갓난아이의 칭얼거리는 소리를 듣는다. 그것들은 화자에게 결핍된, 황량한 그의 생활과는 다른 세계의 것, 그에게 있어서는 가상현실로만 존재하는 그 무엇에 불과하다.

4. 부끄러움의 근원

김경욱은 부끄러움에 대해 자주 언급하는데 그 부끄러움은 두
가지 방향으로 읽힌다. 「늑대인간」에서 늑대인간의 혹평 때문에
문학을 포기하고 나서 "문학이라는 말만 들어도 나는 지금도, 어쩔
수 없이 부끄럽다"[15]고 고백하는 것이나 「미림아트시네마」에서 "덜
컥 작가라는 이름을 얻게 된 그는 자신의 피 속에 숨어있던 그 부끄
러운 욕망"[16]을 신기해 한다는 표현에서 '문학에 대한 부끄러움'의
정황을 이해할 수 있다. 그러나 「고양이의 사생활」에서 화자의 아
버지의 유언과 고양이의 힐난은 그 대상이 모호하다. 그것은 「순정
아 사랑해」에서 '안'이 좋아하던 문구가 다자이 오사무의 소설에 나
오는 "참 부끄러운 삶이 살았습니다"[17]였다는 점에서, 약간 "어리둥
절"(22면)할 정도로 그 의미가 파악되지 않는다. 김병익의 해설에 따
르면 아버지나 다자이 오사무가 언급한 '부끄러움'은 삶에 대한, 세
계에 대한 원초적 태도라고 한다. 그 스스로가 구멍임을 의식하는
사람의 내면은 원천적 '부끄러움'으로 정향되지만, 그 틈으로 세계
를 바라보면 이 세상의 삶이 근원적으로 배반과 결렬로 구성된 것
임을 말하고 있다는 것이다.[18]

---

15 김경욱, 「늑대인간」, 앞의 책, 2003, 208면.
16 김경욱, 「미림아트시네마」, 위의 책, 330면.
17 김경욱, 「순정아 사랑해」, 위의 책, 243면.
18 김병익, 앞의 글.

수치심은 예속에서 온다. 롤랑 바르트의 말이다. 자신을 찾고 싶다고 말하던 그녀의 목소리는 명백히 수치심으로 떨리고 있었다. 그것은 진실된 고백이었기에 울림이 있었다. 정확히 말하자면 그녀가 찾고 싶어 한 것은 자기 자신이 아니라 자신감이었을 것이다.[19]

「고양이의 사생활」에서 아버지는 "부끄러워 할 줄 알아야 한다"고 유언한다. 그 말은 화자에게 수수께끼처럼 들린다. 고양이 역시 화자에게 "부끄러운 줄 알라"고 한다. 그러나 무엇을 부끄러워해야 한단 말인가.

죽는 순간에 '부끄러워 할 줄 알아야 한다'고 했던 나의 아버지. 그리고 부끄러운 줄 알라는 고양이의 비난. 나는 약간 어리둥절하지 않을 수 없었다. (22면)

그 부끄러움의 정체는 무엇이었을까. 사거리인줄 알았던 도로 옆에 신호를 받지 않고 진입할 수 있는 일방통행로가 하나 뚫려있다. 시야를 어지럽히고 있는 광고판들 때문에 알 수 없었던 길이 "존재하는 것조차 몹시 미안하다는 듯이"(25면) 숨어있다. 혹은 "무엇보다 내가 그 자리에 서 있다는 사실이 부끄럽다는 투였다"[20]라

---

19 김경욱, 「낭만적 서사와 그 적들」, 『장국영이 죽었다고?』, 문학과지성사, 2005, 110~111면.
20 내 아버지라는 사내, 내가 알기로 그는 퍽 시시한 사람을 살았다. 면사무소에 앉아 평생 다른 사람들의 호적을 정리했다. 태어난 자들의 이름을 새로 기입하고 죽은 자들의 이름 위에 붉은 줄을 그었다. 어릴 적 동생이 태어났다는 소식을 전하기 위해

는 문장에서 추측할 수 있는 바대로 존재하는 것 자체가 부끄러웠던 것일까.

존재라는 허구의 '틈'을 통해 엿보는 사람의 태도는 이 세상에 대한 부끄러움이 아닐까. 그것은, 꽉 짜인 시스템으로 운행되고 있는 이 세계에 불현듯 숨겨진 작은 구멍을 발견하고 더구나 그 자신이 구멍 그 자체가 되고 있다는 것. 이 번듯해 보이는 삶들에 대해 그 틈으로 쪼개보아 어둠의 세상을 훔쳐보고 스스로를 부재와 허무의 진상으로 삼아버린다는 것은 자기 존재를 지우고 싶고 소멸하고 싶은 유혹의 부정적 표현일지도 모른다.[21]

어쩌면 솔직하지 못했다는 것이 부끄러울 수 있다. 화자의 아내는 "자신이 상상하던 결혼은 이런 게 아니었다"라고 하면서도 상상하던 결혼이 어떤 것인지에 대해서는 단 한 번도 언급하지 않는다. 아이가 생겼다는 것과 그 아이를 지웠다는 사실을 뒤늦게 알게 된 화자가 아내를 추궁할 때도 아내는 "자신이 상상하던 결혼은 이런 게 아니었다"라고만 대답한다. 그러면서 당장 고생하더라도 뭔가 장래에 대한 꿈이 있어야 한다고 채근한다. 그러나 장래의 꿈이 무

서 달려갔을 때도 그는 잔뜩 성난 사람처럼 서류를 노려보고 있었다. 인기척을 느꼈음이 분명 했음에도 불구하고 내게 눈길 한 번 주지 않았다. "아버지. 어머니께서 또 동생을 낳았답니다." 어찌된 영문인지 나는 변명하는 투로 그렇게 말하고 말았다. 또 한 명의 동생이 태어났다는 사실이, 아버지의 일을 방해했다는 사실이 무엇보다 내가 그 자리에 서 있다는 사실이 부끄럽다는 투였다. (…중략…) 아버지는 서울 올림픽이 열리던 해에 숨을 거두셨다. 과로사였다. 숨을 거두기 전 아버지는 중환자실 침대에 누운 채 이렇게 말했다. (…중략…) "부끄러워할 줄 알아야 한다." 어떤 일인지 그 말은 내게 수수께끼처럼 들렸다.(11면)

21 김병익, 앞의 글, 345면.

엇이어야 하는지 언급하지 않는다. "이제는 너무 멀리 온 나머지 대체 어디에서부터 길을 잘못 택했는지 헤아릴 수조차 없다. 돌아갈 수도 나아갈 수도 없다. 희망? 평생 성난 얼굴로 누군가의 이름을 지우던 아버지는 무슨 희망을 가지고 살았을까. 아내의 지적대로 희망 없이 사는 건 죄악인가" 쉽게 판단이 서질 않는다. 희망이라는 단어는 화자에게 무관한 것처럼 들린다.

> "당장 고생하더라도 뭔가 장래에 대한 꿈이 있어야 할 것 아냐. 희망
> 이 있어야 할 것 아냐. 희망 없이 사는 건. 죄악이야."
> (…중략…)
> "당신 희망은 뭐야?"
> "희망?"
> "희망 없이 사는 건 죄악이라며?"
> "내가 그런 말을 했어? 유치하게 그런 말을 다 했단 말이지."
> "유치하다고?"
> "자꾸 말 시키지 마. 나 늦었단 말이야. 심심하면 비디오나 빌려다 봐."
> "늦어?"
> "기다리지 말고 저녁 먹어. 차려 먹기 귀찮으면 중국집에 배달시켜
> 먹어. 우리 해피 밥 챙기는 것도 잊지 말고."
> 그 순간 아내는 나에게 솔직하지 못했다. 아내가 솔직하게 이야기했
> 다면 나도 터놓고 고백했을 것이다. 내 희망은, 요즘 내가 바라는 것은
> 고양이 방에 들어가는 것이라고 말할 수도 있었을 것이다. 아내의 희망
> 이 무엇이건 나는 그것을 진심으로 존중해 줄 용의가 있다. (27면)

희망 없던 아버지, 희망이라는 말조차 입에 담을 수 없는 자신, 이 모든 것들이 부끄러움의 근원으로 추정된다. 그의 희망은 고양이의 방에 들어가는 것, 즉 자신만을 위한 존재를, 공간을 만나는 것이다. 등장인물들이 솔직하지 못하다는 것은 그들이 나누는 대화를 통해서도 짐작할 수 있다. 그들은 정작 궁금한 것, 중요한 것은 빼뜨린 채 모르스 부호처럼 무의미하게 오가는 이야기만 나눈다는 것이다. 고양이의 방을 찾아가는 행로만 무의미할 뿐 아니라 그들이 나누는 대화들도 무의미하다. 아이디를 사용하는 김경욱 소설의 주인공들은 서로의 사생활이나 신상에 대해 묻지 않는다. 그것은 일종의 규칙이다. 예를 들면 「베티를 만나러 가다」에서 아비와 베티는 자신들의 신상에 관한 이야기를 제외하고는 거의 모든 이야기들을 주고받는다. "하지만 거의 모든 이야기들이란 거의 아무것도 아닌 이야기이도 했다. 해도 그만 하지 않아도 그만인 이야기들. 아비와 베티 사이에 모르스 부호처럼 오가는 이야기들이란 그런 것이었다."[22] 이야기의 대상도 "의미를 확정하려고 하지 않으면 H가 아니고 C이면 어떠리"라는 태도를 보인다.

　　「고양이의 사생활」이라는 제목과는 어울리지 않게 "고양이와 나는 서로의 사생활이나 신상에 대해서는 한 번도 묻지 않았다. 그것은 일종의 규칙이었다"고 술회한다. "나는 고양이의 사생활을 존중해야 마땅했다. 고양이도 내 사생활을 존중해주었으므로. 아니, 고양이는 어느 쪽인가 하면 내 사생활 같은 것은 아무래도 좋다는 식

22　김경욱, 앞의 책, 1999, 20면.

이었다. 도통 무관심했던 것이다." 사생활을 묻지 않는 것을 규칙으로 삼았음에도 불구하고 고양이는 자신의 사생활을 털어놓는다. 사생활에 관심이 없는 만남이 진정한 만남일 수 있는가. 사생활에 관심이 있으면서도 없는 척 위장 하고 있는 자신들의 솔직하지 못함이 부끄러움이 아니었을까.

부끄러움의 정체가 무엇인지 한마디로 말하기는 쉽지 않다. 바르트는 "하나의 단일한 구조 속에서 (…중략…) 세상의 모든 이야기들을 보려고" 노력하는 구조주의 서술학자들의 헛된 야망들을 암시하면서 '그' 구조를 찾아내려는 시도는 헛되다고 한다. 왜냐하면 각 텍스트는 '차이'가 있기 때문이다. 이러한 차이는 일종의 유일무이성이 아니라 텍스트성 자체의 결과이다. 데리다의 전략적 용어들을 빌린다면 '차연'과 '흔적'은 해체적 독서에 있어서 중요한 개념이다. 무수한 차이들의 배치를 통해서 결국 어떤 확정적인 기의로 수렴될 수 있다는 게 소쉬르의 입장이었다면 데리다는 하나의 기의를 확정하기 위한 차이들의 유희는 끝없이 이어질 뿐 확정될 수 없다는 것, 즉 의미가 확정되는 과정은 끝없이 연기되고 미루어진다는 것이다.

이 소설에서 고양이의 방을 찾는 행로는 연기되고 미루어진다. 뿐만 아니라 고양이가 열심히 돈을 버는 이유도 모호하다. 즉 열심히 일하는 행위는 존재하는 데 비해 그 의미는 모호하다. 즉 '그렇게 열심히 돈 벌어서 뭐 할 건데?'라는 질문에 '나를 지키기 위해서'라는 모호한 답변밖에 할 수 없다. 이들의 삶에는 최종 목적지가 존재하는가, 거기에 도달할 수 있는 가능성이 있는가? 라는 질문에 대해서는 절망적이다. 희망이라는 단어는 입에 담기에도 부담스러워진 지 오래이다.

정연한 주제와 결론을 내릴 수 없듯이 제멋대로라는 표현이 어울리는 도로를 헤매고 다니다가 화자는 한 시간 만에 다시 원점으로 돌아와 허술한 놀이 공원 앞에 멈춘다. 고양이의 방을 찾아가는 여로는 다시 막힌 원으로 되돌아온다. 고양이의 의미는 '차연'된다. '차연'이라는 용어는 데리다가 프랑스어인 'difference차이'를 변형시켜 발음이 같은 동음이의어인 'différance'라는 신조어를 만든 것이다. 이 용어는 불어의 'différer'라는 동사가 지닌 두 가지 의미, '다르게 하다差'와 '연기하다延'를 결합한 것이다. 즉 기표와 기의는 다른 기표와의 차이 속에 존재하고 시간적으로 연기되는 '차연'을 통해 드러난다. 우리가 현존이라고 생각하는 것과 실제 사이에는 채워질 수 없는 간극이 있고 그곳에 '차이'와 '유보'가 있기 마련인데, '차연'은 그러한 불완전한 속성을 드러내기 위해 만들어진 것이다. 그러므로 우리가 현존한다고 믿는 의미의 '중심'은 사실 언제나 부재해 있는 현존의 '흔적'일 뿐이다. 의미는 한 기호에서 다른 기호로 떠돌며 현존의 상태로 있기를 끊임없이 연기한 채 '흔적'만을 남긴다. 이처럼 의미는 흔적으로만 표시될 뿐 고정된 의미는 무한한 가능성들 사이에 흩뿌려진다. 이러한 의미들은 흩어져 '산종散種, dissémination'될 뿐이다. 바르트는 차연을 대상지시적 의미를 깨끗이 씻어버린 순수한 텍스트성에 대응하는 유토피아적 상태로 보았다.[23]

이와 같이 흩어진 의미망들 속에서 찾아본 부끄러움의 근원은 자신을 위장하고 있다는 것에서 기인한다. 자신의 속내를 솔직하

---

23 크리스토퍼 노리스, 이기우 역, 『해체비평』, 한국문화사, 1986, 185면.

게 털어놓지 못하고 무의미하게 겉도는 대화를 나누고 무의미한 단어를 쏟아내고 있는 피상적 만남에 대한 부끄러움이다. 아내에게 '세상에서 자기만을 위한 존재'가 되어 달라고 요청하지 못하는 자의 부끄러움일 것이다.

5. 작가가 언급한 후기 구조주의적 언술

"의미를 만드는 것은 공통점이 아니라 차이다"

"…… 같음은 아무 것도 드러내지 못한다. 오직 다름만이 의미를 드러낸다."

(…중략…)

그해 봄, 몇 번인가를 망설이다 나는 결국 문학회에 얼굴을 들이밀고 말았다. 신입 회원들은 대부분 신입생들이었다. 졸업을 앞두고 문학회에 제 발로 걸어 들어간 나는 무척 부끄러웠다. 문학! 왠지 부끄러운 욕망이 아닐 수 없었다. 그러나 나는 부끄러운 욕망을 더 이상 감추고 있을 수 없었다.

"난 차이에는 관심이 없고 …… 다만 …… 그러니까 내 의도는 ……"

"나는 지금 의도에 대해 말하고자 하는 것이 아냐. 의도 따위는 잊어버려. 비유의 효과는 인식론적 거리가 멀수록 강렬해지지. 갈대처럼 시시덕거리는 욕망이라는 표현은 너무 시시하다. 죽은 비유는 정신의 나태함을 증거할 뿐. 비유는 긴장을 수반해야 한다. 그러나 가장 위대한 비유는 생략이다."[24]

위의 인용문을 보면 소쉬르의 이론을 그대로 옮겨놓은 듯하며 후반부에는 라캉의 욕망의 이론을 원용하고 있는 것 같다. 그러면서도 의도를 찾으려는 시도에 대해 제동을 걸고 있는 점은 후기 구조주의의 확정된 주제를 거부하려는 움직임을 반영하고 있는 듯하다. 「낭만적 서사와 그 적들」에는 라캉의 욕망이론을 사랑의 현상에 접목시킨 것으로 보이는 구절들이 있다. "사랑은 그녀에 대한 사랑이 아니라 사랑에 대한 사랑이어서 연인과 헤어질 때 우리를 견딜 수 없게 하는 것은 그녀를 잃었다는 슬픔이 아니라 사랑을 잃었다는 슬픔이다. (…중략…) 그러니 내가 사랑(욕망)한 것은 그녀가 아니라 나를 향한 그녀의 사랑(욕망)이었다. 결별을 선언하던 날 그녀가 말했다. 날 찾고 싶어."[25] 라캉의 말대로 욕망은 결코 충족될 수 없으며 충족되면 더 이상 욕망이 아니다. 김경욱은 그러한 욕망의 속성을 진법에 비유하여 나타내고 있다.

진법의 역설은 욕망의 구조와 쌍생아처럼 닮아있다. 이진법은 '이'라는 숫자를 사용하지 않으며 십진법은 '십'이라는 숫자를 사용하지 않는다. 즉 이진법은 0과 1만을 사용하고 십진법은 0에서 9까지의 숫자만

24　김경욱, 「늑대인간」, 206~207면.
25　김경욱, 「낭만적 서사와 그 적들」, 110면.

사용한다. 이를테면 이진법에서 1 다음의 숫자는 2가 아니라 10이다. 그 다음은 11 그 다음은 12가 아닌 100. 마찬가지로 십진법에서 9다음은 '십'이 아니라 1과 0의 계열체 10(일영)이다. 충족되었다고 생각하는 순간 제로가 덮어씌워진다. 요컨대 이진법에서 '이'는 십진법에서 '십'은 존재하지 않음으로써 존재하는 숫자, 충족 되지 않음으로써 충족되는 숫자다. 우리의 욕망은 충족되었다고 믿는 순간 결핍된다. 따라서 결핍을 경계하기 위해서는 충족을 연기시키는 도리밖에 없다. 어느새 결혼 적령기가 된 그녀에게 결정적인 약속을 해주지 않음으로써 나는 낭만적 서사의 종결을 유예할 수 있었다.[26]

이와 같이 작가 김경욱은 자신의 소설 속에 후기 구조주의의 주장을 직접적으로 드러내고 있다. 이러한 상황을 감안해 볼 때 그의 글쓰기가 후기 구조주의의 영향을 받았을 가능성이 커진다. 데리다가 제시한 대로 기호를 통해 확정된 의미를 읽어내는 방식이 아니라 마치 디지털의 방식처럼 의미의 존재와 부재를 끊임없이 반복해 가는 텍스트 독해의 과정을 염두에 두고 있을 가능성이 있다. 그 바르트를 인용하면서 의미는 고정된 것이 아니라 관계와 맥락에서 생산되는 것임을 역설한다.

롤랑 바르트는 말한다. 독창성의 진짜 처소는 그 사람도 나 자신도 아닌, 바로 우리의 관계이다. 따라서 빛나는 사랑을 위해 당신이 쟁취

---

26 위의 글, 120면.

해야 하는 것은 그 혹은 그녀가 아니라 그 혹은 그녀와의 독창적인 관계이다. 내가 그녀에게서 새로운 매력을 발견했다면 그 매력의 진원지는 그녀가 아니라 그녀와의 관계여야 마땅하다.[27]

김경욱은 기의보다 기표를 우위에 놓는 후기 구조주의의 성향을 파악하고, 기표와 기의를 일대일로 묶는 확정된 의미에 집착하기보다는 떠다니는 기표를 통해 의미를 산종시킨다.

고양이는 늘 바쁘다. 아니 바쁜 척했다. 고양이는 오후 1시부터 4시까지 베스킨라빈스, 5시부터 9시까지 맥도날드, 9시부터 자정까지 세븐일레븐에서 아르바이트를 한다. 오전에는 내내 잠을 잔다.

그는 고양이를 보기 위해 고양이가 일하는 곳에 찾아가 짬짬이 얼굴을 보는 수밖에 없었다. 그리고 고양이를 보기 위해서는 늘 무엇인가를 먹어야 했다. 아이스크림, 햄버거, 컵라면, 조금만 더 구체적으로 표현한다면 피스타치오 아이스크림 쿼터, 빅맥 한 세트, 새우탕면이라고 할 수 있다.

그렇게 열심히 돈 벌어서 뭐 할 건데?

나를 지키기 위해서야. 스스로를 지킬 만큼의 돈을 버는 거야. (18~19면)

베스킨라빈스, 맥도날드, 세븐일레븐에서의 아르바이트, 아이스크림, 햄버거, 컵라면 등 기표를 통해 어떤 희망을 위해서가 아니라

---

27 위의 글, 127면.

'자신을 지키기 위한' 소극적 목적에서 돈을 버는 현대인의 모습을 보여준다. 다국적 기업, 세 군데에서의 아르바이트를 통해 바쁜 척 하지만 실상은 불안한 직업의 불안정성을 보여주고 있다. 혹은 글로벌화된 세상에서 사는 정글의 법칙, 열거되는 패스트푸드를 통해서 시간에 쫓기는 아르바이트 인생, 혹은 고독한 생활의 이미지를 작동시킨다.

6. 지연되는 결론

이상과 같이 김경욱의 「고양이의 사생활」을 해체적 독서를 시도해보았다. 그러나 아이러니한 것은 구조와 의미를 거부하고 이분법을 해체하고 다양성에 기대는 후기 구조주의식의 독법 역시 어쩔 수 없이 구조에 따르고 있다는 것이다. 그것은 마치 구조주의의 내부에 이미 후기 구조주의 맹아가 싹트고 있었던 사실과 동일한 현상이다.

후기 구조주의자들은 통달될 수 없는 무의식적 세력, 언어적 세력, 또는 역사적 세력들이 있기 때문에 의미를 확정짓는다는 것이 불가능한 욕망이라는 것을 알게 된다. 기표는 기의로부터 떠나가고 쾌락은 의미를 해체하고, 기호학적인 것이 상징적인 것을 파열시키고 차연은 기표와 기의 사이로 틈을 내고 권력은 수립된 지식을 혼란시킨다. 후기 구조주의자들은 대답을 하기보다 의문을 제기한다. 후기 구조주의자들은 텍스트 말하는 것과 텍스트가 말하고 있다고 생각하는 것 사이의 차이들을 포착한다. 후기 구조주의자들은 텍스트를 그 자체와 대립하게 만들고 텍스트가 하나의 의미만을 갖도록 강요하기를 거부한다.

최근 김경욱을 비롯한 신세대 작가들의 소설에서는 정연한 줄거리를 만나기 어렵고 확정된 의미를 파악하기가 힘들다. 만일 독자들이 의미를 파악하고자 하면 더 미궁에 빠질 것이기에 굳이 의미를 고집하지 않는다. 따라서 후기 구조주의자들은 결론에 도달하지 못하며 어떤 주장들에 저항하려는 그들의 욕망은 숙명적으로 실패하게 되어있다. 왜냐하면 아무것도 말하지 않음으로써 후기 구조주의자들은 우리가 그들이 어떤 것을 의미한다고 생각하는 것을 막을 수 있기 때문이다. 심지어 그들의 견해를 요약하려는 것조차도 그들의 실패를 암시하는 것이다. 그러나 텍스트는 모순과 아포리아를 지닐 수 있지만 그럼에도 불구하고 의미론적 차원에서 어느 정도 일관성이 나타난다는 견해를 받아들인다면 후기 구조주의자들이 주장에도 불구하고 해체적 독법을 통해서 우리는 어쩔 수 없이 의미를 포착하고자 하는 태도를 부인할 수 없다. 이것을 '자신을 부정하는 차이의 패러독스'라고 이름 붙일 수 있을 것이다.

참고문헌

김경욱, 『베티를 만나러 가다』, 문학동네. 1999.
_____, 『누가 커트 코베인을 죽였는가』, 문학과지성사, 2003.
_____, 『장국영이 죽었다고?』, 문학과지성사, 2005.
김춘섭 외, 『문학이론의 경계와 지평』, 한국문화사, 2004.
김형효, 『구조주의의 사유체계와 사상』, 인간사랑, 1990,
라캉과 현대정신분석학회 편, 『우리시대의 욕망 읽기』, 문예출판사, 1999.
윤호병 외, 『후기구조주의』, 고려원, 1992.
이정우, 『시뮬라크르의 시대』, 거름, 1999.

아사다 아키라, 이정우 역, 『구조주의와 포스트 구조주의』, 새길, 1995.
노리스, 크리스토퍼, 이기우 역, 『해체비평』, 한국문화사, 1986.
_____, 이종인 역, 『데리다』, 시공사, 2000.
데리다, 자크, 김성도 역, 『그라마톨로지』, 민음사, 1996.
라캉, 자크, 권택영 편, 『욕망이론』, 문예출판사, 1994.
바르트, 롤랑, 김희영 역, 『텍스트의 즐거움』, 동문선, 1997.
보위, 맬컴, 이종인 역, 『라캉』, 시공사, 2000.
셸던, 라만 외, 정정호 외역, 『현대 문학 이론 개관』, 한신문화사. 1998.
주브, 뱅상, 하태환 역, 『롤랑 바르트』, 민음사, 1994.
지마, 페터 V., 김혜진 역, 『데리다와 예일학파』, 문학동네, 2001.
컬러, 조너던, 이만식 역, 『해체비평』, 현대미학사, 1998.
_____, 이종인 역, 『바르트』, 시공사, 1999.

제3부

미미한 존재들의 탄식소리

영화 〈실미도〉의 대중성 연구

1. 들어가는 글

〈실미도〉는 한국영화 대박시대를 예고하며 관객 1,000만 명 기록을 최초로 돌파한 영화이다. 제작사의 통계에 따르면 개봉 58일 만에 한국 극장 개봉 역사 사상 1,000만을 넘은 첫 번째 영화이며 약 1,108만 명이 관람한 것으로 집계된다. 그런 점에서 〈실미도〉를 통해 대중성을 분석해 볼 가치가 있다고 하겠다. 물론 이 영화는 서사의 힘보다는 실화라는 원재료의 덕에 의존하고 있다는 지적이 있다. 〈쉬리〉, 〈공동경비구역 JSA〉의 흥행에 힘입은 '민족적인 것'에 대한 자극, 그리고 신자유주의의 물결에 휩쓸려 세계화의 대열에 발맞추지 못하고 낙오한 사람들의 한숨과 자포자기의 분위기가 지배적이었던 2003년의 상황이 맞물려 새로운 신파를 이루었다는 것이다. 즉 서사에는 실패했는데 흥행에는 성공했다는 아이러니를 드러냈다는 것이다. 하지만 1,000만의 대중을 사로잡은 영화는 나름대로 대중서사에 성공했다는 결론을 내릴 수밖에 없다. 원재료의 덕만으로는 그러한 흡인력이 나오기가 어려우며, 백동호의 동명소설이 1999년에 출간되었을 때 대중의 반응이 미미했던 것으로 미루어보아 〈실미도〉의 성공을 실화라는 원재료의 덕으로 돌리기에는 한계가 따른다. 그러므로 대중서사 전략이라는 개념에 근거하여 〈실미도〉의 대중성에 대해 고찰하고자 한다.

비슷한 시기에 나온 〈태극기 휘날리며〉는 〈실미도〉의 기록을 깨며 나란히 관객 1,000만을 넘어섰다. 〈태극기 휘날리며〉에 대해서는 스토리텔링 차원의 서사분석이 되어 있는 데 반해 〈실미도〉에 대한 분석은 미미한 편이다. 그러므로 최초로 1,000만 관객을 동원했다는 의미에서 〈실미도〉는 다시 한 번 재고되어야 할 것이다. 과연 〈실미도〉는 싱싱한 원재료 덕에 흥행에 성공했는가, 〈실미도〉에는 정말 서사가 없는 것일까? 이 문제에 염두에 두고 〈실미도〉의 대중서사에 대해 살펴보기로 한다.

2. 〈실미도〉의 대중서사 전략

1) 실화─판도라의 상자

〈실미도〉는 1971년 8월 23일 유한양행 앞에서 사살된 무장공비 사건이라는 684부대의 실화를 바탕으로 한다. 김신조를 포함한 31명의 무장공비가 1968년 1월 21일 서울에 침투하는 사건에 대응해서 1968년 4월 특수부대를 조직하게 되는데 거기에서 684라는 명칭이 유래된다. 부대의 공식명칭은 공군 제 7069부대 소속 2325연대 209파견대이며 684부대원의 숫자도 김신조의 부대와 같은 31명으로 구성되어 있다.

실미도가 실화에 근거했다는 것을 강조하기 위해 프롤로그에서 김신조의 침입 장면은 흑백 화면으로 다큐멘터리처럼 표현된다. 이와 같이 '현실효과effect de réalité'를 바탕으로 재현된 영상을 통해 대상이 실제로 존재했다고 믿게 되는 '실재효과effect de réel'를 거둘 수 있다.[1] 사람들은 본능적으로 현실의 사건에 관심을 더 기울이는 성향이 있다. 이와 같이 다큐멘터리화하는 태도, 즉 페이크 다큐fake-docu는 관객에게 재현된 대상을 '거기 있었던 것'으로 간주하게 한다. 롤랑 바르트가 사진에 대해 사용한 표현을 빌리면 영화가 우리에게 권하는 것은 허구인데, 허구화하는 태도는 카메라 앞에 제

---

1   주형일, 『영상매체와 사회』, 한울아카데미, 2004, 115면.

시된 대상들을 현재화하여 '거기 있었던 것'을 '거기 있는 것'으로 생각하도록 하는 것이다.[2] 즉 영화의 내용이 허구가 아니라 과거의 현실이라는 점을 부각하는 동시에 과거의 일이 아니라 현재의 관객에게도 일어날 수 있는 일임을 상기시킨다.

'실미도' 사건은 들뢰즈의 견해에 따른다면 하나의 점을 형성한다. 그러나 진정한 서사는 점으로서의 사실이 아니고 가변적 선으로 작동할 때 이루어진다. 여기에서 나병철은 사실과 사건을 사물(실재계)과 문화의 세계(공동체의 장)의 접촉지점에서 나타나는 서로 다른 형식으로 구분하고 있다.[3] 즉 '사실'을 지시대상의 담론에 일치되는 '점'으로, '사건'을 지시대상이 공동체 내에서 의미를 갖는 '선'의 생성으로 여긴다. 다시 말하면 사물을 점으로 고립시키지 않고 점을 지나는 선으로 파악하면 가변적이고 유연한 선으로 된 서사가 만들어 진다는 것이다.

영화 〈실미도〉가 실제의 사실과 다른 점을 조목조목 열거한 목록이 있다. 그러나 서사적 차원에서 볼 때 소설가나 영화감독은 사실의 부합성에 크게 연연하지 않는다. 왜냐하면 사건의 사실성보다는 그것의 의미를 추적하는 일에 더 관심을 가지기 때문이다. 그것이 실제의 '사실들'을 정확하게 지시하지 않는 대신 현실의 사물-텍스트의 복합적으로 계열화된 '사건-의미'를 기록 텍스트보다도 훨씬 풍부하게 생산하는 특성이 있다는 것이다. 기록 텍스트에 해

---

2 앙드레 고드로 · 프랑수와 조스트, 송지연 역, 『영화서술학』, 동문선, 2001, 53면.
3 나병철, 『소설과 서사문화』, 소명출판, 2006, 제1장 참고.

당하는 1993년 4월호 『신동아』에 실린 기사 「실미도 대북 침투부대의 최후」, 혹은 MBC 방송의 〈이제는 말할 수 있다〉, 그리고 소설 『실미도』의 자료가 점에 해당한다면 영화 〈실미도〉는 선으로 유연한 서사를 구성한다.[4] 영화 〈실미도〉는 실화를 적극적으로 활용하여 대중성을 확보하고 있다.

들뢰즈에 의하면 서사를 구성하는 '사건'은 사물들의 계열화된 관계이다. 서사는 사물 그 자체의 기록이 아니라 사물들을 계열화시킨 텍스트적 구성물이기 때문이다. 여기에서 말하는 계열화된 선이란 흔히 말하는 '서사'를 의미한다. 그 사건의 선 혹은 서사가 어떤 흐름으로 계열화되느냐에 따라 서로 다른 '의미'와 '문화의 장'이 나타나게 된다.[5] 사물을 점을 지나는 선으로 파악하게 되면 가변적이고 유연한 서사가 만들어지는데, 〈실미도〉 역시 역사적 사실에 근거하고 있다 하더라도 그것을 객관적이고 과학적인 사실인 점으로 접근하는 것이 아니라 실미도 사건에 대해 다양한 의미를 부여하는 가변적 선으로 파악함으로써 유연한 서사를 생성한다. 사실은 명확히 해명되지 않고 은폐되고 지연되지만 그러한 은폐가 더 많은 의미

---

4 백동호, 『실미도』, 밝은세상, 1999. 소설에서는 사실 실미도에 대한 이야기보다는 금고털이 백동호와 염채은의 러브스토리 가운데 강인찬이 겪은 실미도 이야기가 간간이 삽입되어 있는데 그것도 실록의 형식을 취하고 있다. 예를 들면 1권 160면에서 실미도 언급, 196면에서 김형욱 회고록, 정기국회 10차 본회의, 강근호 의원 발언 282면에서 HID언급, 284면 박정인 회고록, 2권 118~119면에서 김종철이 망치로 김준위 살해, 138면 김수한, 김상현 발언 등이다. 그러므로 서사전략이 구현되어 있지 않은 원재료에 가까운 내용이다.
5 나병철, 앞의 책, 365면.

와 시대적 어두움을 드러낸다는 것이다. 예를 들면 〈실미도〉를 보는 내내 우리를 불편하게 하는 것들은 민주화가 이루어지지 못했던 시절의 '시대적 어둠', 당시의 '사회적 텍스트', 모르고 있었던 역사에 대한 '죄책감', 희생당한 사람들에 대한 '연민' 등일 것이다.

물론 〈실미도〉가 '실화'에 바탕을 두었다는 사실 자체가 대중서사의 강력한 동기를 이룬다는 것을 부인할 수 없다. 1970년대 반공, 승공통일에서 평화통일로 정책이 전환될 때, 많은 사람들은 진정한 마음으로 '우리의 소원은 통일'을 소리 높여 불렀고, 피 흘림이 없는 평화통일을 원했다. 하지만 그러한 정책 전환의 소용돌이에서 희생된 이데올로기의 희생자들을 망각 속에서 끌어올려 우리의 눈앞에 펼쳐놓았을 때 대중은 '죄책감'과 더불어 개인의 힘으로는 어찌할 수 없는 '무력감'을 느껴야 했다. 따라서 영화 속에서 자신의 생명을 지키는 길을 택한 박 중사의 말처럼, '비겁이 아니면, 우리가 무엇을 할 수 있습니까?'라는 물음은 관객에게 반향을 불러일으킨다. 이 질문은 신자유주의의 파고 속에서 현재를 살고 있는 우리들에게조차 '이것이 아니면 다른 것을 선택할 수 있는가? 과연 우리에게 선택할 수 있는 권리가 있는가?'라는 자문으로 되돌아오는 것이다.

결국 1,000만이 넘는 관객들에게 영화는 '왜 지금까지 덮어 왔는가?'가 아니라 '이제는 말할 수 있다'고 말한다. 즉 '32년을 숨겨온 진실 …… 이제는 말한다!'가 〈실미도〉의 포스터에 실린 문구다. 〈실미도〉를 선전하던 광고 카피는 '진실에 눈물을 훔친 1,100만 관객들의 이구동성, 모두가 봐야 하는 영화입니다'이다. '진실'이라는 단어가 유독 강조되는데, 판도라의 상자 속에 들어있던 진실은 언젠가 밝혀진다는 것이다. 판도라의 상자는 닫혀있어야 하지만 아이러니하게도 그 상자는 항상 열리도록 프로그램되어 있다.

〈실미도〉의 마지막 장면인 에필로그에서 종이에 찍히는 타자기의 활자들이 보인다. 전임 정보부장 김형욱이 불법적으로 조직한 북파공작부대가 수용시설을 탈출하여 군·경은 물론 민간인들도 살상하였지만 효과적으로 진압되었고 나머지 생존자도 군법에 의해 사형되었다는 내용이다. 그것은 '실미도 수용 군 특수범 난동사건 보고서(내부 보관용)'이라는 서류철에 끼워져 철제 캐비닛에 넣어진다. 카메라가 뒤로 빠지면서 똑같은 철제 캐비닛이 줄지어 서 있는 지하실이 보이는데, 그것은 무덤을 연상시키는 공간이다.

그러한 무덤 속에 들어있던 캐비닛이 열리고 그 속에서 32년을 숨겨왔던 진실이 드러나는 장치는 판도라의 상자가 열리는 것과 같은 충격을 준다. 숨겨진 비밀이 드러나게 되는, 실화에 근거했다는 서사전략이 큰 힘을 가진다. 또한 적어도 역사에서는 김일성의 목을 딴 큰 사건이 일어난 적이 없으므로, 실화에 근거했다는 〈실미도〉의 스토리 라인을 따라가면서 우리는 긴장감을 느끼게 된다. 관객은 처음부터 684부대의 작전이 실패하거나 좌절되리라는 것을 예상할 수 있다. 즉 영화 속의 인물들이 모진 훈련을 받으며 북파 준비를 할 때에도 우리는 그것이 성공하지 못하리라는 사실을 미리 알고 있다는 것이다. 그러면서 실패의 원인이 무엇일까에 호기심과 관심이 집중되는 것이다. 즉 관객이 등장인물보다 더 많은 정보를 가지고 있을 때 느끼는 서스펜스를 경험하게 된다.[6]

실화에 근거했다는 언급이 없었다면 관객은 과거의 어떤 허구적 사건에 대한 영화 서술을 보게 되는 것이다. 그러나 실화라는 점을 염두에 두고 볼 때, 관객의 입장에서 보면 영화가 개봉되던 당시로부터 32년 전의 사건을 현재화시킴으로써 영화 속의 사건과 역사에서의 사건을 병치시키게 된다. 그리고 역사에서 빈 구석을 발견하게 되고 그 의미를 생각하게 되는 것이다. 그리고 지금은 '그 시절'이 아니어서 다행이라는 안도감, 위안, 우리 사회의 밑바닥 인생에 대한 동정, 출구 없는 인생에 대한 연민, 더 나아가서 비극적 운명에 대한 카타르시스를 경험하게 하는 것이 실화의 힘이다. 〈실미도〉는 실화라는 효과적인 대중서사 전략을 전면에 내세우면서 대중성을 확보했다고 할 수 있다.

2) 이분법적 대립 구조

인과관계에 의해 플롯을 이루며 진행되던 기존의 서사는 이분법적인 대립으로 더 강화된다. 즉 관객에게 사건 진행의 설득력을 확

---

6   히치콕은 트뤼포와의 대담에서 '놀라움'과 '서스펜스'에 대해 다음과 같이 이야기 한다. 식탁 밑에 폭탄이 터지면 그것은 놀라운 일이다. 그러나 관객은 거기에 폭탄이 있고 15분 후에 터지게 되어 있다는 것을 알고 있는데 등장인물들은 그 사실을 모르고 있다. 이때 관객은 그 폭탄이 터지는 순간까지 놀라움을 넘어선 서스펜스를 경험한다는 것이다. '서스펜스' 체제에서는 관객이 등장인물보다 더 많은 정보를 알고 있다. 마찬가지로 실미도가 실화에 근거했다고 전제할 때 관객은 인물들보다 더 많은 정보를 가지게 되며 거기에서 서스펜스의 효과가 생길 수 있다. 그러한 점에서 〈실미도〉는 관객의 초점화라고 할 수 있다. 앙드레 고드로·프랑수와 조스트, 앞의 책, 215~216·239면.

보하기 위하여 강한 모티브나 대립관계가 설정되는 것이다. 〈실미도〉에서는 빨갱이에 의해 가족을 잃은 훈련대장 최재현과 월북한 빨갱이 아버지를 둔 강인찬이라는 두 인물이 대립의 축을 이루는데, 그것은 남한과 북한이라는 대립구도를 상기시킨다. 재현과 인찬은 신분상으로 훈련대장과 훈련병으로 지배자와 피지배자의 대립관계를 이루며, 684부대의 31명의 훈련병들은 김신조와 같이 남파되었던 공작원 31명과 남과 북의 대립의 축을 유지한다. 훈련병들은 또한 실미도라는 공간에서 그들을 감시하고 훈련시키는 임무를 맡은 같은 수의 기간병들과도 대립된다.

사회의 밑바닥 계층으로 구성된 31명의 훈련병들은 그들을 감시하며 훈련시키는 군인들, 즉 죽으면 국군묘지에 가게 되는 기간병들과 사회 계층적, 기능적으로 대립된다. 훈련대장 재현은 공군에 소속되어 있는 동시에 중앙정보부 직속으로 결국 정상적인 군인인 공군과 그들을 뒤에서 조종하는 중앙정보부와의 사이에 있는 인물이다. 영화가 갈등국면에 접어들게 되면 군과 중앙정보부의 대립이 드러난다. 또한 '실미도'라는 섬은 폐쇄되었다는 점에서 열린 세상과 대립된다.

신 #3에서 각지에서 차출되어 온 훈련병들은 옷을 벗은 채 '수단 방법을 가리지 말고 섬으로 오라'는 명령을 받는다. 그리고 조 중사의 위협사격과 더불어 그들이 타고 왔던 배가 폭발하는 장면이 나온다. 조 중사가 던진 수류탄으로 인해 배가 화염에 휩싸이는 장면은 돌아갈 길이 차단된 훈련병들의 운명을 예고한다. 군인과 경찰의 바리케이드에 길이 막힌 버스가 훈련병들이 자폭용으로 던진 수류탄에 폭발하는 장면은 배가 폭발하던 비극적 상황을 반복한다. 이와 같이 훈련병들의 삶은 막히고, 갇히고, 폐쇄되어 있다는 점에서 소위 정상적인 삶과 구분되며 대립된다.

또한 〈실미도〉는 직설적이며 공격적이고 남성적인 서사를 지니고 있다. 모든 영화에 빠질 수 없는 연애담이 빠져 있는 점도 다른 영화와 차별화된다. 즉 〈태극기 휘날리며〉에서 보인 남녀 간의 사랑의 이야기가 빠져있다는 것이다. 하지만 초기의 시나리오를 보면 강인찬(초기 시나리오에는 이정진)과 희주의 사랑이야기가 나온다.[7] 즉 #1~3, #10~14, #18, #26, #36, #43~47, #53~55, #67~69, #83~84, 약 22개의 장면에서 정진의 어머니가 꾸려가는 연탄가게에서 정진의 어머니와 생활하고 있는 희주가 등장한다. 그러나 최종 시나리오에서는 이 장면들이 모두 빠져있다. 다른 영화에서는 사랑이야기가 부가적인 스토리 라인을 구성함으로써 플롯에 영향을 미치지만 〈실미도〉에서는 오히려 긴장감을 떨어뜨릴 위험이 있기 때문인 것으로 생각된다. 그러므로 〈실미도〉는 섬에서 훈련받는 훈련병들의 이야기라는 단일한 플롯으로 일관함으로써 연애담이 등장하는 여성적 서사와 대립을 이룬다.

모든 플롯에서 인과관계가 지배적 역할을 하는 것처럼 〈실미도〉에서도 인과관계는 상당히 설득력을 가진다. 우선 강인찬을 비롯한 31명의 훈련병들이 특수부대에 가입하는 경위가 그러하다. 스토리텔링 전략 중에 보은(보복)의 스토리텔링이 있는데, 그것은 잔인한 복수가 정당성을 얻기 위해서는 가해의 장면이 그만큼 자극

---

7   초기 시나리오는 106신으로 구성되어 있으며 최종본은 86신으로 이루어져 있다.

적일 필요가 있다는 것이다. 은혜 갚기나 원수 갚기가 정당성을 획득하기 위해서는 그만큼 강한 원인적인 사건이 제시되어야 한다. 등장인물들은 사형수이거나 그에 해당하는 강력범 혹은 사회적으로 재기할 수 없는 밑바닥 인생들이다. 그들에게 부여된 임무를 잘 수행한다면 그들은 정상인으로 회복될 수 있는 길이 열리게 된다. 그래서 그들은 목숨을 담보로 지옥훈련을 견디고 김일성의 목을 따러가는 임무를 부여받는 것이다.

프롤로그에서 제시되는 영상은 과거 사건의 다큐멘터리처럼 흑백화면으로 처리된다. 산길을 오르는 남자들의 발이 흑백영상으로 제시되고 서치라이트 불빛과 함께 화려한 호텔 조명하게 파티 하는 남녀의 모습이 교차 편집된다. 김신조 부대의 공비들과 대치하는 군인들 간 총격전이 벌어지고 리셉션 장으로 난입한 조직원들과 경호원들 간의 격투가 빠른 속도로 교차되고 있다. 생포되어 기자회견장으로 들어선 김신조와 재판장 앞에 선 강인찬이 클로즈업된다. 이러한 교차 편집에 의해 김신조와 강인찬, 남파부대에 대한 북파부대의 대립이 예고되고 있다. 그리고 "박정희 모가지 따러 왔수다"라는 김신조의 말에 맞물려 "깡패 짓 말고는 할 수 있는 게 아무것도 없었다"는 강인찬의 말이 이어지며 '사형'이라는 재판장의 말과 내리치는 의사봉이 화면을 가득 메운다.

이어지는 장면에서 강인찬이 '깡패 짓' 외에 다른 것을 할 수 없었던 이유는 월북한 아버지로 인한 '연좌제' 때문이라는 것이 밝혀진다. 이 구조는 자신의 훈련병들을 구할 수 없었던 훈련대장이나 조 중사의 한계를 암시하는 〈실미도〉의 전체구조에 상응한다. 즉 개인이 선택할 수 있는 것은 없고 우리는 거대한 국가라는 제도에 편입되어진 존재라는 것이다. 훈련대장은 자신이 속한 부대의 명령을 수행해야 한다. 부대는 국가에 속한 것이지만 중앙정보부가 국가를 대신하고 있는 상황에서 훈련대장은 중앙정보부의 명령에 복종해야 하는 운명이다. 그러나 그 명령이 개인의 소신이나 정의감과 상충될 때 개인은 국가와 대립하게 된다. 다시 말하면 지배사와 피지배자의 대립이 기간병과 훈련병, 훈련대장과 강인찬, 국가와 개인, 중앙정보부와 훈련대장 식으로 반복되고 있다.

소설 『실미도』에서는 훈련대장이 훈련병 김종철에 의해 망치로 살해되는 것으로 나오지만,[8] 영화 〈실미도〉에서는 훈련대장이 권총 자살을 하게 됨으로써 군인이라는 직책상 국가의 명령을 거부할 수도 없고 인정과 의리상 훈련병들을 제거할 수도 없는, 충성과 불충의 대립의 딜레마에서 스스로를 제거시키는 장치를 사용하고 있다.

실미도에 차출되어 온 '밑바닥 인생들'은 어차피 '사형'을 피할 수 없는 재소자들이거나 존재감이 드러나지 않는 '유령'과 같은 존재들이다. 그들은 인간 취급을 받지 못하는 사회의 쓰레기인 만큼 절실하게 훈련대장의 말에 설득된다. 즉 '주석궁 폭파'의 임무를 완수하면 모든 것이 복권되고 '조국의 평화 통일의 과업'을 이루는 영웅이 되는데, 그것이 지금까지의 밑바닥 삶에 대한 보상인 셈이다. 즉 그들을 소외시켰던 사회에 대한 정당한 '복수'의 플롯이 형성된다.

---

8 교육대장 김준위를 김종철이 망치로 살해하는 장면은 백동호, 『실미도』하, 밝은세상, 1999, 118~119면에 있다.

나는 군인이다. 너희는 사형수이거나 사회의 밑바닥에서 희망 없이 살던 존재들이다. 그러나 너희가 군복을 입는 순간, 나와 너희의 목표는 하나가 된다. 대한민국을 수호하고 조국 통일의 과업을 함께 완수할 동지가 되는 것이다. 나와 여기 있는 기간병들은 너희가 자신의 생명과 국가의 명령을 지켜낼 수 있도록 훈련시킬 것이다. 훈련은 장차 너희가 맞닥트리게 될 실제 상황보다도 가혹할 것이며 너희의 생명과 안전을 보장할 어떠한 장치도 없다. 그러나 우리의 목표가 달성되는 날, 너희는 대한민국이 가장 자랑스러워야 할 군인으로 세상을 향해 떳떳이 나갈 것이다.

훈련병들은 설득하는 대장의 대사는 처음에는 대립을 강조한다. 그리고 그러한 대립이 공동의 목표를 지향함으로써 하나로 융합(봉합)될 수 있다는 이상을 보여준다. 자크 알랭 밀러가 말하는 봉합la suture이란 담론의 세계에서 주체가 출현하는 과정으로 그 주체란 담론의 세계에서 펼쳐진 이미지와 자신을 동일시하는 이데올로기적 주체이다.[9] 이 영화에서는 강자와 약자의 대립을 통해 약자에 속하는 훈련병들의 처지를 강조하고 '주석궁 폭파'라는 목표를 이룸으로써 그들이 강자가 될 수 있는 길을 제시하고 있다. 이러한 이상과 희망은 차후의 무지막지한 훈련까지도 합리화시키는 기능이 있다. 그리고 목표를 이루는 일이야말로 이 폐쇄된 '실미도'에서 '열린 세상'을 향해 나갈 수 있는 유일한 길이다.

---

9   라캉의 사위인 자크 알랭 밀러의 봉합이론은 정여울, 『아가씨, 대중문화의 숲에서 희망을 보다』, 강, 2006, 206면에 소개되어 있다.

드디어 장엄한 분위기에서 평양으로의 출정 명령이 내려진다. "대한민국의 통일의 역사는 지금 이 시간 시작되었다. 그 역사의 첫 페이지를 너희가 쓰는 것이다. 이 날을 위해 너희는 젊음과 목숨을 걸었다. 김일성이 이 세상에서 마지막으로 보게 될 것은 자랑스러운 684부대원의 칼과 총부리다. 통일 조국은 너희의 용기와 희생을 영원히 기억할 것이고 살아 돌아온 자는 38선이 허물어진 한반도에서 가장 큰 영웅으로 살아가게 될 것이다." 만세를 부르고 악수를 나누고 목숨을 담보로 한 채 바다 위에 몸을 띄운 훈련병들에게 3시간 뒤에 취소 명령이 전달되는 것도 중앙정보부의 정책이 바뀌었다는 것의 의미를 극대화하는 장치이다. 대립을 극대화함으로써 긴장감을 높이고 차후 훈련병들의 운명에 대한 호기심을 고조시킨다.

이 영화에서는 여러 가지 대립쌍들이 반복되면서 이분법적 대립을 강조한다. 남과 북, 김신조와 강인찬, 지배자와 피지배자, 훈련병과 기간병, 군인과 사형수, 김일성과 박정희, 남파부대와 북파부대, 실미도(감옥의 확장)와 세상, 충성과 반역, 반공과 평화, 강자와 약자, 죄수와 영웅 등의 대립구조가 반복된다. 이와 같이 정해진 도식에 따라 반복되는 사건들은 민중적 서사전통에서는 오히려 가장 전형적인 형태 중의 하나라고 한다. 움베르트 에코는 대중영화 〈007〉 시리즈의 서사구조를 분석하면서 대중에게 확실하고 보편적으로 제시되는 서사장치로 대립관계, 즉 여자와 남자, 선과 악, 특권층과 하층, 흑인종과 백인종과 같은 원초적인 서사적 관계가 설정된다고 하였다. 기본적이고 일반적인 힘의 충돌을 형상화하기 위해서 진부하지만 효과적인 이분법적 대립관계를 설정한다는 것이다.[10]

〈실미도〉는 이러한 이분법적인 대립관계를 효과적으로 구조화하였으며 크고 작은 대립쌍들이 반복되는 서사구조를 가진다. 이러한 이분법적인 대립 앞에서 관객은 어느 한 편을 동일시해야 하는 선택적 상황에 놓이게 된다. 이와 같이 현실은 구체적으로 대립하고 있지만 대립적 상황을 지양할 수 있는 조건을 현실 속에서 발견할 수 없다는 사실이 관객에게 반향된다. 때문에 긴장감이 형성되고 영화에서처럼 죽음을 택할 수도 없는, 수용자인 관객의 감정적 연관은 슬픔과 연민 등 공감의 형태로 나타나게 된다.[11]

3) 역전의 아이러니

반어(아이러니)란 어떤 것을 말하면서 다른 것을 말하는 것이므로, 화자와 청자 간의 이면 소통을 전제로 한다. 즉 아이러니에는 나타나는 뜻과 반대의 뜻이라는 두 개의 대립요소가 존재한다. 또한 대립요소의 설정을 통해 다른 의미를 드러낸다는 것은 직설적으로 말하지 않을 수 있는 반성과 자제를 전제로 하기에 화자와 대상 사이에는 거리가 존재한다. 반어의 요소로 비꼼과 희극적 요소가 지적되기도 하지만 비극적 반어도 가능하다. 반어의 양상은 말과 행

---

10   움베르트 에코, 조형준 역, 「이언 플레밍의 007의 서사구조」, 『대중의 영웅』, 새물결, 1994 참조.

11   공감과 몰입은 서로 앞서거니 뒤서거니 하면서 감정의 상승작용을 일으키는 메커니즘이다. 서정남, 『영화서사학』, 생각의나무, 2004, 343면.

동, 상황 차원에서 다양하게 드러날 수 있으나 텍스트 안에서 이것은 매체에 의해 기호화되므로 수사법적 반어로 수렴될 수 있다. 즉복수개념이자 관계개념으로서의 언술, 상황, 태도에서 모순, 불일치, 부조화, 상반, 전복 등을 구성하는 두 가지 이상의 요소를 일컫는다. 이러한 대립요소들은 서로의 정당성을 부정하기도 하고 의미를 전복시키며 상처를 입히기도 한다. 대립요소는 서로에서벗어날 수 없기에 필연적으로 긴장을 수반하며 이 긴장의 강도가높을수록 독자의 불편함도 증폭되고 반어적 거리가 확보되며 반어는 효과적으로 성취된다.[12] 그러므로 반어의 필수적 요소는 '대립요소'와 '거리'를 포함한다. 반어라는 용어 속에 이미 '반대되는 요소'와 함께 '거리'라는 요소가 내재되어 있는 것이다.

〈실미도〉에서는 "빨갱이를 잡으러 가는데 빨갱이 새끼를 끌어들였으리라고 누가 상상을 했겠어?"라고 말하는 기간병 상민과 자신은 빨갱이가 아니라고 외치는 강인찬과의 대화에서 아이러니가 드러난다. 빨갱이 아버지를 두었으니 빨갱이 새끼임에는 틀림없으나아버지 때문에 연좌제에 묶여 온전한 삶을 살 수 없었던 강인찬은'자식 앞길을 망쳐놓은 빨갱이의 목을 따러' 반드시 평양에 가겠다는 것이다. 바흐친에 따르면, 대화란 자아의 동일성이 해체되면서타자가 그 내부로 침투하는 과정을 말한다. 대화가 그처럼 자아 내부로 타자가 틈입하는 것이라면 타자는 설령 눈앞에 부재하더라도'나'의 뇌리에서 떠나지 않는 실존적인 존재가 되어 버린다. 강인찬

---

12 박유희, 『디지털 시대의 서사와 매체』, 동인, 2005, 259~260면.

에게 아버지는 부재하지만 그는 빨갱이라는 존재로 늘 강인찬과 함께 있다. 즉 인간은 독백을 하는 경우에도 타자의 존재를 전제한다는 말이다. 우리는 타자의 시점에 따라 자신을 평가하며 타자의 시선을 통해서 바라본다. 삶이란 본질상 대화인데, 산다는 것은 대화에 참여하는 것을 의미하며 질문을 던지고 답변하고 듣고 동의하는 것 등을 의미한다. 바흐친은 차연으로서의 자의식을 미결정성, 최종적인 말의 연기, 자기 자신과 일치하지 않는 자신 등으로 표현하고 있다.[13] 상민과 인찬은 서로 다른 입장에서 자신의 동일성을 해체하고 타인을 자신의 내부에 수용한다. 서로 대립하던 그들은 상대방의 입장을 이해하는 관계로 역전된다. 그처럼 타자의 말에 의해 자기동일성이 해체(연기)되는 과정은 자기 자신과 모순되는 또다른 자신을 발견하는 과정이다. 그 점에서 타자와의 대화를 통한 동일성의 해체는 자아와 세계와 아이러니적 경험과 연관된다.

　상관의 명령에 무조건 복종하는 조 중사와 '생각이 많은' 박 중사도 역전의 아이러니를 드러내는 한 쌍이다. 과도한 훈련으로 훈련병이 사망하자 비상시에는 "훈련을 중단하고 응급조치를 했으면 살릴 수 있었다"고 항변하는 박 중사를 향해 "우리에겐 훈련이 없다"고 일축하는 조 중사는 "여기는 실미도"라고 결론짓는다. 조 중사는 "이게 옳은가, 저건 틀리지 않았나" 하고 생각하는 것이 나쁘다고 단언한다. 군인은 생각하고 결정하는 것이 아니라 무조건 명령에 복종해야 한다는 것이다. 하지만 684부대의 해체 명령이 전달

─ ・ ─ ・ ─

13　츠베탕 토도로프, 최현무 역, 『바흐친 문학사회학과 대화이론』, 까치, 1988, 132~138면.

되었을 때 조 중사와 박 중사는 평소와는 다른 태도를 취한다. 훈련병들에게 관대했던 박 중사가 오히려 그들을 처단하고 자신의 목숨을 구하려는 현실적 입장을 취하는 반면, 조 중사는 명령에 불복하면서 훈련병들을 죽일 수 없다고 한다. 이러한 역전의 아이러니를 통해 개인의 선택이 얼마나 제한적이며 집단에 매몰된 개인은 얼마나 무력한지가 여실히 드러나고 있다.

정치적 기류의 변화에 따라 평화무드가 조성되고 그 여파로 684부대의 완벽한 정리를 요구하는 중앙정보부의 오 국장과 훈련대장 재현의 대화 장면도 역전의 아이러니이다. 구시대의 유물, 살인부대, 비인간적 교육을 자행한 부끄러운 집단, 살인부대를 기르는 것은 야만적인 일이라는 오 국장의 대사는 최고 정예 부대라는 684부대의 존재 이유와 정면으로 상충된다. 참모총장인 장군이 오 국장의 담배에 불을 붙여주는 것도 권력의 소재가 어디인가를 알려주는 반어적 상징이다. 훈련병들을 공군의 정식부대로 편입시켜주라는 부탁이 묵살당하자 재현은 월남으로 파병해줄 것을 요청한다.

재현 : 684부대는 세계 어디에 내놔도 부끄럽지 않을 만한 실력입니다. 월남전에 보내면 우리 군 전력에 보탬이 될 것입니다.

오 국장(웃으며) : 그 친구들이 세상에 나오는 순간 우리가 김일성 죽이자고 특수부대 만들었다는 게 세상에 알려지는 겁니다. 서른 명 살리자고 삼천만 국민의 소원인 평화 통일을 접는 게 옳습니까?

재현 : 부대 구성 의도와 훈련 방법 등 모든 사항을 기밀로 유지하도록 조치하겠습니다.

오 국장 : 기밀은 땅에 묻는 것이 가장 안전합니다. 훌륭한 군인의 첫
번째 덕목은 절대 복종 아닙니까? 지금 대장님께 내려진 명령은 684부
대의 완벽한 정리입니다.

재현 : 어디로부터 내려진 명령입니까?

오 국장 : 국가의 명령입니다.

재현 : 중앙정보부가 국가입니까?

이와 같이 대화적 자의식과 아이러니를 통해 나타나는 제2의 현
실 혹은 역사의 장은 '카니발적 공간'으로 불리기도 한다. 카니발적
공간이란 규범적 질서의 상징계가 해체된 탈코드화된 공간인 동시
에 지배 권력의 몰적 담론이 전복된 탈영토화된 공간이기도 하다.
강우석 감독은 "중앙정보부가 국가입니까?"라는 대사에서 통쾌감
을 느꼈다고 한다. 닫힌 자아가 열리면서 폐쇄적 현실(상징계)이 해
체되는 대화적 과정이 아이러니라면, 카니발리즘은 지배 권력의
몰적 담론(그리고 닫힌 현실)이 민중적 언어의 잠재력에 의해 전복되
는 풍자나 해학에서 나타낸다. 카니발적 공간이란 그처럼 규범적
권력의 독백적 담론(현실)이 타자성을 지닌 민중들의 대화적 담론에
의해 뒤집어질 때 드러난다.[14]

역전의 아이러니의 예로 들 수 있는 것은 여교사를 강간하고 체
포될 위기에 처하자 훈련병이 칼을 꺼내며 "장교에게 주는 권총은
(…중략…) 자살용"이라고 말하는 대목이다. 스스로를 장교에 비유

14 　나병철, 앞의 책, 422~423면.

하고 칼을 권총에 빗대면서 비참한 현실을 카니발적으로 극복하고 있다. 그리고 자살하지 못하고 살아남은 한 사람은 철봉대에 묶여서 동료들이 매를 맞는 장면을 목격하게 된다. 죄를 지은 자신에게 벌이 가해지는 것이 아니라 동료들에게 고문이 가해지는 장면을 보면서 견딜 수 없는 심정을 오히려 노래를 부르면서 견디는 장면도 역전의 아이러니를 보여주고 있다. 또한 평양으로의 출정을 앞둔 바로 전날, 두려움을 오히려 술과 노래로 포장하고, 그러면서도 '죽음'이라는 말을 금기시하여 입 밖에 내지 못하게 하는 장면도 역전의 아이러니에 해당한다.

훈련병들을 죽이지 않으면 자신들이 죽을 수밖에 없는 기간병들의 처지와 그러한 한계에 부딪혀서 '나다운 게 뭔데'라고 절규하는 박 중사는 국가라는 거대 권력 앞에서는 개인의 정체성조차 무너진다는 것을 상징적으로 보여주고 있다. 아이러니란 자아와 세계의 동일성이 이질적 타자에 부딪히면서 상반되는 경험으로 전환되는 것을 말한다. 그 같은 상반되는 경험을 통합시키기 위해 자아의 내적 대화와 자의식이 끝없이 계속되는 것이다. 즉 아이러니는 자의식의 연쇄로서 차연을 유발한다. 그리고 그 같은 차연은 다시 아이러니적 자기모순으로 인식된다. 아이러니는 동일성의 해체를 자기모순으로 발견하며 차연은 그것을 끝없는 운동으로 드러낸다. 아이러니가 아직 해체되지 않는 동일성의 견지에서 본 자기모순의 확인이라면, 차연은 동일성이 끝없이 미끄러지는 해체의 운동 그 자체인 것이다.[15]

역전의 아이러니가 대중성을 가지는 것은 대중은 우여곡절 끝에 어떤 일이 성취되는 것을 선호하기 때문이다. 즉 대중은 좋은 가문에서 머리가 좋게 태어나서 계속 우수한 성적을 거두다가 훌륭한 사람이 되었다는 식의 당연한 스토리에 감동하지 않는다. 어려운 환경을 이기고, 혹은 한때 어떤 일로 추락했다가 재기에 성공하는 식의 이야기에 감동한다. 악인이 개과천선하거나 선인이 타락할 수밖에 없는 상황에 놓일 때 대중서사의 힘은 강력해진다. 빨갱이에 대한 편견이 전복되고, 사형수나 밑바닥 인생들에 대해 연민을 느끼고, 탈출구가 없는 막힌 인생의 절망감에 대해 공감할 때, 그리고 분명하게 대립되었던 선과 악의 경계가 애매모호해질 때 역전의 아이러니는 대중서사에서 중요한 역할을 하게 된다.

4) 명분 세우기―아이덴티티의 확립

대중성을 확보하기 위해서 대중서사는 대중이 가지고 있는 몇 가지 원형적 희망을 집약하고 있어야 한다. 즉 대중의 보편적 요구나 소망을 반영한다면, '밥벌이의 지겨움'에 일탈을 꿈꾸면서도 밥벌이의 터전인 직장이 흔들리자 불안에 빠지며, 거대 조직의 구성원이 되기를 소망하면서도 조직 속에서 소진되지 않고 자신의 정체성을 가지고 싶어 하는 대중들에게 자기 정체성에 대해 인식하게 해야 한다. 즉 버스 안에서 자신의 이름을 쓰며 장렬하게 죽음을

15 위의 책, 398~399면.

맞는 장면은 극적 효과를 위해 실제와는 다르게 구성되었다. 하지만 이 장면은 대중들에게 자기 정체성 즉 아이덴티티에 대해 숙고하는 계기를 만듦으로써 대중성을 확보하는 데 기여한 대중서사 전략이라고 할 수 있다.

아이덴티티의 사전적 의미는 동일성, 일치성, 본인에 틀림없음, 주체성 등인데 일반석으로 자기 동일시, 자기인식이라고 정의된다. 에릭슨은 "아이덴티티란 여러 문맥 속에서 이 개념의 불가결성을 입증하는 것 외에는 탐구될 수 없는 것"이라고 했는데,[16] '이것이 진정한 나'라고 느껴지는 것이라고 했다. 프라이는 "아이덴티티란 마차바퀴살이 바퀴 중심에 모이는 것처럼 어떤 사람의 모든 것이 질서 잡히는 그 사람의 핵심이며 그 사람에 대한 단서"라고 정의한다. 즉 한 개인의 독특한 유일성, 한 개인의 과거, 현재, 미래를 포괄하는 자아의식을 의미한다.[17] 사회학자 P. L. 버거는 "아이덴티티란 심적 실재의 적절한 부속물로서 특수화되고 사회적으로 조직된 세계 안에서의 아이덴티티를 말한다"고 한다. 즉 아이덴티티는 충분히 긴 초상화, 즉 지금 그 자신뿐 아니라 그가 생각하고 있는 자신, 되려고 하는 자신, 타인이 그렸다고 생각하는 자신까지도 포함하는 포괄적 개념이다.[18]

〈실미도〉가 많은 사람들을 감동시켰다면, 그것은 훈련병들이 아

---

16 에릭 에릭슨, 조대경 역, 『아이덴티티』(『삼성세계사상전집』 42), 삼성당, 1977.

17 Hans W. Frei, *Identity of Jesus Christ,* Fortress Press, 1975, p.37.

18 Peter L. Burger, *Identity as a Problem in the Sociology of Knowledge,* New York, 1970 참고.

이덴티티를 확립하고자 하는데 안타깝게도 그 정체성을 성취하지 못하는 절망감에서 발생한다. 훈련병들의 꿈은 밑바닥 인생에서 자랑스러운 대한민국의 군대의 일원이 되는 것이다. 사형수나 고아 등의 불명예를 씻는 길은 오직 김일성의 목을 따오는 과업의 완수로 이루어지는 것이기 때문에, 그 목표를 달성하기 위해 그들은 죽음을 불사하고 맹훈련을 받으며 재소자만도 못한 대우를 견뎌낸다.

동일한 목표를 달성하기 위해 그들은 '동지'가 되었고, 나아가서는 조국의 평화통일을 달성할 영웅이 되어야 한다. 그래서 그들은 평양으로 가야 할 절박한 이유가 있는 것이며 혹독한 훈련을 견디는 것도 '원하는 것을 얻기 위해 대가를 치르는 과정'이다. 그들에게는 평양으로 가는 길 외에는 아이덴티티를 회복할 방법이 전혀 없다. 박 중사의 말대로 그들은 "어차피 죽을 목숨"이고 "주민등록증까지 말소된 유령과 같은 존재들"이다. 죽어도 국립묘지에 갈 수 없고 목숨값이 전혀 없는 부초와 같다. 이름까지 삭제당한 그들에게는 이름을 되찾는 것, 자신들의 존재를 알리는 것이 새로운 과제로 떠오른다. 이것은 사건에서 의미로 전환되는 계기가 되며, 임무를 지향하던 인간에서 명예를 욕망하는 인간으로 바뀌었음을 의미한다. 그들은 이제 명예를 욕망하기 시작한다.

"죽는 것은 좋다 이거야. 그런데 내 무덤에 이름 석 자도 못 새긴다는 거잖아. 죽더라도 국립묘지에 묻힐 줄 알았는데 (…중략…) (억지로 웃으며) 그럼 우리 집안에서 내가 제일 출세하는 거였는데 ……." "국군의 날 텔레비전 보다가 대통령이 군복입구, 라이방 끼구, 각모자 쓴 게 폼 나 보여서 빽 써서 들어온" 훈련병 원희도 있다.

즉 "고아라서 안 되고, 가방 끈 짧아서 안 되고, 전과자라서 안 되고, 부양가족이 있어서 안 되는" 처지이기 때문에 정상적 입대는 허용되지 않으니까 특수부대에 자원했다는 것이다.

그러나 버팀목이 되었던 평양행이 좌절되자 그들은 닫힌 공간인 '실미도'를 탈출해서 '열린 공간'으로 나온다. 하지만 그들은 열린 공간에서 '무장 공비'로 낙인찍혀 다시 포위망에 갇히는 신세가 된다. 자폭하는 것 외에는 모두 막힌 길뿐이다. 그들은 죽음을 앞에 두고 마지막으로 자신들의 이름을 써 나간다. 말소된 주민등록 번호를 쓰고 모든 욕망의 굴레에서 벗어난 해탈된 모습으로 장렬하게 죽음을 맞이한다. 그들은 죽음으로 자신들의 존재를 알리고 싶었고 그 사건은 32년간이나 묻혀 있다가 세상에 알려졌다. 폭발하는 버스는 그들을 실미도에 데리고 간 후 폭발된 배를 연상시킨다. 어차피 그들에게는 탈출구가 없었다.

이러한 비극적 상황은 대중을 자극한다. 즉 국가로서는 684부대의 존재를 인정할 수 없고 월남에 파병하기에도 비밀 누설의 위험이 있다. 또한 훈련대장 최재현은 자신을 믿고 따라와서 죽음을 무릅쓰고 강훈련을 받은 훈련병들에게 약속을 지키는 일과 자신이 살기위해 그들을 제거하는 일 사이에서 갈등한다. 살기 위해서 죽여야 하는 비극적 상황 속에서 훈련병들은 나름대로 화해를 했던 기간병들을 살해하고 세상으로 나오지만 그들은 세상에는 존재하지 않는 허깨비였음을 확인하게 된다. 대중은 일반적으로 비극을 좋아하는 성향이 있는데, 그러한 비극적 상황에서 상대적으로 위안을 얻고 정화되기 때문이다.

3. 나가는 글

영화 〈실미도〉는 실화에 근거한 영상 이미지로 제시되었다. 하지만 실화를 그대로 재현한 것이 아니라 여러 가지 대중서사전략이 사용되었기 때문에 1,000만이 넘는 대중을 동원할 수 있었다. 이 영화의 대중서사전략을 살펴보면 전면에 내세운 실화라는 힘을 무시할 수 없다. 이러한 실화의 힘을 바탕으로 해서 이분법적 대립, 역전의 아이러니를 통해 이야기를 구체화시키고 서사의 힘을 강화시키는 전략을 살펴보았다. 그러한 전략들을 통해 드러나는 것은 아이덴티티의 문제이다. 국가의 통제에 의해 되고 싶은 존재가 될 수 없었던 과거의 사건이 현재를 살고 있는 우리들에게 여전히 공감을 일으킨다. 즉 신자유주의의 격랑 속에서 힘없고 능력이 부족한 대다수는 아이덴티티를 차압당한 채 무조건적인 굴종하는 삶을 살아가고 있기 때문이다. 미래에 대한 희망을 품을 엄두도 낼 수 없는 것이 우리의 현실이다. 살기 위해서 복종해야 하지만 존재하기 위해서는 항거해야 하는데, 우리는 항거할 힘조차 잃어가고 있다.

이러한 상황에서 〈실미도〉의 저변을 흐르는 존재에 대한 물음, 죽음을 불사하고 명예를 욕망하는 훈련병들의 이야기 속에서 우리는 나의 아이덴티티를 돌아보게 된다. 진정한 나는 과연 무엇이고, 어디를 향해 가고 있는 것인지. 그들이 갇힌 세계에서 신음한 반면, 우리는 세계화라는 광활한 지평선 위에서 길을 잃고 자폭해야 하는 것이 아닌지 돌아보게 되는 것이다.

참고문헌

강준만, 『대중매체 이론과 사상』, 개마고원, 2001.

김시무, 『영화예술의 옹호』, 현대미학사, 2001.

김종희, 최혜실 편, 『사이버 문학의 이해』, 집문당, 2001.

나병철, 『소설과 서사문화』, 소명출판, 2006.

박유희, 『디지털 시대의 서사와 매체』, 동인, 2005.

백동호, 『실미도』, 밝은세상, 1999.

서정남, 『영화서사학』, 생각의나무, 2004.

이진경, 『노마디즘』, 휴머니스트, 2002.

정여울, 『아가씨, 대중문화의 숲에서 희망을 보다』, 강, 2006.

주형일, 『영상매체와 사회』, 한울아카데미, 2004.

고드르, 앙드레 · 조스트, 프랑수아, 송지연 역, 『영화서술학』, 동문선, 2001.

들뢰즈, 질, 김재인 역, 『천개의 고원』, 새물결, 2001.

에릭슨, 에릭, 조대경 역, 『아이덴티티』(『삼성세계사상전집』 42), 삼성당, 1977.

    에코, 움베르트, 조형준 역, 『대중의 영웅』, 새물결, 1994.

코핸, 스티브 · 샤이어스, 린다, 임병권 · 이호 역, 『이야기하기의 이론―소설과
    영화의 문화 기호학』, 한나래, 1997.

토도로프, 츠베탕, 최현무 역, 『바흐친 문학사회학과 대화이론』, 까치, 1988.

Burger, Peter L., *Identity as a Problem in the Sociology of Knowledge*, New York, 1970.

Frei, Hans W., *Identity of Jesus Christ*, Fortress Press, 1975.

• 2장 •

상처받은 존재

김승희의 「인조 눈물」

1. 들어가는 글

이 소설의 주인공은 어느 병원의 인체 실험대상자로, 자신의 몸을 실험의 도구로 제공하는 대가로 돈을 받아 생활한다. 즉 몸을 살리기 위해 몸을 실험의 대상으로 제공하는 아이러니한 삶을 살고 있다. 이 소설의 서사시간은 실험이 진행되는 아침 9시 직전부터 실험이 끝나는 오후 4시로 설정되어 있으며, 오전 9, 10, 11시 그리고 오후 1, 2, 4시 6회에 걸친 천사장 다니엘의 전화가 중간, 중간 실험 상태를 확인하고 있다. 실험의 내용은 '인조 눈물' 프로젝트로, 가짜 인조 눈물을 넣을 때의 부작용을 최소화시키기 위해 만들어진 것이며 이 인조 눈물이 누선을 자극하여 진짜 눈물이 조금 나오도록 유도하는 물약의 실험이라고 한다. 주인공은 자신을 유명 병원의 과학자들에게 몸을 제공하고 돈을 버는 '자본주의의 신종 마루타'라고 소개한다. 하지만 "모든 인간은 어차피 누군가의, 무엇인가의 마루타가 되어야 하는 운명을 피할 수 없을 거라고" 생각한다. 우리는 결국 자신의 의지를 실현하는 것 같이 보이는 과정 속에서 자신이 인식하지 못하는 가운데 무엇의 마루타가 되어간다. 주체가 자유를 행사하는 것 같아 보이지만 본인이 의식하지 못하는 가운데 우리는 '이데올로기의 호명'을 받고 있다는 것이다. 그러므로 이 작품을 통해 우리는 스스로가 자유롭게 내린 결정이라는 것도 결국은 자신도 모르는 사이에 어떤 이데올로기의 '호명'에 순응하고 있을 뿐이라는 사실을 숙고해보고자 한다.

2. 상실된 눈물

눈물을 흘리는 것은 남성에게는 수치스럽고 여성에게는 마음을 드러내는 위험스러운 일로 여겨졌다. 플로베르는 『관용적 개념사전』에서 "아무것도 개선시키지 못하므로 너무도 자주 잘못 사용되는 수분. 여성이 부정을 감추거나 캐시미어 숄을 얻기 위해 마음대로 구사하는 수단. 신경발작 후에 사용되어 최대의 성공을 가져오게 하는 무기"라고 눈물을 정의하고 있다.[1] 그러므로 눈물을 흘리지 않는다는 것은 남성다움을 나타내며, 온갖 시련에도 무감각한 인물의 방어수단, 즉 갑옷이며, 페르소나[2]이다. 눈물을 흘리지 않는 것은 감수성을 극도로 억압하는 행위이다. 이렇게 억압된 감정은 마음의 가장 비밀스러운 곳에 갇혀 있게 되고 사람들은 태연을 가장하고 생활하게 된다. 실제적 삶은 내면의 생각과 완전히 분리되어 있으며 내면적 삶과 전혀 상관없이도 진행될 수 있기 때문이다.

이제 몸과 나는 아주 독자적인 관계를 맺고 있다. 몸은 몸이고 나는 나다.[3]

기호학자 퍼스의 정의에 따르면 기호란 "어떤 것을 어떤 사람에게 어떤 관점이나 자격으로 대신하는 그 어떤 것"이다. 더 간단하게 움베르토 에코는 "어떤 것이 다른 어떤 것을 대신하고 있는 모든 것"을 기호라고 정의한다.[4] 그러한 관점에 따른다면 눈물은 분명 어떤 것의 기호, 그것도 다의적 기호이다. 감정의 수위를 조절하는 역할을 하는 눈물조차도 억압하고 살아야 하는, 눈물을 잃어버린

---

1 안 뱅상 뷔포, 이자경 역, 『눈물의 역사』, 동문선, 2000에서 재인용.
2 페르소나는 가면 혹은 외적 인격을 의미한다. 어느 사회에서나 관계와 교환을 원활하게 하는 수단이 요구되며 이러한 기능은 연루된 개인들의 페르소나에 의해 부분적으로 실행되는데 각 사회의 문화에 따라 페르소나에 대한 기준도 다르다. 공동체 안에서 살기에 적합하게 되는 모든 타협들을 포함하는 페르소나는 때로 '사회적 원형'으로 언급되기도 한다. 페르소나가 병인적이거나 잘못된 것은 아니지만 사람이 자신의 페르소나와 너무 밀접하면 '병리학의 위기'가 생긴다. 앤드루 새뮤얼 외, 민혜숙 역, 『융분석비평사전』, 동문선, 2000, 177~178면.
3 김승희, 「인조눈물」, 『21세기 문학』, 2000 봄, 286면. 이하 이 책에서 해당 작품을 인용할 때는 인용문 말미에 인용 면수만을 밝힌다.
4 라캉과 현대정신분석학회, 『우리시대의 욕망 읽기』, 문예출판사, 1999, 27면.

현대인에게 누선을 자극하여 진짜 눈물이 나오게 하는 물약의 실험대상인 주인공은 실상은 눈물 흘리기를 거부하는 사람이다.

> 눈물을 거부하면서 나는 여기까지 온 사람이다. 알코올 중독자들이나 눈물을 흘리지 누가 눈물을 흘리나? 아니 눈물을 보이나? 산업사회가 되면서 통나무 같은 뻣뻣한 자기 억제가 미덕이 되었고 그리면서 사람들은 눈물의 권리조차 빼앗겼다. 여성들은 눈물의 권리를 유지하기는 했지만 그래도 경멸받을 위험성이 높은 것이 사실이다. (284~285면)

알코올은 지나치게 억압된 남성의 고뇌에 종종 배출구의 역할을 한다. 취기는 남성들로 하여금 품위를 손상시키지 않고 눈물을 흘릴 수 있게 해준다. 우는 행위는 어린아이나 여성처럼 된다는 것을 의미한다. 즉 퇴행으로 보인다. 그러나 반대로 눈물의 부재는 회한의 빛깔을 띤다고 한다. "아아, 누가 내 말라버린 눈에 눈물을 생기게 할 수 있을까?"라고 부르짖으며 무감동과 무감각에서 벗어나려고 몸부림치는 사람들도 있다. 사랑이 비록 즐거운 일이기는 해도 감동 불가능의 상태로부터 인간을 구출해 줄 수 없으므로 눈물을 흘리는 일만이 인간에게 감동을 되찾아 줄 수 있고, 자기 방어라는 갑옷에 홈집을 낼 수 있다. 그러므로 어떤 사람들에게는 눈물을 흘리는 것은 일종의 혁명이다.

> "뭐야? 진짜 눈물을 유도? 나 그런 것 싫은데."
> (…중략…)

"그 깐깐하고 독수리 같은 백인 할머니들이 인조 눈물을 넣고 진짜 눈물을 흘리고 다니는 것을 생각해봐. (…중략…) 혁명이지, 혁명. 그런 혁명은 오지 않을걸? 오게 그냥 두지도 않을걸? 그 우아하고 칼같이 말쑥한 백인 여자들이 질척질척 눈물을 흘리고 다니게 하는 물약이 나온다면 회사는 직방 망하는 거지. 안 그래?(284면)

현대인에게는 눈물 흘릴 일이 많음에도 불구하고 눈물을 흘리지 않는 것이 도리어 문제라고 한다. 눈물을 흘릴 수 없다는 것은 그만큼 자신을 노출시키지 않으려는 의지의 작용이며 일종의 감정적 억압이다. 계속해서 감정을 억압하다 보면 감정은 굳어져서 무감각하게 되며 냉소적 인간이 되기 쉽다. 니체는 인간의 건강한 삶을 방해하는 요소들 가운데 아류주의와 냉소주의를 들고 있다. 아류주의란 기억과 역사적 지식의 양이 늘어갈수록 새롭다고 생각했던 것들이 과거에 존재했음을 알게 되고 결과적으로 자신이 독창적이거나 새로운 것을 창조할 수 없다는 의식을 가짐으로써 스스로를 모방자에 불과하다는 의식을 가지는 것인데 현대와 같은 지식의 과잉 시대에는 새로운 것에 대한 노년기적 불감증을 일으킨다. 그러므로 놀라움이라든가 경탄이 사라지며 아무리 심각한 사건이라도 쉽게 분석되고 평가되어 인간은 이미 세상을 다 구경한 셈이 되어 버린다. 즉 해 아래 새로운 것이 없다는 냉소주의에 빠지게 된다.[5] 이러한 현상은 게오르그 짐멜의 용어로 말하면 '문화의 비극'

---

5   김상환, 『해체론 시대의 철학』, 문학과지성사, 1996, 400면.

인데 이 비극이란 개인들이 제한된 소화능력으로 인해 객관적 문화의 양적 팽창에 더 이상 적응할 수 없기 때문에 생겨난다고 한다. 그러므로 아무런 의사소통적 관계가 이루어지지 않는 엄청난 문화 해석과 문화 활동에 대해 무기력을 느끼게 되는 문화의 소외 현상이 생겨난다.[6] 이러한 소외감은 자신의 처지에 대해서도 남의 일처럼 냉소적 태도를 취하게 하는데 이 글에 나오는 벼룩 인간도 그러한 부류에 속한다.

주인공 이내향의, 촉망받는 장래가 보장되던 예비 의사인 오빠는 5월 광주항쟁 당시 대학병원 레지던트로 일하다가 충격적 장면을 목도한다. 공수부대원으로부터 총격을 받아 숨진 임산부의 배 속에 든 생명을 살려달라는 절규 앞에서 자신의 무능력을 탓해야 했던 오빠는 그 사건 이후 눈의 초점이 풀려가기 시작한다. 전체적 힘 앞에 무기력한 개인으로서의 한계를 경험한 오빠는 급기야는 눈썹을 잃어버렸다고 소동을 하더니 어머니를 살해하고 감옥소 대신 정신 병원에 가는 신세가 되고 만다. 눈썹이 없어졌다는 것은 자아의 상실, 즉 본성적 자아를 상실하고 무엇인가의 명령에 의해 움직여야 하는 인간의 한계상황을 잘 보여준다. 오빠가 흘리는 한 방울의 눈물의 무게와 시간은 그의 전존재를 요약해준다.

　　오빠의 눈 아래로 눈물 한 방울이 그야말로 우산처럼 큰 연꽃에서 떨어져 내리는 함박만한 투명 이슬방울처럼 천천히 아주 천천히 굴러 떨

6 　최성환, 「문화해석과 해석문화」, 『문화와 해석학』, 철학과현실사, 2000, 22면.

어졌다. 지금도 나는 그 눈물의 시간과 무게를 마치 손으로 가늠하고 있는 듯 무겁게 느낄 수가 있다.(310면)

화자인 이내향은 14세에 아버지를 여의는데, 아버지는 딸의 생일날 맞춰 주려고 피아노를 주문했다고 한다. 그런데 그 피아노가 태평양 바닷속으로 침몰하였다는 전설적 이야기를 들려주고 세상을 떠난다. 태평양에 가라앉은 피아노는 화자의 소녀 시절의 꿈이 좌절되었음을 시사한다. 화자는 그 피아노를 건지는 꿈을 간간히 꾸면서 살게 되는데 열일곱이 되어도 피아노는 오지 않는다. 꿈이 이루어지는 대신 열일곱 살에 화자는 광주항쟁을 겪게 되며 금릉 이씨 17대 독자인 오빠는 청운의 꿈을 이루지 못한 채 침몰하여 가라앉고, 어머니마저 오빠에게 살해되어 세상을 떠난다. 그리고 화자는 공수부대원에게 몸에 총상을 입어 불구가 된다. 자연스럽게 걷지 못하고 피노키오처럼 절뚝이는 걸음걸이가 의미하듯 그 사건 이후에 이내향은 궤도에서 이탈한 비정상적인 삶을 살게 된다.

5월은 그렇게 정상과 비정상의 궤도를 한 바퀴 돌려놓았다.(305면)

5월은 실제로 많은 사람들에게 정상과 비정상의 궤도를 바꾸어 놓았다. "그러나 항쟁은 집단적인 것이라 해도 죽음은 개인적으로 찾아오는 것이다."(300면) 역사적으로는 한마디의 말로 정의되고 종결된 사건이라고 하더라도 개인들에게는 치유되기 힘든 상처로 남아있으며 화자는 눈물 흘리기조차 거부한다. 삶이 그 내용을 상실하고 모든 것이 무의미할 때, 그러면서도 그것을 벗어날 수 없을 때, 그 순간에 인간은 존재하고 있다는 사실에 직면하는데, 레비나스는 그것을 부조리에 대한 경험으로 이해한다.[7] 결국 눈물의 거부는 감정을 드러내지 않겠다는 의지이며 대화와 화해의 거부로 해석된다.

3. 벼룩 인간

이 글의 화자는 자신을 벼룩, 여자 벼룩이라고 칭한다. 벼룩은 우선 백색은 아니고 소수 인종들이 만나 빚어낸 누르스름한 빛깔, 모래빛깔이다. 또한 소수 인종이 상징하듯 어려운 생활을 하는 어두운 모래빛깔의 사람들이다. 또 벼룩인간은 자신을 병원의 실험용으로 몸을 제공하는 신종 마루타, 자본주의의 마루타이다. 혹시 발생할지 모르는 후유증과 부작용에 대해 전혀 책임을 묻지 않겠다는 각서를 써야 하는 처지이지만 모든 인간은 어차피 누군가의, 무엇인가의 마루타가 되어야 하는 운명이라고 관대하게 생각한다.

---

7 '나'라는 것도 밤에 의해 침몰되고 개별성을 상실한 채 숨 막혀 있다. 존재는 하나의 힘의 장으로, 억누르는 분위기로 존속한다.
강영안, 『주체는 죽었는가』, 문예출판사, 1996, 226~227면.

형태는 달라도 대부분의 현대인은 고분고분하게 살아야 그 대가로 통장에 돈이 들어오게 되어 있다.

> 나는 고분고분하다. 그들이 내 몸에 약칠을 하고 초음파로 약의 효능 등을 면밀 검토하기 위해 몸속을 들여다보거나 어떤 새로운 약의 효능 등을 면밀 검토하기 위해 약을 먹고 나서 좀 신경질이 나거나 해도 항상 나는 고분고분하게 그들에게 협조한다. 이 직업에선 고분고분하다는 것만큼 중요한 것은 없다. 개성을 내세우다가는 큰일이 나고 만다.(286면)

> 그러므로 단지 나의 과업은 다니엘의 버림만 받지 않으면 되는 것. 그러므로 고분고분히 …… 고분고분히 …… 고분고분히 걸으며 숨을 깊이 들이쉬고 내쉰다.(313면)

이들은 자본주의의 대열에서 뒤에 처져 자본주의의 마루타로 전락한 부류이다. 크기가 다를 뿐, 결국은 자본에 의해 노예화된 현대인은 자신이 소유한 것에 의지하여 안정감을 가지려는 심리적 유혹이 강한 반면, 새로운 것을 시도하기를 두려워한다. 또한 현대의 소비주의 문화는 욕구조작의 메커니즘을 통해 인간의 욕구를 부추기고 타인과의 비교를 통해서 더 많이 소유하려는 경쟁을 유도함으로써 과소비를 초래한다. 사회적 지위, 명예나 헌신 등 다른 방법으로 사회적 인정을 받기 위해 노력하는 것보다 소비를 통해 인정받는 것은 비교적 용이하다. 그리고 타인의 시선을 통해 자신을 확인하려는 태도는 인간을 타율적으로 만드는데 정작 당사자 자신은 자본주의의 욕구생산 방식에 감염되어 있기 때문에 정작 자신을 소비의 주체, 즉 자율적인 인간으로 착각하게 된다. 이러한 소비주의 문화는 인간을 새로운 상품의 소유를 갈망하는 노예로 만들 뿐 아니라, 그 노예 상태를 자각하지 못하도록 마취시킴으로써 노예 상태에서 해방되려는 욕구조차 갖지 못하게 한다.[8]

벼룩은 또한 실종자이나. 내부분 밀입국한 공장 노동자들이고, 열심히 일하는 착한 노동 기계이며 무보수 노동 착취를 하여도 뒤탈이 없는 '날개 없는 천사의 아이들'이고 '황금알을 낳은 거위들'이다. 벼룩 인생들은 인종적으로 퓨전인 경우가 많으므로 또한 벼룩은 퓨전인간이다.

> 그런데 벼룩이 아닌 사람들은 벼룩은 단지 남의 피를 물어뜯어먹을 줄밖에 모르는 것들이라고 생각하는 것 같다. 그건 오해다. 나는 벼룩이 아닌 부류들이 더 남의 피를 물어뜯는 것을 보아왔고 벼룩이 아닌 부류들이 오히려 벼룩의 피를 뜯어먹는 것조차 보아온 사람이다. 차이가 있다면 우아한 벼룩과 우아하지 못한 벼룩, 백색의 벼룩과 유색의 벼룩이라는 차이가 있을까? 같은 유색의 벼룩들끼리도 또한 계급의 차이가 개입하는 것이다. (290면)

권력이 있고 지능적인 사람들이 수천억의 공금을 횡령하는 데 비해서 벼룩들은 구조적으로 많이 먹을 수가 없다. 위선을 가장하

---

8 김준우, 「소비주의 문화의 특성과 교회의 사명」, 『세계의 신학』, 한국기독교연구소, 1996.

고 벼룩을 경멸하는 자들이 벼룩보다 훨씬 더 잔인하게 남의 피를 뜯어먹는 일이 비일비재한 이 땅에서 위 글은 오히려 벼룩을 위한 변명에 가깝다. 소비가 즐거움이며 소비를 통해 자신을 과시하고자 하는 소비주의 사회는 타인보다 더 많은 것을 소유할 것을 부추기며 경쟁의식과 적대의식을 불러일으킨다. 이러한 경쟁의식과 적대 의식은 폭력적 사회를 조장하고 향락적 특성을 지니게 되며 소비 위주의 문화에서 어떤 인간의 가치는 그가 지니고 있는 재산으로 평가되기 때문에 생산성과 시장성이 없는 사회적 약자들과 노약자, 불구자, 실업자 등은 쓸모없는 인간으로 간주되어 벼룩으로 취급된다. 그 결과 인간의 내면적, 영적 차원을 말살시킬 뿐 아니라 사회적 약자들에 대한 가치의 존중, 세계에 대한 인식, 정의감, 불의에 대한 저항정신 등을 마비시키게 된다. 그러므로 사회의 모순에 대해 무감각하거나 냉소적인 벼룩인간이 된다.

4. 고양이의 상징

소설의 첫 장면은 야생 고양이떼가 출몰하고 있으니 고양이를 주의하라는 텔레비전의 방송을 보는 것으로 시작된다. 야생 고양이떼가 집 근처에 나타나면 즉시 신고하라는 시청 당국의 부탁과 함께.

야생 고양이떼들의 해바라기처럼 검고 큰 눈동자엔 그렁그렁 풀 길 없는 신비의 암호가 가득 차 출렁인다. 출렁이는 검은 물결을 가진 야생 고양이떼의 눈동자엔 깊고 푸른 바닷속에서 갓 건져낸 미역 줄기에 진뜩진뜩 묻어 끈적 끈적 빛나는 파아란 인광의 횃불이 켜진 것 같기도 하다.(283면)

야산 등성이의 흙을 조금만 파헤쳐도 교련복 소매가 삐죽 나오거나 뻣뻣하게 펼쳐진 손가락들이 흙을 밀치고 부스스 나오거나 흙 속에서 하이힐 한 짝이 나오기도 하던 그런 시대였다. 야생 고양이떼들이 무리 지어 산길에 나타났고 주택가에까지 시도 때도 없이 출몰하던 때였다. 야생 고양이의 눈을 본 사람들은 고개를 흔들며 혀를 찼다. 사람 고기를 먹은 짐승 눈이라고, 인광불이 꽉 찼다고.(309면)

위 인용문의 내용으로 미루어 본다면 야생 고양이는 눈동자에 "파아란 인광의 횃불이 켜진" 무엇인가를 잡으려 하거나 어떤 일에 충동된 듯한 위험한 상태를 보여주고 있다. 그러한 고양이들을 본 사람들은 "사람 고기를 먹은 짐승 눈"이라고 고개를 돌리는데, 고양이는 짐승이므로 당연히 짐승의 눈을 가져야 함에도 불구하고 '짐승 눈'을 강조한 것은 역설적으로 "사람을 잡기위해 주택가까지 시도 때도 없이 나타났던 짐승 같은 사람들"을 의미한다고 하겠다. 그들은 개인의 사생활을 위협했으므로, 개인은 야생 고양이떼 앞에서 그저 한 마리의 들쥐에 불과했다.

폭도 여러분, 들쥐의 시대가 왔습니다. 들쥐가 되어 빛나는 들쥐의 역사적 사명을 띠고(309면)

그리하여 폭도 병균과 폭도 기생충들이 박멸되었다. 자유와 정의의 깃발이 높게 올랐고 들쥐를 잡으려는 야생 고양이들이 산야에 출몰하였다.(301~311면)

고양이는 냉혹하고 치열한 자기 욕망에 취해있고, 자신의 행동에 몰두해 있기 때문에 타인의 처지나 입장을 고려함이 없이 자신의 행위를 자유와 정의의 수호라는 깃발 밑에서 정당화하고 있다.

고양이들은 언제나 냉혹한 무관심과 자기도취의 치열한 욕망을 가지고 자기 행동에만 흠뻑 몰두해 있어 나는 한 번도 그들을 좋아하지 않았다.(313면)

5. 인조, 가짜의 시대

이 글의 제목은 「인조 눈물」이다. 즉 가짜 눈물을 만든 약물에 관한 것이다. 인조 눈물을 통해 작가는 가짜와 진짜의 의미에 대해 의문을 제기한다.

개인 주체를 만드는 것은 사실 개인이 아니다. 이데올로기는 사람들과 세계와의 관계를 표현한다. 그러나 이데올로기는 심오하게 무의식적인 …… 구조들인데 그러나 그 구조들은 대다수의 사람들에게 부가되는 힘이지만 결코 '의식'을 통하지는 않는다. (…중략…) 사람들이 알지 못하는 과정을 통해 사람들에게 작용한다. (…중략…) 보이지 않는 이데올로기의 수체가 범주로 하여금 기능을 발휘하도록 만들기 때문에 구체적 개인들을 구체적 주체들로 불러내거나 '호명'한다는 것이다. (287~288면)

철학자 알튀세르는 개인은 그렇게 많은 자유를 가지고 태어나 살아가는 것이 아니라고 말하고 자신의 최후를 통해 그 비극을 보여준 철학자이다. 그는 개인들이 자신을 규정하는 이데올로기를 '알지 못하는 과정' 속에서 받아들이게 되고, 그것을 거울삼아 자기의 얼굴을 알아본다고 한다. 그러니까 잘못된 여인이나 잘된 여인이라는 개념은 스스로 결정하는 것이 아니고 그러한 이데올로기에 의해 종속적으로 결정된다. 그러나 그들은 종속된다는 사실을 느끼지 못하고 스스로 결정하는 것으로 착각한다. 그러므로 이데올로기는 개인을 주체로 호명하면서 동시에 이데올로기에 종속시키는 이중 기능을 가지게 된다.

광주항쟁 당시 양민을 처참하게 학살했던 사람들, 그들은 물론 자유의지로 총을 쏘아댄 것은 아니었지만, 적어도 병균과 폭도를 제거해야 한다고 사상적 무장을 갖추고 자신을 합리화시켰을지도 모른다. 그리하여 부득이 소탕하지 않을 수 없게 되었다는 경고문이 뿌려진다.

지배 이데올로기가 어떻게 동원 이데올로기를 만들어냈고 그리하여 어떻게 그 많은 사람들이 폭도 기생충, 폭도 병균들을 제거하는 데 가담, 동의, 수락했는지 ……, 그 끔찍한 '호명'과 고분고분 자유로운 말랑 말랑했던 그 '자발적 순응'에 대하여. (311면)

화자는 절뚝거리는 다리로 걸을 때마다 피고인 인생을 느끼며, 고분고분하다는 전제하에서 실종자이면서 마루타로 자유롭게 살아간다고 생각하는 순간에 야생 고양이떼들이 어슬렁거리며 일사불란하게 따라오고 있다는 강박관념에서 벗어나지 못한다. 마치 알튀세르가 아내를 죽이고 아파트에 홀로 서서 마치 잘못된 꿈을 꾸고 그것에서 문득 깨어난 듯한 것처럼, 광주항쟁의 가해자들 역시 잘못된 꿈을 꾸고 난 듯, 그러나 그 살인 장면은 영원히 기억 속에 각인된 채 악몽에 시달려 외쳤을 것이다.

"그래도 다시 살릴 수는 없을까?"(300면)

6. 나가는 글

이 소설은 다분히 관념적이다. 작가가 '이데올로기의 호명'이라든가 알지 못하는 가운데 '개인의 가장 깊은 곳까지 침투하는 국가의 권력'이라는 개념을 전제로 하고 있는데, 이러한 관념이 미국 문화 담론의 장에서 새로운 비평이론으로 등장한 신역사주의의 관점과 일맥상통한다고 여겨져서 신역사주의에 대해 살펴보기로 한다.[9] 신역사주의는 개인을 역사발전의 자율적 주체로 인정하지 않고 사회적, 역사적 상황의 산물로 파악한다. 신역사주의는 인간의 삶의 조건 속에 편재하는 주변부의 다양한 역사들에 관심이 있으며, 역사를 주관적이고도 개체적인 텍스트로 이해한다. 역사가 개인은 자신의 신념, 사상, 편견 등에서 결코 자유롭지 못하므로 객관적 역사를 기록하는 것은 불가능하기 때문이다. 신역사주의는 역사를 포함한 모든 비문학적 텍스트에도 분석적 가치를 동등하게 부여한다. 그리하여 그린블라트S. Greenblatt에 따르면, 신역사주의란 주변주 지식에 대한 관심을 가지며 지배 권력의 감시와 처벌에 의해서 오랫동안 침묵을 강요당한 성, 인종, 계급적 타자의 목소리에 귀를 기울인다.

요약하면 신역사주의는 객관적 진술로서의 역사를 부정하고 당대 권력과 담합한 문화 담론의 하나로 간주한다. 또한 역사를 배제시킨 신비평과 형식주의 비평에 도전하면서 문화에 대한 역사적, 정치적 문화비평을 시도한다. 역사와 문학의 경계를 허물고 문학과 역사들과의 상호작용을 통해 문화의 총체적 이해를 도모한다. 개별 학문의 영역을 뛰어넘어 다양한 학제 간의 연구의 틀을 제시한다. 그리고 모든 문화 담론이 궁극적으로 권력 안에 흡수, 봉쇄된

9   김상률, 「역사의 텍스트성, 텍스트의 역사성」, 『21세기문학』, 2000 봄.

다는 점에서 지배 이데올로기를 옹호한다. 신역사주의는 개인의 가장 은밀한 부분까지 침투하는 강압적 국가 권력의 감시망에 패배하는 인간의 모습을 보여준다.

「인조 눈물」은 이데올로기의 무의식적 조종을 받고 있는 개인, 광주 항쟁의 상처, 눈물을 흘리는 것까지 억압해야 하는 삶의 현장과 그로 인한 현대인의 무감동성 등 다양한 주제로 접근할 수 있는 작품이다. 물약 실험 대상이 된 주인공의 현재 상황과 광주항쟁으로 인한 가족 붕괴의 상처라는 과거의 이야기가 거의 대등하게 복합적으로 진행되고 있다. 그리고 작가의 사상이나 이념에 대한 지식이 충분히 육화되지 못한 상태에서 마치 설명하는 듯한 구절들이 간혹 보이는데, 이러한 사상과 관념을 충분히 형상화시키는 데 부족했다는 느낌이다. 그리고 주인공이 공수부대원에게서 살아 나오는 과정, 그것도 헬기로 후송되어 오는 과정에 대한 설득력이 부족하다. 그러나 그러한 약점에도 불구하고 소설이 점점 가벼워지고 진실한 문제에 대한 접근을 회피하려는 이 시대에 진중한 주제를 다루고 있다는 점에서 그 가치가 있다고 하겠다.

참고문헌

김상률, 「역사의 텍스트성, 텍스트성의 역사성」, 『21세기문학』, 2000 봄.

김승희, 「인조눈물」, 『21세기문학』, 2000 봄.

김준우, 「소비주의 문화의 특성과 교회의 사명」, 『세계의 신학』, 한국기독교연구
     소, 1996.

최성환, 「문화해석과 해석문화」, 『문화와 해석학』, 철학과현실사, 2000.

강영안, 『주체는 죽었는가』, 문예출판사, 1996.

김상환, 『해체론 시대의 철학』, 문학과지성사, 1996.

라캉과 현대정신분석학회, 『우리시대의 욕망 읽기』, 문예출판사, 1999.

뱅상 뷔포, 안, 이자경 역, 『눈물의 역사』, 동문선, 2000.

새뮤얼, 앤드루 외, 민혜숙 역, 『융분석비평사전』, 동문선, 2000.

제4부
소리죽인 생명의 절규

자살,
전망 부재의 벽을 넘는 소통의 몸짓[*]

박민규의 「아침의 문」을 중심으로

1. 들어가는 글

한국이 OECD국가 중에서 자살률이 최고라는 기사를 접하는 것은 어제 오늘의 일이 아니다. 사실 자살이란 예로부터 있어왔기에 새삼스러운 문제가 아니다. 하지만 최근 한국 사회에 자살률이 급증하는 현상에 대해 무엇인가 원인 해명이나 상황진단을 할 필요성이 대두된다. 때문에 여러 학문의 시각으로 다양한 의견들이 제시되고 있다. 그러나 객관적 입장에서 보면 한국이 다른 나라에 비해 더 열악한 환경에 처해 있는 것이 아니므로 특별히 자살률이 높

---

[*] 이 논문은 한국연구재단의 2011년 시간강사 연구지원사업의 지원을 받아 수행된 연구임. 과제번호 NRF-2011-35C-A00451.

아야 할 외적인 이유는 쉽게 드러나지 않는다. 그렇다면 왜 그토록 많은 자살 사건이 일어나는 것일까? 한국인에게 자살 친화적 유전자가 있는 것인지, 아니면 한국 사회의 구조가 자살을 조장하고 있기 때문인지 의문이 간다.

자살이란 '수이 카에데레(sui caedere)' 즉 '스스로 자신을 죽임'이라는 의미의 라틴어에서 비롯된 말이다. 뒤르켐(E. Durkheim)이 정의한 바에 따르면, 자살은 희생자 자신이 일어나게 될 결과를 알고 행하는 적극적 혹은 소극적 행위에서 비롯되는 직접적 혹은 간접적 결과로 일어나는 모든 죽음의 사례들에 적용된다. 즉 자살은 희생자가 그 행동의 정상적 결과를 확실히 알면서 치명적 행동을 행하는 순간에 존재한다.[1]

일반적으로 자살자들은 개인적 슬픔을 지니고 있거나 자신의 긍지에 상처를 입거나 가난이나 질병으로 고통을 받거나 비난받을 만한 도덕적 과오를 범하는 등, 여러 가지 개인적인 특수한 상황에 빠져있는 경우가 많다.[2] 그러나 이와 같은 개인적 상황이 자살의 동기로 지목되고 있더라도 그것이 자살행위의 결정적 요인이 될 수는 없다. 동일한 상황이 필연적으로 자살로 연결되지 않기 때문이다. 그럼에도 불구하고 자살자의 의도를 넘어서 자살의 원인으로 작용하는 외부의 요인이 분명 존재한다.[3] 뒤르켐은 이러한 외부적 요인을 성별, 계층, 나이, 인종, 기후, 지역, 계절별로 구분하여

---

1 에밀 뒤르켐, 황보종우 역, 『자살론』, 청아출판사, 2011, 19면.
2 위의 책, 375면.
3 장 아메리, 김희상 역, 『자유죽음』, 산책자, 2010, 22면.

과학적 설명을 시도했지만 각 개인에게 적용할 만한 객관적 표준을 세우기에는 여전히 미흡하다.

그렇다면 한국 사회에 만연한 자살 현상의 외부적 요인을 어떻게 설명해야 할 것인가? 전문가들은 자살을 자해, 오이디푸스 콤플렉스, 사회적 고립, 나르시시즘 노이로제, 간질 발작, 히스테리에 의한 과잉반응, 일체의 구속을 깨뜨리는 행위 등의 개념으로 설명해 왔다.[4] 하지만 현실적으로 자살자들의 목소리를 직접 들을 수 없기 때문에 그들의 유서 혹은 그들이 처해있던 특정 상황에서 자살의 요인을 유추할 수밖에 없는 한계를 지닌다. 심리학이나 사회학에서도 자살에 대해 설명하고 있지만 역시 부분적일 수밖에 없다. 사회 현상을 담지하고 있는 문학 역시 자살이라는 현상을 외면할 수 없다.

이 글에서 다루고자 하는 박민규의 소설 「아침의 문」은 2010년 '이상문학상' 대상을 수상한 작품으로 자살을 소재로 삼고 있다. 자살이 범람하고 있는 시기에 적절하게 문제를 제기했다는 점에서 나름의 의미를 지니는 작품이다.[5] 하지만 「아침의 문」은 기존의 박민규 소설과는 매우 다른 성향을 보여준다. 그동안 박민규의 소설이 보여준 기발함과 경쾌함, 그리고 그 가벼움 뒤에 하층민들의 삶과 외로움, 영웅만이 살아남을 수 있는 부조리한 현실에 대한 뒤틀리고 역설적인 물음이 보이지 않는다. 시공간을 자유롭게 활보하던

---

4 위의 책, 1장에서 그는 자살학에서 일컫는바, 충동자살, 결산자살, 인생의 불만폭발 등의 용어를 사용하고 있다.
5 박민규, 「아침의 문」, 『2010 이상문학상 수상집』, 문학사상, 2010. 이하 이 책에서 해당 작품을 인용할 때는 인용문 말미에 인용 면수만을 밝힌다.

지구촌의 영웅이 아니라, 「아침의 문」에는 너무 현실적이어서 오히려 기대에 어긋나는 주인공들이 등장한다. 게다가 '비현실적 요소가 내용의 무거움과 이질적으로 조합되면서 새로운 소설 문법을' 형성하던 작가의 형식적 가벼움이 담담한 묘사로 바뀌어 있다. 이 소설 역시 자본주의의 그늘 아래 신음하는 소외된 개인을 소재로 삼고 있지만 그동안 화지의 상상 속에서 해체되고 재구성되던 널뛰기 같은 사유가 진정되고 담담하게 전통소설의 패턴을 따르고 있다.

「아침의 문」은 자살카페에서 만난 사람들의 집단 자살을 소재로 하여 그중에서 살아남은 화자가 자신의 자살 시도에 대해 이야기하는 형식을 취한다. 죽음에 실패한 화자가 다시 자살을 시도하는 긴장된 시간을 통해 자살에 대해 성찰하게 하는 작품이다. 그러므로 이 최근의 작품을 통해 우리 사회에서 빈번하게 일어나는 자살을 문학에서는 어떻게 서술하고 있는지 살펴볼 수 있을 것이다.

2. 지연되는 자살의 의미들

1) 자살에 대한 문학적 성찰

드 보날De Bonald이 "문학은 사회의 표현"이라고 할 때, 그것은 문학이 사회적 코드인 언어를 사용하는 이상 문학과 사회가 불가분의 관계라는 사실을 전제로 한 것이다. 특정한 개인적 상상력의 소산인 문학 역시 작가를 둘러싸고 있는 외부 환경으로부터 영향을 받을 수밖에 없다는 점에서 문학은 사회의 재현이라고 볼 수 있다. 물론 특정 개인의 미시적 시각을 통해서 구현된 문학작품이 그 전체 사회의 시대상을 정확히 반영할 수는 없다. 따라서 민감한 개인의 허구적 산물인 문학은 작가의 문체를 통해 현실사회의 개인적이고 내면적인 사회상을 표출한다고 하는 편이 좀 더 정확할 것이다.

이와 같이 문학이 사회를 떠나서 성립할 수 없다는 점을 인정한 다면 문학이라는 창조행위를 사회 현상의 일부로 여길 수 있을 것이다. 그러나 문학은 특별한 개인, 작가의 의식에 의하여 사회현상을 새롭게 해석한 것이기 때문에 작품에 나타난 사회현상과 실사회의 현상이 얼마나 유사한가 보다는 그것이 의미하는 바가 무엇인지에 관심을 가져야 한다.[6] 따라서 세계를 해석한다는 점에서 문학적 상상력과 사회적 상상력이 일치한다는 주장에는 다분히 문학사회학적 요소가 있음을 부인할 수 없다.[7] 이와 같이 개인의식 속에 발현된 사회집단의 정신구조를 살펴보는 것도 의미 있는 일이다.

왜 자살을 하는가? 많은 사람들이 다양하고도 합리적인 이유를

---

6 박정환, 「문학연구 방법론—문학사회학을 중심으로」, 『공주전문대학논문집』 제 14집, 1988, 42면.

7 루시앙 골드만에 따르면, 사회와 문학작품 사이에서 '내용'보다는 '정신구조'를 찾아야 하는데, 이 정신구조는 사회적 현상이며 결코 개인적 현상일 수 없다. 또한 사회집단의 정신구조와 작품세계 속의 정신구조는 '상동관계'를 이룬다고 한다. 김선건, 「루시앙 골드만의 문학사회학에 대한 비판적 고찰」, 『충남대학교 사회과학연구소 논문집』, 1992.

제시하고 있지만 어느 누구도 특정 개인이 자살을 택하게 되는 정확한 이유를 설명할 수는 없다. 물론 자살에 대해 많은 논의를 하는 사회과학자들의 견해는 자살을 설명하는 데 유용하다. 에밀 뒤르켐처럼 기후, 계절, 장소, 시간, 인종, 계층에 따라 통계적이며 과학적 방법으로 자살에 접근하는 시각도 참신하며 타당하다. 또한 박형민의 자살에 대한 연구의 시각은 자살자의 개인적 입장에 좀 더 밀접하게 연관되어 있다.[8] 그는 『자살, 차악의 선택』에서 자살을 패배자의 어쩔 수 없는 행위가 아니라 적극적 선택이라고 보고 있다. 바로 그 점에서 자살은 최악이 아닌, 차악의 선택이 될 수 있다는 것이다. 현재의 고달픈 삶이 최악으로 여겨지기 때문에 그것을 극복하기 위한 차악의 선택을 자살이라고 본다. '차악'이라는 수식어를 사용하는 것은 자살이 삶의 과정과 죽음의 결과를 고려한 성찰을 거쳤음을 의미하며, 또한 '선택'이라는 용어는 자살행위가 자살자들의 의도와 의지를 표현하는 적극적이고 능동적인 행위임을 강조하는 것이다.

하지만 작가는 자살이라는 개별적 사건을 통해 인간을 이해하고자 하며 과학이 죽음에 대해 설명할 수 없는 것을 그려내고자 한다.[9] 즉 사회라는 큰 틀에서 자살자를 보는 것이 아니라 문학은 자

---

8 자살행위에 대한 해석적 이해를 위해 사회학자 박형민은 '유서'에 주목한다. 따라서 그는 450여 통의 유서 분석을 통해 자살자 자신이 스스로의 상황을 어떻게 규정하고 해석하는지, 자신의 죽음을 통해 무엇을 말하고자 하는지, 자살에 대한 객관적 상황과 의미를 파악하고자 한다. 박형민, 『자살, 차악의 선택─자살의 성찰성과 소통성』, 이학사, 2010.
9 예술가는 우리가 타인들을 통해서 배우는 것을 자신의 내면에서 배운다. 예술가,

살자가 서 있는 그곳에서 자살자의 내면과 만나고자 한다. 예를 들어 개인의 실패 혹은 부끄러움을 포용하지 않는 사회가 자살의 원인은 아닌가, 혹은 자살자의 만용이라기보다는 인간의 내면 깊이 감추어진 부끄러움과 모욕이 자살을 유발하는 것이 아닌가? 등의 문학적 성찰이다. 이처럼 문학적으로 재현될 때 자살이 어떠한 양상을 보이는 지, 문학이 보여준 몇 가지 경우를 살펴보면 다음과 같다.

일제하, 혹은 한국전쟁 이후의 소설에도 자살이 등장한 바 있다. 그러나 그것은 질병, 치정, 정조의 상실, 배신, 등 삶의 상황에 대한 절망에서 비롯된 것이다. 그 연장선상에서 김승옥의 「무진기행」에서 초여름이 되면 반드시 몇 명씩 죽는다는 술집 여자의 자살, 「서울, 1964년 겨울」에서 월부 책 판매원의 자살은 삶의 장벽에 부딪힌 자의 어쩔 수 없는 선택이라고 할 수 있다.[10] 그러나 1990년대에 자살 안내인을 화자로 하는 김영하의 『나는 나를 파괴할 권리가 있다』에 이르면, 자살은 그 양상을 달리한다. 유디트와 미미의 자살을 돕는 화자는 자살을 휴식을 취하는 일, 욕망을 넘어선 여유로움을 취하는 행위로 인식한다. 사는 게 '팍팍하고 힘들어서'라기보다는 '너절하고 지루한 세계'를 벗어나려는 적극적 행위로서 미학적 자살을 택하는 것이다. 그래서 죽음은 불길하고도 아름다운 유혹이 될 수 있다.

다시 말해 작가는 무의식적으로 어떤 것을 알고는 있으나 자신이 알고 있다는 사실은 모르는 사람이고 분석가는 알고 있는 것을 정리하는 사람이다. Sarah Kofman, *L'enfance de l'art*, Galilée, 1985, p.93.

10   김승옥, 『서울, 1964년 겨울』, 하서, 2008.

김경욱의 단편소설 「토니와 사이다」에도 역시 자살 안내인이 등장하는데, 그는 자살카페를 운영하면서 죽지 못해서 살아가는 고객들을 편하게 죽음에 이르도록 도와주고 대가를 챙기는 사람이다. 세상은 힘들어지고 자살하고 싶은 사람들은 증가할 것이므로 사업의 전망은 밝다고 한다. 지구상의 모든 사람이 잠재적 자살의 수요자이기 때문에, 정말 죽으려는 자와 그렇지 않은 고객을 분류하는 것이 사업의 관건이다. 단순하게 삶이 권태로운 자들, 고독한 자들, 유미주의자들은 인터뷰 과정에서 탈락하고 고객이 될 수 있는 자격은 죽는 것 외에 달리 선택의 여지가 없는, 즉 죽음이 오히려 유일한 희망이며 안식이 될 수 있는 사람들뿐이라는 것이다.[11] '토니와 사이다'라는 아이디로 불리는 두 사람은 유복한 가정의 출신이지만 "사는 게 별것 아니라는 것을 눈치채버린 자들"이기에 그들에게는 더 이상 살아야 할 이유가 없다.

그러나 2010년 '이상문학상' 수상작에 이르면 자살의 양상은 미학적 자살이나 충동자살이 아니라 결산자살의 분위기를 풍긴다.[12] 인간이 자연스러운 죽음을 거부하고 자신이 원하는 시기에 의도적으로 소멸의 시기를 결정해버리는 자살을 장 아메리는 '자유 죽음'이라고 부른다. 예를 들면 도스토예프스키의 『악령』에 등장하는 키릴로프는 자신이 죽음에 대한 권한을 가지고 있다는 것을 보여

---

11 김경욱, 「토니와 사이다」, 『누가 커트 코베인을 죽였는가』, 문학과지성사, 2003, 154~155면.
12 결산자살이란 그동안의 삶을 차분하고 냉정한 마음으로 돌이켜보고 택하는 죽음을 이르는 표현이다.

주기 위해 자살한다. 즉 자살을 자유인의 권리로 여기는 것이다. 그러나 「아침의 문」은 주체가 죽음을 선택하는 자살이 과연 자유로운 것인가, 아니면 인간으로서의 품위를 지킬 수 없는 삶의 상황을 종결하려는 어쩔 수 없는 네거티브적인 선택인가를 진지하게 성찰하게 해준다.

이와 같이 자살에 대한 여러 가지 견해가 있지만 이 글에서는 소설 「아침의 문」이 재현하고 있는 자살의 상황을 살펴가면서 '동기 없는 자살' 혹은 '동기를 모르는 자살' 속에서 치명적으로 불발된 구조신호를 해독하고자 한다. 예술가는 허구적 표현을 통해서 사회학자나 통계학자, 정신분석가가 놓쳐버린 설명들을 제공할 수 있는 가능성이 있기 때문이다. 자살자는 '말 없는 말' 혹은 '누구도 들어주지 않는 말'을 몸으로 외치고 있지 않은지, 우리는 그 말 없는 말을 어떻게 들어야 하는지, 그리고 무엇이라고 응답해야 하는지 진지하게 고민하고 응답해야 할 것이다.

2) 미끄러지는 자살의 기의, 순간접착제

자살을 시도했다가 실패한 화자는 그가 죽고자 했던 상황을 담담하게 되살려 본다. 소설의 초점화자인 택배기사는 서른두 살의 남자로 인터넷 자살카페에서 만난 사람들과 함께 약을 나눠먹었는데, **희귀한 특수체질이거나 재수가 없었기** 때문에 유일하게 살아남는다. 긴 잠에서 깨어나 화장실에 다녀온 후 그에게 가장 먼저 떠오른 생각은 배가 고프다는 생리적이고 본능적인 것이었다. 그는 시월의 기분 좋은 밤공기를 맞으며 밖으로 나가 편의점에 들른다. 편의점 여자에게 우유와 비스킷, 그리고 순간접착제를 산다. 비스킷을 먹다가 토해내고 나서 그는 자신의 방에 누워있는 세 구의 서늘한 시신을 만져본다. 자살을 위해 함께 모였던 6명 중에서 사채에 시달리던 30대 남자는 화장실을 가는 척하며 사라지고, 술을 마시다 하염없이 눈물을 쏟던 40대 남자는 죽을 수 없다고 속삭이며 떠났다. 살아갈 수 있는 자들은 그렇게 사라지고 결국 죽을 수밖에 없는 네 사람이 약을 먹고 누웠다.

> 그 순간 누구도, 한마디의 말도 하지 않았다. 아무도 울지 않았다. 약을 삼킨 후 편안한 자세로 나는 자리에 누웠고, 다만 누군가의 울음을 참는 소리 같은 것을 들은 듯하다. 그것이 전부였다. 생각해 보면 이상한 일이 아닐 수 없다. 사는 곳도 서로의 이름도 모르는 사람들이 모여 볼링을 치고 이곳에서 함께 삶을 마감했다.(18면)

화자는 자살시도의 상황을 기억해내면서 자신이 손에 들고 있는 접착제를 산 이유를 모르겠다고 한다. 먹을 것을 사러갔다가 어떤 생각으로 순간접착제를 샀는지 모르는 것처럼, 왜 죽으려고 했는지 모르겠다는 것이다.

> 순간접착제를 산 이유를 지금도 모르겠다. 뜯지도 않은 플라스틱 튜브를 나는 결국 휴지통에 던져버린다. 실은 그렇다. 왜 죽으려는 거지?

누가 묻는다면 뾰족한 대답을 할 자신이 없다. 처음엔 뭔가 명확한 이유가 있었는데, 지금은 그렇다는 얘기다. 잘 모르겠다. 하지만 반드시 죽고 싶다. 진짜 이유를 말해봐. (…중략…) 이유 따윈 찾고 싶지 않다. 살아야 할 백 가지 이유가 있는 거라면 죽어야 할 백 가지 이유도 있는 거겠지.(26~27면)

화자는 왜 죽으려고 하는지 계속 모른다고, 아니 말할 수 없다고 한다. 순간접착제를 산 이유와 죽으려는 이유가 동일선상에 놓이면서 그 대답은 연기되고 회피되며, 심지어는 자살하려는 이유 따윈 찾고 싶지 않다고 포기된다. 데리다J. Derrida의 용어대로 하면 차연差延인데, '차별적이며' 동시에 '연기된다'는 의미를 결합하여 만든 신조어이다.[13] 즉 기표와 기의는 다른 기표와의 차이 속에 존재하고 시간적으로 연기되는 '차연'을 통해 드러난다. 따라서 우리가 현존한다고 믿는 의미의 중심은 언제나 부재해 있는 현존의 '흔적'일 뿐이다. 의미는 한 기호에서 다른 기호로 떠돌며 현존의 상태로 있기를 끊임없이 연기한 채 흔적만을 남긴다. 이러한 의미들은 흩어져 '산종dissémination'되는데[14] 이와 같이 흩어진 의미망 속에서 발설되지 않은 자살의 이유를 찾아내야 하는 것이다.

용도가 불명확했던 그 순간접착제는 쓰레기통에 버려진다. 순간접착제는 시아노 아크릴레이트라는 아크릴 수지로 이루어져 있는

---

13 크리스토퍼 노리스, 이종인 역, 『데리다』, 시공사, 2000, 19면.
14 크리스토퍼 노리스, 이기우 역, 『해체비평』, 한국문화사, 1986, 185면.

데 짧은 순간의 중합으로 인해 길고 강력한 사슬을 만든다. 그 사슬은 사람을 서로 접착시킬 정도로 강력하다고 한다. 왜 하필이면 순간접착제인가? 순간접착제라는 기표는 강력접착제라는 기표와 치환되면서 강력하게 붙여 주는 '접착제'라는 단일한 기표로 압축된다. 그렇다면 접착제라는 기표는 어떤 파편화된 기의들 위에 떠다니고 있는 것일까? 접착제라는 기표가 환기히는 무의식적 기억들은 왜 정직하게 표출되지 못하고, 즉 뜯어서 사용해보지도 못하고 쓰레기통으로 버려져야 하는가?

이와 같이 자살의 이유가 연기되는 가운데 화자는 다시 자살을 시도하기 위해 붕대를 챙긴다. 이번에는 의자에 올라가 목을 맬 작정이다. 그는 시신의 머리위에 놓여있는 유서 한 통을 집어 든다. "엄마 미안해요, 그리고 감사했어요." 하지만 뭐가 미안하고 왜 감사한 것인지 아무리 생각해도 알 수 없다. 그는 자신의 지나온 삶을 돌이켜 보다가 아마도 자신이 암에 걸렸을 거라는 확실치 않은 이유를 끌어다 대 본다. 결국 작가는 살아야 하는 이유를 모르는 것처럼 죽어야 할 이유도 알 수 없다면서 독자에게 해석을 유보하고 있다.

그러다가 "**물론 진짜 이유는 따로 있다. 나는 그것을 절대 입 밖으로 꺼낼 수 없다**"고 고백한다. 그렇다면 절대 입 밖에 꺼낼 수 없다는 자살의 진짜 이유는 무엇일까? 답은 계속해서 미루고 연기된다. 그러나 화자는 왜 자살의 이유를 절대 입 밖에 꺼낼 수 없다고 하는 것일까, 도대체 진짜 이유라는 것이 무엇일까? 과연 자살의 이유란 말해질 수 있는 것인가? 만약 말해진다 해도 누가 들어줄 것인가?

여기에서 자살을 시도하는 사람들은 과연 말할 수 있는가? 라는 문제가 제기된다. 자살을 시도하는 여러 계층의 사람들 중에서 서발턴이라고[15] 하는 하위 계층을 한정해서 생각해 볼 때, 결론부터 말하자면 '말할 수 없다'는 것이다. "우리를 위해 하나의 서사에 들어와 형상화될 수 있는 것은 오직 그들의 죽음 속에서뿐"이라고 한다.[16] 화자인 택배기사나 편의점 알바생인 여자가 말하지 않는 것은 아무도 들어주지 않음을 전제로 한다. 따라서 그들에게는 목소리가 없다. 그들의 목소리를 복원시킬 방법은 무엇인가?

일반적으로 자살자의 가장 두드러진 표징은 삶의 의미 상실이라고 하는데, 다시 말하면 전망 부재라는 말과 상통한다. 세계가 신자유주의의 물결에 휩쓸리고 있는 현재의 상황에서 무한경쟁과 전망 부재의 문제는 삶의 권태로움과 더불어 중심으로부터 소외현상을 초래한다. 의미 있는 삶, 즉 자아를 실현하고자 하는 기본적 욕망 그리고 실존적 공허와 의욕상실 사이에서 자아는 분열을 경험하게 되는 것이다.[17] 욕망하는 존재인 인간에게는 근원적 결핍이 있을 수밖에 없다. 그러나 욕망이 멈추면 생의 에너지인 리비도가 고갈되는 아이러니가 생긴다. 그러므로 인간은 욕망하는 대상과 주체

---

15 자살시도자를 서발턴으로 단순화시키는 것은 아니다. 그러나 「아침의 문」의 화자인 택배기사는 서발턴에 해당된다. 서발턴subaltern이라는 용어는 군대에서 하급장교를 지칭하는 데서 연유되어 노예, 제3세계 여성, 하급 노동자와 같이 자신의 목소리를 낼 수 없는 하위주체를 포함한다.

16 가야트리 스피박은 하위주체에 대해 연구하면서 '서발턴은 말할 수 없다'는 결론에 이른다. 설혹 그들이 말한다 할지라도 아무도 듣지 않는다는 것이다. 가야트리 스피박 외, 태혜숙 역, 『서발턴은 말할 수 있는가?』, 그린비, 2013, 205면.

17 민혜숙, 『한국문학 속에 내재된 서사의 불안』, 예림기획, 2003, 252면.

의 틈새에서 언제나 불안하게 흔들릴 수밖에 없다.

라캉에 따르면, 인간은 상상계와 거울의 단계를 거쳐 상징계로 진입하면서, 자신과 대상의 분리를 겪게 된다. 뿐만 아니라 자신 속에서도 무의식적 존재와 의식적 존재, 진정한 자아와 사회적 자아와의 괴리에서 오는 갈등을 맛보게 된다. 이러한 갈등은 불안을 야기하는데, 주체는 이러한 두 자아가 갈등하지 않고 통합되는 절대적 나르시시즘의 단계를 염원하게 된다. 이것은 긴장이 제거된 절대적인 정적 상태로, 스스로 만족되는 단계, 즉 죽음이다. 그 결과 자기만족이나 자기 충족의 환상이 생겨나고 리비도 에너지는 제로 상태가 되어 일상의 틀을 벗어난 니르바나의 경지에 이르게 된다.[18] 이것을 원초적 상태로의 퇴행이라고 볼 수 있는데 자살자가 다른 세상에서 염원하는 안정과 평화가 이러한 것이라면 자살행위는 더 나은 삶을 선택하는 적극적 행위로 해석될 수 있는 것이다. 그러한 의미에서 자살자는 적어도 생의 에너지를 완전히 소진하지 않은, 즉 생에 대한 애착을 여전히 지니고 있는 사람이라고 볼 수 있다. 에너지의 긴장을 감소시키려는 시도에도 에너지가 적용된다는 모순을 인정한다면 그러하다.[19]

　　절대 믿어선 안 될 것은 삶을 부정하는 인간의 나 자살할거야, 란 떠벌림이다. 그런 인간이 가야 할 길은 알콜릭 정도가 적당하다. 삶을 인

18　André Green, *Narcissisme de Vie, Narcissisme de Mort*, Les éditions de Minuit, 1983.
19　앤드루 새뮤얼 외, 민혜숙 역, 『융분석비평사전』, 동문선, 2000, 68면.

정하지 않고선 실제로 자살을 할 수 없기 때문이다. 뭐랄까, 결혼을 한 인간만이 이혼을 할 수 있는 것과 마찬가지가 아닐 수 없다. 빅데이에 참가했다 돌아간 두 녀석도 전자의 경우였다. 말하자면 여태 독신으로 살면서 난 반드시 이혼할거야, 를 외쳐온 셈이랄까. 물론 이것은 험담이 아니다. 그들은 그저 살아갈 수 있는 인간들이다,라는 얘기다.(16면)

실제로 자살에 관한 통계 자료를 살펴보면, 사람들은 자신들이 겪는 실패에 대한 응징으로 스스로를 죽이는 것으로 보인다. 자살을 결심한 사람들의 대부분은 어떤 식으로든 실패를 경험한 사람이며, 그 실패를 야기한 환경적 요인으로부터 자살하고자 하는 영향을 받는 것도 사실이다. 즉 합법적인 기회구조에서도 실패하고 불법적인 기회구조에서도 실패하는 '이중 실패'의 모습을 자살자의 위치로 본다. 이 삶의 기회에서 공식적으로도 비공식적으로도 혜택을 받지 못한 사람들, 즉 박민규의 표현대로 **"재수도 …… 재주도 없었던 인생"**이라는 것이다.

다들 카페에서 만난 사이였다. 천국으로 가는 계단이란 카페였고 처음엔 JD와 나 둘만의 공간이었다. 하나 둘 늘어난 회원의 수가 어느새 스무명을 넘게 되었다. 몰랐다. 자살을 원하는 인간들이 그토록 많을 줄은 정말 몰랐다.(14~15면)

인생에서 시도하는 바가 실패했을 때 자연스럽게 자살로 귀결되는 경우는 드물지 않다. 헨리와 쇼트Henry and Short는 개인이 겪는 "좌절, 특히 경제적 좌절은 공격성으로 표출된다"고 주장한 바 있다. 그 공격성이 외부로 표출되지 않고 내부로 향했을 때 살인이 아니라 자살이 일어나게 된다는 것이다. 특히 경제적 실패는 기본적 의식주를 위협하는데, 건강의 상실 역시 대부분의 경우 경제적 궁핍으로 이어진다. 직장을 잃는 것, 명예를 잃는 것, 자기 정당화의 실패, 그러한 실패에 대한 책임부여 과정에서 자살이 일어난다.[20]

작가는 자살의 이유를 말하지 않음으로써 독자들에게 자살의 이유를 유추하도록 유도하고 있다. 택배기사인 주인공은 자신이 각종 암에 걸려있다고 믿고 있으며, 암의 전이가 빠른데도 생활에는 지장이 없는 특수체질이라고 생각한다. 하지만 실제로 그는 병원에 가서 확인해본 적도 없거니와 스스로 무엇도 확실하지 않다고 실토한다.

> 방은 따뜻하다. **통로 쪽문에 빗장을 걸어 이제 더는 누구도 이곳을 찾지 못한다.** 편안한 마음으로 나는 상황을 정리하기 시작한다. 가능한 가지런히 짐들을 모아놓고, 쓰레기를 대충 봉투에 쓸어 담는다. 세수를 끝내고, 면도를 끝낸다. 그리고 마지막으로 담배를 한 대 꺼내 문다. 기침이 나오기 시작한다. 어쩌면 이미 폐암 말긴지도 몰라. 아니 그전에 위암이 먼저 퍼져 있었을 거야. 거울 앞에서 담배를 문 채 사실 암이 퍼진 곳은 이 대가리, 대가리일지도 모른다고 나는 생각한다. 물론 그건 내 생각이고, 의사의 소견은 또 다를 것이다. 물론 나는 병원을 가 본적은 없다. (29~30면, 강조는 인용자)

---

20 박형민, 앞의 책, 61~63면.

어떤 우아함이나 예의와도 어울릴 수 없는 삶, 앞으로 더 나아질 가능성이 전혀 없는 삶이라는 절망의식이 화자를 죽음으로 향하게 만든다. 결국 자신의 삶이 무엇인가, 삶이라는 것이 있었나 싶기도 하다고 딴청을 부리다가 진짜 이유는 따로 있다고 너스레를 떤다. 진짜 이유가 무엇일까? 무엇 때문에 그는 다시 목을 매려고 하는 것일까?

> 끝끝내 삶은 복잡하고, 출구는 하나라는 생각이다. **어떤 우아함과도 예의와도 어울릴 수 없는 문**을 나 역시 열고 들어서는 것뿐이다. (16~17면, 강조는 인용자)

여기에서 하나밖에 없는 출구란 바로 죽음이다. 애초부터 우아함이나 예의와는 어울릴 수 없는 인생이기 때문에 자신을 가로막은 완고한 벽 앞에서 다른 세상으로 향하는 문을 열고 들어가려는 것이 바로 자살의 시도이다. 그렇다면 역으로 그는 보통 사람들이 꿈꾸는 인간적인 삶, 즉 우아하고 예의바른 삶을 갈망한다고 볼 수 있다. 아무리 열심히 일하고 몸부림을 쳐도 그가 처해 있는 상황이 더 나아질 가능성이 없다는 것, 몸에 병이라도 들거나 돌발변수가 생기면 그나마 옥탑방 신세도 유지하기 어렵다는 절망감이 화자로 하여금 죽음의 문을 열고 들어가게 만드는 것이 아닐까.[21]

---

21 바바라 에런나이크, 최희봉 역, 『노동의 배신』, 부키, 2012. 이 책에서 저자는 실제 체험을 통해 저소득 근로자가 삶을 한 단계 향상시키기가 불가능함을 말하고 있다. 일본의 NHK가 기획했던 '워킹 푸어'의 미국판 현실이다.

3) 자살, 몸으로 외치는 탄식

스스로 목숨을 끊은 사람들은 누구보다도 삶의 아픔을 뼈저리게 느꼈으며 다른 사람에게는 물론이고 자신에게조차 소외되었던 사람들이다. 따라서 문학적 재현이나 유서를 통해 그들의 목소리를 복원하는 것은 가장 소외된 사람들의 아픔을 이해하는 하나의 방식이 될 수 있다. 지극히 상식적이지만 자살자는 공통적으로 가족이나 사회와 단절되어 있으므로 결과적으로 외롭다. 그들에게 마음을 터놓고 대화할 상대가 있었다면 극단적 선택을 하지 않았을 가능성이 높다. 따라서 자살자가 유서를 남기는 경우, 그것은 그의 죽음이 '소통적 의지'를 가지고 있다는 근거가 된다. 자살자가 유서를 작성하는 그 순간은 자신의 죽음을 객관화시켜서 성찰하는 시간이라고 볼 수 있기 때문이다.

자살자들은 자살이라는 행위를 통해 무엇인가 말하고 싶어 한다. 자살자가 남긴 유서는 자신이 저지른 실패에 대한 정당화 과정이나 책임의 부여 과정에서 끊임없이 '타인'을 전제하기 때문에 소통 지향적이라고 볼 수 있다. 즉 자살행위를 선택함에 있어서 다른 사람을 염두에 두는 의미작용이 중요하다는 입장은 아노미성 자살을 주장했던 뒤르켐의 자살이론에 대한 비판을 가하면서 등장한다.[22] 유서의 내용은 아무리 짧은 것이라 할지라도, 자살자가 살아

---

22 뒤르케임은 삶의 의미와 정체성을 상실했을 때 스스로를 죽이는 아노미성 자살이 일어난다고 한다. 그러나 더글러스Douglas, 베슐러Bacchler 등은 자살 행동의 맥락적

있는 사람들에게 남기고 싶은 여러 메시지들 중에 선택된 것이다. 즉 주어진 시간동안 자신의 삶과 죽음, 문제 상황, 자신의 심리적 상황을 성찰한 결과를 문자의 형태로 표현한 것이 바로 유서이다. 이처럼 유서란 누군가에게 전달되기를 의도하고 작성된 것이기 때문에 자살자의 소통의지의 적극적 발현으로 볼 수 있다.

　자살행위의 소통 지향성을 보여주는 것으로 타자에 대한 관념을 들 수 있는데, 이것은 특히 유서를 통해 자신의 죽음의 이유를 다른 사람에게 설명하고 자신의 의도를 관철시키고자 하는 자살에서 강하게 드러난다.[23] 물론 자살을 몇 가지 요소를 가지고 유형화할 때 문제는 있다. 자살행위에는 여러 가지 복합적 의도가 혼재되어 있으며 자살자들의 태도가 단일하지 않으므로 그 의미가 다양하게 해석될 수밖에 없기 때문이다. 인간에게는 누구나 주변 사람들과 소통하며 인정받고 이해되기를 원하는 욕구가 공존한다. 물론 죽음으로 무엇인가를 말하려고 하는 일방적 대화는 제대로 된 소통이 아니며 정확하게 해석될 수 없다는 한계를 지닌다. 하지만 자살자들이 평소에는 감히 발설하지 못했던 것을 죽음으로 말하고 있다는 점에서 자살은 소통 지향적이다. 자살자들이 자신의 죽음으로 무엇엔가 항거하고 있다는 점, 자신의 강력한 의지를 관철시키

　　의미를 살피고자 하였고 자살은 협상, 판단, 의사 결정의 사회적 과정의 결과이며 사회적 규정의 산물로 파악되어야 한다고 주장한다. 박형민, 앞의 책, 64~67면.
23　박형민은 유서의 내용에 따라 자기 귀책적 평가와 타인 전가적 평가를 내리고 있다. 전자에서는 회피, 이해, 배려, 해결 등의 특징이 나타나며 후자에서는 비난, 고발, 탄원 등의 메시지가 일방적으로 발화되고 있다. 위의 책, 256면.

거나 타인에게 호소하고 있다는 점에서 또한 자살은 소통의 의지를 보여주고 있는 것이다. 그러므로 자살자들은 자신의 상황을 나름대로 규정하고 해석하면서 죽음을 통해 무엇인가를 말하고자 한다.

이 소설의 화자는 자신의 자살 시도에 대해 담담하게 서술하고 있는데, 이와 같이 자신의 죽음 앞에서 담담하다는 것은 일종의 감정의 마비상태로 해석될 수도 있다. 이러한 마비상태는 회망과 절망과 공포를 뛰어넘고 영웅심마저도 뛰어넘는 소외형식의 최종적인 형태로 여겨진다.[24] 「아침의 문」에서 자살시도에 실패한 화자의 아버지는 3년 전부터 교도소에 있으며 그의 형은 7년 전에 아파트 8층에서 몸을 던졌으므로 그에게는 가족이라는 것이 없다. 혹 소설에 나오는 편의점 알바 여자의 경우처럼 가족이 있다고 해도 그들은 이미 가족이 아니다. 가족이란 한집에 살면서 서로 괴물이라고 부르기는 좀 그래서 지어낸 이름일 뿐이다.

> 가족 때문이라고 그녀는 생각한다. 그녀의 부모에 대해 설명하기란 쉽지 않다. 너그러우면서도 무자비한 존재 …… 간섭이 지독하나 실은 딸에 대해서 무엇 하나 아는 게 없는 인간들이었다. 한 집에 살면서 서로 괴물이라 부르긴 좀 그렇잖아? 그래서 만들어낸 단어가 가족이라고 그녀는 생각했다. (22면)

가족의 부재란 엄밀한 의미에서 가족이 없는 것이 아니라 가족

---

24 알프레드 알바레즈, 최승자 역, 『자살의 연구』, 청하, 1982, 235면.

이 나와 아무런 상관이 없다는, 즉 그들과 연대성이 없다는 것이다. 우리 모두는 자신을 이해하고 수용하고 용납해 줄 타인, 즉 소통을 필요로 한다. 이와 같이 소통은 타인을 대상으로 하는데, 레비나스에 따르면, 진정한 주체성은 타인의 존재를 자기 안으로 받아들이고 타인과 윤리적 관계를 형성할 때 비로소 가능하다고 한다. 그러므로 레비나스는 타인을 인간에게 새로운 존재 의미를 열어주고 지배관계를 벗어나 서로 섬기는 관계에서 다른 사람과의 소통을 가능케 하는 조건으로 본다.[25] 타인은 살기 위해 나의 관심과 보살핌이 필요한 존재이며 나 역시 살기위해 타인의 관심과 보살핌을 필요로 한다. 이 존재들 간의 소통은 지향되어야 할 것이다. 그러한 맥락에서 알바레즈는 자살을 "자신이 쉽사리 잊히지 않으리라고 확인하는 가장 극단적이고 야만적인 방법"이라고 말했다.[26] 자신들이 죽은 후에도 다른 사람들의 기억 속에 살아남으리라는 믿음, 즉 일종의 사후재생의 문제와 관련이 있다고 본 것이다. 타인에게 기억되고 싶은 욕구, 사랑받고 싶은 마음, 그러나 아무에게도 관심의 대상이 되지 못할 때, 자살자는 죽음으로 그 모든 상황에 저항한다.

---

25   강영안, 『주체는 죽었는가』, 문예출판사, 1996, 242면.
26   알프레드 알바레즈, 앞의 책, 146면.

4) 위로받지 못하는 슬픔

자살은 박민규의 다른 소설에서도 종종 다루어진 소재이다. 그의 소설에 등장하는 대부분의 자살자들의 유서는 사업이 부도나고 가족은 흩어지고 어쩔 수 없는 상황이었다고 말하고 있다.[27] 알랭 드 보통은 인간이 높은 지위를 바라는 것은 그 지위를 통해서 사랑받고 인정받기 위해서라고 한다. 인간에게는 돈, 명성, 영향력에 대한 갈망이 지배적인데 그것은 그 자체로 목적이라기보다는 사랑을 얻을 수 있는 수단으로 더 중시되고 있다는 것이다.[28] 그런데 가난하고 변변한 직장도 없는 사람에게는 타인으로부터 인정받을 수 있는 지위라는 것이 없다. 인간의 존엄성이라는 것은 말할 수도 없고 현대와 같은 능력 위주의 경쟁사회에서는 가난한 사람들은 가난이라는 고통에다 수치라는 모욕까지 감수해야 한다. 그러므로 자살은 초라한 현실을 뛰어 넘어 모욕적인 상황을 종결짓고자 하는 적극적 행위, 즉 이 세상에서 가망 없는 인생을 저 세상에서 리셋Reset하고 싶은 욕구에서 행해진다고 볼 수 있다.

---

27 남자는 죽어 있었다. 아마도 신문을 읽고, 준비해 온 약을 그 자리에서 마셨다, 그렇게 추정된다고, 나중에 경찰이 얘기했다. (…중략…) 경찰의 조사는 간단히 끝이 났다. 남자의 주머니에서 유서가 발견됐기 때문이었다. 남자는 중소기업을 운영했고, 부도가 났고, 도피 중이었고, 가족은 뿔뿔이 흩어진 상태였다. 최선을 다했지만 어쩔 수 없었다, 미안하다고, 했다. (…중략…) 남의 일 같지 않아. 사장은, 그렇게만 대답했다.
박민규, 「아, 하세요 펠리컨」, 『카스테라』, 문학동네, 2005, 134~135면.
28 알랭 드 보통, 정영목 역, 『불안』, 이레, 2004.

이러한 의미에서 자살자들은 영악하게도 앞으로의 삶이 비루하거나 맥 빠진 것이라는 사실을 미리 눈치 챈 존재들이다. 존재감 상실에 이른 전망 부재의 문제는 삶의 권태로움과 소외를 야기한다. 타인들과의 소통과 대화를 거부한 채 자기 방어를 위해 타인들과 닿는 면적을 최소화하고 싶은 욕망 속에는 생이 가해 오는 부당하고 무방비적인 상태에 노출되고 싶지 않다는 절망적인 자기 보호 본능이 자리 잡고 있다. 스스로 소외되는 자폐현상은 타자에게는 단절로 여겨지며 이번에는 타자가 단절로 인한 소외를 경험하게 된다.[29] 이러한 단절과 소외의 기표로 자폐와 체념을 들 수 있는데, 「아침의 문」에 등장하는 주인공들은 어차피 생이 자기 마음먹은 대로 되지는 않을 거라는 절망적 자기 암시를 지니고 있다. 이러한 체념과 무념의 태도로 피상적 관계에 만족하거나 자신에게조차 무관심을 가장하다가 죽음을 선택하기에 이른다. 이때의 죽음은 자신에 대한 배려이며 성찰인 동시에 소외된 존재를 중심으로 호명하는 몸짓이기도 하다.

자살에 실패한 남자는 편의점에 가서 우유를 마시다가 나가서 토하고 들어와 담배를 주문한다. 여자가 괜찮은가 물어볼 때, 그는 남에게 관심을 가지는 인간이 있다는 것이 신기하다. 그들은 말을 하지만 서로 대화하지 않는다. 그 남자가 불쌍해서 말을 붙인 편의점 알바인 여자는 원치 않는 임신 9개월이다. 압박붕대로 배를 동여맨 채 그녀는 CCTV에 잡히지 않는 유일한 공간인 창고에 와서 쉬

---

29 민혜숙, 앞의 책, 253면.

고 있다. 종이박스의 따뜻한 질감이 뜻밖의 위로가 되는 상황이다. 그 사실을 알고 있는 사람은 아무도 없으며 사실을 알아야 할 단 한 명의 인간은 "꺼내 든 칼로 아랫배를 누르며 왜, 병원서 못 지운대? 내가 지워줄까?"라고 말한다. 진통이 시작되자 그녀는 울부짖는다. 고통이 심해서가 아니라 이제 무엇을, 어떻게 해야 할지 몰라 우는 것이다. 원지 않았던 것, 그녀와는 상관없는 것이 그녀를 아프게 한다는 사실을 견딜 수 없었다. 그러면서도 가까운 사람에게 말하지 않고 인터넷으로 모든 것을 알아보고자 한다.

> 식은땀을 흘리며 그녀는 이상한 골목을 걷고 있다. 처음 와보는 골목
> 이다. 정말 이건 아니라고, 그녀는 다시 한 번 생각한다. 예정일은 아직
> 2주가 남아있고, 존나…… 인터넷으로 알아볼 건 다 알아봤다고 그녀
> 는 자신했다.(25면)

혹 속에 고름이 든 낙타처럼 온 몸을 떨다가, 혹이 아파 쓰러지는 낙타처럼 그녀는 붕대를 깔고 눕는다. 고독과 인내의 상징인 낙타가 그녀를 표상하는 사물이다. 이 소설은 자살에 실패한 남자에 대해 이야기하면서 배 속의 아이를 지우고 싶은 편의점 알바 여자의 이야기를 병행시킨다. 즉 자살과 타살에 대한 유혹이 동시에 재현되고 있는 것이다. 편의점 여자는 어떤 미친 인간이 나타나 휘발유를 뿌리고 불을 붙여주었으면 좋겠다고 생각한다. 아니면 화장실에서 태아가 배설되어 물에 쓸려나가기를 상상한다. 자신이 그렇게 된 것은 임신을 시킨 나쁜 녀석 때문이고, 부모 때문이고, 배 속

의 태아 때문이고, 잔소리하는 점장 때문이다. 그러나 가장 용서할 수 없는 사람은 바보 같은 년, 즉 자기 자신이라고 생각한다.

그런데 「아침의 문」이 기술되고 있는 공간은 편의점과 5층 건물의 옥탑방이다. 이 두 단어가 함의하는 바는 가난과 단절이라고 할 수 있다. 바람과 전파 이외에는 아무도 찾지 않는 20년이 넘은 5층 건물의 옥탑방은 인간적인 삶의 품격과 어울리지 않는 공간이다. 이처럼 사업의 실패나 건강의 상실, 시험의 실패 등 여러 가지 실패는 대부분 가난으로 이어지게 된다. 경제적 어려움은 그 자체로 문제 상황인 동시에 가족 간의 갈등과 같은 인간관계의 문제를 야기할 수 있다. 전체 자살자 중 30%에게 자살 당시 경제적 문제가 있었던 것으로 보아 경제적 요인은 크게 작용한다.[30] 게다가 가난에 질병이 발생했을 경우 더욱 심각한 상황에 처하게 된다. 지병이 있는 사람은 취업이 쉽지 않기 때문에 질병에 시달리면서 동시에 가난에 빠지는 악순환이 이어질 수밖에 없기 때문이다.

옥탑방에서 사는 화자는 택배기사였고 옥상에서 아이를 낳을 수밖에 없었던 여자는 편의점 알바였다. 박민규 소설에서 자주 등장하는 주인공들은 편의점이나 주유소와 피시방 혹은 지하철의 푸시맨으로 닥치는 대로 아르바이트를 해야 하는, 즉 부자들처럼 **수학**

---

30 경제적 내용의 분석에서 사업실패 26.3%, 빚 22.8%, 실직 11.3%, 오래전부터 생활고에 시달린 경우 11.3%, 사기 및 보증실패 6.3%, 병원비나 학비부족 5.3% 등이 나타났다. 성별로는 여자(22.5%)보다 남자(77.5%)가 경제적 어려움을 겪었으며 경제적 어려움의 종류는 사업실패는 40대, 실직은 30대, 취업이나 진학실패는 20대, 생활고는 20대에게 상대적으로 더 큰 문제가 되었다. 박형민, 앞의 책, 84~85면.

이 아닌 산수를 해야 하는 슬픈 인류들이다. 그들은 옥탑방이나 관처럼 생긴 고시원에서 하루살이의 생을 살아가면서 "같은 산수를 할 수 밖에 없는 사실을" 깨닫고(「그렇습니까? 기린입니다」), 대부분 자신의 처지를 부끄러워하는 인간들이다. 그래서 가능한 마주치지 않고, 서로를 피하는 것이 예절이 되었다고 한다(「갑을 고시원 체류기」). 괜찮은 직상을 구하기 어려운 젊은이들은 비굴하리만치 체제에 순응하는 인간이 되었고 '삶은, 세상은, 언제나 흔들리는 것이며' 사는 것이 힘들다는 것을 일찍부터 깨닫게 된다. 실업은 어느새 인간의 가장 큰 고통이 되었고 "일자리 구합니다. 똥이라도 먹겠습니다"라는 각오를 다지면서 지독한 변비에 걸리게 된다(「야쿠르트 아줌마」).

존경스럽다. 잘도 이따위 일을 사 개월째 하고 있으니 말이다. 인턴은 모두 여덟 명. 즉 일곱 명의 경쟁자가 나와 함께 일하고 있다. 월급이라고는 말 못 하겠고, 그저 왔다갔다 차비 정도를 받고 있다. 일은 거의 날밤을 새는 수준, 육개월의 연수기간이 끝나야 그중 한 명이 정식사원으로 발탁된다. (…중략…) 나머지 일곱 명도 필사적이다. 그래서 미치겠다. 쉴 수가 없는 것이다. 개중 두 명의 여자애들은 토익이 높기로 유명한데가, 하여간에 지독하다. 목숨이라도 건 분위기 …… 이거야 원, 하고 탓할 수도 없는 일이다. 이미, 세상이 이렇게 생겨 먹어버린 걸 어쩌겠어.[31]

---

31 박민규, 「고마워, 과연 너구리야」, 앞의 책, 2005, 39~40면.

마치 『88만원 세대』[32]나 『위기의 청년세대』의 논의를 그대로 소설로 형상화시켜 놓은 듯한 대사들이 박민규의 소설에서 유독 눈길을 끄는 것은 「아침의 문」에서 다루고 있는 자살 문제와 무관하지 않다. 박민규는 하층 계급의 삶에 렌즈를 대고 그들의 아픔과 입장을 비틀어서 전달하고 있다. 즉 아무것도 가능하지 않다는 우울한 개인의 한탄은 아무것도 불가능하지 않다고 믿는 사회에서만 가능하다고 한다.[33] 모든 것이 가능한 영웅들의 세계에서는 그 누구도 위로받을 수 없다. "옹색한 방에 유폐된 채 주유소와 편의점 그리고 푸시맨 등의 아르바이트로 하루를 살아가는 자본주의 시스템의 소외자"들은 영웅이 아니고서는 살아남기 힘든 세계에서 허덕이고 있는 것이다. 일흔세 곳에 이력서를 넣었는데 아무런 연락도 받지 못한 청년 실업자가 결국 허름한 유원지에서 오리배를 관리하는 알바 인생이 된 경위도 마찬가지 맥락에서 이해할 수 있다. 그는 한적한 유원지에서 숙식을 해결하면서도 9급 공무원이 되고자 개정판 영문 독해집을 손에서 놓지 않는다.

전문대를 졸업했지만, 능력이 뒤진다고는 생각하지 않는다. 관광경영을 전공했고, 영어회화도 중급이상이다. 토익도 이따금 900을 넘었

---

32 '알바'라고 부르는 10대들의 파트타임 노동에 대해 저자는 눈물 없이 볼 수 없는 청소년 알바시장이라고 말한다. 알바 시장의 현실은 최저임금을 지키지 않으려는 다양한 편법이 넘쳐나고 '떼어먹기'나 '꺾기' 방식도 난무한다. 약한 존재인 10대의 문제를 직시하고 다루는 것에 한국 사회는 대단히 미숙하고 초보적이라는 것이다. 그러므로 세대 착취라는 말이 가능한 것으로 보인다. 우석훈·박권일, 『88만원 세대』, 레디앙, 2007, 52~61면.
33 한병철, 김태환 역, 『피로사회』, 문학과지성사, 2012, 28면.

다. 교내 스포츠댄스 동아리의 회장이었다. 아니 나는, 뭐든 할 수 있다. 그런 정신자세가, 되어 있다. 건강하고, 공병출신이어서 막일도 훤하다. 억울하단 얘기는 아니지만 ─ 즉 내 말은, 적어도 일흔세 곳에서 고배를 마실 정도는 아니란 얘기다.[34]

이처럼 21세기를 살아가는 청년들에게 현실은 더 이상 가능성과 희망의 공간이 아니다. 그들은 아르바이트나 인턴과 같은 비정규직으로 생활을 겨우 꾸려가다가 끝내는 소모품으로 버려질 것이다. 아직 중심에 진입하지 못한 주변인이며, 경쟁에서 탈락한 패배자들이라는 점에서 청년이라는 이름은 한국 사회에서는 사회적 타자의 다른 이름이다. 가난과 멸시의 굴레를 벗어나기 어렵고 자신들의 사회적 위치에 대해 저항하거나 분노할 여력조차 없기에 그들에게서 유쾌한 웃음을 찾아보기 어려운 것과 마찬가지로 슬픔과 분노의 표정을 발견하는 것도 불가능하다.[35] 위로받아야 하지만 어디를 둘러보아도 위로해줄 사람이 없다. 가족도, 연인도, 친구도 모두 자신의 처지에서 허우적거리고 있어서 손을 내밀어 줄 여력이 없다. 위로받고 싶은데 위로해 줄 사람이 없고 서로에게 애도를 해줄 여력이 없는 가운데 쓸쓸하게 죽음의 문고리를 잡는 것이다.

---

34 박민규, 「아, 하세요 펠리컨」, 128면.
35 김종욱, 「초라한 현실을 넘고, 다시 판타지도 넘어서」, 『2010 이상문학상 작품집』, 문학사상, 2010.

5) 슬픈 인류의 구조신호

요지부동하게 꽉 막힌 벽 앞에서 절망한 사람에게 자살이 유일한 출구라면, 왜 이 소설의 제목이 '아침의 문'일까? 죽음과 유비되는 개념으로 '밤의 문'이 아니라 '아침'이라고 명명한 데 주목할 필요가 있다. 아침은 일반적으로 새로움, 재생, 부활을 상징한다. 하지만 작가는 자살을 택하게 된 화자의 상황을 재현한 후, 자살이 다른 세상으로 향하는 유일한 출구인 양 묘사하고 있다. 아침과 대비되는 암흑의 상황을 종결지을 수 있는 유일한 가능성인 죽음은 오히려 부드럽고 따뜻하다. 그래서 자살카페의 이름은 '천국으로 가는 계단'이다.

> 얼굴만 한 크기의 원을 나는 바라보고 있다. 지금 그 속으론 책상의 나뭇결이 보일 뿐이지만, 이제 곧 또 다른 세상을 보게되리라 스스로를 다독인다. 물론 모든 게 끝일 수 있다, 그런 생각도 든다. 바라는 바다. 압박 붕대의 매듭을 다시 한 번 확인하고, 나는 '넥타이' 속으로 슬며시 머리를 넣어본다. 눈을 감는다. 매듭의 끝을 살짝 당겨본다. 조금은 이 세계를 벗어난 느낌이고, 붕대의 촉감은 한없이 부드럽다. 따뜻하다.(26면)

그러나 다시 자살을 하기 위해 붕대로 올가미를 만들어 목에 걸고 의자위에 올라선 화자가 바라본 것은 건너편 옥상위에서 아기를 낳고 있는 여자의 모습이다. 양수가 터지고 배가 찢어질 듯 고통이 극심한데도 편의점 여자는 끝내 가족에게 알리지 않은 채 허름한 건물의 옥상 정화조 뒤에서 붕대를 풀고 주저 않는다. 그녀가 붕대의 끝을 뭉쳐 입을 막으며 옥상에서 혼자 분만하는 광경을 맞은 편에서 목에 붕대를 건 남자가 바라보는 것이다. 그때 자궁의 문을 열고 나오는 동그란 아기의 머리가 맞은편에서 자살을 하기 위한 남자의 둥그런 올가미와 합쳐진다. 목에 붕대를 두른 채로 10분도 더, 그 광경을 보고 있던 남자는 문을 열고 엎질러지듯 나오는 생명 즉 아기의 팔과 다리를 볼 수 있었다. 아무도 환영하지 않는 세상에 아기는 왜 나오는 것일까? 하지만 동여맨 압박붕대를 풀어헤치고 자궁의 문을 여는 것은 바로 생명력이다.

압박붕대가 상징하고 있는 것은 무엇인가? 우선은 여자의 배 속에 든 태아를 동여매었던 끈이다. 아기가 자라지 못하도록 압박하던 붕대와 산모의 살의에도 아랑곳하지 않고 생명은 자라서 더 이상 압박할 수 없는 상태에 이르렀다. 결국 여자는 붕대를 풀 수밖에 없다. 자궁이 열리면서 태아가 머리를 밀고 세상으로 나오고 있다. 그 동그란 자궁의 열린 문이 남자의 올가미의 원과 겹쳐지면서 죽음은 생명으로 전환한다. 원의 순환적 의미에 따라 생성과 소멸이 교차하는 상징이다. 또한 완전함과 태양을 상징하는 원은 생명의 원동력인 궁극적 완전성을 표상하기도 한다. 이 대목에서 작가의 기발함이 빛을 발한다. 그는 기존의 스타일에 비해 보다 담담하고 전통적인 방식으로 서술했지만 죽음에서 생명으로 전환하는 이 순간에 카니발적 환희를 느끼게 한다. 바흐친은 카니발의 이미지가 그 자체 안에서 대립의 양극에 존재하는 항목, 예를 들어 탄생과 죽음, 젊음과 늙음, 위와 아래, 표면과 이면, 찬사와 조롱을 포괄하고 이를 결합시키고자 한다고 말한 바 있다.[36]

죽으려던 남자가 건너편 옥상에서 본 것은 막 태어난 아이의 목을 바라보는 여자에게 팽만한 살의였다. 그 광경을 목도하던 남자는 자신도 모르게 큰 소리를 지르고, 여자는 그 소리에 놀라서 아이를 떨어뜨릴 뻔 한다. 드디어 남자는 올가미의 고리를 풀고 건너편 옥상으로 향하고, 남자가 다가오는 것에 당황한 여자는 아이를 붕대위에 내려놓고 도망친다.

그런 그녀를 지켜보다가 그는 자신도 모르게 소리를 지르고 만다.

야!

스스로도 믿기지 않는 큰 소리였고, 약간의 울음이 섞인 목소리였다.

(…중략…)

뭐?

무어, 하고 그녀는 울부짖는다. 자신도 모르게 남자는 입술을 깨문다. …… 에이 씨발, 그는 넥타이를 푼다. 의자를 내려서고 쥐가 온듯한 왼쪽 다리를 질질 끌며 **굳게 잠근 통로의 걸쇠를 푼다.** 허약한, 무방비 상태의 생명을 공격하는 그 느낌을 그는 누구보다 잘 알고 있다. 끝끝내 대면한 **자신의 진짜 이유 앞에서 그는 갑자기 이성을 잃는다.** 에이씨. 그는 어린아이처럼 울기 시작한다.(35면, 강조는 인용자)

죽으려던 남자는 왜 소리를 지르며 건너편 옥상으로 올라갔을까, 아이를 살해하려던 여자는 왜 널브러진 붕대위에 아이를 내려놓고 달아났을까. 그들 모두는 진짜 이유를 알지 못한다. 그렇다면 남자

---

36 송효섭, 『문화기호학』, 아르케, 2000, 221면.

가 끝내 대면하게 된 진짜 이유는 무엇인가? 스스로도 믿기지 않는 큰 소리, 울임이 섞인 목소리는 무슨 말을 하고 싶었을까? '야!, 뭐?'라는 외마디의 외침 속에서 진짜 이유를 찾아내야 한다. 그들의 말은 발화되지 못하고 외마디 외침으로 터져 나왔지만 그 외침 속에 진짜 이유가 들어있다. 붕대 올가미와 압박붕대가 환기하는 것은 바로 끈이다. 붕대는 아이가 감고 나온 탯줄의 이미지와 중첩되는데, 그것은 엄마와 아이를 이어주던 생명의 끈이기도 하다. 이 끈으로 단자적인 인간들은 서로를 연결해간다. 이러한 맥락에서 화자가 편의점에서 집어 들었던 '순간접착제'라는 기호가 해석된다. 그는 누구에겐가, 무엇에겐가 접착이 되고 싶었다. 그는 무의식적으로 끈으로 이어지는 관계를 지향했던 것이다. 그러므로 순각접착제는 이 끈을 연결해주는 상징으로 읽힐 수 있다.

건너편 남자가 사라지는 모습을 보고 그녀는 자신의 잘못이 아닌 아이를 붕대위에 내려놓고 도망치기 시작한다. 그곳으로 가는 이유를, 이곳을 벗어나려는 진짜 이유를 그들은 누구도 알지 못한다. 작가는 계속해서 알지 못한다는 말을 반복한다. 그러나 남자가 굳게 잠근 통로의 걸쇠를 풀고 자신의 진짜 이유를 대면하는 장면을 통해 독자에게 해독해야 할 메시지를 남기고 있다. 자신도 모르게 발성된 큰 소리, 그것은 깊은 내면에 숨겨진 생명의 탄식이다. 그가 끝내 대면한 죽으려던 진짜 이유는 역설적으로 살고자 하는 열망이 아니었을까. 세상을 멋지게 경멸하며 자신을 지워버리려고 시도했지만 그는 대책 없이 퍼질러지면서 세상에 나오는 태아 앞에서 생명과 솔직하게 대면하였고 그래서 어린아이처럼 울음을 터뜨리고 말았던 것이다. 그는 살고 싶었던 것이다. 이러한 점에서 죽음의 충동은 삶의 충동과 연결되는데, 이 외침은 진정으로 살고 싶은 슬픈 인류의 절규이다.

남자의 이성을 잃게 한 진짜 이유는 살고 싶다는 것이다. 그는 생명이 공격당하는 그 느낌 앞에서 이성을 잃었다. 이제 자신의 생명을 공격하던 자가 어린 생명을 구하는 자로 역전된다. 구체적으로 어떻게 해야 할지 알지 못하지만 그는 본능적으로 어린 생명을 안아 올린다. 태반이 매달린 채로 아이를 안고 있는 남자, 붕대 올가미에 목을 넣고 있던 남자, 붕대 위에 눕혀진 아기, 이들은 붕대가 상징하는 끈으로 연결되어 있는데, 붕대는 생명의 근원인 탯줄과 태반으로 의미가 확장된다. 작가는 자살하고 싶은 사람들에게 값싼 위로를 하지 않는 대신 '아침의 문'이라는 제목을 통해 가느다란 희망의 가능성을 열어두고 있다.

3. 나가는 글

행복해지고 싶지만 행복할 수 없고, 아무도 자신을 이해해주지 않는 상황에서 죽는 것이 더 낫다고 생각한다 해도, 죽음은 힘들고 무섭고 두려운 일이다. 「아침의 문」에서 자살하기로 마음을 굳힌 6명은 볼링장에 가서 운동을 하고 주인공의 집으로 가서 준비된 약을 먹기로 한다. 그러나 두 사람은 도중에 돌아갔고 세 사람은 자살에 성공했으며 화자는 살아남아 다시 자살을 시도한다. 그는 비루한 삶의 진실을 간파했기에 그 삶에 종지부를 찍기 위해 압박붕대로 올가미를 만들어 목에 건다. 그러나 그가 의자 위에서 올가미를 걸고 바라본 것은 맞은 편 옥상에서 어떤 여자가 압박 붕대를 풀고 아기를 낳는 광경이었다. 작가는 자궁의 문을 열고 나오는 생명과 올가미에 목을 맨 생명을 마주보게 함으로써 탄생과 죽음의 순간을 조우하게 한다. 이와 같이 **이곳을 나가려는 자와 그곳을 나오려는 자**가 대면하는 것이다.

이를 악무는 것, 힘을 주는 것, 그리고 끝없이 욕을 하는 것, 이 외에는 아무것도 할 수 없는 미혼모는 혼자서 출산을 한다. 또한 제발 모르게 했으면 좋을, 알고 싶지 않은 광경을 마주 대한 남자는 쏟아지듯, 엎질러지듯 나오는 팔과 다리, 새 생명 앞에서 외면하고 싶은 무엇인가를 마주하게 된다. 그 외면하고 싶은 것이 바로 진짜 이유였다. 그는 아이의 탄생을 목격함으로써 진짜 이유를 대면한다. 그 남자는 작은 인간을 안아 올리며, 앞으로 어떻게 무엇을 해야 할지 알지 못하고 또 무엇을 해줄 생각도 없으면서 울지 말라고 속삭인다. 작가는 미혼모가 입에 물고 있던 피 냄새가 나는 붕대와 미혼모의 배를 동여매고 있던 압박붕대, 그리고 자살을 위한 올가미를 만들었던 붕대라는 메타포를 통해 인간을 묶는 연대, 즉 끈을 상징한다.

「아침의 문」의 화자는 알지 못한다는 말을 반복함으로써 역설적으로 삶과 죽음에 대해서 근원적 질문을 던진다. 누구나 사랑받고 싶고 인간에게 어울리는 품위 있는 삶을 살고 싶지만 현실은 그것을 허락하지 않는다. 삶의 대열에서 낙오한 자가 스스로를 죽임으로써 삶에서 물러서고자 하는 자살은 소극적 의미에서 소멸이지만 적극적으로는 또 다른 삶의 외침이며 살고자 하는 비명이며 항거이다. 말하지 않는 자, 말할 수 없는 자에게서 터져 나오는 외침은 살고자 하는 의지의 표출이며 도움을 요청하는 구조신호이다. 전망 부재의 벽을 넘고자 하는 생명의 탄식, 슬픈 인류의 절규가 어디선가 '아침의 문'을 두드리고 있다. 우리의 무딘 귀가 듣지 못할 뿐이다.

참고문헌

김선건, 「루시앙 골드만의 문학사회학에 대한 비판적 고찰」, 『충남대학교 사회
　　　과학연구소 논문집』, 1992.
박정환, 「문학연구 방법론－문학사회학을 중심으로」, 『공주전문대학논문집』 제
　　　14집, 1988.

강영안, 『주체는 죽었는가』, 문예출판사, 1996.
김경욱, 『누가 커트 코베인을 죽였는가』, 문학과지성사, 2003.
＿＿＿, 『장국영이 죽었다고?』, 문학과지성사, 2005.
김승옥, 『서울, 1964년 겨울』, 하서, 2008.
김영하, 『나는 나를 파괴할 권리가 있다』, 문학동네, 1996.
민혜숙, 『한국문학속에 내재된 서사의 불안』, 예림기획, 2003.
박민규, 『카스테라』, 문학동네, 2005.
＿＿＿, 『핑퐁』, 창비, 2006.
＿＿＿, 『2010 이상문학상 작품집』, 문학사상사, 2010.
박형민, 『자살, 차악의 선택－자살의 성찰성과 소통성』, 이학사, 2010.
송호근 외, 『위기의 청년세대 출구를 찾다』, 나남, 2010.
송효섭, 『문화기호학』, 아르케, 2000.
우석훈 · 박권일, 『88만원 세대』, 레디앙, 2007.
이진홍, 『자살』, 살림, 2006.

뒤르켐, 에밀, 황보종우 역, 『자살론』, 청아출판사, 2011.
드 보통, 알랭, 정영목 역, 『불안』, 이레, 2005.
새뮤얼, 앤드루 외, 민혜숙 역, 『융분석비평사전』, 동문선, 2000.
스피박, 가야트리 외, 태혜숙 역, 『서발턴은 말할 수 있는가?』, 그린비, 2013.
아메리, 장, 김희상 역, 『자유죽음』, 산책자, 2010.
알바레즈, 프레드, 최승자 역, 『자살의 연구』, 청하, 1982.
에런나이크, 바바라, 최희봉 역, 『노동의 배신』, 부키, 2012.
한병철, 김태환 역, 『피로사회』, 문학과지성사, 2012.

Green, André, *Narcissisme de Vie, Narcissisme de Mort*, Les éditions de Minuit, 1983.

Kofman, Sarah, *L'enfance de l'art*, Galilée, 1985.

● 2장 ●

존재의 의지처

김형경의 「담배 피우는 여자」

김형경의 소설 「담배 피우는 여자」는 가사에 충실하게 보이던 평범한 여인이 담배를 피우게 되는 과정을 여성적인 섬세한 필치로 그려내고 있다. 이 소설을 페미니즘적 시각에서 분석해 볼 수도 있겠지만 작가는 그러한 심리를 여성이 아닌 보편적 인간의 차원으로 확대시키고 있다. 예를 들면 화자는 "살아있다는 느낌, 그것이 인간의 가장 밑바닥에 있는 본질이었을까? 담배 같은 사소한 것에 기대서라도 스스로의 존재를 확인하려는 것일까?"라는 묘사를 통해 문제를 여성에 국한시키지 않고 모든 인간에게 가능한 메시지로 확대시키고 있다. 그러므로 이 작품 속에서 현대인에게 공통된 소외나 단절, 위기감과 결핍의 문제를 담배라는 기호와 더불어 반복해서 묘사되는 빨래건조대라는 기호와 관련하여 분석해 보고자 한다.

1. 소설의 구조 분석

이 작품은 작가에 의해 소제목이 붙여진 여섯 부분으로 나누어져 있다. 이 글에서는 편의상 각 부분에 1에서 6까지의 번호를 붙여 장이라는 명칭으로 사용하기로 한다. 주인공 화자는 "담배와 남편을 똑같이 사랑하기" 때문에 부부 갈등의 원인이 되는 담배를 끊지 못하고 비극적 죽음을 맞는 옆집 여자에 대한 이야기를 회상을 통해 들려준다. 각 장의 이야기는 하나의 고리처럼 닫히는 구조를 보이며, 이 6개의 고리가 이어져 전체 작품이 이루어지는데, 각 장의 이야기가 진행됨에 따라 자연히 전체 이야기의 흐름이 계속 발전되어 간다. 우리는 각 장에 공통된 일정한 형식이 있음을 발견하게 된다. 즉 각 장은 어김없이 산을 배경으로 한 날씨에 대한 묘사로 시작하며, 옆집 베란다에 놓인 빨래건조대를 언급하고 화자가 담배를 피우는 행위에 대한 단상이 자리하고 있다. 그리고 담배의 이야기에서 자연스럽게 연상되는 회상을 통해 담배를 피우던 옆집 여인의 이야기로 전환하게 된다. 또한 그 회상이 끝나면, 다시 베란다에서 담배를 피우고 있는 현재의 화자의 이야기로 돌아와 장을 끝맺는 동일한 구조가 반복된다. 그런데 3장 이하에서 그 순서가 약간 변형되어 담배에 대한 단상이 빨래건조대에 대한 단상과 자리바꿈을 하는 것을 볼 수 있으며, 4장에 이르면 빨래건조대의 이야기가 생략되고 대신 뒷부분에 다림질하는 이야기가 등장한다. 5장에서는 담배에 대한 담론 사이에 빨래건조대에 대한 언급이 한

줄 정도로 삽입되어 있으며, 6장의 맨 마지막에서 비에 젖는 빨래
건조대가 묘사되고 있다. 빨래건조대에 대한 묘사가 줄어드는 대
신 담배에 대한 묘사는 점점 길어진다. 그리고 2장과 6장에 꿈 이야
기를 배치하는 구조로 소설이 짜여 있다. 각 장이 작은 순환구조를
보이는 이 작품은 이야기가 시작하여 출발점으로 되돌아오는, 즉
전체가 하나의 원처럼 완결되는 순환구조를 취하고 있다. 그러나
장 루세의 말처럼 그것은 평면적 원이 아니라, 즉 한 바퀴 돌면서
제자리로 돌아오는 것이 아니라 상향 발전해 가는 나선형의 구조
를 보인다. 그리고 이 소설의 화자는 옆집 여인의 이야기를 할 때는
제한적 1인칭 관찰자의 시점으로, 자신의 이야기를 할 때는 1인칭
주인공의 시점을 택하고 있다.

그러면 작가가 붙여놓은 소제목과 위에서 살펴본 대략적 구조를
염두에 두고 작품을 세부적으로 살펴보도록 하겠다.

**초저녁, 바람 / 한밤중, 폭우 / 새벽, 안개 / 오전, 햇살 / 오후, 먹구
름 / 한밤중, 비바람** 순으로 이야기는 진행된다. 그러므로 이야기가
진행되는 시간은 초저녁부터 다음날 한밤중까지고, 날씨는 바람이
불다가 폭우가 쏟아지고 새벽에 안개가 끼고 오전에 햇살이 비치
다가 오후가 되자 다시 먹구름이 끼고 밤중에 비바람이 부는 것으
로 가정할 수 있다. 이 날씨를 3개월 전에 있었던 사건에 대응시켜
보면, 날씨라는 자연적 배경이 이야기의 내용과 어느 정도 상응하
는 것을 볼 수 있다. 남편의 만류에도 불구하고 담배를 끊지 못하는
옆집 여자의 이야기가 **바람** 아래서 푸른 머리채를 휘저으며, 온 몸
을 뒤척이는 산의 묘사와 더불어 시작된다. 지난가을 베란다에서

쭈그리고 앉아 담배를 피우는 옆집 여자를 처음 발견한 날도 화자
가 '오늘'이라고 지칭하며 이야기를 시작하는 날처럼 산의 모습은
바람으로 인해 심상치 않았고 신열에 몸을 뒤척이는 것 같았으며
모질게 앓고 있는 것 같았다.

> 산의 움직임이 심상치 않습니다. 바람이, 북풍이 분명한 바람이 산의
> 이마를 쓰다듬고 지나갑니다. 바람의 손길 아래서 산은, 더 많은 바람
> 을 불러모으는 굿거리 동작으로 온몸을 뒤척이고 있습니다. 아무래도,
> 오늘 밤 안으로 저 산이 비를 불러올 것 같습니다. 푸른 머리채를 휘저
> 으며, 온몸을 뒤척이며, 산이 기우제를 올리는 모양입니다. 저 빨래 건
> 조대가 또 비를 맞겠군요.(초저녁, 바람)[1]

질서 정연한 일상을 단번에 뒤흔들며 발등을 지나고 정강이를
지나 심장에까지 이르러 마침내 화자의 마음을 온통 점령할 것 같
은 **폭우**에 대한 묘사를 시작하면서 화자는 어머니와 아내의 임무를
완수하기 위해 잠시 멈추었던 이야기를 이어간다. 폭우의 이미지
에 걸맞게 사건은 확대되어 있으며, 담배 피우는 것을 용납할 수 없
는 남편의 구타를 피해 옆집 여인은 7층 높이의 베란다를 뛰어넘어
화자의 집에 들어와 장롱 속에 숨는 사건이 일어난다. 그 일을 통해
화자는 인간의 존엄성에 대한 분노와 존재에 대한 공포 그리고 원

---

1   김형경, 「담배 피우는 여자」, 『1996 이상문학상 수상작품집』, 문학사상사, 1996, 145
     면. 이하 이 책에서 해당 작품을 인용할 때는 인용문 말미에 인용 면수만을 밝힌다.

인을 규명할 수 없는 부끄러움을 느낀다. 여인이 도망하는 사건을 서술하는 배경으로 폭우를 택한 것은 적절하게 보인다.

저 산이 기어이 비를 불러왔군요. 어두운 허공을 희끗희끗, 그리고 번들번들하게 잠식해 들어가는 덜 진화한 생물같은 물체, 저것이 비군요. 허공을 제압하는 물줄기, 사물의 움직임을 일시에 정지시키는 물줄기, 뽀송뽀송하고 질서 정연한 일상을 단번에 뒤흔드는 물줄기, 그런 비가, 제 발치로도 밀려드는군요. …… 그렇게 해서 심장에 이를 것 같은 물줄기, 아니, 제 마음을 온통 점령하고야 말 것 같은 물줄기 ……
(한밤중, 폭우)(154~155면)

그다음에 **새벽, 안개** 속에서 화자는 담배를 피우고 있고, 부드러운 안개의 손길에 비가 버리지 못한 미련이나 태양의 온정이 서로 스며 기쁘게 합일하는 장면을 서술하면서 옆집 여자가 담배를 끊고 환한 얼굴로 다시 행복한 주부의 자리로 되돌아 간 일을 회상한다.

안개가, 산의 이마를 부드럽게 쓰다듬고 있습니다. 안개의 손길에는, 비가 아직 버리지 못한 미련이나, 태양이 보내온 온정이나, 그런 것들이 깃들여 있는 것 같습니다. 이렇게 새벽 안개 사이로 담배연기를 뿜으면, 그것들이 서로 스며들면서, 반갑게 한 몸이 되는게 보입니다. 어떤 생물이, 저토록 서로 스며들어, 기쁘게 하나가 될 수도 있을까요?
(새벽, 안개)(167면)

오전의 여유로운 **햇살** 속에서 옆집 여인이 준 테이프의 〈정사가 끝난 후의 담배맛〉이라는 음악을 들으면서 화자는 다시 담배를 피우기 시작한 옆집 여인의 이야기를 시작하고, 옆집 여인의 입을 통해 들었던, 행복을 기대했던 결혼과 신혼 초부터 담배로 인해 갈등을 겪었던 이야기를 차분하게 회상한다. 그 여인이 다시 담배를 피우기 시작한 것은 바람이 무겁게 부는 날이었다고 한다.

저 산의 시선이 부담스럽습니다. 비 갠 날 오전, 저토록 말끔한 얼굴을 하고, 저토록 찌를 듯 건너다보는 산의 시선 앞에서는, 늘 부끄럽습니다. 그 시선 뒤에, 인간의 눈길이나 머리로는 헤아릴 수 없는 무엇이 느껴져 더욱 그렇습니다. 산속으로 천천히 걸어 들어가는 저 운동복 차림의 노인들을 보면, 좀더 쉽고, 좀더 단순하게 이 세상을 설명할 수 있는 이론이 있을 것도 같습니다.(오전, 햇살)(172면)

오후, 먹구름이라는 표제가 붙은 다음 장에서는 담배를 피울 때만 살아 있음을 느낀다는 옆집 여인의 이야기가 회상되고 점점 광포해지는 비바람을 예견하면서 끝난다.

날씨가 왜 저런지 모르겠습니다. 바람이, 북풍이 분명한 바람이 다시 검은 구름을 몰아오고 있습니다. 심상치 않게 몸을 뒤척이는 저 산의 이마 위로, 금방이라도 빗방울이 떨어질 것 같습니다. 빨래를 안으로 들여 놓아야 할까 봅니다. 직접 비를 맞지는 않더라도, 비 오는 날 베란다에 널어 둔 빨래에서는 비릿하고 쿰쿰한 냄새가 난답니다. 그렇게 눅진한 날

씨에서는, 젖은 옷가지 사이에 깃들여 있던 미생물들이 더 왕성하게 번
식하는 모양입니다. 그래요, 습기 속에서, 그늘 속에서 어둠 속에서 더
왕성한 생명력을 보이는 생물들도 있을 겁니다. (오후, 먹구름)(180면)

한밤중, 비바람이라는 제목의 마지막 장에서는 옆집 여인이 죽던
날의 사건이 이야기 된다. 그리고 여인이 죽고 나서 화자가 담배를
피우기 시작했다는 진술과 더불어 소설이 끝난다.

기어이, 저 산이 다시 비를 불러온 모양입니다. 아니, 비뿐만 아니라
바람까지 불러와, 그들을 서로 뒤섞고 있습니다. 저 빨래 건조대가 다
시 비를 맞는군요. 비바람을 피하듯 마음이 저만큼 물러나고 있습니다.
아니, 세상이 저만큼 물러나고 있습니다. (한밤중, 비바람)(186~187면)

이 소설은 언뜻 보면 옆집 여인이 왜 담배를 피우게 되었고 그것
을 끊을 수 없었는지, 어째서 옆집 여인에게 담배는 삶을 지탱해주
는 지주가 되었는지를 추적해 가는 것처럼 보인다. 하지만 회상을
통해 제시되는 그 기본적인 이야기의 하위 층위에는 그와 동일한
이야기의 구조가 들어있다. 즉 왜 화자가 담배를 피우게 되었으며
화자에게 담배가 삶의 위안이 되는가를 해명하는 이야기가 자리하
고 있다. 이 소설에서 두 이야기는 층위를 달리하면서도 동일한 겹
구조를 지니고 있는데, 그것은 3달 전의 사건을 이야기 하는, 전날
저녁에서 이튿날 한밤중까지의 30시간 정도의 서사의 시간에 화자
자신의 또 하나의 이야기가 드러나기 때문이다. 그러나 이 두 이야

기는 별개이면서도 동일한 하나의 이야기라는 의구심을 가지게 한다. 화자는 옆집 여인의 사건을 가장하여 자신의 이야기를 하는 것으로 볼 수도 있다는 것이다. 그것은 서사의 시간이 가사일로 중간중간 끊기면서 30시간 정도로 설정되어 있지만, 사실은 베란다에 나와 앉은 화자가 어느 날 저녁에서 한밤중에 이르는 몇 시간 동안에 그동안의 일을 이야기하는 것으로도 해석될 수 있다. 왜냐하면 **초저녁, 바람**으로 시작된 이야기는 중간 단계를 뛰어 넘어 **한밤중, 폭우**로 이어질 가능성이 있기 때문이다.

1장에서 시작한 바람은 예상대로 비를 불러왔고 마지막 장에서는 **"사방으로 휘몰아치는 비바람이 사납다"**고 묘사되고 있다. **"아마, 그이는 오늘도 늦을 겁니다"**라는 첫 장(초저녁)의 진술은 "오늘도 그이는 많이 늦을 모양입니다"라는 마지막 장(한밤중)의 진술로 발전해 있는 것을 볼 수 있다. 더구나 1장 도입부에 나오는 다음과 같은 묘사는 글자 한 자 틀리지 않게 마지막 장의 마지막 부분에 다시 등장하고 있다.

> 이렇게 베란다에 나와 담배를 피울때면 이따금, 레테의 강을 건너는 사신이거나, 명부의 깊은 곳을 내려가고 있는 오르페우스가 떠오릅니다. 위태롭지요. 다시 이 세상으로 돌아오지 못할 것 같은 위태로움 때문에, 더 깊이 담배 연기를 들이마십니다. 그런 때, 담배 연기는 저토록 희미하고 나약한 끈으로라도, 저를 베란다에 묶어 주는 최후의 힘인 것처럼 느껴집니다. (195면)

화자는 여기에다가 제 1장에서 언급했던 빨래건조대에 관한 묘사를 4줄 곁들여서 이야기를 마치고 있다. 이것을 잘 살펴보면 1장에서 시작한 이야기는 6장의 마지막에서 다시 처음의 서두로 돌아가는 순환구조를 이루고 있음을 볼 수 있다. 초저녁에 시작한 이야기가 한 바퀴 돌면서 실은 같은 날 한밤중에 끝났다고 보는 것이 타당할 것이다.

그러면 화자는 왜 군이 서사의 시점과 결말점을 시간과 날씨의 흐름에 따라 30시간 정도의 서사시간 동안에 진행시키고 있는가 하는 의문이 세기된다. 어쩌면 당시의 단편소설 중에 소제목을 붙이는 경향이 있었기 때문이라고 해석할 수도 있을 것이다. 하지만 화자 자신의 이야기와 회상을 통한 옆집 여자의 이야기가 겹쳐지기 위해서는 구성상 상당한 서사의 시간이 필요했을 것이라고 보는 편이 더 타당할 것 같다.

2. 담배의 기호분석

의사소통의 단절

이 글에서 화자와 옆집 여인이 담배를 피우게 되는 상황은 의사소통이 단절되는 지점이다. 소외감이나 단절감이 있을 때 어김없이 담배가 등장한다.

그 때 담배를 피우기 시작했어요 (…중략…) 무언가 위안이 될 만한, 혹은 그 단절감을 이어 줄 수 있는, 그런 일이 필요했지요. 회사에서의 일상과 집에서의 일상을 이어 줄 수 있는 일, 혹은 땅 밑으로 가라앉아 화석이 되지 않게 해줄 수 있는 일 …… 그게 좀더 바람직하고 창조적인 것이었으면 좋았겠지만 …….(153면)

이것이 옆집 여자의 말이라면 화자는 "가슴 안에 딱딱한 것이 쌓여, 온몸이 돌덩이처럼 차고 딱딱하게 굳어 가고 있다고 느껴지던 때, 그때 담배를 피웠을 겁니다"라고 진술한다. 이따금 일찍 들어오는 날도 있기는 하지만 그럴 때 화자의 남편이 하는 말은 '밥 먹자', '커피 한 잔 줄래?', '자자'이다. 즉 남편의 눈에는 아내가 "늘 집안에 있는 가구와 다를 바 없고", 아내의 눈에는 남편이 "생활비를 건네주는 은행구좌" 정도로 여겨지는 상황에서 특별히 사이가 나빠질 만한 아무 일도 일어나지 않는다. 하지만 화자의 남편은 밤늦게 만취되어 돌아오기가 일쑤고 화자에게 "등을 보인 자세로" 잠을 자는데 남편의 그러한 습관이 화자에게는 "또 하나의 벽처럼" 느껴진다고 한다. 남편이 화자에게 요구하는 것은 숙취 해소를 위한 콩나물국밖에 없는 것 같다고 한다.

이러한 의사소통 부재의 상태가 계속되면서 화자는 서서히 화석화되고 화석의 상태에서 그 딱딱한 응어리를 풀어줄 수 있을 것으로 기대되는 담배를 피우게 된다. 그것은 옆집 여자의 경우에도 마찬가지인데, 그 여인은 "아무것도 들어있지 않은 상태, 완전히 비어 버린 눈빛"을 하고 있다. 그녀의 목소리에는 "담담한 말투, 아니 단단한 말투, 마음 안에 무엇인가를 혼자 연마해 오고 있었던게 아닌가 싶은 그런 단단함"이 들어있다. 즉 여인의 상태는 웃음에서까지도 '냉소'와 '자기혐오'를 느낄 지경이 되었다고 한다.

위기감과 갈등

화자나 옆집 여인이 담배를 피우는 것은 왠지 모를 위기감, 혹은 일상에 파묻혀 보람 없이 시간이 흘러가는 데 대한 강박관념을 느꼈을 때라고 할 수 있다. 그렇게 본다면 그 위기는 자기실현의 위기, 혹은 존재에 대한 허무감에서 비롯된다고 할 수 있다. 그래서 화자는 일상에서 일탈하고 싶은 즉 "저 바람에 잡아 채여, 허공으로 날아오를 것 같은 마음"을 가라앉히기 위해, 어쩌면 "다시 이 세상으로 돌아오지 못할 것 같은 위태로움 때문에, 더 깊이 담배 연기를 들이마시고" 있는 것이다. 가정주부로서의 무의미한 일상에서 자신의 생이 소모된다는 위기와 갈등에 부딪혔을 때 담배를 피우게 된다는 것이다.

> 삶에 대한 빨간 신호등, 우리네 삶이 담배처럼 타들어가는 소모적인 무엇임을 분명하게 나타내 보여주는 것 같습니다. 혹은 힘없이 부서져 내리는 담뱃재처럼, 등뒤에서 연소되어 허물어지는 나날들을 보는 것도 같지요.(155~156면)

결핍

한숨과 함께 여인의 주변으로 자욱하게 피어오르는 희뿌연 연기에서 화자는 담배 한 대로는 결코 메워지지 못할 구멍을 본 것 같다고 진술한다. 그 구멍을 메워 보려고 "헛되고 헛되이 담배 연기를 쌓아 가는 검은 가슴속을 보아 버린 것 같다"고 고백한다. 그렇다면 담배를 피우는 옆집 여자는 남이 보기에는 남편과 아이에 둘러싸인 행복의 전형처럼 여겨지지만 "남편이나 아이, 가정이라는 존재

에 의해서도 메워질 수 없는, 아니, 그런 존재들에 의해 상대적으로
더 깊게 두드러지는, 그런 동공을 가진 존재들인가"보다고 한다. 그
것은 여성에 대한 문제라기보다도 본원적 인간 존재에 대한 자각
이라고 볼 수 있다. 자신의 정체성을 확고하게 가지지 못하고 욕망
이 부추기는 대로 흔들리며 피상적 삶을 사는 현대인들의 결핍이
미진하고도 안타깝게 여인들을 담배에 매달리게 한다. 담배를 피
울 때는 음악과 같이 편안하면서도 가득 찬 듯한 느낌의 상태가 가
능하기 때문이다.

> 여인은 다급하게 연기를 빨아들였습니다. 아주 깊이, 그리고 빠르게.
> (…중략…) 수면 위로 아가미를 내밀고 호흡하는 어항 속의 금붕어, 산
> 소 부족을 이겨보려는 금붕어의 뻐끔거림을 보신 적이 있습니까? 여인
> 의 동작이 꼭 그랬습니다. 그렇게 궁색하고, 그렇지만 꼭 그만큼 간절하
> 고, 어쩌면 목숨까지도 걸린 것 같은, 그런 동작이었습니다. (174~175면)

반대로 여인이 임신을 했을 때는 담배를 피우고 싶은 생각이 없어
졌고 역겨워지기까지 했다. 몸 안에서 내내 담배 연기를 불러들이던
어떤 빈 구석이, 아이의 존재로 가득 찬 느낌이었기 때문에 담배가
필요 없었던 것이다. 그러나 출산을 하고 나자, "아이가 몸에서 빠져
나갔다는 사실을 느끼자마자 즉각적으로 담배가 피우고 싶어졌
다"(178면)고 고백한다. 그러므로 담배는 결핍의 기호가 될 수 있다.

존재의 의지처

"때로, 담배 한 대로 위안이 되는 일도 있지요"라는 옆집 여인의 말을 절감하면서 화자는 담배 한 대로 위안이 되는 서글픔, 중압감, 배고픔, 추위, 혹은 남편의 늦은 귀가나 불면 등 "일상의 발길에 걸리는 자잘한 돌멩이들이 모두 담배 연기와 함께 휘발되는 것을 느낀다"고 고백한다. 하질 것 없는 담배에 그도록 매달리는 것은 인간이 모순적이고 나약하기 때문이라는 것을 화자 자신도 인식하고 있다.

무엇보다 난, 담배를 피울 때만 살아 있다는 것을 느껴요. 그때만, 온전하게 내가 나라는 존재로 살아 있다는 걸 믿을 수 있죠.(185면)

금세 허공으로 흩어져 흔적도 남기지 않는 기체, 그러나 공중 가득 퍼져 나가며 높은 곳까지 올라, 어쩌면 영혼들이 사는 마을의 저녁 이내로 퍼지고 있을 기체이므로 견고한 의지처는 되지 못한다. 하지만 홀로 잠깨어 밤의 터널을 건널 때는, 잠깐 빛났다 스러지는 담뱃불이라도 있어주어야 하는 것이다. 그러기에 화자는 인간에게는 그 존재를 기댈 만한 지주가 필요하며, 그것은 민요가 될 수도 있고 담배가 될 수도 있다고 한다. 옆집 여인처럼 떨어져 내리지 않고 베란다에 화자를 묶어둘 수 있는 최후의 끈은 담배이다. 그러므로 "시집살이 못하고 쫓겨났으면 났지, 요놈의 엽초만은 못 끊겠네"라고 노래한다. 고달픈 인간의 마음이 묻어나는 민요나 담배 같은 것은 존재의 의지처가 될 수 있으며 그러기에 신성성을 부여받게 된다. 의지할 신을 가지지 못한 인간은 연약한 담배에라도 자신의 존재를 의탁하고 싶어 한다. 즉 인간이 소중하게 여기고 그토록 의지하는 것은 그만큼 신성함이 있다는 것이다.

3. 빨래건조대의 기호

탈진한 생물

이 소설에서 반복적으로 나타나는 빨래건조대는 도대체 무슨 의미를 지니고 있는가. 그것은 화자의 표현대로 단순한 형태의 무생물, 시선이 닿을 때마다 살아 있는 생물처럼 보이며 앙상한 뼈를 드러낸 채 굶주림과 배고픔에 떠는 짐승처럼 보인다. 비를 맞는 빨래건조대는 "해갈의 기쁨을 누리는 생물"로 보이기도 하고 오랜 조갈증에 시달리다가 물을 만나도 몸을 추스르지 못해 겨우 물기를 받아들이는 "탈진한 생물"로도 묘사된다. 3장에 이르면 빨래건조대는 쇠잔해진 몸으로 지쳐 잠든 짐승처럼 보인다.

빨래건조대는 옆집 여인과 동일시된다. 여인이 담배 피우는 장면을 처음으로 목격한 날, 화자는 여인을 빨래건조대로 착각했다. "그러나 그건 물체가 아니었습니다. 그것은, 바로 옆집 여인이었습니다"라고. 또한 화자의 옷장 속에 숨어 있는 여인의 모습은 빨래건조대처럼 궁지에 몰린 짐승으로 묘사된다. 그 여인의 모습은 인간의 존엄성은 조금도 찾아볼 수 없는 작고 약한 동물이었다.

> 그건 단순히, 체표 면적이 작다는 의미가 아닙니다. 인간으로서의 존엄성이나 자연스러움, 그런 것들을 모조리 거세당한 상태, 인간이라고 말할 때 떠올릴 수 있는 어떤 모습도 없는, 그런 상태를 의미합니다. 궁지에 몰려 떨고 있는 보잘것없는 짐승, 그것의 형상이었습니다. (160면)

빨래는 가사의 영역 중에서 가장 힘든 노동에 속한다. 주부들이 빨래에서 기력을 소모한다고 가정한다면 빨래건조대는 단순한 의미에서 주부의 기력을 소산시키는 존재, 거기에서 유추될 수 있는 탈진한 생물로 비유될 수 있을 것이다.

결핍
빨래건조대는 추위와 배고픔에 떠는 화자와도 동일시된다. 화자는 남편의 무관심(추위)과 사랑의 부재(배고픔)에 떨고 있다. 그리고 그것이 상징하는 문제들은 여인의 죽음으로도 해결되지 않은 채 그대로 남아 있기 때문에 빨래건조대 혹은 화자 자신은 결핍 상태로 계속 그자리에 남아 온 몸으로 어둠과 빗줄기를 견뎌야 하는 것이다. 즉 남편과 아이를 대신할 만한 대안을 찾을 수 없는 화자는 베란다에 빨래를 널고 다림질을 하는 일을 계속하게 될 것이다. 즉 존재하는 방식으로의 삶이 아니라 존재를 견디는 방식으로 살아가야 하는 것이다.

저 베란다가, 저 빨래 건조대가, 다시 비에 젖고 있군요. 왜 이사할 때, 저 빨래 건조대를 빠뜨리고 갔을까요. 버려진 짐승, 내내 추위와 굶주림에 떠는 짐승같은 빨래 건조대, 온 몸으로 어둠과 빗줄기를 견디고 있는 저 빨래 건조대를 …….(195면)

4. '두 가지 꿈'의 분석

옆집 여인이 남편과 아이로 채울 수 없는 결핍에서 담배를 피우기 시작했다면 화자는 남편과의 대화 부재, 무관심, 그로 인한 화석화로 인해 담배를 피우기 시작한다. 그러기에 옆집 여인은 남편도 담배도 똑같이 사랑한다고 말했지만 화자는 남편도 담배도 그다지 사랑하지 않는다고 고백한다. 그러므로 화자는 억압적인 남편이 지나칠 정도로 관심을 가지는 옆집 여인이 자신보다 한결 더 현명하고 행복했을 것이라고 한다.

그러면 옆집 여인보다 화자를 더 우둔하고 불행하게 만든 것은 무엇인가. 화자는 그것을 드러내 놓고 말하고 있지는 않지만 소설의 행간에서, 아니면 꿈의 장면 속에서 혹은 독백의 형식으로 내비치고 있다.

꿈 1(2장)

　넓은 밭이 있었습니다. 밭이 가장자리가 보이지 않는, 그러니까 눈앞에 보이는 것이라고는 온통 밭뿐인, 그런 밭이었습니다. 그 밭이, 세상의 어둠을 모두 빨아들인 듯 검은색이었습니다. 흙이 왜 이렇게 검을까, 생각하며 저는 밭으로 들어섰습니다. 손에는 호미를 들고 있었지요.

　밭의 대각선 모퉁이에 저보다 먼저 밭을 매고 있는 사람이 보였습니다. 머리에 흰 수건을 쓰고, 잡초 무성한 수풀 한가운데 앉아 있는 사람. 몸은 거의 잡초에 가려져 있어, 제가 볼 수 있는 것은 잡초 위로 떠가듯 움직이는 흰 수건뿐이었습니다. 천천히, 미끄러지듯이 고요히 움직이는 흰 수건은, 멀리서 보면 언뜻 백로나 왜가리처럼 보였습니다. 잠잘 때, 한 쪽 다리는 가슴속에 묻고, 긴 목은 어깨죽지에 묻고, 그렇게 쓸쓸한 자세로 잠든다는 그 흰 새들 말입니다.

　(…중략…)

　아직 밭을 매지는 않았던 것 같습니다. 밭을 매기 전에 웃자란 잡초들을 손으로 뽑아내고 있었을 겁니다. 잡초들은 쉽게 뽑히지 않았습니다. 잡초의 머리채를 휘어잡고 힘껏 잡아당길 때면, 그 대지, 검은빛을 띤 그 땅과 힘겨루기를 하고 있다는 생각이 들었습니다. 승산이 없는 싸움, 그럼에도 포기하지 못하는 오기, 그런 것들이 느껴졌습니다. 꿈에서조차. 제가 마지막 힘이라 생각하며 잡초의 머리채를 힘껏 잡아당기자, 그 검은 대지가 들썩이는 것 같았습니다. 그런데 바로 그때, 대각선 끝에 있던 여인, 흰 머릿수건을 쓴 여인이 사라졌습니다. 대신 왜가리 한 마리가 희고 큰 날개를 휘저으며 완만하게, 그리고 무심하게 날아올랐습니다. (157~158면)

꿈 2(6장)

　　어두운 방안에 앉아 있었습니다. 전화벨이 울리더군요. 꿈속에서 저
는 반사적으로 그 여인이구나, 생각했습니다. (…중략…) 그러나 수화
기에서는 아무 소리도 들리지 않았습니다. 아니, 무슨 소린가가 많이
들렸습니다. 메뚜기들이 좁은 공간에 갇혀 와글거리는 소리, 모래알들
이 서로 몸을 비비며 사각대는 소리, 눈 앞을 흐르는 전류가 일점쇄선
처럼 끊겼다 이어졌다 하는 소리(무전기소리, 암호 해독) …….(187면)

　　누구와도 전화 통화를 하지 못한 채(의사소통), 어느 낮은 바닥에 닿
지 못한 채(안정적인 기반), 내내 떨어지기만 하다가 말입니다. 몸에 진
땀이 배어 있더군요.(188면)

　‘꿈 1’에서는 밭 이외에는 다른 아무것도 보이지 않으며 잡초가
무성한 검은 밭이 나온다. 그것은 다른 일이 전혀 일어나지 않는 단
조로운 일상을 나타내며 검은색은 거기에 따른 우울과 가슴속에
있는 검은 구멍(153면)의 상태를 표상한다고 해석할 수 있다. 그 밭
에는 잡초가 무성하다. 잡초를 제거하고 밭을 갈아 부드럽게 일구
어야만 생산을 할 수 있는데 그 잡초는 쉽게 뽑히지 않을 것 같으며
승산 없는 싸움처럼 여겨진다. 화자가 마지막 힘을 다해 잡초의 머
리채를 당기자 검은 땅이 들썩이는 것 같았으나 그때 여인은 잡초
를 뽑다가 왜가리가 되어 무심하게 날아가 버린다. 이 꿈에서 드러
난 내용으로 본다면 아마도 여인은 잡초를 뽑는 싸움에서 패배하
여 죽음의 길로 간다는 의미가 함축되어 있고 화자는 어떠한 형태

로든 힘겨루기를 해 볼 것 같다는 암시를 받게 된다.

'꿈 2'에서는 여전히 어두운 방이 등장하며 여인으로 예상되는 사람으로부터 전화가 온다. 그러나 알아들을 수 없는 많은 소리들만 와글거릴 뿐이다. 여인으로부터 오는 소리의 메시지를 해독해야 하는 상황이다. 마치 무전의 암호를 해독하듯 화자의 정신상태에서 의미를 확립하지 못하고 스러지는 많은 말들의 의미는 해독이 되어 의식의 표면에 떠올라야 하는데, 화자는 결국 전화통화를 하지 못한 채 메시지 수신에 실패하고 만다. 그리고 바닥에 닿지 못한 채 추락하기만 하는 꿈을 꾸게 된다. 메시지를 수신하지 못한 안타까움과 안정된 기반(바닥)을 상실했기 때문에 화자는 진땀을 흘리며 깨어나게 된다는 꿈이다.

그러면 이 두 가지 꿈을 종합해 볼 때 화자가 수신해야 하고 드러내야 할 의사소통의 기호는 무엇이었을까 의문을 품게 된다. 화자의 집에 숨어 들어왔던 옆집 여인이 "그이는 제가 없으면 잠을 자지 못한다"고 말했을 때 화자는 모든 이해불능의 상황에서 단 한 가지 '부끄러움'만을 느꼈다고 고백을 했다. 이유는 알지 못하지만 단지 부끄러움만을 느꼈다고 말하는 화자는 왜 부끄러움을 느꼈을까? 정말 이유를 몰랐을까? 그것은 화자의 내밀한 성적 욕망이 옆집 여자의 말 속에서 암시되었기 때문에 부끄러움을 느낀 것이 아닐까 생각된다.

"저 산의 시선이 부담스럽습니다. 비 갠 날 오전, 저토록 말끔한 얼굴을 하고, 저토록 찌를 듯 건너다보는 산의 시선 앞에서는, 늘 부끄럽습니다. 그 시선 뒤에, 인간의 눈길이나 머리로는 헤아릴 수 없는 무엇이 느껴져 더욱 그렇습니다." 위 글은 인간에게는 차마 말할 수 없지만 찌를 듯한 산의 시선 앞에서는 모든 것을 숨길 수 없는, 즉 인간의 눈길이나 머리로는 헤아릴 수 없는 무엇을 산을 알고 있을 것 같기에 화자는 산의 시선이 부담스럽고 부끄럽다는 것이다. 여성이 자신의 성적 욕망을 드러낸다는 것은 담배를 피우는 여성들을 곱지 않은 눈길로 바라보는 사회의 시각으로 볼 때 부자유스럽고 거북한 것이기도 하다.

화자의 성적 결핍은 남편과의 대화 부재의 상황뿐 아니라 잠자리의 부재의 상태에 있다는 사실에서 연역해 낼 수 있다. 화자는 "그이와는 잠자리를 같이 하지 않은 지 오래되었다"고 지나가듯 말하고 있다. 그러나 자신이 먼저 그 상황을 타개해 나가려는 노력을 하기에는 오기가 발동하여 주저하고 있다. "잡초의 머리채를 휘어잡고 힘껏 잡아당길 때면, 그 대지, 검은빛을 띤 그 땅과 힘겨루기를 하고 있다는 생각이 들었습니다. 승산이 없는 싸움, 그럼에도 포기하지 못하는 오기, 그런 것들이 느껴졌습니다.(꿈에서조차)" 꿈에 등장했던 이 구절은 그러한 맥락에서 읽힐 수 있을 것이다. 화자의 내밀한 욕망은 직접적으로 드러나지 않고 안개에 대한 묘사에서 간접적으로 보이기도 한다.

이렇게 새벽 안개 사이로 담배연기를 뿜으면, 그것들이 서로 스며들면서, 반갑게 한 몸이 되는게 보입니다. 어떤 생물이, 저토록 서로 스며들어, 기쁘게 하나가 될 수도 있을까요?(167면)

"앞산에 딱따구리는 없는 구멍도 뚫는데, 우리 집에 저 멍텅구리는 있는 구멍도 못 찾나"라는 민요를 언급하면서 화자는 자신의 상태를 비유하고 있으며 "집 안에만 있는 여자들도 문득 베란다 밖으로 나와 하아, 깊이 숨을 들이쉬는, 그런 날이 있는 모양입니다"라고 여성도 남성과 똑같은 인간으로서의 성적 충동이 있음을 암시적으로 이야기 한다.

화자의 사랑의 결핍상태는 빨래건조대의 기호를 통해서도 드러난다. "버려진 짐승, 내내 추위와 굶주림에 떠는 짐승 같은 빨래건조대, 온 몸으로 어둠과 빗줄기를 견디고 있는 빨래건조대"는 남편의 무관심(추위)에 버려지고 사랑의 부재(배고픔)에 떨고 있는 화자의 상태에 비유할 수 있을 것이다. 그러므로 비를 맞는 빨래건조대는 "해갈의 기쁨을 누리는 생물"로 보이는데 이것은 상징적으로 사랑의 욕망이 충족되어 해갈의 기쁨을 누리고 싶은 화자의 마음이 반영된 표현이라고 할 수 있다. 그러나 해갈의 기쁨이 빨리 찾아오지 않고 화자의 화석화가 오래 진행된다면 '오랜 조갈증에 시달리다가 물을 만나도 몸을 추스르지 못해 겨우 물기를 받아들이는 탈진한 생물'이 될 지도 모른다는 위기감도 있다.

담배는 아직도 여성에게는 억압의 상징으로 남아 있는 기호이며, 성적 충족을 바라는 행위 역시 금기로 되어 있는 영역이다. 그래서 화자는 담배를 피우는 행위가 마치 남편 몰래 '혼외정사'를 치르는 것 같다고 표현하는데 이 표현에 주목할 필요가 있다. 화자는 어쩌면 하나의 일탈, 즉 혼외정사를 꿈꾸고 있을 지도 모른다는 것이다. 억압이라는 맥락에서 혼외정사를 담배와 동일시하면서, 담배를 피우는 일을 통해 일탈이 주는 대리 만족을 얻고 있는 지도 모른다. 그리고 담배를 피우는 화자를 발견한 남편은 옆집 남자처럼 그것을 제지할 움직임을 보이지 않는 것으로 미루어 그러한 일탈이 가능한 환경이 된다. 그러기에 남편도 담배도 똑같이 사랑한다고 말한 옆집 여인이 자신보다 더 행복하고 현명했을 거라고 하면서, 화자는 남편도 담배도 그다지 사랑하지 않는다고 고백한다. 그러므로 꿈속에서 해독되어야 할 메시지는 일탈하고 싶은 화자의 심리상태라고 할 수 있다.

이 소설은 현대를 살아가는 여성의 위기, 더 확대하면 현대인의 위기를 잘 그려낸 작품이라 할 수 있다. 현대인들의 소외감과 단절감 그리고 솔직한 의사소통의 부재는 많은 곳에서 매듭을 만들고, 그 매듭은 또한 인간의 마음을 화석화시킨다. 이 글의 주제는 여성에게만 해당되는 것이 아니라 경쟁사회에서 고통당하는 남자들에게도 확산될 수 있으며, 존재의 기반이 흔들리는 현대인들의 의지처가 되는 담배는 술이나 마약 혹은 다른 중독들과 대치될 수 있다. 우리는 그러한 중독들이 결국 결핍이나 존재감의 상실에서 온다는 것을 이 소설을 통해 잘 느낄 수 있다. 이 소설은 현대인의 허무와 존재기반의 부재의 문제를 형상화시키는 데 성공한 작품이라 할 수 있을 것이다. 허무와 존재 부재의 문제에 직면한 현대인들에게 종교는 손을 내밀어 담배나 술이나 마약이 아닌 진정한 의지처를 제공해야 할 것이다.

참고문헌

김형경, 「담배 피우는 여자」, 『1996 이상문학상 수상작품집』, 문학사상사, 1996.

3장

대지에서 끌어올린 원시적 생명력

공선옥

많은 비평가들이 지적하는 것처럼 1990년대의 소설은 몇 가지 큰 특징으로 요약되는데 그중 하나가 여성 작가의 등장과 사소설의 확산이라고 한다. 1990년대 초입 동구권의 와해가 이데올로기의 종식이라는 상황을 가져왔는데, 이것은 사회 전체를 아우르는 거대담론 자체를 거부하고 개인의 사생활과 일상성이 부각되는 사회분위기를 조성하였다. 절대적 진리를 추구하기보다는 주관적 느낌이 중시되는 분위기 속에서 그동안 소외되었던 개인의 일상과 미세한 심리에 관심이 집중되었고, 이것은 여성작가들이 대거 등장하는 계기가 되는 동시에 사소설화의 경향으로 이어지게 되었다. 대부분의 여성 소설가들은 중산층 여성의 지루한 일상, 가족 내에서의 소외와 단절 혹은 정체성 찾기 등을 사유하면서 내면성 회복을 지향하는 성향을 보였다. 하지만 서사성의 약화, 자전적 서술, 소설가 소설 등의 용어가 함축하는 바와 같이 "현대 작가들일수록 기교는 발달한 반면, 문체의 힘이 떨어져"[1] 읽는 사람을 피곤하게 하는 경향도 있다.

그러한 여성 작가들 속에 공선옥이라는 독특한 하나의 흐름을 감지할 수 있다. 우선 공선옥의 소설은 난해하지 않다. 그 이유는 돌려 말하지 않기 때문이다. 직설적이고도 솔직한 그의 문체는 두 줄 이상 넘어가는 것이 거의 없을 정도로 짧다. 공선옥 소설의 주인공들은 배운 것이 없기에 치장해서 말할 줄 모른다. 그래서 원색적이며 솔직하고 때로는 비교양적이지만, 바로 그 '교양 없음'이야말로 문화의 세례를 받아 페르소나(가면, 외적인격)를 쓰고 살아가야 하는 현대인들에게 오히려 카타르시스적 해방감을 선사한다. 우리는 때와 장소와 대면하는 사람들에 따라 수많은 가면을 바꾸어가면서 살고 있다. 그래서 늘 피곤하고 진실에 이르지 못하며 서로 소통이 되지 않음으로 인한 고통을 호소한다. 그러나 공선옥의 주인공들은 날것 그대로를 드러내고, 인간성의 미추를 거침없이 보임으로써 살얼음 위를 걷듯 조심스럽게 사는 문화인에게 대리 만족을 주며 억압된 감정의 배출구 역할을 한다.

---

1   조성기, 「우리 시대의 소설가」, 『1991 이상문학상 수상작품집』, 문학사상사, 1991, 37면.

1. 부드러움의 냉혹함, 허위적 가면 벗기

　공선옥 외에 동시대 다른 작가의 작품 가운데에도 이미지로 치장하거나 가면을 쓰지 않고 생의 솔직한 단면을 보여주는 몇몇 소설들이 있다. 하층민중의 현실을 담아내는 데 주력한 한창훈을 주목할 수 있지만, 이 글에서는 공선옥의 작품을 중심으로 성적으로 건강하고 솔직한 삶의 모습을 보여줌으로써 허위적인 가면을 벗어던지고, 타자와 소통하고 연합함으로써 현대성의 불안을 극복할 수 있는 단초를 찾고자 한다.

　최근 소설에 나타나는 반감이나 자기혐오, 삶에 대한 거부는 순수한 상태로 나타나는 것은 아니다. 그것들은 문명이라는 이름으로 억압되어 가면을 쓰고 등장한다. 예를 들면 "사업을 부도낸 중소기업체 사장이 공원에서, 고시에서 계속 낙방하던 40대 독신이 산속에서, 전세 인상금을 구하지 못한 가장이 안방에서 자살했다는" 보도를 접하며 '병신'이라고 욕하는 또 다른 사내의 이면에는 자신도 그렇게 모든 것을 때려치우고 싶다는 욕망이 숨어있다. 그 두려운 욕망을 마주보지 않기 위해, 그런 이야기를 들을 때마다 그 사내는 화를 낸다.[2] 이러한 사정은 장터의 거친 장돌뱅이에게도 마찬가지이다. 겉모습은 깡패지만 트로트만 틀어도 눈물바다가 되어 버릴 위험성이 각자의 가슴에 항상 도사리고 있다. 그래서 "염치라고

　2　김형경, 「민둥산에서의 하룻밤」, 『1997 동인문학상 수상작품집』, 조선일보사, 1997.

는 없는 녀석들처럼, 진심이라는 물건은 그저 가슴 저 밑바닥에 꼬나 박혀 얼씬도 못하도록" 서로에게는 유쾌한 표정만 짓고 있어야 한다는 의무감을 져야 한다.[3] 김인숙이나 신경숙, 김형경 작품의 주인공들도 마찬가지로 자신에 대해 솔직하지 못하다. 그들은 마음에 있는 것과는 다른 말을 쏟아내면서 상대방의 반응에 고통스러워하고 결국 이혼으로 끝장을 내면서도 마음속은 늘 허전하다. 그러나 공선옥의 주인공들은 솔직하고 적극적이다. 그래서 독자들은 카타르시스를 느끼며 비록 그 주인공들이 파국을 맞더라도 감정의 앙금이 깊게 남지는 않는다.

　오히려 공선옥 소설에서 특이한 것은 존댓말을 쓰고 교양 있게 말을 할 때는 서로에게 진실하지 못한 순간이라는 것이다. 밑바닥 사람들은 좀 더 감정에 솔직하다. 그래서 교양 없이 육두문자가 남발하고 감정을 거침없이 쏟아낸다. 반면에 지식층, 교양 있는 사람들은 그 '교양' 때문에 돌려서 말하면서 직접적으로 감정을 드러내지 않는다. 직접적으로 감정을 드러내지 않으므로 싸움을 할 일도 없다. "마음이 굳어지니까 저절로 말을 올리고, 감정이 격해지다 보면 쌍소리가 튀어 나올까봐 겁나서" 말을 삼간다. "먹고 살만한 사람들이 가장 듣기 싫어하는 게 가난한 사람들 얘기이듯이, 점잖은 사람들이 제일 무서워하는 게 험한 말 나오고 험한 꼴 보는" 것이다. 그래서 말수는 점점 적어지고 의사소통은 되지 않고 오해는 깊어지면서 싸움 한 번 제대로 하지 못한 채 파국을 맞는 부부들의 이

3　김형수, 「나는 기억한다」, 위의 책.

야기는 흔한 소재가 되었다. 김형경의 「민둥산의 하룻밤」에서는 남편이 자신을 무시할 뿐 아니라 외도를 했을 것이라고 오해한 아내가 자존심이 무척 상한다. 그러나 질투하는 여자로 보이기가 역겨워 대화를 중단한다. 그녀는 남편을 붙잡고 제대로 따져보지도 못한 채 분노를 속으로 삭이느라 병이 들고, 남편은 남편대로 아내의 냉담함에 질려서 이혼한다. 이혼 후 아내는 암에 걸리게 되고 세상을 떠날 날이 얼마 남지 않았다는 조급함을 빌미로 전남편을 만나 지난 시절 자신의 감정들에 대해 솔직히 이야기한다. 서로 솔직한 대화를 나눈 끝에 사소한 오해로 시작되었던 그들의 파국과 오랜 세월 지속되었던 심리전의 덧없음을 깨닫게 되지만, 죽음 앞에 선 그녀는 과거를 되돌릴 수 없다. 독자의 입장에서는 모파상의 「목걸이」를 읽고 난 후처럼 놀람과 아쉬움의 여운을 가지게 된다. 그러나 공선옥의 주인공들이 대처하는 방식은 다르다. 물론 지식층과 상대할 때 자신도 모르게 마음과는 다른 말이 나오는 것에 대해 스스로 놀라기도 하지만, 그들은 좀 더 적극적이고 솔직하게 문제에 접근한다.

『수수밭으로 오세요』에서 지식층인 의사 심이섭과 구로공단의 공순이 출신의 강필순의 결합은 처음부터 위태했다. 날이 갈수록 문화적 '코드'가 맞지 않자 심이섭은 자꾸만 말을 올리며 강필순을 멀리하게 된다. 더 이상 참을 수 없는 상황, 이혼을 하자는 심이섭의 말에 강필순은 교양 있게 대처해야 한다는 남편의 훈계를 잊고 "무슨 개 같은 소리를 하고 있어?"라고 반문한다. 그만두자는 남편의 말에 강필순은 '뭘 그만둬?'라고 대응한 뒤 이대로 살 수 없다는 심이섭에게 "이대로 살 수 없으면 다르게 살아! 그 대신 나보고 이혼하자는 소리 같은 거 하지 마. 그런 소리하려면 너 죽고 나 죽어!"라고 반발한다. 더 이상 싸우고 살 수 없다는 남편에게 강필순은 "언제 치고 받은 적이나 있냐고, 제대로 한번 싸운 적이나 있냐고" 반문한다.[4]

> 이섭의 말투는 지극히 친절하기까지 하다. 그것은 분명 부드러운 서울 남자의 말투다. 부드럽고 냉혹한, 아니, 부드러워서 냉혹한. 그런 태도가 한수 아비 조영식과 심이섭의 다른 점이라는 걸 필순은 안다. 조영식이 살림살이를 부수고 육두문자를 쓰고 쌍욕을 퍼부었던 것이 이럴 땐 차라리 더 살갑다고 느껴지는 게 어찌 된 일인가. 적어도 조영식이 필순에게 패악을 부릴 때면 필순도 거기에 맞춰 쌍욕을 퍼부어줄 수 있는 여지라도 있었다. 그러나 부드러운 냉혹함 앞에서는 아무것도, 아무 말도, 아무 대응도 할 수가 없다.[5]

결국 이 부부가 이혼에 이른다는 파국의 결말은 같지만, 적어도 이 작품의 주인공 강필순은 동시대 다른 여성 작가들의 주인공들처럼 애써 초연한 척하지 않는다. 끝까지 매달리고 자신 곁에 오지 않는 남편에게 안아달라고 요구하기도 하면서 자신의 의지를 솔직하고 직접적으로 전달한다. 그 모습 속에서 우리는 솔직하고 건강

---

4   공선옥, 『수수밭으로 오세요』, 여성신문사, 2002, 198~199면.
5   위의 책, 194면.

한 야생적인 생명력을 볼 수 있다. 다른 한편으로 '방세 걱정, 전기세 걱정, 쌀값 걱정' 없이 살면 남편이 좀 살갑게 대해주지 않아도 편안한 것이 아니겠느냐고 자신을 다독거리는 민중의 눈물을 함께 볼 수 있다. 민중에게는 복잡한 감정의 유희는 사치스러운 일일뿐이다. 그래서 공선옥 소설의 주인공들은 슬픈 일이 있을 때, 그것을 곰곰 생각하면서 잠을 이루지 못하는 대신에 몸을 혹사시켜 일을 함으로써 잠이 오게 하는 방식을 택하고 있다.

2. 이유 없음에서 나오는, 야생의 힘

문화의 세례를 받은 사람들은 자신의 처지를 어떤 이유로든 정당화시켜야 하고 논리성을 부여해야 마음이 놓인다. 그러기에 논리적 사건과 사실의 문제에 대해서는 말을 잘 하다가도 느낌과 감정의 문제에 부딪힐 때 허위의식을 내보인다. 그래서 '마음에 있는 것과는 다른 말'을 하기가 십상이다. 그러나 공선옥의 인물들은 도덕과 윤리보다는 본능의 소리에 귀를 기울인다. 「우리 생애의 꽃」에서 "딸이 오전반일 때 속의 반란기를 참지 못하고 집을 나서 도망치는 엄마"는, 오후반일 때 아이가 돌아와서 "밥보다 감당하기 어려운 캄캄한 밤을 맞이할 생각에 가슴은 두 배로 쓰라리고", 그 때문에 어미는 울고, 울면서도 도망친다. "젖가슴이 커서 먹고사는 데

도움이 되는 여자"와 황제 카바레에서 반란을 시도하며 스스로 바람난 어미임을 슬퍼한다. 그녀는 생의 충동으로 기존 도덕률에 도전하게 된다. "술 향기가 좋고 사내 향기도 만만치 않은" 카바레로 오라며 반란을 부추기는 수자 씨를 보며 바람난 어미는 이렇게 중얼거린다.

> 바람난 어미. 나는 후후 웃었다. 내게 바람기가 있었나. 그것 때문이었나. 사실 나는 지금까지 내가 도덕적인가, 아니면 부도덕적인가에 대해서 생각해 본 적이 없었다. 문득 내게 바람기가 있나 어쩌나 하는 생각과 동시에 떠오른 도덕과 부도덕이라는 단어에 나는 웃었다. 내 속의 반동의 기운을 어떻게 도덕과 부도덕이라는 말의 단칼로 규정지어 버릴 수 있단 말인가.[6]

바람난 어미는 자신의 도덕성보다는 속에서 솟아오르는 반동의 기운을 솔직히 인정하고 스스로를 바람난 어미라고 규정한다.

공선옥 소설의 주인공들은 설명되지 않고, 설명할 수도 없는 것을 굳이 이해하려고 하지 않는다. "설명되어지지 않는 것, 우리 눈에 보이는 것이 다가 아니고, 보이지 않는 것도 존재하듯이 어떻게 이 세상에 이유 댈 수 있는 것만이 존재할 수 있단 말인가. 이유 없는 것들의 궐기. 그것들이 일제히 반란할 때, 이유 있는 것들은 그 앞에서 얼마나 나약해지는가를 도덕과 부도덕을 운위하는 한 남자

---

6 공선옥, 「우리 생애의 꽃」, 『1994 이상문학상 수상작품집』, 문학사상사, 1994, 97면.

앞에서 어떻게 설명할 수 있겠는가"라고 항변한다.

그러므로 공선옥 소설의 주인공들은 도덕적이지 않으며 그렇다고 퇴폐적이지도 않다. 그들은 반란, 불륜을 일상으로 만들어 사는 사람들이다. "나는 지금도 아무하고나 자. 그래도 아무렇지도 않아. 봐, 술도 마시지 않잖아. 오히려 어쩔 땐 '삶의 용기' 같은 것이 치솟을 때가 많은 걸. 난주는 일부러 '삶의 용기'라는 말에 힘을 주어 말하며 최대한으로 뻔뻔한 표정을 지어본다."[7]

그러나 그 뻔뻔함은 얄밉지 않다. 그 뻔뻔함의 근저에는 '먹고살려고 애쓰는' 민중의 끈질긴 생명에의 애착과 가진 것 배운 것 없이 험한 세상에서 살아남기 위한 방책, 주눅 들지 않으려는 일종의 자기최면, 자기 방어의 기제가 눈물겹게 작용하고 있기 때문이다. "그래, 바람기는 아니지. 그렇게 저속한 건 아니야. 내가 미리 명명했듯이 그것은 꽃이야. 향기 품은 꽃. 우리 생애의 지리멸렬함 속에서 가끔씩 고개를 드는."[8] 이와 같이 그들은 바닥에서 몸부림치는 자신들의 생을 따뜻하게 감싸 안으며 스스로 위로하고 있다. 그래서 퇴폐적이지 않다. 퇴폐적이기는커녕 먹고살려고 애쓰며 살아온 것은 훌륭하기까지 하다.

이섭은 필순이 아무에게나 너무 쉽게 말을 하는 버릇이 있다고 주의를 주곤 했다. (⋯중략⋯) 그러면서 꼭 뒤에 붙이는 말이 있었다.

---

7 공선옥, 「그 여자 난주」, 『1997 현대문학상 수상소설집』, 현대문학, 1997, 158면.
8 공선옥, 앞의 글, 1994, 97면.

"니가 어떻게 살아왔는지 모르겠지만 말야."

"내가 어떻게 살아왔냐고? 새끼하고 먹고살려고 애쓰며 살아왔지. 그만하면 나도 훌륭하게 잘 살아온 거 아냐?"[9]

인위적인 산물인 문화가 인간의 야성을 길들여 버렸다면 인간의 잃어버린 본성과 야성은 문화를 반역하는 데에서 되찾을 수 있을 것이다. 의사인 심이섭과 구로동의 공순이 필순이 만나서 아이를 낳고 살지만 그들 사이에는 문화적 거리라는 심연이 놓여있다. 그러나 그 의사선생에게 필순은 자신의 과거, 피눈물 나게 미싱발을 밟고 살았던 과거는 숨겨야 할 대상도 아니고 부끄러운 것도 아니며, 오히려 훌륭한 것이다. 여기에서 가치의 전도가 일어나면서'카니발적 가치의 전복'이라는 유쾌함과 카타르시스가 일어난다. 시끄러운 소리를 내서는 안 되고 이웃에게 방해가 되지 않도록 조심조심 살아가는 것이 문화 시민의 요건이라면, 어린 아이처럼 꿈틀대는 생명으로 살기 위해서는 허위적 가면을 벗어던져야 한다.

공선옥의 「어린 부처」에서는 어린 두 딸 도란이와 오목이를 데리고 재혼한 엄마의 이야기가 나온다. 문희는 남편 세환과 싸움을 한 후에 아이들에게 이혼을 할까 물어보는 철없는 엄마이다. "아이들을 다독이며 정서적으로 안정된" 엄마의 모습만을 보이며 살아야 하는데 아이들에게 비친 엄마의 모습은 늘 날것 그대로다. 날것 그대로의 감정을 아이들에게 다 드러내놓고 사는 문희의 모습은

---

9 공선옥, 앞의 책, 2002, 17면.

'실패한 엄마'의 모습임에 틀림없다. 이러한 엄마의 모습이 공선옥의 소설에서는 낯설지 않다. 머리띠가 분홍색이 아니고 검정색인 것이 마음에 안 들어 칭얼대는 아이에게 엄마를 무시한다며 머리띠를 그 자리에서 작살내버리는 엄마, 폐교를 얻어 아이 셋과 함께 생활하면서도 술이 일단 몸속에 들어가야 제정신 모르고 일을 하게 된다는 엄마, 그 엄마 정옥은 전학을 왔다는 이유만으로 아이들 교통비를 지급해주지 않는 것에 항의하기 위해 동네 총각 갑철이와 함께 교육청으로 쳐들어간다.

> 그러느라고 시간이 많이 지체된 것 같아 마음이 급해져서 아직도 훌쩍이는 둘째더러 뛰어가면 바람에 눈물이 마를 거라고, 첫째, 둘째를 앞서 뛰어가게 해놓고 자기는 셋째를 등허리에 질끈 동여매고 마지막으로 머리에 닭상자를(장에 내다 팔기위한) 인 뒤 드디어 홀로어멈, 정옥이 산길을 내려가기 시작한다.[10]

닭상자를 이고 교육청을 찾아가는 모습이 회화화되어 있는데, 가난해도 비극적이지 않은 건강한 생명력을 엿볼 수 있다. 교통비 타러 교육청에 찾아가는 사건은 「타관 사람」에서 홀로 조카를 기르는 갑철이 총각을 통해 다시 재현된다.

---

10 공선옥, 「홀로어멈」, 『2000 현대문학상 수상소설집』, 현대문학, 2000, 110면.

3. 생명의 강인함, 모성의 힘

리얼리즘의 맥락에서 공선옥은 1990년대 문학에서 유일한 민중문학의 계승자로 여겨진다. 신승엽에 따르면, 80년대를 겪은 공지영이나 김인숙의 작품 그리고 노동현실에 대한 형상화로 신경숙의 『외딴 방』이 이룩한 성과에 이르기까지 민중문학적인 요소가 있었지만, 공선옥의 소설에서처럼 삶 그 자체에서 자연스럽게 우러나오는 생동감은 찾아보기 어렵다고 한다. 공선옥의 소설에는 기층민중의 주체적 목소리에 기초한 절박함과 생동감이 살아있다. 현재의 목숨을 지탱하고 삶을 살아내는 과정에서 이룩해야 할 연대를 지향하기도 하며, 또 거부해야 할 대상에 대해서는 단호한 부정을 동반하기도 한다. 공선옥은 타자로서의 민중을 그린다기 보다는 남편과 헤어진 데다 경제적 능력을 갖추지 못한 채 홀로 어린 자식들을 키워야 하는 여성의 고단한 삶을 주로 그리고 있다. 물론 작가의 체험이 반영되어 삶의 직접적인 구현을 획득하고 있기는 하지만 그것은 비단 남편 없이 아이를 길러야 하는 어미라는 국한된 범위를 벗어나 오늘날 이 땅을 살아가는 민중 전체를 대표하는 전형성을 획득하고 있다는 데서 그 의의를 찾을 수 있다.

많은 비평가들은 1990년대의 소설을 통해 포스트모던적 이미지의 엄청난 폭발성을 환기시키면서 문화와 사상의 퇴폐적인 표현에 주목하였다. 하지만 거기에서 보다 전인적인 온전한 삶, 잠재성이 살아있는 정신적 삶, 그리하여 정신적인 삶의 복귀를 가능케 하는 의미를 찾아내는 것이 더욱 중요한 일일 것이다. 이러한 맥락에서 공선옥 소설은 동시대의 다른 여성 작가의 작품들과 차별성이 보인다. 예를 들어 김인숙의 「개교기념일」이나 「바위 위에 눕다」, 차현숙의 「나비, 봄을 만나다」, 김형경의 「담배 피우는 여자」, 은희경의 「아내의 상자」 등에서 여주인공들은 배우자의 무관심에 대해 솔직하게 관심을 촉구하지 않을 뿐만 아니라 외도에 대해서도 오히려 무관심한 척 하거나 초연을 가장한다. 즉 '다 살았다 하는 얼굴'로 서로를 괴롭게 하면서 대화의 단절과 고립의 상황 속에서 식물처럼 연명하고 있거나 결국 헤어지는 파국으로 치닫는다.

　반면에 공선옥의 소설에서는 모성이 강하게 부각된다. 모성은 인간이 지닌 가장 원초적인 생명력이다. 어쩌면 이 문명시대에 시들어 버린 모성의 복원으로부터 우리는 다시 생명력을 얻어야 할 것이다. 「타관 사람」의 갑철이 총각은 고아원에 있던 조카 홍기를 데리고 시골에 와서 무너진 집을 다시 세움으로써 전도된 모성으로서의 부성을 보인다. 「술 먹고 담배 피우는 엄마」에 나오는 엄마도 역시 생활 형편상 아이들을 시립 일시 아동보호소에 맡겨놓은 처지이다. 하지만 "그래도 내 자식 있는 곳이 그중 따술 것"이라며 비록 술을 먹고 담배를 피우지만 '우리 새끼'들의 엄마라고 자신의 정체성을 정립한다. 공선옥 소설에 등장하는 엄마들은 다정하지도 않으며, 그 엄마의 엄마도 마찬가지이다. "나무하러 가면 중학교 보내 줄거냐"고 묻고 싶어 울먹이는 딸에게 너무나도 우는 이유를 잘 알고 있는 엄마의 엄마는 거두절미하고 "밥 후딱 처먹고 갈퀴 들고 에미 따라 나서라"고 윽박지른다(「술 먹고 담배 피우는 엄마」). 엄마는 딸에게 밥을 챙겨주지 않는데, 그것은 엄마의 엄마도 마찬가지였다. 밥은 혼자 차려먹을 수 있지만 초경까지 혼자 치르게 된 엄마는 엄마의 엄마에게 "개 같은 년"이라고 중얼거렸다. 그런데 이제는 그 딸이 엄마가 밥을 차려주지 않으면 밥을 굶겠다고 시위를 한다(「우리 생애의 꽃」). 하지만 엄마와 딸, 엄마의 엄마는 서로 끈끈하게 얽혀있다.

아무리 구박을 해도 그들은 엄마만 있으면 족하다. 의붓아버지와 이혼을 할까 물어봐도 엄마만 좋으면 괜찮고(「어린 부처」), 돈이 없어도 엄마만 있으면 자연 속에서 살아갈 수 있다고 한다. 그래서 아버지가 다른 두 아이, 죽은 은자의 두 딸, 그리고 누구의 자식인지 모르지만 그녀에게 맡겨진 아이 다섯을 데리고 필순은 희망으로 밭을 일구기 시작한다(『수수밭으로 오세요』). 그 아이들을 버릴 수 없는 것은 모성의 힘이자 자연의 힘이며 생명에 대한 외경이다. 『붉은 포대기』의 인혜와 황희조 영감 역시 죽은 어머니가 남긴 포대기에다 지능이 모자라는, 아비 없는 수혜의 아기를 소중하게 받아 키운다. 여기서는 언니가 어머니를 대신한 모성애를 발휘하고 있다.

> 아빠 없으면 어때, 처녀가 애 낳으면 어때, 수혜야, 수혜야아 …… 너를 내가 지켜줄게, 네 아기를 내가 키워줄게. 저 햇빛과 바람과 구름과 별과 강물이 네 아기를 키워줄거야.[11]

---

11 공선옥, 『붉은 포대기』, 삼신각, 2003, 288면.

이와 같이 모성애는 일종의 둥지를 지키려는 동물적 본성과도 상통한다. 그 가식 없는 본성의 부름에 응답하는 것이 공선옥 소설의 힘이다. 그리고 원색적 욕설을 통한 일종의 카타르시스와 어느 누구에게도 잘못을 돌리지 않는 포용성도 함께 느낄 수 있다. 세월이 흐르면서 작가 공선옥은 대지의 생명을 퍼올려 세상을 부드럽게 싸안는 넉넉한 포용력을 보여준다. 그 생명력이 공선옥 소설의 치유력이자 동시대 여성작가들과 구분되는 변별성이라고 할 수 있을 것이다.

참고문헌

공선옥, 「우리 생애의 꽃」, 『1994 이상문학상 수상작품집』, 문학사상사, 1994.

_____, 「그 여자 난주」, 『1997 현대문학상 수상소설집』, 현대문학, 1997.

_____, 「홀로어멈」, 『2000 현대문학상 수상소설집』, 현대문학, 2000.

_____, 『수수밭으로 오세요』, 여성신문사, 2002.

_____, 『붉은 포대기』, 삼신각, 2003.

김형경, 「민둥산에서의 하룻밤」, 『1997 동인문학상 수상작품집』, 조선일보사, 1997.

김형수, 「나는 기억한다」, 『1997 동인문학상 수상작품집』, 조선일보사, 1997.

조성기, 「우리 시대의 소설가」, 『1991 이상문학상 수상작품집』, 문학사상사, 1991.

제5부
상징을 찾아서

● 1장 ●

'콩브레'의 꽃의 상징

리쾨르의 텍스트 이론에 근거하여

1. 들어가는 글

리쾨르는 고대 신화에서뿐만 아니라 현대의 정신분석에서 이루어지는 상징언어의 다의성과 그 해석의 복수성을 고찰하는 가운데 담론 특징들 간에 이루어지는 상호작용의 중요성을 발견한다. 그리고 기호, 상징, 그리고 글쓰기를 매개로 한 담론해석의 궁극적 지향점이 인간이해라는 것을 인식한다. 인간이 자기이해의 길을 찾는데 있어서 언어와 상징의 해석문제는 중요한 요소로 개입하게 된다. 리쾨르의 담론 해석은 『텍스트에서 행동으로』를 통해 은유와 이야기 해석학으로 확장되는데 리쾨르의 텍스트 해석은 인식론적 성격과 존재론적 성격이 상호 변증법적으로 작용하고 있다. 즉이해와 설명의 변증법, 랑그와 파롤parole의 변증법, 의미론과 기호학의 변증법, 뜻과 지시체의 변증법이 그것이다. 이와 같이 텍스트의 해석학이란 텍스트의 내적 의미구조와 외적 독서 체험에서 열어 보이는 세계이해의 변증법적 이해의 이론이다.

리쾨르는 독자가 텍스트를 읽을 때 이해사건이 일어난다고 한다. 독자는 일차적으로 텍스트의 '문자적 의미'를 읽게 되고 이를 통해 텍스트의 의미를 추측하게 된다. 텍스트의 의미를 텍스트의 언어적 의미로서 추론하는 것이 곧 추측하는 것이다.[1] 그러나 텍스트의 의미를 추측하는 주체는 이상주의적이고 관념론적으로 투명한 주체가 아니라 기호나 상징 또는 글쓰기에 의해 매개된 주체이다. 그러므로 매개화된 주체의 이해는 해석의 작업을 필요로 하며, 해석이란 다름 아닌 매개체 즉 언어를 통한 간접적 이해의 작업이다. 이해의 첫 번째 단계로 **설명**의 단계를 들 수 있는데, 이 단계에서 텍스트의 구조분석을 통해 이해가 심화된다. 설명의 방법이 인식 대상에 대한 객관적 접근이라면 진리의 이해는 대상과 인식 주체 간의 주관적 만남의 결과라고 할 수 있다. 이해와 설명은 오랫동안 대립되는 개념으로 여겨져 왔다. 그러나 리쾨르에 이르러 이해와 설명은 변증법적 방법에 의해 창조적으로 초월된다. 즉 해석학적 순환의 고리는 일차적 순수한 이해로부터 출발하여 설명과 분석을 통해 거기에 객관성을 부여한 후, 보다 충만한 이해라는 해석학적 아취에 도달하는 것을 의미한다.

그러한 관점에서 이해는 설명에 선행하고, 설명을 동반하며 또

---

1 폴 리쾨르, 김윤성·조현범 역, 『해석이론』, 서광사, 1994, 130면.

한 포함한다. 이해에서 설명으로 넘어간 단계에서는 텍스트의 구조와 의미를 객관적으로 다룰 수 있게 되는데, 리쾨르는 이 단계에서 텍스트의 '지시적 기능'에 대해 언급한다. 그러므로 이해는 텍스트가 지시하는 세계를 문제 삼으며, 이때 텍스트 세계의 이해를 리쾨르는 '**파악**'이라고 한다. 그러고 나서 텍스트가 지시하는 세계와 독자의 현재 세계와의 관계가 언급되는데, 이것은 낯선 것이 자신의 것으로 되는 '**자기화**appropriation'[2]의 단계이며, 가다머의 지평융합의 단계와 같다. 즉 독자세계의 지평과 작가의 지평이 융합되는 단계이다. 그리고 여기에 '거리두기'와 '비시간화'의 개념이 관계된다. 이것이 진정한 텍스트의 지시적 힘이고 텍스트의 의미가 독자인 나에게 현실화되는 텍스트 앞에서의 자기 이해이다.[3] 그러므로 해석의 목표는 이미 존재하는 작가의 의도나 작품의 구조가 아니라 작품과 독자가 함께 펼치는 역동적 구조화의 작업인 것이다.

리쾨르의 텍스트 이론에 대해 위와 같은 이해를 가진 후에, 프루스트의 『잃어버린 시간을 찾아서』를 살펴보기로 한다. 일반적으로 『잃어버린 시간을 찾아서』는 마르셀이 홍차에 담근 마들렌느를 먹으면서 환기된 콩브레를 되살리고, 일련의 비의지적 기억들을 통해 과거를 현재에 재현시킴으로써 시간성을 초월하고 마침내 천직의 부름에 순응하는 이야기로 이해되고 있다. 그러므로 들뢰즈는

---

2 'appropriation'은 자기화로 번역한 것을 택하였다. 이 말은 '전유', '친숙화'로 번역되기도 한다.

3 Paul Ricoeur, *INTERPRETATION THEORY : Discourse and the Surplus of Meaning*, The Texas Christian University Press, 1976, pp.92~95.

무의지적 기억 자체를 시간의 흐름에 따라 체득해 가는 기호로 보았으며, 그 기호들을 해독 혹은 해석함으로써 마르셀이 작가가 되어야 한다는 천직의 부름에 응답하는 과정이 소설이라고 여겼다.[4] 들뢰즈가 말한 것처럼 『잃어버린 시간을 찾아서』의 주된 쟁점은 시간이 아니라 '진리'라고 리쾨르는 주장한다. 프루스트의 작품은 기억들의 진열이 아니라 기호들을 체득하는 과정이라는 것이다. 물론 그러면서도 진리의 기호가 시간과 본질적 관계를 맺고 있음을 인정한다. 리쾨르는 『시간과 이야기』 2에서 『잃어버린 시간을 찾아서』를 초점이 두 개인 타원형으로 여기고 있는데, 그 하나의 초점이 탐구라면 다른 하나의 초점은 영감의 도래라고 한다. 리쾨르는 자서전으로 읽힐 수 있는 프루스트의 이 작품이 허구의 지위를 얻게 되는 것은 서술적 구성 덕분이라고 밝힌 바 있다. 그런데 주목할 것은 서술의 층위에서 볼 때, 『잃어버린 시간을 찾아서』에는 서술에 선행하는, 즉 서술의 과정을 밖에서 지배하는 철학의 쟁점이 있는데, 그것이 바로 정체성 탐구라는 것이다. 요약하자면 화자 마르셀이 작가의 천품을 발견해가는 과정이라고도 할 수 있는 『잃어버린 시간을 찾아서』는 정신과 물질적 세계의 구별을 제거하고, 예술을 통해 그 둘을 화해시키며 예술작품 속에 형이상학적 명증성을 새겨두고, 그 명증성에 지속적이고 구체적인 형태를 부여

---

4 들뢰즈는 무의지적 기억을 통해서 환기된 기호를 잃어버리고 있고, 이미 잃어버린 시간, 혹은 되찾고 있고 이미 되찾은 시간이라는 시간의 구분에 따라 네 가지로 분류한 바 있다. 각각의 시간에는 사교계의 기호, 사랑의 기호, 감각의 기호, 예술의 기호가 각각 상응한다. Gilles Deleuze, *Proust et les Signes*, P.U.F., 1986. pp.34~35.

하는 소설이라는 것이다.

리쾨르에 따르면 담론의 긴 연쇄체로서 텍스트의 세계 파악은 전체에서 부분으로 그리고 부분에서 전체로, 이해에서 설명으로 또는 설명에서 이해로 순환하는 해석의 모형이다. 그리고 가장 짧은 단어로부터 가장 긴 담화인 텍스트에 이르기까지 독자는 독서 행위를 통하여 텍스트가 열어주는 의미의 세계를 만날 수 있다. 그러면 이 글에서는 그동안 많이 다루어진 비의지적 기억들이나 시간의 초월성의 문제가 아니라 콩브레를 묘사하는 가운데 나타난 식물의 기호, 특히 꽃의 기호를 통하여 텍스트가 열어주고자 하는 세계를 만나고자 시도한다.

2. 꽃의 상징과 콩브레의 두 방향

콩브레 주위에는 산책을 하기 위한 두 방향이 있는데, 그것은 정반대에 위치해 있기 때문에 어느 한쪽으로 가고자 할 때에는 사실상 집에서 같은 문으로 나갈 수가 없다. 그러나 서로 대립되는 것으로 여겨졌던 두 방향은 「되찾은 시간」에서 보면 서로 통하는 길이었음이 밝혀진다. 결국 이 두 방향은 이분법적으로 대립되었던 것들의 합일을 상징하는데, 그 두 방향이란 스완 쪽이라고 불리는 메제글리즈-라 비뇌즈의 쪽과 게르망트 쪽이다.[5] 스완 쪽과 게르망트 쪽이라는 두 방향은 땅 쪽과 물 쪽으로 상징되기도 한다. 올라니에M.M-Ollagnier에 따르면, 일반적으로 땅은 불순하고 더럽고 죽는 곳으로 여겨지는 반면, 물은 순수하고 정신적이며 불멸의 상징으로 나타난다.[6] 화자의 아버지는 스완 쪽을 가장 아름다운 평야의 경치로, 게르망트 쪽을 강의 풍경의 전형으로 묘사함으로써 화자로 하여금 그 두 방향을 그와 같이 두 실체로 이해하고서 정신의 산물에 불과한 이러한 응집력과 일관성을 두 방향에 부여하도록 하였다.(p.134)

이 두 방향의 대립은 실제의 거리보다는 정신적 거리에 의해, 또한 같은 날 단 한 번의 산책을 할 수 밖에 없기 때문에 결코 두 방향에 간 적이 없는 습관에 의해, 상호 간 연락 없는 닫힌 항아리 속에 가두어져서 더욱더 절대적인 것이 되고 있다. 또한 스완 쪽에는 밀밭 속에 솟아난 두 개의 이삭처럼 묘사된 종탑을 가진 땅의 교회인 생 탕드레 데 샹Saint-André-des-Champs이 있으며,(p.146) 게르망트 쪽에는 결코 도달하지 못하는 비본느 수원지를 따라 산책하다가 만나게 되는 물의 교회인 생틸레르Saint-Hilaire가 대립되고 있다. 물은 기화되고 빛과 용해되며, 몽상은 게르망트 가의 신화적 기원 — 즉 님프와 거룩한 새의 결합 — 에 합치하고 있다.

두 방향의 산책은 초인종 소리에 의해서도 구분되는데 스완 쪽

---

5   Marcel Proust, *A la Recherche du Temps Perdu* 1, Gallimard, 1981, p.134. 이하 이 작품을 인용할 때는 인용문 말미에 인용면수만을 밝힌다.
6   Marie Miguet-Ollagnier, *La Mythologie de Marcel Proust*, Annales Littéraires de l'Université de Besançon, 1982, p.227.

은 수줍고 달걀 모양이며 금빛의 이중적 울림double tintement, timide, ovale et doré(p.14)으로 묘사되어 달걀 모양ovale과 금빛doré에 의해 밀에 비유된 생-탕드레-데-샹Saint-André-des-champs과 상응한다. 게르망트 쪽은 쇳소리를 뿌리는 듯한, 계속 솟아나는 차가운 방울 소리로 묘사되어 있는데(qui arrosait (…중략…) de son bruit ferrugineux, intarissable et glacé),(p.14) 뿌리다arroser 동사와 마르지 않는intarissable이라는 형용사는 물에 대한 몽상으로 인도해 준다. 이 두 방향이 향하는 거리의 이름도 주목할 필요가 있다. 평범하고 인간적이며 죽음을 면할 수 없는 신화적 쌍둥이 카스토르Castor[7]에 속한 스완 쪽에는 신의 입김을 불어주는 의미를 지닌 명칭인 성령의 거리rue de Saint-Esprit가 사용되었다. 그리고 봉건적 꿈의 방향이며 정신적이고 초월적이며 신적인 폴룩스Pollux와 근접한 게르망트 쪽에는 지상적 토대를 받아들이는 의미의 들판의 거리rue des Perchamps라는 명칭이 쓰여[8] 이 두 방향이 서로 떨어진 별개의 것이 아니라 언젠가는 서로 상호 침투하고 합치할 것이라는 암시를 주고 있다.

결국 합일되는 이 두 방향은 두 길이 통해 있었다는 사실뿐 아니라 게르망트 쪽의 생 루와 스완 쪽의 질베르트의 결혼에 의해서도

---

7 카스토르와 폴룩스Castor et Pollux : 제우스와 레다의 쌍둥이 아들. 그러나 다른 설에 따르면 폴룩스Pollux는 레다와 제우스 사이에서 태어나서 불멸의 생명을 가진 반면, 카스토르Castor는 레다와 그의 남편인 스파르타의 왕 사이에서 태어났다. 서로 떨어지지 않는 이 두 형제는 스파르타와 아테네의 전투에 참여하게 되고 거기에서 카스토르는 죽는다. 이에 폴룩스는 카스토르에게 자신의 불멸을 나누어 주며 이들은 쌍둥이 별자리를 이루게 된다.

8 Marie Miguet-Ollagnier, *op.cit.*, p.228.

서로 합일된다. 사랑의 욕망과 예술에 대한 동경을 함축하는 이 두 방향이 합일되는 것은 많은 연구에서 이미 밝혀진 바 있거니와 이 글에서는 이 두 방향에서 묘사된 꽃들이 두 방향과 어떠한 유기적 연관을 가지고 있는지 살펴보기로 한다. 치밀한 배경의 묘사는 작가가 그려내고자 하는 내면세계와 연결될 때 비로소 그 생명력을 찾게 된다. 어떤 사물을 세밀하게 묘사함으로써 그려진 사물의 이미지가 작가가 표현하고자 하는 의미를 표현하는 기능을 가진다면 그것은 현실을 그대로 복사해 내는 수준의 사실주의의 차원을 넘어서 의미의 세계를 구축하는 행위가 될 것이다. 담화 작품의 텍스트는 일종의 다성성을 가지며 이 다성성은 작품들이 복수적 구성을 갖게 한다. 『잃어버린 시간을 찾아서』가 무의지적 기억들이 환기하는 의미들을 발견하고 마르셀이 천직을 발견한다는 커다란 구조를 가지고 있다면, '콩브레'의 두 방향에서 묘사된 꽃의 기호들도 큰 구조 안에 포함되는 작은 의미구조를 가지고 있으리라는 추측을 해 볼 수 있다. 그리고 리쾨르의 표현대로 그 꽃의 기호들을 이해함으로써 추측에서 확인으로 그리고 그 확인된 의미를 설명하고 이해함으로써 텍스트의 세계를 재구성하며 해석의 차원으로 전환하게 될 것이다. 꽃의 묘사가 단순한 묘사의 차원을 넘어 작품의 전체 구조와 긴밀한 관계를 가지는 경우, 더 나아가서 심도 있는 의미 창출에 담당하는 역할에 대해, 『잃어버린 시간을 찾아서』의 1권의 1부 콩브레 편에 나타난 꽃의 묘사를 대상으로 하여 논의를 전개해 가기로 하겠다.

3. 꽃과 인물의 관계

프루스트는 식물학을 전공하지 않았고 프랑시스 잠처럼 식물의 잠에 대해 연구하기 위해 직접 괭이밥의 씨를 부려서 관찰하지는 않았지만, 적어도 식물이 꽃이 피는 시기에 대해 오류를 저지르지 않기 위해 식물도감을 공부하려고 노력하였다. 뤼시엥 도데에게 보내는 편지를 보면 아가위보다 들장미가 늦게 핀다는 사실을 발견하고 글을 수정을 했다는 내용이 보인다.[9] 그만큼 식물 특히 꽃은 그의 어린 시절과 뗄 수 없을 정도로 밀착되어 있고 그의 모든 작품의 영감의 근원이라고 할 만하다. 그는 어린 시절 레오니 고모 집의 작은 정원의 마로니에 그늘에 앉아서 "보이지 않지만 집요한 라일락invisibles et persistants lilas" 향기 속에서 독서를 하면서 몽상에 잠기곤 하였다. 보리수 차에 담근 마들렌느를 먹으면서 콩브레의 레오니 고모 집의 기억이 살아났고, 그것과 더불어 과거가 재현되면서 콩브레 정원의 모든 꽃, 스완의 정원의 꽃, 그리고 비본느 시내의

---

9   Pour les fleurs, j'ai, je vous assure, beaucoup de scrupules; ainsi dans la 1'er version de ces aubépines, il y avait dans le même chemin des églantines ne fleurissent que plus tard, j'ai corrigé et j'ai mis dans le livre "qu'on pourrait voir quelques semaines plus tard, etc." Pour la verveine et l'héliotrope, il est vrai que Bonnier indique pour la première qu'elle fleurit de Juin à Octobre, pour la seconde de Juin à Août! (…중략…) dans un jardin on pouvait les faire fleurir dès mai quand les aubépines sont encore en fleur. Puisque c'est impossible, que puis — je mettre, le réséda et le jasmin seraient — ils possibles, ou d'autres ?
Lucien Daudet, *Autour de Soixante Lettres de Marcel Proust*, Gallimard, 1952, pp.70~71.

수련에 대한 기억도 되살아나게 된다. 사실 프루스트의 작품에는 식물의 묘사가 많은 것과 대조적으로 동물에 대한 묘사는 거의 찾아볼 수 없다. 프루스트 자신도 『스완의 집 쪽에서』를 평하여 열정과 명상과 경치로 가득 찬 책이라고 논한 바 있다. 경치는 어떤 사건이 전개되는 단순한 배경이 아니라, 그 경치가 개입된 사건이나 사람 사이에는 긴밀한 연관성 혹은 부분적이 동일시가 존재하며, 따라서 경치는 자연의 일부가 아니라 감정, 사고와 대등하게 여겨진다.[10] 그러므로 프루스트에게 있어서 꽃이란 단순히 외적 장식물로서의 꽃이 아니라 그 자체가 배경과 의미를 구성하고 있다.[11] 이와 같이 내밀한 감정의 동반자 혹은 자극자 이상의 역할을 하는 자연과 경치의 묘사 속에는 작가의 원초적 생각과 의도가 들어 있다. 뒤집어 말한다면 자연의 묘사 속에서 작가의 무의식에 가장 가까운 것이 쉽게 드러날 수도 있다는 것이다. 그렇다면 이러한 경치, 더욱 좁혀 말한다면 꽃의 묘사와 그 꽃과 더불어 나타나는 사람들,

---

10   그러므로 경치와 사건 그리고 그 사건에 연루된 사람들 사이에는 긴밀한 관계가 존재함을 인정해야 한다(Les paysages vont ainsi de pair dans son esprit avec les sentiments et les idées. (…중략…) Il en arrive à admettre qu'il existe une relation étroite, voire une identité partielle, entre les paysages d'un côté, les événements et les hommes impliqués dans ces événements de l'autre).
Jean Canu, *Marcel Proust et la Normandie*, 1957, pp.212~213.

11   꽃은 배경과 합체된다. 그의 작품은 시적인 꽃들이 아니라 자연의 향기처럼 그의 인상으로부터 발산된 꽃, 즉 시를 우리에게 제공한다(Elle(la fleur—인용자 주) fait corps avec le fond, et son oeuvre nous offre, non des fleurs poétiques, mais la poésie même la fleur qui se dégage, tel un parfum naturel, de ses impressions).
Pierre Costil, "Proust et la Poésie de la Fleur", *Bulletin de la Société des Amis de Marcel Proust et des Amis de Combray*, no.13, 1963 참조.

더 나아가 그들의 생각 사이에 어떤 연관성을 전제해 볼 수 있을 것이다. 프루스트의 정신 속에서 그의 사랑의 감정이나 인물들의 감정은 경치와 긴밀하게 혼합되어 있다.[12]

　그러면 인물들이 출현과 그 배경과의 밀접한 관계의 예를 몇 가지 들어보기로 하겠다. 마르셀이 할머니와 발벡으로 여행을 가면서 기차가 어느 산악 지방에서 잠시 멈추게 되었을 때 우유장수 아가씨의 출현은 마르셀에게 미와 행복에 대한 인식을 새롭게 가지게 하며 살고자 하는 욕망을 다시 한 번 느끼게 한다.(p.655) 아침에 뜨는 해의 빛에 붉게 물든 하늘보다 더 붉은 뺨을 가진 우유장수 아가씨는 생의 가장 원천적인 욕망인 살고자 하는 욕망, 즉 성적 욕망을 불러일으킨다. 저녁의 석양이 아닌, 싱싱한 나무들로 둘러싸인 산간 지방에서 떠오르는 햇살 속에 나타난 아가씨는 여행에 지친 여행객들에게 양분을 공급해주는 역할을 하는데 그 붉은 아침 햇살의 배경은 아가씨와 합일이 된다.

　그다음에 마르셀이 스테르마리아 아가씨에게 성적 욕망을 느끼고 그녀를 만나려고 시도하는 장면을 생각해 볼 수 있다.(p.689) 프루스트는 그 아가씨의 얼굴을, 창백한 뺨에 피어난 감각적이고도 생생한 장밋빛으로, 마치 비본느 시내의 흰 수련의 붉은 고갱이가 화신한 것으로 묘사하고 있다.[13] 그러나 스테르마리아 아가씨와 만

12　les paysages sont intimement mêlés, dans l'esprit de Proust, à ses émotions amoureuses et à celles de ses personnages.
ibid., p.215.

13　la certaine teinte d'un rose sensuel et vif qui s'épanouissait dans ses joues pâles, incarnait

나기로 한 약속 장소인 블로뉴 숲의 장미꽃이 짙은 안개에 싸여버린 것처럼 그녀와의 만남은 오리무중 속으로 빠져들어 실현되지 않는다. 여기에서 그 아가씨가 안개에 싸인 장미로 표현되었다고 보아도 무방하다. 알베르틴느 역시 장밋빛 피부 혹은 제라늄의 뺨을 가진 아가씨로 표현되고 있다.

하지만 자연 경치 중에서도 꽃과 가장 밀접하게 관련되어 나타나는 인물은 스완 부인이 된 오데트와 그녀의 딸 질베르트이다. 오데트는 머리에 코카오랑케(팬지)를 꽂고 등장하며, 스완이 그녀를 바래다주자 마차에서 내려 정원에서 철늦은 국화를 따 준다. 스완은 그 꽃이 시들어 마르자 책상 서랍에 넣어 두고 행복했던 그 순간을 다시 떠올리게 된다. 또한 스완이 오데트를 처음 방문했을 때 그녀의 거실에는 철 늦은 커다란 국화와 카틀레야가 있었는데, 오데트는 카틀레야 꽃다발을 들고 그 꽃을 머리에 꽂고 있었다.[14] 그런데 그녀는 자신이 매우 좋아하는 그 꽃을 자신과 동일시하여, 다른 꽃과는 달리 우아한 품격을 카틀레야에게 부여하고 있다.[15] 제비꽃을 코르사주에 꽂고 연보랏빛 양산을 들고 블로뉴 숲의 아카시아

---

au coeur des nymphéas blancs de la Vivone. (p. 689)

14 Elle tenait à la main un bouquet de catleyas et Swann vit, sous sa fanchon de dentelle, qu'elle avait dans les cheveux de fleurs de cette même orchidée attachées à une aigrette en plumes de cygne. (p. 232)

15 Elle trouvait à tous ses bibelots chinois des forms 'amusantes' et aussi aux orchidées, aux catleyas surtout, (lui étaient), avec les chrysanthèmes, ses fleurs préférées, parce qu'ils avait le grand mérite de ne pas ressembler à des fleurs, mis d'être en soie, en satin (···중략···) avec une soeur élégante, imprévue, raffinée, plus digne que bien des femmes. (p. 221)

길을 산책하는 오데트에게 많은 사람들이 인사를 하고, 그녀는 마치 왕비 같은 인상을 주는데, 정오에 산책길에 나타나는 오데트의 모습은 마치 한 송이 꽃처럼 그려지고 있다.

Tout d'un coup, sur le sable de l'allée, tardive, alentie et luxuriante comme la plus belle fleur et qui ne s'ouvrirait qu'à midi, Mme swann apparaissait, épanouissant autour d'elle une toilette toujours différente mais que je me rappelle surtout mauve; puis elle hissait et déployait sur un long pédoncle, au moment de sa plus complète irradition, le pavillon de soie d'une large ombrelle de la même nuance que l'effeuillaison des pétales de sa robe. (p.636)

또한 마르셀은 자신이 처음으로 사랑한 소녀가 질베르트이고, 가장 먼저 좋아한 꽃은 아가위꽃이라고 고백하고 있다. 마르셀은 부모를 따라 스완의 집 쪽으로 산책을 하면서 여러 가지 꽃이 만발하게 피어있는 스완네 정원의 안쪽을 넘겨본다. 그때 장밋빛 주근깨가 점점이 박힌 다갈색 머리의 소녀가 손에 모종삽을 들고 서 있는 것이 눈에 띈다. 우연히라도 만나서 친지가 되기를 그다지도 바랐던 스완네 식구와의 만남인데, 그 소녀는 흰 옷을 입은 여자가 '질베르트'라고 부르자 멀어져 간다. 그 질베르트라는 이름은 마르셀 곁을 부적처럼 지나가고 정원에 피어 있는 꽃들 위로 지나간다.

Ainsi passa-t-il, proféré au-dessus des jasmins et des giroflées, aigre et frais comme les gouttes de l'arrosoir vert; imprégnant, irisant la zone d'air pur qu'il avait traversée - et qu'il isolait - du mystère de la vie de celle qu'il désignait pour les êtres heureux qui vivaient, qui voyageaient avec elle; déployant sous l'épinier rose, à hauteur de mon épaule, la quintessence de leur familiarité, pour moi si douloureuse, avec elle, avec l'inconnu de sa vie où je n'entrerais pas. (p. 142)

이와 같이 질베르트는 꽃 특히 콩브레에 있던 탕송빌르 정원의 꽃과 그 정원의 생울타리를 이루던 아가위꽃과 밀접하게 연관되어 있으므로 질베르트와 콩브레 그리고 아가위꽃은 동시에 환기된다. 여인과 꽃의 주제는 언제나 쉽게 발견되어 왔지만 마르셀에게 있어서 여인은 자연에 흥분적 의미를 덧붙여 주고, 역으로 자연은 여인의 한정된 매력을 넓혀주는 역할을 한다. 그러므로 수목의 아름다움은 여인의 아름다움과 동일시되며 그 결과로 어떤 여인은 평범한 사람이 아니라 그 여인이 나타나는 자연 배경에서 생겨난, 즉 그 토지에서 필연적으로 생겨나는 그 고장의 산물로 여겨지게 된다. (p. 153 · 157)

이 외에도 라일락꽃을 페르시아 밀화 속에 그려진 천상의 미녀 houri로 표현하여 그 호리호리한 허리를 껴안고, 그 향기로운 머리의 별모양으로 금간 고수머리를 당기고 싶은 욕구를 투사하고 있으며,[16] 아가위꽃을 나들이옷 차림을 한 아가씨, 축제의 몸단장을 한

---

16 Avant d'y arriver, nous rencotrions, venue au-devant des étrangers, l'odeur de ses lilas (⋯ 중략⋯) les Nymphes du printemps eussent semblé vulgaires, auprès de ces jeune houris

아가씨로 그리고 있다.(p.140) 또한 아가위꽃이 흰옷을 입은 아양 떠는 아가씨로 묘사되는 있는 반면 찔레꽃은 소박한 촌 아가씨로 묘사되어 있다.(p.112·138)

여인들은 꽃으로 비유되어 있다. 게르망트 공작부인의 경우는 부분적으로 눈이 빙카꽃에 비유되어 있으나, 그 배경을 묘사하는 데는 제라늄의 붉은색과 살빛의 양탄자 혹은 장밋빛 벨벳의 부드러움과 같은 꽃의 이미지가 사용되고 있다.[17] 위의 글에서 보는 것처럼 프루스트는 꽃의 이미지와 여인을 상응시켜 묘사하고 있다. 그렇다면 콩브레의 양쪽 방향에서 묘사된 꽃들은 단순한 이미지나 배경을 넘어서 어떤 더 깊은 뜻이 있을 것이라는 추측 가능성을 열어준다. 리쾨르에 따르면 주관적 추측은 객관적 확인의 작업을 필요로 하고 그러는 가운데 이해와 설명은 변증법적으로 작용하여 해석의 영역으로 발전될 것이다. 그리고 그렇게 해서 얻어진 자기 이해는 텍스트의 이해로 연결되는 해석학적 아치를 그리며 순환할 것이다. 그렇다면 양방향의 꽃들은 콩브레의 두 방향의 이분법적 대립과 그것이 합일되는 것을 상징하는 작은 구조로 볼 수 있다. 그러면 콩브레의 양방향과 레오니 고모 집에 나타나는 식물, 꽃들의 분포를 살펴보고 그러한 추측의 가능성을 타진해 보기로 한다.

---

qui gardaient dans ce jardin français les tons vifs et purs des miniatures de la Perse. Malgré mon désir d'enlacer leur taille souple et d'attirer à moi les boucles étoilées de leur tête odorante.(p.135~136)

17 Ses yeux bleuissaient comme une pervenche impossible à cueillir et que pourtant elle m'e ût dédiée; et le soleil, menacé par un nuage mais dardant encore de toute sa force sur la place et dans la sacristie, donnait une carnation de géranium aux tapis rouges.(p.178)

4. '콩브레'에 나타난 꽃의 분포

1) '스완의 집' 쪽에 묘사된 꽃들

나무딸기 열매framboises(붉은색)

카네이션oeillet rouge(붉은색)

라일락lilas(연보라, 흰색)

한련capucines(오렌지빛)

둥근잎 나팔꽃volubilis blancs(흰색)

스위트피les pois de senteur(덩굴손이 있는 콩과의 식물로 흰색 꽃)

물망초myosotis(푸른색)

빙카꽃pervenche(협죽도과의 꽃으로 밝은 자색을 띤 청색)

글라디올러스glaieul(다양한 색채의 꽃)

등골나무'eupatoire(물가에서 흰색과 연한 자주, 분홍색 꽃)

자라풀la grenouillette, 환꽃(은방울 꽃(la grenouillet)과 철자 유사. 은방울꽃은 솔로몬의 인장이라고 칭함)

백합lis(흰색, 처녀성의 상징)

아가위꽃les aubépines(흰색, 분홍색)

개양귀비coquelicot(붉은색)

수레국화les bluets(푸른색)

나무딸기꽃fraisier(흰색)

들장미, 찔레꽃églantine(흰색)

삼색제비꽃pensées(팬지. 푸른색 및 다양한 색깔의 꽃)

마편초verveines(요술쟁이 꽃, 벽자색의 꽃 레몬향이 있음)

자스민jasmins(물푸레나무과, 향기로운 흰 꽃)

꽃무우giroflée(흰 꽃)

잠두sainfoins(사료용 풀, 흰 꽃)

토끼풀trèfles(흰 꽃)

사과나무꽃les pommiers(흰색)

범의 귀pariétaire(쐐기풀 속, 개물통이풀, 흰 꽃)

고사리fougère(떼 지어 사는 양치식물)

붓꽃iris(남색)

까막 까치밥 나무cassis sauvage(붉은 열매)

　이상과 같이 스완 쪽에서 나타나는 꽃들은 주로 흰색과 붉은색 계열이다. 물론 푸른색 계열의 꽃을 몇 가지 찾아볼 수 있는데, 특이한 것은 게르망트 쪽에서 주로 묘사된 노란색 계열의 꽃은 거의 찾아볼 수 없다는 점이다. 순결의 상징인 흰색과 성적 욕망을 나타내는 붉은색이 주류를 이루며 고매한 이상을 나타내는 푸른색이 조금 보일 뿐이다. 아가위 나무의 흰색 꽃을 배경으로 나타나는 질베르트와 흰색 옷을 입은 그녀의 어머니 오데트 그리고 생-루의 정부인 라셀이 처음 등장할 때 흰 백합꽃을 들고 나타나는 것을 미루어 보면 흰색은 순결의 상징인 동시에 그와는 반대되는 상황에 대한 아이러니한 표현으로 볼 수 있다. 그러면 그 꽃들이 나타나는 구체적 장면을 살펴보기로 한다.

Devant nous, une allée bordée de capucines montait en plein soleil vers le château. A droite, au contraire, le parc s'étendait en terrain plat (…중략…) C'est ainsi qu'au pied de l'allée qui dominait l'étang artificiel, s'était composée sur deux rangs, tressés de fleurs de myosotis et de pervenches, la couronne naturelle, délicate et bleue qui ceint le front clair-obscur des eaux, et que le flaieul, laissant fléchir ses glaives avec un abandon royal, étendait sur l'eupatoire et la grenouillette au pied mouillé les fleurs de lis en lambeaux, violettes et jaunes, de son sceptre lacustre. (p. 136~137)

위의 예문에서 나타난 바에 의하면 신비에 싸인 것으로 보이던 스완의 정원에서 라일락꽃의 향기가 소년 마르셀을 맞아 주었고, 오렌지 빛의 한련이 줄지어 피어 있는 오솔길을 따라 하늘의 조각이 내려온 듯하다고 표현한, 천상의 색깔인 푸른색의 물망초와 빙카꽃이 어우러져서 피어 있다. 한련capucine은 음성학적 관점에서, 수도사capucin 혹은 두건 달린 망토나 관모양의 꽃잎capuchon을 연상시키는데, 바로 그러한 이유로 종교성과 연관된다. 콩브레의 두 방향 중에 일반적으로 육체적 욕망을 상징한다고 여겨지는 스완 쪽에도 한련을 통해 종교적 표지가 나타나고 있다. 확대 해석하면, 한련이 연꽃의 일종이면서도 땅에서도 자란다는 특징을 가지고 있다는 점에서는 천상과 지상의 접합점의 상징으로 여겨질 수 있다.

다음으로 살펴볼 물망초는 그 꽃말대로, 미지의 질베르트나 스완을 향하여 자신을 기억해 달라는 소망을 나타낸다고 볼 수 있다.

마르셀의 가족들이 친교를 금하고 있지만, 우연의 도움으로 스완 가족의 눈에 띄어 친지가 되고 싶은 욕망이 물망초를 통해 드러나고 있음을 볼 수 있고 또한 게르망트 공작부인의 푸른색 눈에 비유되었던 빙카꽃은 다다를 수 없는 이상理想을 구현한다고 하겠다. 등골나물류의 미나리 마름은 물가에서 자라며 분홍색 혹은 흰색의 꽃을 피우는데 물의 마chanvre d'eau라고 불리기도 하는 강인한 식물로 섬유의 재료로 쓰이기도 한다. 또한 개연꽃이라고 불리는 자라풀 grenouillette은 음성학적으로 은방울꽃을 환기하는데grenouillet, 은방울꽃은 그 꽃모양 때문에 솔로몬의 인장印후이라고 불리기도 한다. 이와 같은 연상 작용에 의할 것 같으면 강인하고도 실용적인 식물인 미나리 마름은 부르주아를, 그리고 솔로몬의 인장을 연상시키는 자라풀은 귀족 혹은 왕권을 상징한다고 하겠다. 글라디올로스는 프랑스 왕의 상징인 붓꽃과의 식물이다. 그러므로 글라디올러스 꽃을 왕홀에 비유하고 있는 것은 우연이 아니다. 앞에서 개연꽃이 솔로몬의 인장을 암시했다면 거기에 대응하여 글라디올러스의 꽃 모양은 솔로몬의 영화를 상징하는 백합에 비유되었고 그 꽃은 검과 왕홀로 표현되어 있다. 따라서 이러한 꽃의 묘사에 있어서도 이상세계와 현실세계 혹은 부르주아 세계와 귀족 세계 더 나아가서 콩브레의 두 방향의 이원적인 도식이 도출된다고 볼 수 있다.

산책이 좀 더 진행된 다음 장면에서는 벌판으로 더욱 멀리 나아가서 푸른색의 수레국화와 바다위에 떠 있는 부표처럼 흔들리는 붉은 개양귀비가 대조를 이루며 묘사되어 있다. 그러나 무엇보다도 빼놓을 수 없는 것은 아가위에 대한 묘사이다. 아가위는 오월 즉 가톨릭의 월력으로 치면 '마리아의 달'에 피어나기 때문에 종교성을 환기하고 있다. 또한 마르셀은 마리아의 달에 교회에 나가면서부터 아가위를 좋아하기 시작했다고 술회하고 있다. 그리하여 교회의 제단위에 장식되어 있던 아가위에 대한 기억이 촉발되는데, 콩브레 교회의 제단에 쌓여진 아가위 사이로 마르셀이 뱅퇴이유 아가씨의 주근깨가 있는 얼굴을 떠올렸다는 사실을 간과해서는 안 될 것이다.[18] 뱅퇴이유 아가씨는 몽주뱅에서의 사디즘의 장면을 연출하는 주인공인데 그녀가 아가위와 연관을 맺고 있다는 것은 아가위는 거룩한 동시에 성적으로 삼미로운 꽃임을 보여주는 것이다. 하지만 표면적으로는 아가위꽃은 거룩한 이미지와 연결되고 있다.

Je le trouvai tout bourdonnant de l'odeur des aubépines. La haie formait comme une suite de chapelles qui diparaissaient sous la jonchée de leurs fleurs amoncelées en reposoir; au-dessous d'elles, le soleil posait à terre un quadrillage de clarté, comme s'il venait de traverser une verrière; leur parfum s'étendait aussi onctueux, aussi délimité en sa forme que si j'eusse été devant l'autel de la Vierge, et les fleurs, aussi parées, tenaient chacune d'un air distrait son étincelant bouquet d'étamines, fines et

---

18 Quand, au moment de quitter l'église, je m'agenouillai devant l'autel, je sentis tout d'un coup, en me relevant, s'échpper des aubépines une odeur amère et douce d'amandes, et je remarquai alors sur les fleurs de petites places plus blondes sous lesquelles je me figurai que devait être cachée cette odeur, comme, sous les parties gratinées, le goût d'une frangipane ou, sous leurs taches de rousseur, celui des joues de mlle Vinteuil. (p.113)

rayonnantes nervures de style flamboyant comme celles qui à l'église ajouraient la rampe du jubé ou les meneaux du vitrail et qui s'épanouissaient en blanche chair de fleur de fraisier. (p. 138)

이 외에도 "숲 속에서 찾지 못했을 고사리"와 같은 표현(p. 157)은 고사리가 실제로 처음에 사람의 눈에 띄지 않는다는 것을 프루스트가 정확히 알고 있었음을 시사한다. 우리에서 전해지는 말에도 '고사리는 몸을 감춘다' 혹은 '샛서방 셋을 먹인다'는 말은 그만큼 고사리가 처음에 눈에 잘 띄지 않는다는 사실을 입증하고 있다. 이와 같이 프루스트는 식물에 대해 정확하고도 세밀한 묘사를 통해 그가 말하고자 하는 것의 심원한 내용을 암시하고 그것에 도달하고 있다.

2) 게르망트 쪽에 묘사된 꽃들

흰제비꽃violettes blanches

물망초myosotis

시네라리아cinéraire(국화과, 푸른색)

카네이션oeillet(분홍색, 붉은색)

수국hydrangea(연백색)

포플라peuplier(은백양)

화본과식물remplie de framinées

앵초primevéres(붉은색)

노란앵초coucous

제비꽃violette(보라색)

개암나무noisetier

미나리아재비les bouton d'or(노란색)

수련nénufar(흰색, 분홍색)

백련nymphéas(흰색)

들장미, 찔레꽃guirlandes(붉은색, 흰색)

노랑장대julienne(노란색, 헤스페리초뮤, Julianus-Jules César)

삼색제비꽃pensées(팬지, 여러 가지 색)

한련capucines(오렌지색)

둥근 나팔꽃volubilis blancs(흰색)

붓꽃iris(남색)

글라디올러스glaieul(다양한 색)

빙카꽃pervenche(푸른색)

제라늄géranium(양아욱과, 분홍색, 흰색)

사과나무pommiers(흰 꽃)

게르망트 쪽에서 나타나는 특징은 노란색 꽃이 현저하게 많다는 것이다. 그리고 다른 곳에서는 보이지 않고 오로지 게르망트에만 보이는 꽃으로는 노란 앵초, 미나리아재비, 노랑장대, 그리고 수련과 백련과 수국이다. 특히 미나리아재비를 묘사한 대목을 살펴보기로 하자.

Ils(les boutons d'or —인용자 주) étaient fort nombreux àcet endroit qu'ils avaient choisi pour leur jeux sur l'herbe, isolés, par couples, par troupes, jaunes comme un jaune d'oeuf, brillant d'autant plus, me semblait-il, que, ne pouvant dériver vers aucune velléité de dégustation le plaisir que leur vue me causit, je l'accumulais dans leur surface dorée, jusqu'à ce qu'il devînt assez puissant pour produire de l'inutile beauté; et cela dès ma plus petite enfance, quand du sentier de halage je tendais les bras vers eux sans pouvoir épeler complètement leur joli nom de Princes de contes de fées français, venus peut-être il y a bien des siècles d'Asie, mais apatriés pour toujours au village, contents du modeste horizon, aimant le soleil et le bord de l'eau, fidèles à la petite vue de la gare, gardant encore pourtant comme certaines de nos vieilles toiles peintes, dans leur simplicité populaire, un poétique éclat d'Orient. (p. 168)

이 장소에는 미나리아재비들이 어찌나 많은지 마치 그것들이 홀로, 혹은 쌍쌍이 아니면 무리를 지어 풀 위에서 놀이를 하려고 그 장소를 선택한 듯싶다고 한다. 계란 노른자처럼 노랗고 빛이 나는 그 경치가 불러일으킨 기쁨을 묘사하고 있다. 다음은 천상의 꽃이라는 수련을 묘사한 대목이다. 수면 위에 고갱이 심은 붉고, 가장자리는 흰 수련꽃이 딸기꽃처럼 붉게 물들고 있고 좀 더 먼 곳에는 더 많은 수의 꽃들이 너무나 단아하게 피어 있으며, 좀 더 멀리에는 떠다니는 진정한 화단에 서로 서로 눌려서, 마치 나비들처럼 이 수상 화단, 또한 천상의 화단의 투명한 경사면 위에 푸르스름하고도 윤기 있는 날개를 쉬고 있는 듯 지상 정원의 팬지들이 있다고 한다.

Ça et là, à la surface, rougissait comme une fraise une fleur de nymphéa au coeur écarlate, blanc sur les bords. plus loin, les fleurs plus nombreuses étaient plus pâles, mons lisses, plus grenues, plus plissées, et disposées par le hasard en enroulements si gracieux qu'on croyait voir flotter à la dérive, comme après l'effeuillement mélancolique d'une fête galante, des roses mousseuses en guirlandes dénouées. Ailleurs, un coin semblait réservé aux espèces communes qui montraient le blanc et le rose proprets de la ju-lienne, lavés comme de la porcelaine avec un soin domestique, tandis qu'un peu plus loin, pressées les unes contre les autres en une véritable plate-bande flottante, on eût dit des pensées des jardins qui étaient venues poser comme des papillons leurs ailes bleuâtres et glacées sur l'obliquité transparente de ce parterre d'eau; de ce parterre céleste aussi : car il don-nait aux fleurs un sol d'une couleur plus précieuse, plus émouvante que la couleur des fleurs elles-mêmes; et soit que pendant l'après-midi il fît étin-celer sous les nymphéas le kaléidoscope d'un bonheur attentif, silencieux et mobile, ou qu'il s'emplît vers le soir, comme quelque port lointain, du rose et de la rêverie du couchant, changeant sans cesse pour rester toujours en accord, autour des corolles de teintes plus fixes, avec ce qu'il y a de plus profond, de plus fugitif, de plus mystérieux - avec ce qu'il y a d'infini - dans l'heure, il semblait les avoir fait fleurir en plein ciel. (p. 169~170)

스완 쪽이 어둠의 빛인 푸른색으로 표현되었다면, 게르망트 쪽
은 날씨 좋은 맑은 날만 산책하는 곳으로 빛, 즉 노란색으로 나타난

다. "햇볕이 드는 게르망트 쪽, 비본느의 흐름, 그 수련과 커다란 나무들, 수많은 아름다운 오후"(p.172)와 같은 표현은 게르망트 쪽을 잘 묘사해준다. 그리고 게르망트Guermantes의 앙뜨antes라는 음절은 오렌지 빛을 나타내며 메로벵 시대의 신비를 감싸고 있다.(p.171) 그러나 스완 쪽이라고 해서 항상 푸른색만 나타나는 것은 아닌 것과 마찬가지로 게르망트 쪽이라고 해서 언제나 노란색만 나타나는 것은 아니다. 사실은 빈도와 강도의 차이가 있을 뿐 두 가지 색은 섞여서 나타나고 있다. 예를 들면, 게르망트 공작부인의 눈은 딸 수 없는 빙카꽃에 비유되어 푸르게 묘사되어 있고 게르망트 공작부인의 먼 조상인 즈느비에브Geneviève의 허리띠는 푸른색이다. 그러나 공작부인은 금빛 태양이 푸른 창공을 배경으로 빛나듯이 푸른 후광을 입고서야 금빛으로 나타난다. 반면에 샹젤리제에서 마르셀이 질베르트를 기다릴 때 금빛 구름이 묘사되어 있어, 노란색은 마르셀이 질베르트를 보는 시기에는 스완 쪽으로 이동한다.

3) 레오니 고모의 집 정원에 핀 꽃들

쇠풀vétiver

까막 까치밥 나무cassis sauvage(붉은 열매)

라일락lilas(보라색)

접시꽃mauves comme les lavours à l'automne(보라색, 할머니에 비유)

장미나무rosiers(붉은색)

마로니에marronnier

보리수tilleuls

아스파라거스asperges(백합과, 흰꽃, 붉은 열매, aspergés 관수기 연상)

수령초fuchsias(홍색 종모양의 꽃, clochettes, 교회 연상)

봉숭아les tons rose vif de la balsamine(Eulalie)(분홍색, 여흥 혹은 위로의 말과 음성학적으로 유사, paroles balsamiques)

까치밥나무 열매groseille(붉은색)

산딸기framboise(검붉은색)

버찌cerises(붉은색)

물냉이cresson(개불알풀 속, 흰색)

오렌지나무oranger(순결의 상징으로 결혼식 날 신부가 머리에 쓰는 화관)

아가위aubépines(흰색, 분홍색)

앵초primevère(붉은색)

민들레la barbe de chanoine(노란색)

미나리아재비le bassin d'or(노란색)

꿩의 비름le sédum(흰색)

데이지la pâquerette(흰색)

백당나무la boule de neige(시들지 않고 변화가 없는 날, 영원 상징)

팬지, 삼색제비꽃pensée rose

콩브레의 두 방향의 중심, 다시 말하면 마르셀이 마로니에 나무의 그늘에서 라일락꽃의 향내를 맡으며 독서를 하던 레오니 고모 집의 정원과 콩브레의 중심을 이루는 교회에 묘사된 꽃들, 그리고

교회에서 만난 르그랑댕의 입을 통해 묘사된 꽃들을 레오니 정원
의 꽃으로 보았다. 두 방향의 시발점이자 종착점인 레오니 고모의
정원을 중심으로 묘사된 꽃들을 살펴보면 색깔에 있어서는 스완
쪽에서 주로 나타나는 흰색과 붉은색 그리고 게르망트 쪽에서 많
이 보이는 노란색이 골고루 나타나고 있다. 그중에서 아스파라거
스, 푸크시아, 봉숭아, 백당나무 등의 묘사는 다른 곳에서는 찾아볼
수 없는 것인데, 이 꽃들과 이것들이 연상시키는 장면과의 연계성
을 생각해 보기로 하겠다.

하녀 프랑스와즈는 부엌데기가 임신한 것을 알면서도 부도덕한
행위의 대가라고 생각하면서 부엌데기에게 혹독하게 일을 시킨다.
그중에서도 부엌데기가 가장 곤혹스러워 하는 아스파라거스의 껍
질을 벗기는 일을 시킴으로써 그녀에게 벌을 주고 결과적으로 마르
셀의 가족은 아스파라거스 요리를 자주 먹게 된다. 그런데 아스파
라거스는 더러운 곳에 심겨져 있지만 천상의 색조를 드러내고 천상
의 정수를 보여줌으로써 말할 수 없는 기쁨을 주는 식물이다. 즉 지
상의 인간에게 천상의 정수를 전해주는 매개체로서 기능한다.

Mais mon ravissement était devant les asperges, trempées d'outre-mer
et de rose et dont l'épi, finement pignoché de mauve et d'azur, se dé-
grade insensiblement jusqu'au pied-encore souillé pourtant du sol de
leur plant-par des irisations qui ne sont pas de la terre. Il me semblait
que ces nuances célestes trahissaient les délicieuses créatures qui
s'étaient amusées à se métamorphoser en légumes et ferme, laissaient

apercevoir en ces couleurs naissantes d'aurore, en ces ébauches d'arc-en-ciel, en cette extinction de soirs bleus, cette essence précieuse que je reconnaissais encore quand, toute la nuit qui suivait un dîner où j'en avais mangé, elles jouaient, dans leurs farces poétiques et grossières comme une féerie de Shakespeare, à changer nom pot de chambre en une vase de parfum. (p. 121)

위 글에서 보면 프루스트는 아스파라거스를 천상의 색조로 그려 내고 있으며 아름다운 여인들이 둔갑한 것이라고 하면서 여인의 이미지와 결부시키고 있다. 아스파라거스는 백합과의 식물로 흰 꽃이 피고 붉은 열매를 맺으며 암수 딴 그루의 다년초 식물이다. 비록 그 뿌리는 흙으로 인해 더러워졌지만 순결을 상징하는 백합과 의 흰 꽃이 피는 아스파라거스asperges는 철자상 가톨릭에서 세례를 줄 때 물을 뿌리는 관수식aspergès과 다르지 않다. 식물의 꽃이 피는 시기에까지 세세하게 신경을 쓰는 프루스트가 이것을 간과할 리 없었을 것이다. 그는 육신의 양식으로 쓰이는 이 식물을 통해서 속 된 이미지와 종교적인 거룩한 이미지를 결합하는 효과를 노리고 있다. 이와 같이 속된 것과 종교적인 것을 결합하고 있는 또 하나의 예를 다음의 구절에서 찾아보기로 한자.

Mme Loiseau avait beau avoir à sa fenêtre des fuchsias, qui prenait la mauvaise habitude de laisser leurs branches courir toujours partout tête baissée, et dont les fleurs n'avaient rien de plus pressé, quand elles

étaient assez grandes, que d'aller rafraîchir leurs joues violettes et con-
gestionnées contre la sombre façade de l'église, les fuchsias ne deve-
naient pas sacrés pour cela pour moi; entre les fleurs et mes yeux ne per-
cevaient pas d'intervalle, mon esprit réservait un avîme. (p.62~63)

푸크시아는 자주색이나 붉은색 종모양의 꽃을 줄줄이 피운다.
충분히 자란 보랏빛 꽃을 마치 성적 욕망에 의해 충혈된 모습으로
묘사했는가 하면, 그 성적 욕망을 가라앉히기 위해 그 욕망과는 대
비되는 교회의 거무스름한 벽에 얼굴을 문지르는 장면이 압도적이
다. 이 장면에서도 두 대립적 요소가 한데 섞이는 모습이 나타나는
데 그럼에도 불구하고 그 둘 사이에는 극복되어야 할 심연이 여전
히 남아 있는 것이다. 푸크시아의 꽃은 방울모양clochette을 연상시키
는데 이 연상작용을 좀 더 밀고 나가면 교회의 종탑clocher이 떠오른
다. 그러므로 이 식물의 꽃모양까지 소상히 알고 있는 프루스트가
이 꽃이 다른 곳이 아닌 교회의 벽에 얼굴을 비비게 한 것은 사물에
대한 정확한 관찰이 없이는 불가능한 일이다. 다음은 일요일마다
레오니 고모를 보러 오던 윌라리 할멈에 대한 묘사이다.

Elle(Eulalie—인용자 주) portait au-dessus d'une mante de drap noir un
petit béguin blanc, presque de religieuse, et une maladie de peau donnait
à une partie de ses joues et à son nez recourbé, les ton tose vif de la
balsamine. Ses visites étaient la grande distraction de ma tante Léonie qui
ne recevait plus guère personne d'autre, en dehors de M. le Curé. (p.69)

거의 수녀처럼 흰 두건이 달린 검은 나사천으로 된 망토를 입고 다니는 윌라리는 누구보다도 레오니 고모를 피곤하게 하지 않고 기분을 전환시킬 줄 아는 사람이다. 이 나이 든 여자의 뺨의 색깔을 묘사하는 데 있어서 장밋빛처럼 붉다는 표현을 쓰지 않고 봉선화 같은 붉은 색이라고 묘사하는 데 주의를 환기할 필요가 있다. 봉선화^{balsamine}에서 연상되는 balsamique라는 단어는 마음을 진정시킨다는 의미가 있으며 위로의 말^{paroles balsamiques}이라는 표현이 실제로 사용되고 있다. 그러므로 꽃 이름도 그것이 쓰이는 상황에 따라서 정확하고도 적절하게 쓰이고 있음을 알 수 있다.

> Venez avec la primevère, la barve de chanoine, le bassin d'or, venez avec le sédum dont est fait le bouquet de dilection de la flore balzacienne, avec la fleur du jour de la Réssurection, la paquerette et la boule de neige des jardins qui commence à embaumer dans les allées de votre grand'-tante, quand ne sont pas encore fondues les dernières boules de neige des giboulées de Pâques. Venez avec la glorieuse vêture de soie du lis digne de Salomon, et l'émail polychrome des pensées, mais venez surtout avec la brise fraîche encore des dernières gelées et qui va entr'ouvrir, pour les deux papillons qui depuis ce matin attendent à la porte, la première rose de Jérusalem. (p. 126)

위의 표현을 살펴보면 부활절 시기에는 피는 봄꽃들에 대한 묘사가 두드러지게 나타나는 것을 알 수 있다. 그러나 꽃의 명칭을 사용함에 있어서 다분히 종교적인 의도가 들어 있음을 눈치 챌 수 있다. 민들레를 굳이 가톨릭의 주교좌 성당의 참사원을 연상시키는chanoine로 표현한 것이라든가 미나리아재비를 표현하는 말 중에서 bouton d'or를 사용하지 않고 교회의 성수반을 나타내는 bassin이라는 표현을 사용하였음을 볼 수 있다. 성서에서 인용한 솔로몬의 백합이라는 표현은 물론이고, 봄철에 피는 많은 꽃들 중에서도 데이지꽃pâquerette이 죽음의 그림자가 넘어가는 유월절pâque, 혹은 부활절pâques을 연상시키면서 부활절의 종교적 분위기를 자아내는 것도 우연이 아니다. 그리고 백당나무boule de neige는 시들지 않고 전혀 변화가 없는 날을 상징함으로써 영원을 직감하게 하는데, 이러한 영원에 대한 예감은 죽은 사람이 다시 살아나는 부활résurréction과 긴밀한 상관관계를 가진다.

이와 같이 프루스트의 작품에 있어서 식물의 묘사는 다양할 뿐만 아니라 묘사되는 장면의 분위기와 적절하게 조화를 이루고 있으며, 더 나아가서는 작가가 표면적으로 내세우지 않는 작가의 의도까지 암시해 주는 역할을 하고 있음을 알 수 있다.

5. 꽃의 기호, 그 심층적 의미

스완네 쪽과 게르망트 쪽은 사랑의 욕망과 작가라는 천직으로의 부름, 즉 예술가의 욕망에 상응한다. 서로 양립 불가능하게 보였던

이 욕망들은 양 방향이 지리적으로 서로 통한다는 사실이 암시하는 바와 같이 불멸의 욕망으로 승화된다. 이 두 방향의 합일은 양쪽 가문의 결혼, 베르뒤랭 부인이 이끄는 부르주아 살롱이 게르망트 부인의 살롱을 능가한 것, 마르탱빌르 종탑이 상징하는 장소의 통합, 동성애를 통한 양성적 존재의 합일 등, 지리적이거나 사회적일 뿐 아니라 육체와 정신, 인상과 언어, 본능과 지성의 합일이기도 하다. 따라서 이 두 방향을 지니고 있는 작품은 바로 그 두 방향의 산물인 셈이다. 이 글에서는 양방향의 합일이 스완 쪽의 아가위꽃과 게르망트 쪽의 수련, 레오니 고모 집의 아스파라거스, 푸크시아, 백당나무 등에 의해 암시되고 있음을 살펴보기로 한다.

화자 마르셀이 마리아의 달에 성당의 제단을 장식한 아가위꽃을 보고서 그 꽃을 좋아하기 시작했다고 고백하고 있는 바와 같이, 아가위꽃은 종교적인 것과 밀접한 관련이 있다. 더욱이 마르셀 자신은 이 꽃을 교회의 스테인드글라스의 무늬를 연상시키는 광선처럼 가느다란 플랑브와 양식의 엽맥 무늬의 수술을 가지고 있다고 묘사하고 있다.

Je le trouvai tout bourdonnant de l'odeur des aubépines. La haie formait comme une suite de chapelles qui disparaissaient sous la jonchée de leurs fleurs amoncelées en reposoir; (…중략…) leur parfum s'étendait aussi ontueux, aussi délimité en sa forme que si j'eusse été devant l'autel de la Vierge, et les fleurs, aussi parées, tenaient chacune d'air distrait son étincelant bouquet d'étamines, fines et rayonnantes nervures de style flamboyant. (p. 138)

질베르트가 소녀를 대표하고 게르망트 부인이 귀부인을 대표하는 것처럼 아가위는 꽃에 내해 환유적 기능을 가지는데, 일반적으로 꽃은 소녀를 상기시키고 여인은 곧 감성이나 성적인 연상작용을 불러일으킨다. 아가위꽃 역시 질베르트와 긴밀하게 연관되어 있으면서도 종교적 주제와 관련되어 이중적 의미망을 구축하고 있다.

아가위나무는 흰색과 장밋빛의 두 가지 꽃을 피우는데 통상적으로 흰색은 순결을 상징하며 장밋빛은 성적 욕망을 상징한다는 관점에 비추어서 생각해보자. 교회의 제단을 장식하고 있던 흰색의 아가위꽃과 질베르트가 살고 있는 탕송빌르의 장밋빛 아가위 모두는 축제의 몸단장을 하고 있는데 장밋빛 아가위는 흰 것보다 더욱 아름답다고 기술하고 있다. 더 나아가서 콩브레의 심미학에 의하면 장밋빛은 최고의 것이다. 아가위꽃은 그가 발견해야 할 어떤 의미, 다시 말하면 천직의 부름에 대해, 즉 진리를 발견하도록 문을 열어 주는 역할을 한다. 마르셀은 아가위 앞에 멈춰 서서 눈에 보이지는 않으나 향기를 맡으며 그것을 붙잡아보고 아가위의 매력을 규명해 보려고 하지만 실패한다. 아가위가 그에게 불러일으킨 감정은 애매모호한 채로 남게 되는데 그렇다고 다른 꽃에다 그 기대를 채워 달라고 할 수도 없다.[19]

Mais j'avais beau rester devant les aubépines à respirer, à porter devant ma pensée qui ne savait ce qu'elle devait en faire, à perdre, à retrouver

---

19 Elles me m'aidaient pas à l'éclaircir, et je ne pouvais demander à d'autres fleurs de le satisfaire. (p. 139)

leur invisible et fixer odeur, à m'unir au rythme qui jetait leurs fleurs, ici et là, avec une allégresse juvénile et à des intervalles inattendus comme certains intervalles musicaux, elles m'offraient indéfiniment le même charme avec une profusion inépuisable, mais sans me laisser approfondir davantage, comme ces mélodies qu'on rejoue cent fois de suite sans descendre plus avant dans leur secret. (p. 138)

아가위꽃은 무궁무진하게 같은 매력을 한없이 그에게 주기는 하였으나, 그 매력을 더 깊이 규명시켜 주지는 않았다. 마치 계속해서 백 번 연주하여도 더 깊이 그 비밀에 다가가지 못하는 그 멜로디처럼. 결국 아가위 앞에서 느끼는 그 애매모호함, 마치 발벡 근처의 세 그루 나무 뒤에 감추어진 그 무엇처럼, 그에게 손짓을 하지만 마르셀은 그 의미를 알아차리지 못한다. 마치 그가 마르탱빌르의 종탑을 보고 아직 그 인상의 밑바닥에 이르지 못했다고 느끼면서 그 움직임 뒤에 무엇인가가 숨어 있으며 종탑은 그 뭔가를 지니는 동시에 감추고 있는 듯하다고 고백할 때와 같다. 발벡의 세 그루 나무와 마르탱빌르의 종탑이 간직한 비밀을 해독하고 '자기화'할 때 마르셀은 진리를 발견하게 된다.

아가위는 마르셀을 천직인 글쓰기에 직접적으로 인도하지는 않더라도 남들과는 다른 삶, 일상적 삶 대신에 좀 더 고양된 삶 즉 정신적 삶을 살도록 인도해 주는 역할을 한다. 마르셀을 콩브레를 떠나면서 아가위에게 작별인사를 하면서 흐느긴다. 그리고 눈물을 닦으면서 아가위에게 약속한다. "나는 어른이 되어도 남들처럼 주책없는 생활을 흉내 내지 않겠다. 그리고 파리에 있어도 봄날이 오면, 사람을 찾아가 하찮은 이야기를 듣는 대신에, 피어나기 시작하는 아가위를 보러 시골에 오겠다"(p.145)고 약속한다.

아가위가 스완 쪽을 대표하는 꽃이라면 게르망트 쪽은 수련으로 함축될 수 있다. 물론 게르망트 쪽에서 노란색의 미나리아재비가 자주 등장하기는 하지만 비본느의 흐름을 따라서 수생 식물군이 등장하고 있는 그곳에서 수련은 단연 으뜸이기 때문이다. 나룻배처럼 흔들리면서 이쪽저쪽의 시냇가를 오락가락하는 수련들은 마르셀에게 정신병자를 연상시킨다. 그리고 천직의 부름에 응답하지 못하고 글을 쓰겠다는 결심을 매일 매일 미루고 있는 자신의 모습의 반영을 본다.(p.169) 이 수련은 기계로 움직이는 배처럼 건너 냇가에 닿았다가 금세 밀려 돌아가는 오락가락을 되풀이하고 있는데 이 장면은 기이한 고뇌를 짊어진 불행한 인간 중의 한 사람과 비슷하다고 한다.

비본느 내를 따라가면서 피어있는 수련꽃은 무엇인가 더 깊은 것, 보다 덧없는 것, 보다 신비로운 것과의 조화를 계속하려고 쉴 새 없이 변화하면서 하늘 가운데 꽃을 피우는 것 같다.(p.170) 스완 쪽의 아가위꽃이나 게르망트 쪽의 수련은 양방향이 상징하는 성적 욕망과 예술창조 즉 예술에 대한 욕망을 상징한다. 그러나 레오니 고모 집의 정원에 묘사되는 푸크시아, 아스파라거스, 데이지, 백당나무 등은 이러한 두 가지 욕망이 합일되는 기호로 읽힐 수 있다. 앞에서 예로 들었던 푸크시아는 성적 욕망으로 충혈된 보랏빛 뺨을 거무스름한 교회의 벽에 비비고 있는 장면을 통해 거룩한 것과 성적인 것의 합일 가능성을 보여준다. 더러운 땅에서 자라면서도 천상의 색조를 간직하며 순결의 상징인 흰 꽃을 피우는 아스파라거스는 세례식 때 사용되는 관수기를 연상시킴으로 거룩한 것을 환기한다. 데이지는 음성학적으로 부활절을, 백당나무는 영원을 상징한다는 점에서 합일의 기호로 볼 수 있다. 즉 스완 쪽의 사랑의 욕망과 게르망트 쪽의 예술 창조의 욕망은 본원적으로 그 두 방향의 근저에 잠재된 불멸의 욕망이 드러나는 두 형태에 불과하다. 그것이 레오니 고모 집의 정원에서는 천상과 지상의 합일로 인해 영원을 향하는 것이라고 이해할 수 있다.

6. 나가는 글

들뢰즈는 우리에게 무언가를 가르쳐 주는 모든 것은 기호를 방출하며, 모든 배우는 행위는 기호나 상형문자의 해석이라고 하였다. 그는 마르셀 프루스트의 『잃어버린 시간을 찾아서』를 무의지적인 기억들을 매개로 한 작가의 배움의 과정이라고 정의하였다. 리쾨르는 이 배움의 과정을 마르셀이 천직을 깨닫는, 즉 진리를 발견하는 일련의 과정이라고 보았다. 프루스트의 작품 속에는 수많은 기호들이 방출되어 있는데 이러한 기호들을 해독하고 해석함으로써 우리는 작품의 보다 중요한 의미를 깨달을 수 있다. 이 글에서는 콩브레에 묘사되어 있는 꽃들을 일종의 상징으로 보고 그 의미를 탐구해 보고자 하였다. 리쾨르는 기호적 또는 상상적 기능, 즉 사물을 기호로 대체하고 사물을 기호로 표상하는 기능은 단순한 효능 이상의 것이며 사회생활의 토대라고 지적한 바 있다.[20] 리쾨르의 해석학적 순환에 따른다면 설명에서 이해로, 이해에서 설명으로, 부분에서 전체, 전체에서 부분으로의 변증법적 순환이 가능하다. 콩브레의 두 방향에 피어있는 꽃들은 콩브레의 스완 쪽과 게르망트 쪽이 상징하는 바, 즉 사랑의 욕망과 예술창조의 욕망과 밀접히 연관되어 있다. 스완 쪽의 붉은색 계열의 꽃과 게르망트의 노란색 계열의 꽃들은 각 방향의 심층적 의미를 드러내 보여주고 있다. 그 두 방향의 시발점이자 종착점인 레오니 정원에 피어있는 꽃들은 그 두 가지 욕망을 아울러서 천상과 지상의 조화, 성과 속의 결합 등을 통해 불멸의 욕망, 즉 영원을 향하고 있음을 상징한다.

그리하여 표면의미에 해당되는 꽃의 상징을 해독함으로써 독자인 우리는 심층의미에 이르게 되고 텍스트 앞에 드러난 가능세계를 이해하게 된다. 이 글에서는 리쾨르의 해석학적 순환을 모형으로 하는 텍스트 이론을 토대로 하여 콩브레의 꽃의 상징을 고찰함으로써 마르셀이 발견하게 될 작가의 천품이라는 보다 큰 구조에 상응하는 의미를 찾고자 하였다.

---

20 폴 리쾨르, 박병수 · 남기영 역, 『텍스트에서 행동으로』, 아카넷, 2002, 262면.

참고문헌

장경, 「P. Ricoeur의 텍스트 이론」, 『인문과학논집』, 전남대 인문과학연구소, 1995.

신응철, 『해석학과 문예비평』, 예림기획, 2001.
이형식, 『마르셀 프루스트』, 민음사, 1984.
한국해석학회, 『현대 프랑스 철학과 해석학』, 철학과현실사, 1999.
_____, 『문화와 해석학』, 철학과현실사, 2000.

리쾨르, 폴, 김윤성·조현범 역, 『해석이론』, 서광사, 1994.
_____, 김한식·이경래 역, 『시간과 이야기』 1·2, 문학과지성사, 1999.
_____, 양명수 역, 『해석의 갈등』, 아카넷, 2001.
_____, 박병수·남기영 역, 『텍스트에서 행동으로』, 아카넷, 2002.
블라이허, 조셉, 권순홍 역, 『현대 해석학』, 한마당, 1986.
호이, 데이빗, 이경순 역, 『해석학과 문학비평』, 문학과지성사, 1988.

Canu, Jean, "Marcel Proust et la Normandie", *Bulletin de la Société des amis de Marcel Proust et des amis de Combray*, no. 7, 1957.

Costil, Pierre, "Proust et la poésie de la fleur", *Bulletin de la Société des amis de Marcel Proust et des amis de Combray*, no. 13, 1963.

Charles, Mauron, *Des métaphores Obsédantes ou Mythe Personnel*, José corti, 1980.

Deleuse, Gilles, *Proust et les Signes*, P.U.F., 1986.

Marcel, Proust, *A la Recherche du Temps Perdu*, vol. 3, Gallimard, 1981.

Marie, Miguet-Ollagnier, *La Mythologie de Marcel Proust*, Annales Littéraires de l'Université de Besancon, 1982.

Max, Milner, *Freud et L'interprétation de la Littérature*, SEDES, 1980.

Miller, Milton L., *Psychanalyse de Proust*, Fayard, 1977.

P.-L., Larcher, *Le Parfum de Combray*, Mercure de France, 1945.

Pasco, Allan H., *The Color-Keys to a la Recherche du Temps Perdu*, Droz, 1976.

Richard, Jean-Pierre, *Proust et le monde Sensible*, Seuil, 1974.

Safouan, Moustapha, *Le Structuralisme en Psychanalyse*, Seuil, 1968.

2장

이효석 소설의 식물 묘사
꽃을 중심으로

1. 들어가는 글

우리는 글을 읽으면서 '수많은 들꽃들'이라든가 '이름 모를 야생화' 등의 애매한 표현을 다반사로 접하게 된다. 길가에 흐드러지게 피어있는 수많은 꽃이나 들풀의 이름을 세세히 기록해야 할 당위성은 없지만, 적어도 작가 자신이 그 들꽃들의 이름을 살려주지 않는다면 대다수의 사람들이 들꽃이라는 통칭하에 가지각색의 다양한 식물들을 싸잡아 분류하는 오류를 범하게 될 것이다. 그리고 더욱 불행한 일은 이러한 태도가 악순환된다는 것이다. 불과 이삼십년 전 나물바구니를 끼고 들이나 산으로 나물을 뜯으러 다니던 시절에는 배움이 많지 않은 시골 아낙네도 산과 들에 피어있는 웬만한 식물은 가릴 수 있었고, 그 이름을 부를 줄 알았다. 하지만 오늘날 전문적인 식물학자가 아닌 한, 우리는 그저 강아지풀이나 냉이 혹은 봉선화, 채송화, 해바라기 등 흔하게 알려진 이름들만을 겨우 구분해 낼 수 있을 뿐이다. 물론 도시화에 따라 화단이 없는 아파트 생활에 익숙한 탓이라고 변명해볼 수 있으나 많은 화초들과 풀의 이름이 잊혀가는 데는 무엇보다도 언어를 매개로 창작생활을 하는 작가들의 책임이 크다는 것을 부인할 수 없을 것이다.

이러한 문제는 심심치 않게 제기되어 왔으며, 그 영향 때문인지 근자에 들어서는 상당수의 작품에서 구체적 식물의 이름이 등장하게 되었다. 하지만 언급된 풀꽃의 이름들은 작품과의 유기적 연결을 가지지 못한 채 배경설명의 요소로 그치고 있다. 프랑스의 작가들 중에서는 발자크, 프루스트, 콜레트 등이 식물묘사에 있어서 뛰어나다고 하는데, 특히 프루스트의 경우에는 단순한 식물의 묘사에 그치지 않고, 식물 그 자체를 보여주는 것을 넘어서서 묘사된 식물이 등장인물들의 심리와 정신적 발전에 상응하고 있다. 예를 들어 『잃어버린 시간을 찾아서』의 1부에 나오는 아가위꽃의 의미는 작품의 전체적 구조와 화합하고 있으며, 꽃이라는 외부 사물에 대한 묘사가 등장인물의 심리와 정체성을 함축하는 정도까지 이르고 있다.

이러한 문제를 염두에 두고 우리의 작가들 중에서 자연 묘사에 뛰어난 작가들을 들라고 하면 단연 이효석을 꼽을 수 있을 것이다. 프루스트가 거의 식물 묘사에만 치중한 반면 이효석은 가끔 동물 묘사를 즐기기도 하였으나 한국의 작가들 가운데서 가장 식물 묘사에 전력하였다고 생각한다. 그의 식물에 대한 묘사가 작품의 내적 현실을 파악하는 데까지 이르지는 못한다 하더라도 작품의 전체 내용과 상당히 긴밀한 유기적인 관계를 맺고 있으며 또한 등장인물들의 심리에 상응하고 있다고 판단되기에, 이 글에서는 이효석의 인물묘사에 대해 살펴보기로 하겠다.

2. 이효석의 자연에 대한 관심

많은 평론가들이 이효석을 논하면서 '자연'과 '성'을 주제로 작품을 썼다고 평한다. 물론 성이란 자연의 연장선에서 이해되어야 한다. 이효석 자신이 말하고 있는바, 성은 생명력의 근원으로서 또 하나의 자연이기 때문이다. 그러므로 포괄적 의미에서 이효석은 자연을 사랑하고 세밀하게 묘사한 작가라고 할 수 있다. 그러나 자연에 탐닉하기 전, 이효석의 작품과 행적을 '동반자 작가'라고 분류한 후에,[1] 그가 카프 진영에서 전향하여 시대에 동참하지 못하고 자연으로 도피했다는 등의 혹독한 평가를 내리는 이들도 있다.[2] 하지만

---

1 이효석은 당시 이미 이러한 성향에 대하여 "다양한 것이 좋은 것이며 한 가지 제목으로 모든 작가를 분류하고 설명하고 편달하고자 하는 제목주의 같이 주제넘은 것은 없다"고 일침을 가하고 있다. 이효석, 『이효석 전집』 6, 창미사, 1983, 230~231면. 전집은 총 8권이며 이하 이 전집에서 이효석 작품을 인용할 때는 인용문 말미에 (권수 : 인용면수)로 표기한다. 이 책 외에 이상옥, 『이상옥─문학과 생애』, 민음사, 1992도 참고하였다.
2 물론 「도시의 유령」과 같은 초기의 작품들에서 어떤 성향이 나타나고 있기는 하다.

이효석은 이데올로기적 이념을 구현하기 위해 작품을 쓴 것이 아니다. 그의 목표는 좀 더 높은 곳, 다시 말하면 오직 언어를 매개로 하는 예술인 문학의 높은 경지에 오르려고 한 것이다. 다시 태어나도 소설가가 되리라는 결단과 도스토예프스키, 발자크 등을 거론하면서 자신도 그들과 같은 걸작을 쓰고 싶다는 꿈을 피력한 적이 있거니와 그는 내면으로 침잠하여 순수한 미 자체를 창조하려고 노력하였다. 때문에 유진오는 이효석의 전향 운운에 대해 "전신轉身도 전향轉向도 아니고 본심本心의 자기에로의 회귀回歸"였다고 말하고 있다.(8 : 35)

물론 이효석이 자연에 몰입한 것에 현실도피적 요소가 있는 것은 사실이다. 그러나 그가 자연에 몰입하게 된 것은 그러한 소극적 이유보다는 적극적 자연의 매력에 촉발되었기 때문이다. 더 확장하면 사람은 들과 떼려고 해도 뗄 수 없는 인연이 있기 때문이라고 답한다.(1 : 9) 단편 「들」에 등장하는 화자의 다음과 같은 고백 속에서 그 답을 찾을 수 있다.

나는 들이 언제부터 이렇게 좋아졌는지 모른다. 지금에는 한 그릇의 밥, 한 권의 책과 똑같은 지위를 마음속에서 차지하게 되었다. (…중략…) 자연과 벗하게 됨은 생활에서의 퇴각을 의미하는 것일까. 식물의 애정은 동물적인 열정이 전한 곳에 오는 것일까. 학교를 쫓기고 서울을 물러오게 된 까닭으로 자연을 사랑하게 된 것일까. 그러나 동무들

하지만 그것은 당시의 암울했던 현실을 사실주의적 기법으로 묘사한 것에 불과하다.

과 골방에서 만나고 눈을 기어 거리를 돌아치다 붙들리고 뛰다 잡히고 쫓기고하였을 때의 열정이나 지금의 들을 사랑하는 열정이나 일반이 다.(1 : 9~10)

이효석이 그리고 있는 자연의 특성은 치유력이다. 자연은 건강하고, 생명력을 회복시켜주고, 심신을 치유하는 힘이 있다. 「향수」에서 주인공의 아내는 "도시 생활에서 오는 일종의 피곤증으로 인해 구미가 떨어지고 불면증에 시달리는"(3 : 41) 신경쇠약증에 걸리게 된다. 그 병의 치유를 위해 "울밑의 호박꽃, 강낭콩, 과수원의 꽈리, 바다로 열린 벌판, 벌판을 흐르는 안개, 안개속의 원두꽃, 바알간 수염에 토실토실한 옥수수"가 있는 시골에 다녀온 아내는 "건강한 신색에 기쁨을 담고는 새로운 감동의 발견에 마음이 흐붓이 차 있는 모양"(3 : 51)이라고 한다. 또한 단편 「산」에서 7~8년간의 머슴살이 끝에 새경을 한 푼도 받지 못한 채 억울한 누명을 쓰고 쫓겨나 오갈데 없는 신세가 된 주인공 중실은 "제일 친한 곳이 늘 나무하러 가던 산이고, 짚북덕기보다 부드러운 두툼한 나뭇잎의 맛이 생각나서"(1 : 346) 산으로 간다. "사람을 배반할 것 같지 않은 그 넓은 세상에서" 생활에 필요한 것들을 찾으면서 좌절하기는커녕 마음에 점찍어 둔 용녀를 데려다 살림을 차릴 궁리를 하기에 이르는 것이다.

이효석이 그리고 있는 자연의 또 다른 특징은 꿈의 생활인데 더 나아가서 낙원을 상징하고 있다. 그런데 그 낙원을 생활과 동떨어진 것이 아니기에 먼 데 있는 자연을 묘사하기 보다는 매일 접하는 뜰이나 가까운 들판 혹은 때에 머무는 협곡 등을 세밀히 묘사하고 있다. 「낙엽기落葉記」에서 주인공은 지난 푸른 시절의 초목들을 회상하면서 다음과 같이 말한다.

푸른 시절은 일종의 신비였다. 푸른 초목에 쌓인 푸른 집속에서 머릿속에 떠오른 제목은 반드시 생활이 아니었다. 그날 그날은 토막 토막의 흐트러진 생활의 조각이 아니요, 물같이 흐른 꿈결이었다.(2 : 101)

실제로 이 집에 대한 묘사에서 작가는 "뜰은 지름길만 남겨 놓고는 온갖 꽃과 모든 나무와 어울려 채색과 광채와 그림자의 화려한 동산이었다"고 한다. 이러한 뜰의 표현은 이효석의 작품에서 간간히 눈에 띈다. 『벽공무한壁空無限』에서 주인공 미려는 사랑에 실패한 후에 음악원을 지을 설계를 하면서 "뜰 전부를 왼통 초록 속에 묻어 맨땅은 조금도 안보이게 하며 (…중략…) 전부가 초록과 화단의 각색 화초의 빛뿐이 있게 할 것이며 (…중략…) 후원과 옆 뜰에는 으슥한 그늘이 지게 나무를 수북이 심었는데 (…중략…) 푸울을 파 놓아 이브들이 벌거벗구 헤엄을 치면서 공부에 지친 몸을 완전히 씻고 회복할 수 있도록"(5 : 327~328) 계획한다. 그것은 자신에게도 기쁜 일이고, 한 폭의 아름다운 풍경을 이루어 보는 사람에게도 건강한 기쁨을 주게 된다고 덧붙인다.

동성애와 일탈적 사랑을 그리고 있는 장편소설 『화분花粉』에서도 낙원을 상기시키는 뜰의 묘사가 나온다. 오월을 잡아들면 온통 녹음에 싸여 집안은 푸른 동산으로 변한다. 삼십 평에 남짓한 뜰 안에 나무와 화초가 무르녹을 뿐 아니라.(4 : 71) 초록이 우거진 뜰 속에서의 미란과 세란의 자태는 흡사 이야기 속에서 들은 도원의 경치였다.(4 : 83) 그 뜰에서 늠실 기어가는 푸른 바탕에 붉은 점이 아롱대는 뱀이 선명한 인상을 주어 마치 에덴동산을 연상시키기도 한다.

이와 같이 이효석은 자연을 꿈과 연결 지어 생각하였다. 크리스마스트리를 묘사하면서 전나무의 마디마디에 가지가지 전설과 이야기를 가지고 있을 것이나 둔한 신경으로 그것을 드러낼 수 없음이 한이 된다고 한탄한다. 이것은 마치 프루스트가 아가위꽃 뒤에 감추어진 의미, 길가에 세 그루의 나무가 화자 마르셀을 향해 안타깝게 손짓하는 의미를 발견하지 못하는 장면처럼 자연과의 교감을 가지고픈 염원을 나타내는 장면이다. 이효석은 자연의 배후에 있는 꿈을 찾을 때 비로소 진정한 의미가 있다고 하면서 자연과 인간의 관계를 확장시키고 있다.

크리스마스트리만이, 색채만이, 눈에 들어오는 것이 아니요, 그 너머에 꿈이 생활이 눈앞에 어리우는 것이다. 나무는 다만 나무로서는 뜻이 없는 것이요, 인물을 배치할 풍경을 그 너머에 생각함으로 뜻이 있다. 현실은 배후에 꿈을 생각함으로 생색이 있다.(2 : 136)

이렇게 확장된 자연과의 관계는 일상적 삶을 초월하는 경지에 이르게 된다. 작가는 속세의 명예보다도 화단의 꽃을 더 소중히 여기는 적극적 자세로 자연에 몰입하게 된다. 「일표一票의 공능功能」에서 정치에 나가려는 친구를 자신의 한 표로 낙선시키면서 화자는 "선거보다는 내게는 솔직히 화단의 꽃이 더 소중했던 것이다. 벌써 꽃피기 시작한 양귀비 포기를 만지며 물도 주고 잎사귀도 가지런히 추어주며 한가하게 속사를 잊어버리고 있는 동안에 어느덧 오정이 울렸다"고 고백한다. 이러한 태도가 발전되어 「10월에 피는 능금林檎꽃」에 이르면 척박한 환경에서 피어난 꽃을 통해 현실을 초월하고 삶의 생기를 얻는 경지에 도달하게 되는 것이다.

화자는 "마을의 꼴이 참혹하기 때문에 눈을 돌려 마을의 자연을 사랑하려고 한다. 마을의 현실에서 눈을 덮고 풍성한 자연 속에서 노래를 찾으려" 하였다. 이 대목은 일제 강점기 당시의 참혹했던 상황에서 "연지빛 능금꽃 봉오리 앞에서 피지 못하는 자신을 한탄하는" 지식인들의 고뇌와 소극적인 자연으로의 도피를 보여주고 있는 듯하다. 그러나 그다음 대목에 이르면 화자는 놀라운 일을 발견하게 된다.

그 거칠은 벌판에서 나는 하루아침 놀라운 것을 발견하였다. ─헐벗은 능금밭 마른 가지에 돌연히 꽃이 핀 것이다. 희고 조촐한 두어 떨기의 꽃이 마치 기적같이 마른 나뭇가지에 열려있지 않은가. 대체 이런 법도 있는가. ─너무도 놀란 나는 잠시 말없이 물끄러미 꽃을 바라보았다. 건너편 관모봉의 흰 눈과 시월에 피는 능금꽃 ─ 이것을 비켜볼 때 이 시절을 무시한 능금꽃의 아름다운 기개에 다시 탄복하지 않을 수 없었다. (슬퍼말라. 시월에도 능금꽃은 피는 것이다!) 별안간 솟아오르는 힘을 전신에 느끼는 나는 감동에 취하여 그것을 떠나기가 어려웠다.(6 : 61)

이상과 같이 이효석은 자연의 치유력을 믿고, 인간의 이상과 꿈을 연결 지어 생각하였으며, 자연을 통해 초월의 힘을 얻고 있다.

3. 작품에 나타난 자연, 꽃과 나무의 종류

이효석의 소설을 읽다 보면 실로 다양한 식물의 이름을 접하게 되어 그 이름을 일일이 열거한 작가의 열성에 놀라움을 금치 못하게 된다. 1931년도의 글에서 "조선에는 표현에 주의하고 애쓰는 작가가 극히 희소하다"고 탄식한 이효석이 "소설에는 노방의 잡초 이름을 적어야 할 필요도 있기 때문에 『조선식물명휘名彙』 사전을 늘 읽고 있다"고 말한 대목은 참으로 신선하다.(6 : 309) 이는 프랑스의 작가 프랑시스 잠이 식물의 수면에 대해 쓰기 위해 직접 괭이밥의 씨를 뿌려 관찰하였다든가 프루스트가 적어도 식물이 꽃피는 시기에 대한 오류를 저지르지 않기 위해 『보니에 식물지』를 연구하고 작품의 내용을 수정하였다는 일화와 일맥상통한다. 이효석 자신은 직접 화단에 화초를 가꾸었고, 항상 "꽃이 삐지 않을" 정도로 꽃을 사랑했다. 때문에 화병에 꽃을 꽃은 아까워서 자기 집 뜰에서 꺾지 않고 반드시 꽃집에서 사왔다고 한다. 그러면 꽃과 나무의 이름이 많이 등장하는 대목을 살펴보기로 한다.

수북 들어선 나무는 마을의 인총보다도 많고 사람의 성보다도 종자가 흔하다. 고요하게 무럭무럭 걱정 없이 잘들 자란다. 산오리나무, 물오리나무, 가락나무, 참나무, 졸참나무, 박달나무, 사수래나무, 떡갈나무, 피나무, 물가리나무, 싸리나무, 고루쇠나무, 골짝에는 산사나무 아그배나무, 갈매나무, 개옷나무, 엄나무, 산등에 간간히 섞여 어느 때나 푸르고 향기로운 소나무, 잣나무, 전나무, 향나무, 노가지나무, 걱정없이 무럭무럭 잘들 자라는 ― 산속은 고요하나 웅성한 아름다운 세상이다.(「산山」, 1 : 343~344)

꽃다지, 질경이, 나생이, 딸장이, 민들레, 솔구장이, 쇠민장이, 길오장이, 달래, 무릇, 시금치, 씀바귀, 돌나물, 비름, 능쟁이.
들은 온통 초록에 덮여 벌써 한 조각의 흙빛도 찾아볼 수 없다. 초록의 바다.(「들」, 1 : 7)

눈을 돌리면 눈물이 푹 쏟아진다. 벌판이 새파랗게 물들어 눈앞에 아물아물 한다. 이런 때에는 웬일인지 구름 한 점도 없다. 곁에는 한 묶음의 꽃이 있다. 오랑캐꽃, 고들빼기, 노고초, 새고사리, 까치무릇, 대계, 마타리, 차치광이.(「들」, 1 : 9)

이상의 표현에는 우리가 흔히 볼 수 있는 고유한 나무와 나물류 그리고 잡초 등이 많이 나온다. 우선 그 이름을 이렇게 열거할 정도의 세밀한 묘사와 이효석의 치열한 작가 정신에 찬사를 보낸다. 이효석의 문체를 분석하면 사전에도 없는 지방 방언과 또 개인어가 있다는 주장대로 위의 표현 중에도 솔구장이, 쇠민장이, 길오장이, 능쟁이, 노고초(할미꽃), 대계(엉경퀴), 마타리, 차치광이 들은 정식 명칭이 아닌 것 같다. 그러므로 정확하게 어느 식물을 지칭하는지에 대해서는 더 연구를 해야 할 숙제로 남겨둔다. 또한 필자가 욕심을 부린다면 앞으로 이효석의 식물묘사가 많이 나오는 책을 펴낼 때 따로 그 식물의 사진들을 곁들여 독자의 이해를 돕고 또 잊혀가는 우리 식물의 이름을 다시 환기하게 되기를 바란다.

> 머루 다래의 넝쿨 대신에 드레드레 열매 맺힌 포도 넝쿨이 있고 바람에 포르르르 나부끼는 사시나무 대신에 비슷한 잎새를 가진 대추나무가 있다. 뜰은 그림자 깊은 지름길만을 남겨 놓고는 흙 한 줌 보이지 않게 일면 화초에 덮히웠다. 장미, 글라디올러스, 해바라기, 촉규화, 맨드라미, 반금초, 금전화, 제비초, 만수국, 프록스, 다알리아, 봉선화, 양귀비, 채송화의 꽃밭이 소나무, 벗나무, 버드나무, 회양목, 앵두나무, 대추나무, 능금나무, 배나무의 모든 광채와 어울려 뜰은 채색과 광채와 그림자의 화려한 동산이었다. (「낙엽기落葉記」, 2 : 102)

서양화초를 묘사한 대목에 이르면 도대체 어느 꽃을 그리고 있는지 짐작할 수조차 없는 경우가 있다. 위의 표현 외에도 "카카랴, 살비아, 프록스, 애스터, 따랴, 국화, 해바라기",(「향수」, 3 : 50) "카아네이션, 튜울립, 난초, 금잔화의 묶음과 동백꽃의 아람이 봄같이 피어 있다"(「일요일」, 3 : 197) 등의 표현도 쉽게 찾아볼 수 있다. 그러나 위와 같이 단순한 나열을 넘어서 약간의 설명이 곁들인 표현도 있다.

가을이 전신에 흐름을 느끼자 뜰 저편의 여윈 화단이 새삼스럽게 눈에 들어왔다. 장승같이 민출한 해바라기와 코스모스 — 모르는 곁에 가을이 짙었구나. 제비초와 애스터와 도라지꽃 — 하늘같이 차고 푸르다. 금어초, 카카랴, 샐비어의 붉은 빛은 가을의 마지막 열정인가. 로탄제 — 종이꽃같이 꺼슬꺼슬 하고 생명 없고 마치 맥이 끊어진 처녀의 살빛과도 이 꽃이야말로 바로 가을의 상징이 아닐까. 반쯤 썩어져 버린 홍초와 글라디올러스, 양귀비의 썩은 육체와도 같은 지저분한 진홍빛 열정의 뒤끝, 가을 화초로는 추접하고 부적당하다 — 가을은 차고 맑다. 마치 바닷물에 젖은 조개껍질과도 같이.(「독백獨白」, 2 : 169)

약간의 설명이 곁들인 억분에 독자는 카카랴와 애스터가 가을에 피는 꽃이며 야스터는 푸른 꽃이고 카카랴는 붉은 꽃이라는 사실을 알 수 있다. 이효석은 넓은 잎새에 가는 줄기 흰 꽃망울을 조롱조롱 단 박새를 봄을 먼저 꾸미는 봄꽃이라고 격찬하고 있으며,(7 : 68) 누렇고 붉은 꽃은 여름의 꽃으로 적당하고, 흔하지는 않으나 도라지꽃, 시차초矢車草, 비연초飛燕草처럼 푸른 꽃을 가을꽃으로 들고 있다. 시차초를 다른 표현에서 보면 시차국菊으로 부르는 것으로 미루어 이는 수레국화로 짐작된다. 푸른 꽃 중에서 비연초만큼 가을다운 조촐한 꽃은 없다며, 송이송이 맑고 투명한 그 푸른 빛 그대로가 가을 하늘의 빛이요, 가을 바다의 빛이라고 한다.(7 : 170)

「장미 병들다」에서 여주인공인 배우 남죽은 일에 실패하고 몸에 병까지 든 처지에 오로지 고향의 집으로 돌아가기를 소망한다. 자신의 고향의 자연을 정감 있게 묘사하면서 고향으로 돌아갈 차비를 마련하기 위해 도둑질을 하게 된다. 그녀의 고향에는 정거장 둘레에 포플러 나무가 서 있고 개천을 낀 넓은 들이 있고 둑 양편엔 잔디가 쭉 깔린 속에 쑥이 나고 패랭이꽃이 피어서 저녁 해가 짜릿짜릿 쪼이면 메뚜기와 찌르레기가 처량하게 운다. 풀밭에는 소가 있고 이름 모를 새가 날고 마을로 향한 쪽에는 조, 수수, 옥수수, 밭이 연하여 일하는 처녀가 두어 사람씩 보이는 곳, 여름 한 철 조카아이와 염소를 끌고 둑 위를 거닐면서 세월없이 풀을 먹이는 곳, 첫가을에 봉곳이 흙을 떠 바치고 올라오는 송이를 바구니에 듬짓하게 따오면 송이의 향기가 전신에 배이던 곳이 바로 남죽의 고향이다. (2 : 187~188)

이효석은 이와 같이 아주 자연스럽고도 세밀하게 자연을 묘사하였는데 그것은 그가 자연을 매우 사랑하였고 더욱이 엄청난 정성을 기울려 꽃을 심고 가꾸었으며 전원생활을 통해 초목과 친밀했던 영향이 작품 속에 농축되었기 때문이다. 그러므로 작품 속에는 작가의 생활양식이 직접 간접으로 드러나게 된다.

4. 꽃과 작품의 유기적 의미구조

「메밀꽃 필 무렵」에서 볼 것 같으면 허생원의 친자라는 암시를 주는 동이는 아버지가 누구인지도 모르고 태어난 사생아이고 허생

원 또한 의지처 없이 장을 따라 떠도는 신세이다. 물론 작품의 배경
이 된 봉평에 메밀이 많이 있어서 그러한 제목을 썼겠지만, 달리 생
각하면 식물과 화초에 대해 꽤나 박식했던 이효석이 씨를 뿌려 놓
았다가 거두기만 하면 되는 메밀의 생리에 대해 알고 있었으리라
는 추측도 가능하다. 메밀은 잡초만큼 생명력이 강해서 손공을 들
여 가꾸지 않아도 잡초와 함께 자라 열매를 맺는다. 그러한 관점에
서 본다면 메밀같이 강인하고 척박한 밑바닥 삶을 사는 작품의 주
인공들과 그 제목은 우연의 일치치고는 너무나 잘 합치되고 있다.
이 장에서는 이효석이 사람을 식물과 동일시하고, 식물의 특성을
빌려 그 사람의 특성과 용모를 나타내고, 더 나아가서 심리적 동요
까지도 꽃을 통해서 표현하는 것을 살펴보기로 하겠다.

다른 작가들과 마찬가지로 이효석에게도 꽃 = 여인이라는 진부
한 등식이 성립되며 그러한 표현을 다반사로 찾아볼 수 있다. 예를
들면 "참으로 아담한 꽃을 보는 심사로 현보는 남죽을 보아왔다"
(「장미 병들다」, 2 : 181) 혹은 「북국사신北國私信」에서 샤샤라는 여인을
"꽃송이 채 한입에 넣고 잘강잘강 씹어버리고 싶은 아름다운 꽃"이
라고 묘사하고 있다. 이 외에도 노골적으로 여자를 꽃으로 묘사하
고 있는 구절이 많이 있으나, 약간 색다른 것은 과실에 비유하고 있
다는 점이다. 겁탈을 당한 분녀를 과실이 벌레에게 긁힌 것으로 표
현하는가 하면(1 : 354) 「오리온과 능금林檎」에서는 여자를 능금에 비
유하여 사람들이 찾는 것은 밥과 능금이라는 표현을 주저하지 않
는다. 여인의 기다란 속눈썹을 묘사하면서 호숫가에 밋밋하게 늘
어선 전나무 수풀이라는 매우 시적인 이미지를 구사하기도 한다.

(「마음의 의장意匠」), 두 여인을 해바라기와 양귀비에 비유하는 표현을
살펴보기로 한다.

만주에는 두 가지 종류의 여자가 있다네. (…중략…) 자네 기차로 오
면서 벌판에 지천으로 핀 해바라기를 보지 않았나. 그 해바라기 같은 여
자와 또 하나는 그늘에 핀 양귀비라고나 할까. 그 두 가지 여자가 있어.
해바라기는 해를 보구 힘차게 솟으려구 하구, 그늘의 양귀비는 버둥거
릴수록 솟아오르긴커녕 제물에 썩어만 간단 말이네.(「벽공무한」, 5 : 87)

「만보萬甫」에서 노총각 만보는 비취라는 기생을 보고 넋이 빠져
서 "산속에 들어가 문득 부딪치는 한 포기의 자작나무와도 같이 흰
바탕에 새까만 머리쪽이 제비 날개같이 곱다"고 한다.(3 : 248) 그런
데 「주을朱乙이 지협地峽」이라는 수필에서 이효석은 자작나무에 대
대해 다음과 같이 말하고 있다.

살결보다도 희고 백지보다도 근심 없는 자작나무의 몸결 ─ 밝은 이
지를 가지면서도 결코 불안을 주지 않는 맑고 높은 외로운 성격 ─ 그
러기 때문에 벌판과 야산에 사는 법 없이 심산과 지협에만 돋아나는 고
결한 자작나무의 모양이 ─ 그 어느 때 마음의 눈앞에서 사라진 적 있
는가. 때문은 지혜와 걱정을 잊게 하여 주는 그 신령들이.(7 : 164~165)

귀부인이 아닌 기생에게 이와 같은 고결한 표현을 했다는 사실
이 이효석의 사고의 유연함을 보여주며 사랑만이 모든 것의 척도

라는 하는 주장에 일치한다.

다음으로 식물의 특징을 빌려 사람의 용모와 특성을 나타낸 대목을 살펴보기로 하겠다. 『화분』에서 병석에 있는 미소년 단주를 묘사함에 있어서도 "헝클어진 머리칼을 빗어 올리는 손가락이 아스파라거스같이 길게 보인다"(4 : 170)고 표현하고 있다. 또한 「마음의 의장意匠」에서 두 사람의 부부와 친구이면서도 애매한 삼각관계의 틀에 놓여 있는 유라에 대해 남자 주인공은 "아스파라거스와도 같이 애잔한 그의 건강을 측은해 여긴다."(1 : 281) 병약한 유라는 어느 날 생일선물과 함께 "한 묶음의 초초한 프리지아"를 화병에 세워 두었는데 그는 유라와 그 꽃을 동일시하고 있다.

심드렁해서 책상 앞에도 앉지 아니하고 넋을 잃은 듯이 우두커니 서 있는 나에게는 하이얀 프리지아의 향기가 마치 죽음의 향기같은 생각이 불현 듯이 들었다.(1 : 289)

그러고 나서 유라의 존재를 "마치 꽃의 향기와도 같이 여리게 사라져 버렸다"고 술회하면서 그 꽃을 그녀의 죽음과 연결 짓는다. 다음으로 엉겅퀴의 아내의 인상을 비유한 글을 살펴보기로 한다. 「엉겅퀴의 장章」에서 작가는 "새빨간 서양 엉겅퀴의 노기를 품은 듯한 드센 모양에 아내의 얼굴이 겹친다"고 한다. 요염하고도 자유분방하며 강인한 아내를 엉겅퀴에 빗대어 표현하고 있는데, 실제로 엉겅퀴는 뿌리의 재생력이나 생명력이 대단히 강하며 번식력도 좋은 풀로 탐스러운 꽃과 더불어 매혹적 정취를 느낄 수 있다고 한다. 이러한 꽃의 속성을 아마도 알고 있었을 작가는 다음과 같이 덧붙이고 있다. "어디까지나 기질이 강한 그녀였다. (…중략…) 서양 엉겅퀴처럼 작게 새빨갛게 타올라 귀엽게 노기를 품은 듯한 그녀의 얼굴이 눈앞에 떠올랐다."(3 : 151)

「벽공무한」에서 여배우 단영은 그녀를 싸고도는 뭇 사내들 속에서 오로지 남의 남편이 된 천일마를 향한 짝사랑을 불태우고 있다. 항간에서는 그녀를 보고 '악의 꽃'이니 '퇴폐의 꽃'이니 평하고 있으나 천일마에 대한 그녀의 열정은 순수하고 애처롭다. 작가 이효석은 아침 해변가에서 바다를 향해서 임이 돌아오기를 기다리는 애처로운 꽃에다 단영을 비유하고 있다.

> 가시 돋친 줄기 위해 한 송이의 야물어진 해당화—그것이 단영의 인상이라고나 할까. 열정을 머금은 붉은 꽃이 모진 가시위에 덩그러니 올라앉은 까닭에 사람들은 탐스럽게 우러러볼 뿐 좀해 손을 대지 못한다. 언덕 위 해당화에게는 그리운 것이 한 가지 있다. 바닷속의 산호주다. 푸르게 내다보이는 바닷속에 붉게 잠겨있는 산호주의 수풀을 자나깨나 꿈꾸는 것이나 언덕 위와 바닷속과는 거리가 너무도 멀다. 모래밭에서 바닷바람을 쏘이고 조수 냄새만을 맡고 사는 해당화는 슬프기 짝 없다. 바람 속에 산호주의 냄새를 맡으나 걸어가 산호주를 만날 길은 없다. 언덕 위에서 하염없이 바다만을 바라보면 언제나 서글프다. 반기며 날아드는 봉접은 많으나 산호주의 꿈에 잠겨있는 그에게는 하나도 긴한 것이 없다. 가시를 준비해 가지고 막아내기에 급급하다. 축들은 좀해 손을 대지 못한다. 아물어진 그 한 송이 꽃을 탐스런 것으로 바라볼 뿐이다. (5 : 203~204)

다음으로 꽃의 작품의 분위기, 등장인물의 심리적 동요에 어울리는 장면을 살펴보기로 한다. 첫째. 꽃이 전체적 분위기를 바꾸는 역할을 한다. 『화분』에서 미란이 단주를 병문안하면서 화병에 꽂힌 아지랑이 꽃과 호국 등속의 애잔하고 푸른 꽃을 뽑아서 휴지통에 넣고 가지고 온 새빨간 샐비어를 꽂는다. 푸른 꽃은 슬프고도 비극적인 색채를 지니고 있기 때문이다. 단편 「풀잎」에서 여주인공 실은 혼자 사는 홀아비 준보를 찾아와서 화병에서 새풀과 단풍가지를 뽑아내더니 카네이션을 꽂는다. 그리고 이어지는 대화는 그 작품 내용을 요약한다.

전 이 흰 것과 붉은 것과, 분홍빛의 각각 그 뜻을 안답니다. 흰 것은 ─ 난 애정에 살구 있어요. 붉은 것은 ─ 난, 당신의 사랑을 믿어요. 분홍은 ─ 난, 당신을 열렬히 사랑해요. (3 : 216)

둘째. 꽃은 분위기의 변화뿐 아니라 어떤 사람의 의지를 나타내기도 한다. 『주이야朱利耶』에서 옥에 가 있는 영오에 대한 한라의 굳은 의지는 제라늄으로 대변된다.

뒷골목으로 열린 창으로는 늦은 햇발이 흘러 들어와 창 기슭에 놓인 화분의 '제라늄'을 짙은 분홍으로 물들였다. 그 맑고 신선한 분홍이 주리야의 흐린 마음에는 지나쳐 무거운 짐이었다. 같은 붉은 빛에도 여러 가지 색깔이 있는 것이나 '제라늄'의 신선한 분홍은 주리야의 붉은 마음에는 도리어 눈부신 것이었다. 마치 맑은 태양의 빛이 어두운 눈에는 지나쳐 눈부신 것과 같이. 그 눈부신 '제라늄'과 동무하여 가는 한라의 순진한 열정 — 한 사람에게 줄기차게 바치고 있는 한 조각의 붉은 마음 — 그것이 불현 듯이 부럽게 생각되었다.(4 : 59)

셋째. 꽃은 등장인물의 심리를 묘사해 준다. 「독백」의 여주인공은 옥에 갇힌 남편의 육체에 대한 열정을 다음과 같이 묘사한다.

지금 와서는 뒤숭숭한 마음속으로 삼년 동안이나 손가락 하나 대어보지 못한 남편의 육체에 대한 열정이 송곳같이 날카롭게 솟아오를 뿐이다. 모든 원망이 한 줄기 이 육체적 열정으로 환원된 듯도 하다. 싸늘한 가을임에도 불구하고 마음의 불길은 뜨겁게 타오른다. 화단에 피어 있는 새빨간 샐비어 — 이것의 표정이 나의 마음을 그대로 번역하여 놓은 것은 아닐까. 조개같이 방긋이 벌어진 떨기 사이로 불꽃같이 피어오르는 한 송이의 붉은 꽃 — 이것이 곧 나의 마음의 상징인 것이다.(2 : 170)

더 이상의 설명이 필요 없을 정도로 샐비어 꽃으로 여인의 열정을 표현하고 있으며 "화단 위의 샐비아는 밤기운에 오므라졌건만 나의 마음의 붉은 꽃은 열린 채 닫혀지지 않는다"고 탄식한다. '카카리아'를 "카카랴"로 '샐비어'를 "샐비야"로 표기한 것은 그 당시에 외국 꽃의 명칭이 제대로 확립되지 않은 연유인 것 같다. 서구 취미를 가졌던 이효석은 음악이나 기호식품뿐 아니라 화총의 묘사에 있어서도 다분히 서구적인 취향을 드러내고 있다.

「벽공무한」에서 자살을 기도하기 직전의 단영의 복잡한 심경이 얼크러진 나뭇가지에 빗대어 표현되기도 한다.

회초리만 남은 나무였건만 원체 빽빽이 들어선 까닭에 그 속은 제물에 으늑한 수풀을 이루고 있었다. 발 아래에 떨어진 잎새는 쌓이고 쌓여 누런 보료를 깔아 놓은 것과 같다. (…중략…) 팔을 베고 반듯이 누우면 얼크러진 나뭇가지 사이로 푸른 하늘이 실같이 복잡하게 헤끄러져 보인다. 그 위에 한 조각구름이 걸려 유유히 한가한 자태를 보이고 있으나 그것을 우러러보는 단영의 심중은 한가하기는 커녕 얼크러진 나뭇가지같이 복잡했다.(5 : 282)

또한 싸리꽃 냄새를 맡으며 지름길을 걸어가는 행복한 한 쌍의 남녀의 모습을 꽃의 향기를 통해서 표현한다.

별장으로 향하는 길은 좁아지고 산속에서는 꽃이라는 것이 아주 흔한 것이어서 길바닥에까지 아깝게 헤뜨러져 있다. 산비탈 헐어진 곳에는 황토가 벌겋게 내솟았고 도라지꽃과 싸리나무 포기가 서서 자주빛 싸리나무 꽃에서는 눅진한 향기 ― 꿀냄새가 흘러왔다.(4 : 218)

5. 나가는 글

이상과 같이 이효석의 자연묘사, 좀 더 자세히 말하면 식물 중에서도 꽃의 묘사에 대해 살펴보았다. 과학문명이 발전에 발전을 거듭하고 있고, 문명의 이기를 이용하여 인간생활의 시공간의 거리가 현저하게 줄어들어 지구촌이라는 말이 무색하지 않은 오늘날 이효석의 글이 갖는 의미란 무엇인가. 출판기술의 발달로 엄청나게 많은 책이 쏟아져 나오고 수많은 작가들이 다량의 글을 쓰는 요즈음에도 이효석의 식물 묘사만큼 세밀하고 깊이 있는 표현들을 찾아보기 힘들다. 작가란 언어를 통해 인간의 삶 자체와 여러 가지 삶의 조건들을 표현하는 일을 한다. 따라서 언어에 대한 명확한 인식과 풍부한 어휘는 작가가 갖추어야 할 필수적 요건이라고 할 수 있다. 또한 작가가 치밀한 언어를 구사한다는 것은 그만큼 치밀한 관찰을 한다는 것이고, 삶을 깊이 있게 바라본다는 것을 의미한다.

이효석의 식물묘사는 자연에 대한 그의 깊은 관심과 사랑에서 비롯된 것으로 주위 세계에 대한 작가의 진지한 태도를 엿볼 수 있다. 그의 작품 속에 나타난 식물들의 다양함과 그 묘사의 치밀함을 통해서 나무와 꽃에 대한 단순한 열거와 묘사를 넘어서서 그 식물이 작품의 내용이나 주인공의 내면을 상징적으로 드러내고 있음을 살펴보았다. 그리하여 그의 식물묘사가 작품의 단순한 배경으로만 등장하는 것이 아니라 작품의 주제 혹은 전개과정과 유기적으로 연결되어 있음을 볼 수 있다.

끝으로 이 글이 잃어버린 풀꽃들과 나무의 이름들 혹은 물고기나 숲의 새의 이름들을 다시 찾아 부르게 하는 자그마한 자극이 되었으면 한다. 그리하여 우리의 언어를 통해 우리의 삶을 고양시키고 또한 풍부하게 하는 데 일조할 수 있기를 기대한다.

참고문헌

이상옥, 『이효석－문학과 생애』, 민음사, 1992.
이효석, 『이효석 전집』 1~8, 창미사, 1983.